自 然 文 库
Nature
Series

One Square Inch
of Silence

One Man's Search for
Natural Silence in a Noisy World

一平方英寸的寂静

〔美〕戈登·汉普顿　约翰·葛洛斯曼 著

陈雅云 译

2017年·北京

Gordon Hempton and John Grossmann
ONE SQUARE INCH OF SILENCE
Simplified Chinese Translation copyright©2013
by The Commercial Press,Ltd.
Original English Language edition Copyright©2009
by Gordon Hempton and John Grossmann
All Rights Reserved.
Published by arrangement with the original publisher, Free Press,
a Division of Simon & Schuster, Inc.
本书中文译稿由台湾城邦文化事业股份有限公司独步文化事业部授权使用，
非经书面同意不得翻印、转载或以任何形式重制。

献给"静谧思绪之罐"的每位撰文者。
你们发自内心的书写让我知道，
我并非唯一一位渴望自然寂静之人，
并促使我鼓起勇气，
抛开我更喜爱的隐遁生活，
展开两趟旅程——
横越美国以及撰写本书。

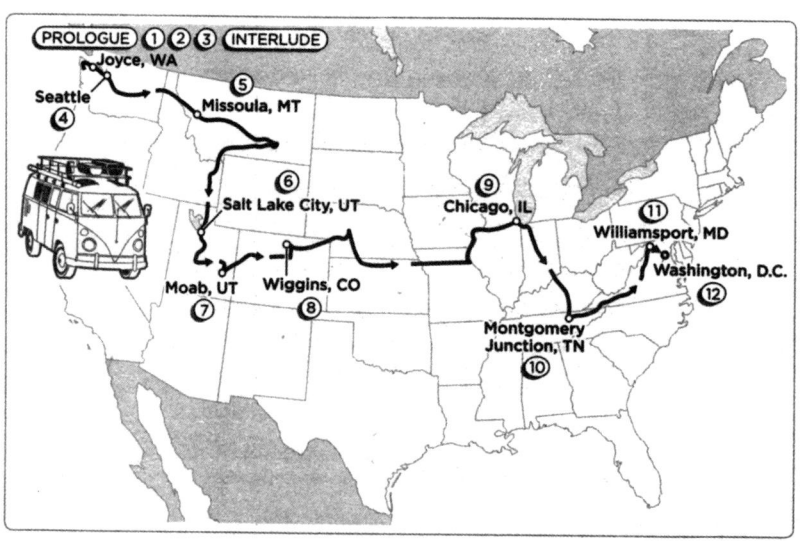

目 录

序　寂静的声音 ……… 1

1　寂静的雷鸣 ……… 5
2　静谧之路 ……… 14
3　上路 ……… 51
4　都市丛林 ……… 70
5　濒临灭绝的静谧之美 ……… 107
6　裸露的大地 ……… 150
7　通往静谧的落基路 ……… 195
8　逐渐消逝的自然交响乐 ……… 223
9　有毒噪音 ……… 255
10　追寻缪尔的音乐 ……… 302
11　走向华府的一百英里 ……… 312
12　华盛顿特区 ……… 341

跋　回响 ……… 393

附录 A　与詹姆士·法罗斯的往返书信 ……… 402

附录 B　印第安纳波利斯的噪音资料 ……… 409

附录 C　致坎培松函 ……… 410

附录 D　联邦航空总署美国大陆地图 ……… 415

附录 E　美国的声音心电图 ……… 418

附录 F　追寻静谧：迷你版使用手册 ……… 420

致谢 ……… 429

序

寂静的声音

"人类终有一天必须极力对抗噪音，如同对抗霍乱与瘟疫一样。"这是诺贝尔奖得主暨细菌学家罗伯特·柯赫在一九○五年提出的警语。历经一个世纪后，这一天已经比先前近得多。今日，宁静就像濒临绝灭的物种。城市、近郊、乡村，甚至最偏远、辽阔的国家公园，都避免不了人类噪音的入侵，而在洲际之间往返的喷射机，也使得北极无法幸免。此外，对抗噪音与维护寂静不同。典型的反噪音策略，像是耳塞、噪音消除式耳机，甚至噪音削减法，都不是真正的解决方法，因为它们无法帮助我们重建与大地的感情，无法帮助我们聆听大地的声音，而大地却是不断在说话的。

人类的历史已经走到一个重要的时刻：如果我们要解决全球的环境危机，就必须永远改变现今的生活方式。我们比以往更需要爱护大地，而寂静正是我们与大地交流的重要管道。

不受打扰、宁静地倾听大自然的声音，尽情诠释它们的意义，是我

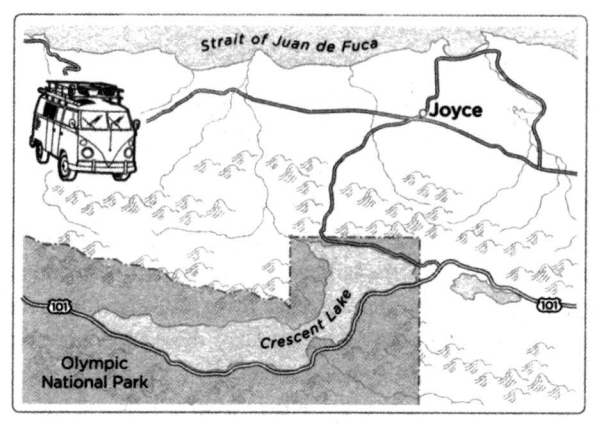

们与生俱有的权利。早在人类的噪音存在以前,这世界只有大自然的声音。尽管这些声音远远超越人类语音的范围,就连抱负最远大的音乐演奏也无法比拟,但我们的耳朵仍早已完美地演化出聆听这些声音的能力,像是瞬间吹拂而过的微风暗示着天气即将发生变化,春天的第一声鸟啭预告着大地即将再度转绿、蓬勃繁衍,迫近的暴风雨承诺会驱走干旱,变换的潮汐提醒我们天体的运行。这些体验都能帮助我们找回与大地的情感,了解我们过去的演化。

《一平方英寸的寂静》不仅仅是一本书而已,它也是奥林匹克国家公园霍河雨林里实际的方寸之地,而且大概是美国最宁静的地方。但是现在它也濒临消失,只受到一项政策保护,然而这项政策既没有受到美国国家公园管理局的推行,也缺乏足够的法律支持。因此我希望本书能够在那些愿意认真倾听的人们心中,静静地引发省悟。

维护大自然的寂静就跟保育物种、恢复栖息地、清除有毒废弃物、减少二氧化碳等等一样，不仅必要，而且不可或缺，以上这些只是举例说明，我们在二十一世纪初遇到的迫切挑战，远远不仅这些。幸好拯救宁静要比解决其他问题容易得多，只要能立下一条法律，将最原始的国家公园划为禁飞区，就足以立即促成明显的改善。

寂静并不是指某样事物不存在，而是指**万物都存在**的情况。它深刻地存在于霍河雨林里，我称之为"一平方英寸的寂静"的地方。它就像时间一样，不受干扰地存在着。我们只要敞开胸怀，就能感受得到。寂静滋养我们的本质，人类的本质，让我们明白自己是谁。等我们的心灵变得更乐于接纳事物，耳朵变得更加敏锐后，我们不只会更善于聆听大自然的声音，也更容易倾听彼此的心声。寂静就像炭火的余烬般能够传播。我们找得到它，而它也找得到我们。寂静有可能失去，却也能够复得。尽管大多数人以为寂静是可以想象出来的，其实不然。要体验寂静使心灵富足的奇迹，一定要先听得到它。

寂静其实是一种声音，也是许多、许多种声音。我听过的寂静，就多得无法计数。草原狼对着夜空长嚎的月光之歌，是一种寂静；而它们伴侣的回应，也是一种寂静。寂静是落雪的低语，等雪融后又会化成令人惊讶的雷鬼节奏，玎玎玖玖地让人想闻声起舞。寂静是传授花粉的昆虫拍扑翅膀时带起的柔和曲调，当它们为了躲避一时微风小心翼翼在松枝间穿梭时，虫鸣与松林的叹息交织成一片，可以整天都在你耳边回响。寂静也是一群飞掠而过的栗背山雀和红胸鸸，啁啁啾啾、拍拍扑扑的声音，惹得人好奇不已。

你最近听过雨声吗？美国西北部的大雨林，无疑是聆听雨声的好地方。我在"一平方英寸的寂静"聆听过雨林的声音。其实雨季的第一种声音并不是湿淋淋的雨声，而是无数种子自耸立的树上掉落的声音，很快跟随而下的是轻柔飞舞的枫叶，它们就这么静静地飘下，宛如冬日驱寒的毯子般，覆在种子身上。但是这场宁静的交响乐只是前奏而已，等强烈暴风雨的前锋抵达后，就可听到震撼人心的演奏，这时每一种树都会在风雨交加的乐声中，加入自己的声音。在这里，即使是最大的雨滴也可能没有机会撞击地面，因为高悬在头顶三百英尺处的厚密枝叶与树干，会吸收掉许多水分……一直要到这些高空海绵变得饱和之后，水滴才会再度形成与掉落……撞击较低的枝丫，再如瀑布般坠落在会吸收声音的厚密树苔上……接着轻轻掉至附生性的蕨类上……然后扑通一声无力地滑进越橘类的灌木丛里……再重重打在坚硬结实的白珠叶上……最后无声地压弯山酢浆草如苜蓿般的细致叶片，滴落地面。无论日夜，在雨停后，这场雨滴芭蕾总会再持续一小时以上。

柯赫发展出能辨识病因的科学方法，回想起他的那句警语，我相信寂静未受遏阻地消失，就像煤矿坑里用于侦察瓦斯的预警金丝雀般，是一个全球性的警讯。如果我们不能坚决抵抗噪音，对大自然的寂静不断消失的情形置若罔闻，在面对更复杂的环境危机时，又怎么可能处理得好呢？

戈登·汉普顿
华盛顿州乔伊斯镇于大雪纷飞之日

1

寂静的雷鸣

在这寂静之处，
噪音却震耳欲聋。

——凯思琳·迪恩·摩尔
俄勒冈州立大学春溪计划主任

二〇〇三年一个晴朗的秋夜里，一声巨响把熟睡的我惊醒。我的卧室窗户跟往常一样大敞，让我有露营的感觉，也让我能倾听。我住在一个乡间小镇，四周安静到甚至能听见数英里外的声响。就在这片寂静中，我听到一种新的声音。

那是一种沉重的"咚咚"声，听起来像是货船或某种新型超级油轮上的活塞正在剧烈运转。那声音应该是从十到十五英里外的胡安德福卡海峡中央传来，先是越过新月海滩，再传到华盛顿州偏远的奥林匹克半岛上，我家所在的这片山丘。能住在这么安静的地方，向来让我引以为傲。

我聆听世界的声音，这也是我身为声音生态学家热爱从事的工作。除了南极洲还没去过以外，我在各大洲都录过音。这些录音被用于许多地方，从电玩游戏、博物馆展览，到自然风格的唱片、电影音乐和教育

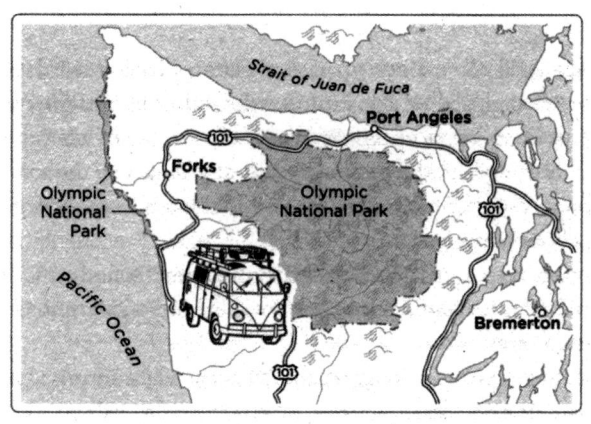

产品。我录制声音已超过二十五年,各种自然环境都尝试过,我的声音图书馆藏有多达三千 GB 的声音,包括蝴蝶鼓动翅膀的声音,瀑布如雷的轰隆声,子弹列车如喷射机般呼啸而过的声音,一片漂浮的叶子细微的声响,鸟儿充满热情的鸣啭,还有草原幼狼低柔的咕咕声等等。我热爱聆听,胜于说话。聆听是一种无言的过程,可接收到最真实的印象。

尽管我录制各种声音,但专长是那些静谧的声音。这种声音非常细微,人耳几乎听不到,但只要学会仔细聆听,也不是完全无法掌握,而我正是个会仔细聆听的人。

在那个十月的夜晚,听到那艘货轮传来的撞击声,令我感到惊讶。它似乎不该那么近。

如果要我举出世上我最喜欢的声音,恐怕很难。若是非举不可,我可能会说是鸣禽在黎明时的合唱,还有初阳抚上大地的声音。但是如此一来，就会忽略掉有翼昆虫在喀拉哈里沙漠无数平方英里的大地上所发出的嗡嗡声；但若说虫鸣是我的最爱，又会忽略掉猫头鹰的呼噜声，还有它们在路易斯安那州的丝柏间一跃而起的声响，或是沿着奥地利村庄狭窄石巷回荡的教堂钟声。如果答案真的只限定一个，我会说，我在世间最爱的声音是期盼的声音：即将听到声音前的那刻寂静，或是两个音响之间的刹那。

"咚咚，咚咚。"在大气情况理想的时候，深沉的低频声音可以传扬十到十五英里，但这次传来的声音有些不同，几乎辨识不出来是什么，这就是我之所以认为，它可能来自一种新型船只的原因。对我来说，这种低沉的噪音最不可能是丧失听力的征兆。毕竟在这么多人当中，这种事怎么可能刚好发生在我这个录制声音的人身上，这就像女中音猜想自己的声带是否长了结节，或是画家怀疑自己罹患肌肉萎缩症一样。

但是随着日子一天天、一周周过去，几个月后，这显然已成为我无法逃避的事实。我再也无法做好自己的工作，我的脑袋里充斥着嘤嘤嗡嗡、扭曲走样的声音，几乎听不懂别人说的话。如果一个房间里同时有一人以上在说话，我就会觉得混乱不清，只能坐着"看"别人说话。我听到的不再是话语，而是一种奇怪的声响，类似从长走廊另一端的AM收音机传来的乡村音乐；所有的话语都混在一起，无法辨识。我开始避免参加充满压力的活动，特别是有巨大声响的活动；它们只会带给我刺耳又不和谐的声音，几乎把我逼疯。我经常得要求儿子和女儿重复他们说的话，还得说慢点。句子愈来愈短，意义愈来愈浅薄，生活愈来愈单调。我避免与人相处，开始负债，失去客户，在财务与情绪崩溃的边缘徘徊。

我收到许多忠告。我父亲（经常）说："你得了冲浪耳，所以你要懂事点，别再用冲浪板。只要停止人体冲浪，你的问题自然会消失。"这就是所谓的"自然消失"理论：只要不再做这个或那个，问题自然会消失。我会丧失听力是某种原因引起的。罗伊是农场主，提供我新鲜鸡蛋，他认为我的问题是耳垢造成的，建议我把头偏向一边，在下方点一支蜡烛，耳垢就会熔化，他说他太太可以带一个漏斗过来，还说我会很惊讶地发现真有耳垢流出来。我的堂兄则建议我："坐在暖炉旁，把炉火开到最强，然后吃更多绿花椰菜。"他相信红外线的辐射能使我的头盖骨变热，从而加速自然复原的过程。至于为什么要多吃绿花椰菜呢？我根本懒得问了。我的朋友多娜说："或许这是神试图想告诉你什么。或许你花太多时间倾听外在世界，反而没有花足够的时间倾听自己心里的声音。"

没错，我十分绝望。我清掉所有耳垢（没有用蜡烛和漏斗），在火炉旁坐过，也搜寻过自己的内心。我唯一做不到的是放弃人体冲浪。

我的心告诉我，我天生就是要录制声音。我记得最早体验到的孤寂氛围，是在游泳池的底部。小时候我会屏息躺在水池底，直到世界像是不再存在。即使我的肺开始灼热，身体尖叫着要氧气，我仍然依恋孤寂不放。然后突然间，而且经常是不自觉地，我会用力蹬腿，把自己送往水面，冲进充满氧气与声音的世界。在我望向救生员的椅子旁，查看游泳池的时钟是几点前，我会自问："这次我在下面待了多久？"我记得有一名救生员说："做得好，很惊人。"但那只是小孩的游戏。长大后，我想做比较严肃的事。我研究植物学，想成为植物病理学家。

一九八〇年的秋天，我开始朝这个目标前进，从西雅图开车到威斯康星州的麦迪逊去念研究所，我从九十号州际公路转进一条支线，想找地方过夜休息，最后开到一片刚收割的玉米田。我躺在两排被剪得粗粗短短的残梗中间，两手枕在头后面，准备好好休息。就在这时，我听到一阵阵蟋蟀的唧哩声，就像多重奏的美妙大合唱，空气里带着潮湿的味道，显示暴风雨即将来临。雨落下之前，雷声先在这片大草原上响起，轰隆隆地自远方翻滚而来，回响不绝：磅礴、深沉、原始，灵魂为之震撼。我以前从没听过这样的雷声。

数小时后，全身湿透的我心想："我已经二十七岁，为什么以前从来没有真正聆听过？"

那一夜，就在那片玉米田上，我的生命整个改变了，尽管当时我并不完全明白。过了数个月，我才发现，到威斯康星州立大学念研究所并不是我真正想走的路。我渴望做不同的事，当我读到约翰·缪尔[1]把改变他一生的领悟形容为"心灵的渴求"后，我才比较明白自己想追寻的事物。从那以后，我环游过世界三次，记录大自然的各种声音与寂静。聆听成为我的生命、生计，更是我的一切。

后来在看了三次医生，做过计算机断层扫描以后，得知我之所以会丧失听力，是因为中耳出了问题。但是医生说他们束手无策，因为动用任何方法，都有可能使情况更糟。更糟？所以我最好戴助听器，希望这问题能不药而愈。

即使是戴助听器，也令人感到愤慨。几乎所有的助听器主要都是为了扩大声音，使人类的话语听起来更清晰，是为了听到别人在说什么。它们无法使音乐变得更美妙，或是使大自然的声响更容易听到。

回家后，我在一阵愤怒下大声喊道："我只想回到以前的生活！"于是我开始检视我丧失听力这段期间,还有前一年所做的每一件事,巨细靡遗。

那时我刚满五十岁,为了庆祝这年纪,我听从兄弟的建议,开始服用营养补充品,他是医生,很早就开始严格遵守服用维生素和荷尔蒙的养生法,也就是服用高效的维生素B族、钾、钙、硫辛酸等等。为了让自己有一番新面貌,我还用了"落健"生发水,想把日益稀薄的头发增厚。我的哲学观是:"有一些是好,有很多必定更好。"我把"落健"倒在头上,当生发剂使用,有时我可以感觉到它从我的头皮经过耳朵流下来,但耳科医生说这些都跟我丧失听力无关。然而在绝望的情况下,我还是停止食用所有的营养补充品,也不再使用"落健"。

在停用营养补充品大约两个月后,上帝仿佛响应了我的祈祷,我的听力突然完全恢复正常。我坐在木造暖炉旁我祖父的摇椅上时,可以听到柴火的噼啪声,还有冰箱常传出的水声。但这突然恢复的听力,却又突然莫名地消失了。

我继续停用所有的营养补充品。时间成了我的盟友,而不是敌人。听力短暂恢复正常的次数愈来愈多,时间愈来愈长,后来整个加总起来,差不多维持了六个月的正常时间,令我相当振奋。我把这进展告诉兄弟罗伯特,他建议我可以暂时恢复服用维生素和使用"落健",好确定这是不是造成我失聪的原因。别开玩笑了,就算我再有科学精神,也绝不会做这实验。从那以后,我再也不回头,而且一直很珍惜自己的福气。如今,我的听力已完全复原。

我们都听过一句话:"世事无侥幸,事出必有因。"我听到这句话时,心里想到伟大的自然博物学家缪尔,他年轻时在印第安纳波利斯的车厢工厂工作,因工业意外丧失视力。在突然陷入漆黑的孤独与绝望下,他一心一意希冀能恢复视力,再度欣赏上帝赐予的大自然,所以他发誓只要能恢复视力,他将把一生奉献给"上帝的创造物",而非人类的发明。在视力终于恢复后,他到墨西哥湾"沿着枝叶最茂盛、人迹最罕至的小径"走了一千英里,最终成为美国人熟知的国家公园之父。

十九世纪中晚叶可能是这个世界最富音乐性的时期,当时缪尔就是非常专注和细腻的自然聆听者。这些年来,我一直奉他为我的精神导师,他也是自然声音的录制者,只不过使用的器材是纸和笔。他的每一页日记都详细记载着聆听的细节,形容他"以冷静的耳朵倾听到"的自然音乐,例如他是这样描绘约塞米蒂瀑布:

在这山谷里的所有瀑布当中,以这个壮观瀑布拥有的声音最为丰富,磅礴有力。它的曲调变化多端,风从生气蓬勃的橡木间吹擦而过,惹得光滑的叶片发出一阵嘶嘶沙沙的尖锐声响,松林轻柔压抑地低语着,疾风骤雨则是夹带着雷声,在山巅峭壁之间怒吼。巨大的水柱疾冲至危岩表面,在两片突岩上与空气交会、迸裂,发出阵阵低沉轰隆的回响,在五六英里外的理想地点就能听到。

二〇〇五年春天,我的听力恢复,录音事业也恢复正轨,我自问:"在充满噪音污染的世界,就算有完美的听力又有什么用?"仔细思考之后,我决定把多年前构思的静谧保护计划付诸实现。

二〇〇五年四月二十二日"地球日"那天,我独自一人到奥林匹克国家公园的霍河雨林,在距离游客中心大约三英里的地方,把魁洛伊特部落长老送给我的一块小红石放在圆木上,并将那里命名为"一平方英寸的寂静"。我希望设下这个标记后,能有助于保护和管理奥林匹克国家公园这个偏远荒地的自然声境。我这么做的逻辑很简单,但并不是只有象征意义而已:如果飞机等等巨大噪音会对无数平方英里的土地造成影响,那么一块维持百分之百没有噪音的自然之地,同样也能对周遭无数平方英里的土地造成影响。保护这一平方英寸的土地,让它不受到噪音污染,就能让寂静蔓延到这座公园里的更广大地区。

我希望这个简单又便宜的做法,能够成为管理声境自然资源的机制,激励和协助美国国家公园管理局做到先前已纳入法典、却没充分达成的目标,也就是保存与保护国家公园现有完好的自然声境,同时让已遭人类噪音破坏的声境得以复原。

"一平方英寸的寂静"是我独自发起的研究计划,至今仍是如此,并获得奥林匹克国家公园管理官员的有条件支持。国家公园管理处处长比尔·莱特纳在二〇〇六年的复活节日,跟我一起健行到"一平方英寸的寂静",他知道运用所有噪音制造者都能了解的简单方法来保存自然寂静,确实有其价值。

我定期到"一平方英寸的寂静"监测可能入侵的噪音,记录时间,并且尽可能记录人为噪音入侵的程度。然后我尝试确认噪音的来源,用电子邮件联络对方,向他们解释保存仅余的自然寂静的重要性,特别是在环境受到保护的国家公园里,请他们自我约束,避免未来再次造成类似的噪音入侵。我会随信附上一张有声CD,内含他们更正行为后可以协助保存的声音实例。有声CD的最后一段是噪音入侵的实况,让对方更容易了解噪音对国家公园造成的实际破坏。我会把这些入侵者的声音和联络方式贴在我的网站 www.onesquareinch.org 的"新闻"里，让民众得知哪些人该为自然宁静遭到破坏负责。

我之所以在奥林匹克国家公园中选择"一平方英寸的寂静"，是因为它拥有多样化的自然声境，加上相当大量的静谧时刻。在黄石、大峡谷或夏威夷火山等国家公园，噪音争议由来已久，但是奥林匹克国家公园不同，这里的空中观光还在初期发展阶段。这里没有直接穿越的道路，没有通往最高峰的风景路线。若要到未开发的偏远地区，只能靠徒步。由于这里的荒野鲜少遭到噪音入侵，噪音来源比其他国家公园容易辨识。每种类型的栖息地（高山冰河、雨林、湖泊溪河和荒野海滩）都可提供悦耳又富有意义的声境实例，聆听者很容易就能辨识与欣赏。但是，所有这些自然纯朴的体验，目前仍有灭绝之虞。

---

1 —— 缪尔（一八三八——一九一四）：苏格兰裔美国自然博物学家，在他的努力疾呼和奔走下，促成美国政府于一八七六年颁布森林保育政策，一八九〇年成立约塞米蒂国家公园，为此赢得"国家公园之父"的称号。缪尔相信自然是人的理想形态，国家公园可以成为启示与净化人性的圣堂。

2

静谧之路

看大自然的花草树木如何在寂静中生长；
看日月星辰如何在寂静中移动……
我们需要寂静，以碰触灵魂。

——特蕾莎修女

念书、祈祷、音乐、转化、参拜、心灵交流，凡是美好的事物总是出自安静的地方。**和平**（peace）和**安静**（quiet）几乎是同义词，经常同时使用。安静的地方是灵魂的智库，是真与美的诞生地。

在户外，安静的地方不会有具体的界线，也不会有感知上的限制。我们通常能听到数英里外的声音，如果刻意聆听的话，甚至可以听得更远。安静的地方是灵魂的圣所，能让人更清楚地分辨对与错的差别。在这样的圣所，可以感受到万物相连的爱，不分大小，也无论是不是人类；在这样的圣所，即使一棵树的存在都是听得见的。一个安静的地方能让人的感觉全部打开，使万物变得鲜活起来。

可惜尽管地球很大，世界上安静的地方却愈来愈少，尤其是已开发国家，因为大量燃烧化石燃料会造成噪音污染。目前噪音污染的情况非常严重，甚至到达世上每个地方都已遭受现代噪音入侵的程度。即使

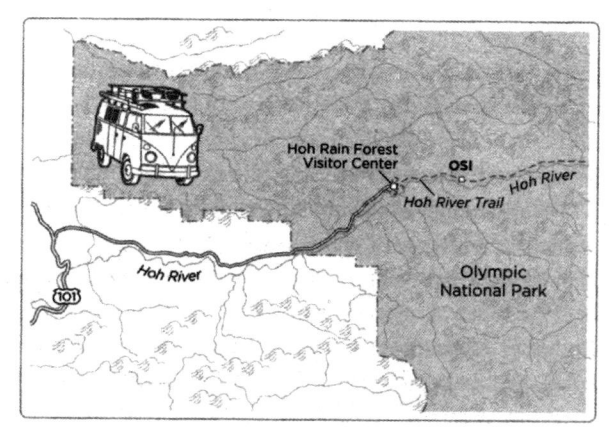

是在亚马孙雨林,离人为铺设道路很远的地点,也听得见独木舟舷尾的马达从远方传来的嗡嗡声,还有当地向导的数字手表每逢整点发出的哔哔声。现在的问题不再是噪音是否存在,而是它入侵的频率,以及持续多久。现今对"安静"的测量,是以噪音入侵的间隔为准(按分钟计算)。根据我的经验,在美国要找到连续十五分钟以上的寂静,极度困难,在欧洲更是早已绝迹。现在大多数地方已经完全没有安静的时刻,反倒是全天二十四小时都存在一种以上的噪音来源。即使在荒野地区和国家公园,白天的无噪音间隔期也已减少至平均不到五分钟。我估计安静地方的灭绝速度,远比物种的灭绝速度来得快。今天,在美国只剩不到十二个安静地方。我再重复一次:现在安静的地方已经剩不到十二个,我所谓的安静地方指的是,大自然的寂静能够支配许多平方英里的所在。

一九八四年，我刚展开录制自然声音的生涯时，光是在华盛顿州（面积七万一千三百零二平方英里），就曾找到二十一个地方，无噪音间隔期在十五分钟以上。到了二〇〇七年，只剩三个还留在我的名单上，其中两个是由于默默无闻而受到保护，另外一个则是位于奥林匹克国家公园深处而得以幸存，也就是美国大陆西北角的霍河雨林。我在一九九〇年代中叶搬到霍河附近，就是想要接近它的寂静环境。在霍河河谷，不需要言语，甚至不需要思考，就能对大自然有所领悟——这些领悟就这样直接发生，不可思议，但前提是你得认真倾听。

聆听之前，必须先让心灵保持寂静。在驱车前往霍河的路上，我渐渐把工作和家庭的烦恼都抛开，也不去想这个世界的灾祸。我通常会在奎鲁特印第安部落的拉布什镇（La Push）停留数小时，到太平洋里把身心都洗涤干净。冬夏两季，这里的海水温度总是保持在华氏五十度（摄氏十度）上下。我会穿上五毫米厚、用合成橡胶制成的防寒潜水衣，让身体保温，只有脸露出来，然后就可以在海里随兴徜徉。对海洋来说，我就像一根漂浮的木头。我每次到大海上，都会欣赏到海洋的不同面貌。在十月的这个早晨，在寂寞溪（Lonesome Creek）对面，离海岸约一百码的地方，每隔十秒就有一道六英尺高的美丽海浪涌起，流往詹姆斯岛（James Island）的激流就是在这里的海底冲出一条水道，吸引鲸、北方海狮、麻斑海豹、水獭和鼠海豚等各种不同的海中访客。我就像绣针穿布一样，在浪花中穿梭，潜至海浪前方，屏息等候六英尺高的大浪自头顶呼啸而过，感受它的压力。然后游过布满细沙的海底，浮出海面换一大口气后，再度潜入海里，一直到游过最远的碎波后才休息。

海洋是一只鼓，敲击着全球气候系统的音乐节奏。在古代航海时期，经验丰富的水手能够凭海浪的形状和本身的体会，预测远方的海象。太平洋就像我的摇篮，温柔地晃动我的视线，在近海附近，雾气缭绕的岛屿在海浪中若隐若现。我在海里寻找"朋友"，一只麻斑海豹，它经常用鳍状肢踢我的肋骨，像在抱怨我吓到它的鱼，但这次我没看到它，于是把注意力转向接近的大浪。

一般冲浪的人是站在冲浪板上，我则是采用人体冲浪，也就是不使用冲浪板，靠自己的胸腹滑过浪头。我不喜欢和汹涌、美丽、力道强劲的波浪之间有任何阻隔。我会耐心等待一道海浪逐渐涌至浪头，然后迅速冲过去加入它，顺着水压变化改变体态，跟着海浪一起冲往海岸，直到海浪的能量用尽或我自动游开——或是在海浪中灭顶。在海里，我就像鱼儿入水一样，身体成为我唯一需要的大脑。我只需要选对波浪，冲过去，顺着波浪前行，让身体自然反应就可以了。

在海里沉潜两小时后，我的气息恢复平和，身体经过锻炼，心灵感到幸福，思绪也清新无比。每次在这种体验过后，我都爱把自己想象成恢复"纯洁"，身心也都调整到准备聆听的状态。我在寂寞溪的淡水里很快冲洗一下，换下潜水衣，穿上干衣服，开九十分钟车程到霍河雨林，把我那辆福斯小巴的暖气转到高温，或超过高温的任何温度。

一路上，如果不把千疮百痕的山丘，还有一片开垦成新栽植地的森林计算在内的话，除了一家名为"大雨"的小餐馆外，没有多少文明的象征。从一〇一号公路进入北霍河路后，沿途十八英里的道路两旁，都是地球上最高大的生物：将近三百英尺高的锡特卡云杉和花旗松，还有巨大的西部铁杉和美西红侧柏，有些已经是千年古树。把车停进奥林匹克国家公园后,我开始感受到这地方的壮阔,这里是西半球最大、最原始的温带雨林。它位于奥林匹克半岛多山的内地地区,绵延超过一千四百平方英里,是白头海雕、西点林鸮等等超过三百种鸟类的家。这座国家公园有十二条河,其中许多都有鲑鱼回游。森林里有美洲狮、熊、罗斯福麋鹿。这里至少有八种植物和十八种动物是特有种,世上其他地方看不到,包括奥林匹克土拨鼠、奥林匹克美西鼹鼠和奥林匹克急流螈。奥林匹克国家公园是国家级珍宝,是全球公认的世界遗产公园及指定的世界生物圈保护区。

然而,鲜少有人像我一样"用耳朵"珍视奥林匹克国家公园的宝贵。美国国家公园管理局总共管理三百九十个单位、八千四百万英亩的国家公园或荒野,我相信奥林匹克国家公园绝对是其中最安静的地域,现在就连美国最大的阿拉斯加朗格 — 圣伊利亚斯国家公园,也有无数度假游客搭飞机做空中观光,划破朗朗晴空的宁静。奥林匹克国家公园得以保存自然寂静的原因在于:乌云密布的天空。这个地区每年有超过两百个阴天,这还不包括许多时阴时晴的日子。许多阴天也同时下雨。下雨会使观光票不好销售,遑论很多雨。

奥林匹克国家公园不仅鲜少有人声入侵,它的自然景观也是我所见过最多样化的。它经常被称为由三个国家公园合并而成的大园区,因为它的内陆崎岖多山,山巅有冰河盘绕,有苍翠多林的山谷和世界最高的树木,还有美国本土最长的荒野海岸。

看到这里,你或许会想,既然奥林匹克国家公园拥有自然的寂静与风光,美国国家公园管理局肯定会特别重视。然而,实际不然。它那无与伦比的声音环境并没有受到特别保护,也没有特别管理,甚至没有一名员工受过声音生态学的特殊训练。拙劣的行政管理破坏了大峡谷与夏威夷火山国家公园的自然声境,这里也不例外。美国国会于二〇〇〇年通过"国家公园空中观光管理法案",要求联邦航空总署和国家公园管理局就国家公园上空的空中观光进行规划,自此之后,奥林匹克国家公园就开始吸引能招揽空中观光客的公司,其中之一是瓦逊岛航空,目前提供预约观光,广告宣传是"珍宝之旅……我们飞越奥林匹斯山,往下行经霍河河谷,那里有世上唯一的非热带雨林"。

霍河雨林也是我的重要珍宝,美国最安静的地点。我选择它作为保护大自然不受人类噪音入侵的战场,实际来说,就是阻止所有空中交通、商业飞行与空中旅行的入侵,因为飞行会使健行的人没有机会聆听不受干扰、没有减损的自然声音。有些人离开喧闹的世界,到大自然寻求慰藉,结果乘兴而去,败兴而返,只因为有飞机自头顶呼啸而过,使他们无法浸润在宁静里洗涤心灵。等到噪音消散至耳朵听不见的时候,早已有许多平方英里的土地因这单单一架直升机或喷射机而失去宁静。

但是就像噪音能影响宁静,宁静也能影响噪音。只要使一平方英寸的土地完全保持宁静,或至少尝试这么做,我就能把飞机推离这里许多英里,使整个公园的许多土地都保持宁静。自然的静谧,就像洁净的空气和水一样,是敏感的生态系的一部分。因此,当人为噪音入侵荒野时,就像是除了人类以外的所有生物所使用的电话线受到静电干扰,噼啪作响,这会影响到它们的沟通能力,而野生动物其实就跟人类一样忙着沟通。

我由于计划的关系,必须经常造访"一平方英寸的寂静"。我尽可能找时间过去，而且感谢上帝，每次都能快乐地净化心灵。大多数时候，我都没发觉噪音入侵，只有令人快乐的孤寂。我经常带着高科技录音设备过去，它们能录到人耳听不到的细微声音，例如蝴蝶鼓动翅膀的声音。现在是秋季，干燥温暖，正适合轻装旅行，观察发情期的罗斯福麋鹿。

我在下午快到三点的时候，抵达霍河游客中心的停车场，急着背上背包，里面有完善的装备，以及足以供应三天的补给品。我关掉引擎，把车门打开。没想到霍河河谷竟然用最不受欢迎的噪音迎接我！噪音从两个方向传来：一个是附近一条通往"青苔殿堂"的步道，另一个是森林警备站。我拿出背包里的音量计，先朝噪音较大的步道走去，那里不停有"哗噜噜噜"的声音传来。走了两百码后，我遇到三名负责步道的员工正在安装护栏，由于这条步道可供残障者使用，安装护栏是为了维护坐轮椅者的安全。"哗噜噜噜噜噜。"

电锯锯得愈来愈深，愈来愈快，声音也变得更加尖锐，"哗利利利利利利利"。我在距离三十五英尺左右的地方看了一下音量计，上面的读数显示是七十五加权分贝。

声音令人难以捉摸。研究声音物理学的科学家用分贝来测量噪音大小，这个单位是为了纪念亚历山大·格拉汉姆·贝尔而命名的。零分贝是人类听力范围的最低门槛，亦即人耳听得到的最低声量。十分贝的能量是最低可侦测噪音的十倍，二十分贝则是二十倍。但是由于人耳比较容易听到一定范围的声音（人耳对中频率的声音比高频率或低频率的声音敏感），因此分贝读数会误导人。我的音量计（Brüel and Kjær SLM 2225）将这一点计入考虑，用公式计算出加权音量，因此单位是

"加权分贝"（dBA）。大多数噪音规定所采用的单位都是加权分贝，而非分贝。

"我们得把木桩顶端锯掉。"最年长的那名工人说。电锯再度发出怒吼声，这次的噪音量达到八十五加权分贝。超过正常的三十分贝音量以后，每增加十分贝，能量就增加十倍，所以八十五加权分贝的能量其实是每年这个时节霍河地区正常噪音量的十万倍，这就像一个游泳池的水跟一杯水的差距。

我走近工人，问他们介不介意我看他们工作，并把闪着小灯和有加权分贝读数的音量计拿给他们看。

"随便，只要那个仪器没有辐射就好。我保证我们很快就做完了。"主管这条步道的宾这么说。

"你们是公园的员工，还是承包商？"我问。

"我是全职的步道维护员，他们是季节性工人。你一定是那个录制声音的家伙。"

我已经记不清来过霍河河谷健行几次，应该远远超过一百次，我经常带着录音设备过来，公园的公务员都认识我，也知道我在奥林匹克国家公园为了保存声境而发起的"一平方英寸的寂静"运动。

在观察他们处理护栏时，我发觉那些木桩不粗，直径顶多四英寸。

"你们用电锯，而不用手工具，有特别的原因吗？"

"在这里两种都可以，"宾回答，他个人喜欢用手工具，但是"电动工具显然快很多"。

我解释我想走霍河步道到"一平方英寸的寂静"，监测噪音入侵情况，并说希望能看到罗斯福麋鹿群。

"最近有听到麋鹿吗？"我问。

"山谷这里没有。"

我心想，不是开玩笑吧！麋鹿的确会跑到山谷下方游客中心附近的步道起点。我在这一带看过许多次，但是在使用电锯而非手锯的情况下，它们肯定会保持距离，这意味着依赖轮椅、最远只能走到离停车场一百码处的人，不会有机会听到或看到这些壮观的动物。

我走回停车场拿背包，一辆车从二十英尺外经过（噪音量七十加权分贝）；一辆约翰·迪尔牵引车在相同的距离外经过（噪音量八十八加权分贝）；在停车场上，一辆离我六十英尺的汽车发出警笛声，向正在按遥控锁车钮的车主保证车已经上锁（噪音量九十加权分贝）。

由于森林警备站那里仍然有噪音传来，我没走回我的福斯，而是转身朝那里走去。发电厂外立了一个牌子，上面写着"设备运转期间，请戴护耳装备"。但发电厂本身安静无声。我继续往前走，穿过红花覆盆子树丛，到 A 区的八十四号营地。我立即认出那名警备队员，他制服上的名牌写的是艾利森，但大家都叫他的绰号"烟仔"。去年，我在霍河雨林游客中心最高处遇到他，那时他正在用柴油引擎式吹叶机清理落叶，当时我音量计上的读数是一百一十加权分贝。

"嗨，烟仔，你还记得我吗？我是戈登。"

"当然记得。"

"我正要去'一平方英寸的寂静'，测量公园的噪音量。"

"这台吹叶机跟以前那台不同，"烟仔主动说，"这是四气门的。我们把二气门的丢了。我们现在用卡车，但夏天是用电车。"

"如果你想知道的话，我们可以测量你这台新吹叶机的噪音量。"

"好啊，测看看吧。"

烟仔解释说，在我提出工人在公园里制造的噪音后，他们开了一次会。"我们在公园开了一次会，谈了很多，然后回去看产品目录，就买了这些。"

"它旁边应该有一张贴纸，上面有分贝等级。你有看到吗？"

"第三型，七十五分贝。"

我的耳朵告诉我，不可能。这声量肯定比七十五分贝高。

烟仔拉了一下绳子，启动马达，让它低速空转，再加快到止常的运转速度。

"距离三英尺，噪音量是九十三加权分贝。"

这比这地区正常的基本环境声音要高出六十加权分贝，而且是目前为止在这里测到最高的数值。不管是否出于好意，烟仔仍然用飓风般的音速取代耙子。

我以加倍速度回车上拿背包，轻松地把跟往常一样五十磅重的背包甩到肩上后，开始出发。从游客中心走了一小段路后，我来到一座小木桥，桥下是潺潺流动的美丽小溪。这里现在还看不到鲑鱼，它们肯定是在近海的霍河河口，等待第一场大雨来临（四十二加权分贝）。

我沿着古老的河岸往上走，主步道口有一块广告牌写着："海拔七七三。"我渴望宁静，但是尽管相距数百码远，我还是听得到宾和那些步道工人修理护栏的声音："啊——咿——呵"。显然有人正在用电动工具栓木螺钉。

十分钟后，大约沿霍河步道走了半英里左右，下午三点四十分，我的音量计读数终于降到安静程度（二十二加权分贝），只差二加权分贝，就达到音量计可测出的最低准确分贝。我只听到远方霍河的流水声，原本声量就低，再加上超过三百码的古老森林过滤过。四下静默无风，寂静到仿佛秋天已在时间中冻结，就像置身在照片里面。许多落叶竖立着堆栈在其他叶片和云杉的大树枝上，仿佛随时可能倾倒，沉默地等待下一道微风把它们带到地面，加入其他飘飘飞舞的美丽叶片。

我的感觉开始敏锐起来。在步道上一步步往前走时，我的身与心开始从海洋的节奏转变为雨林的节奏。

在离营地路标零点九英里、步道起点不到一英里的地方，我量到的噪音量是三十六加权分贝。我只有听到霍河的声音从树林外传进来。

在离营地标记一点四英里处，由于离河流近得多，只有四十码左右，也看得到一部分河流，所以噪音读数是四十六加权分贝。虽然有些人可能喜欢河流附近，但是我从来不会在急流附近扎营。首先，河流环境的噪音太大，即使靠得很近，说话也不舒服。这倒不是说独自健行时也得考虑这一点，或是与人同行时谈话是第一要务，而是说，如果那个环境需要你谈话时提高声量，就表示你也很难听到其他更重要的声音，其他能提供讯息的声响，例如有可能听不到饥饿的浣熊踩断小树枝的声音，或是渡鸦的众多声音之一，或是美西海岸红松鼠示警的叫声。

野生动物依赖听力来侦察接近的掠食者，如果它们无法分辨这类声响，就难以在一个地方长久生存，因此在吵闹的地方比较难有观察野生动物的机会。白尾鹿会到河边喝水，但不会久待。你可以看到它们认真倾听的模样，也看得出它们的焦虑。它们会主动摆动漏斗状的长耳，先是一边，然后是两边，以判定它们侦察到的声音传自哪个确切位置。白尾鹿是我最喜欢的学习对象之一；它们是国家公园里许多美洲狮的食物来源，因此鲜少在吵闹的溪河附近待很久，往往喝完水就会离开，就算待得比较久，也经常停止动作，四下张望警戒，以免在听力暂时因噪音变差时，安全有虞。

除了会失去观察野生动物的机会之外，不要在靠河流很近的地方露营，还有另一个原因。这里的河床为来自遥远上游的山坡冰寒空气，提供急速下降的通道。傍晚时，这种现象经常会被忽略，因为有来自西方的暖风。但是到了清晨，气层会按各自的温度寻找位置，暖空气上升，冷空气下降，河床刚好提供上游的冷空气一个天然排放孔道。在离河岸五十英尺远、十英尺高的地方，气温会比河边高出十到十五度。

走过营地标记一点四英里处，站在步道旁，就可以从一度是古河岸的地势顶端，欣赏到壮丽的汤姆山，在古代，冰河比较大，河水流量也丰沛许多。沿着这条步道再往前走，有一块直径六英尺、高四英尺的云杉圆木倒在步道上。要移走这个最近才倾倒的庞然巨物，得用上电锯才行，因而形成的锯屑闻起来居然很香甜，甚至美味，我还闻到干树叶及附近蘑菇的味道，这是我今天第一次闻到强烈到足以引起我注意并令我驻足的味道。

在营地标记二点零英里处，我放下背包，开始聆听：四十加权分贝。那是远方河流的声响。我走进营地，再度测量，结果是：四十三加权分贝。我在藤槭之间寻找空旷土地，再度测量，结果是四十五加权分贝，远比我的期盼来得高，但就在这时，我听到美洲河乌发出"科尔、科尔、吉普"的声音，然后开始唱美丽的歌。我先前仔细追随过缪尔在约塞米蒂的足迹，他在十九世纪晚期时曾把美洲河乌形容为

"山溪的宝贝，充沛水流的蜂鸟，热爱起伏的岩质斜坡与层层水花，就像蜜蜂热爱花朵，云雀热爱阳光与草地"。他把美洲河乌不同的鸣啭形容为：

> 完美细致的旋律，由一些圆润的叫声构成，搭配优美的鸣啭，最后在细微悠长的结尾中结束。一般而言，它们唱的是溪流之歌，优美又充满灵性。它们的音乐里包含了瀑布低沉的隆隆声，湍流的颤音，漩涡的潺潺声，平坦河湾的低语，还有青苔末端渗出的水滴掉落平静池面时的琤琤声。

还有比这里更适合扎营的地方吗？

随着天光渐渐变暗，我把背包里的防水布拉出来。这块九英尺宽、十二英尺长的防水布就像我的老朋友一样，是我在一九七〇年代于西雅图一家开张不久、别无分号的户外活动用品店REI买的，后来REI和另一家西雅图公司都成了全国品牌。这块防水布就像常穿的灯芯绒裤一样，愈用愈薄，现在早已失去大部分可以防水的涂层，变得几近半透明，但仍然很耐用。我喜欢把它摊开，先量一下适合睡觉的地点，然后用质轻强韧、经过编织、而且是波音剩余物品的蜡线，穿过四角的孔，绑在适当的树枝和树丛上，确定它能牢牢抵挡当时的天气，与其说它像屋顶，不如说它像雨伞。尽管今天有晴朗的蓝色天空，但这无法保证晚上不会下雨，因为这里毕竟是雨林。来自太平洋的湿空气会陷入这个漏斗形的山谷，在它们上升至附近的山峦后，就会变成无法想象的雨势及雨量：一年平均十三英尺，真的非常潮湿。尽管我热爱在空旷野地睡觉，即使现在是还不到雨季的早秋，而且夜空晴朗，我仍会提醒自己，霍河随时可能使出下雨的魔咒。

我在享用酵母面包配切达干酪的晚餐时，一架喷射客机飞过我头顶。我记下时间，是下午五点二十五分，但没有记录噪音量，因为我在吃东西。餐后散步前，我把食物挂在大约三十英尺高、但离主干约十英尺远的赤杨枝丫上，以免被浣熊或黑熊够到。我把头灯、相机和音量计放进肩包，朝上方更远的山谷前进。现在已经过了下午六点，即将日落。在陡峭的山腰，月出时间会晚两小时；满月过了三天，月亮开始亏缺，但是只要它出现，必定闪亮耀眼。我期待麋鹿会因此活动。

在路标及营地标记二点三英里处，我测量出的音量是三十九点五加权分贝。只比营地标记二点零英里处低五加权分贝而已，但感觉却**静得多**。

初学者一般不容易判断分贝，因为他们习于线性思考。假设一个人的音量是六十加权分贝，若有两个人同时说话，我们会认为是两倍噪音，也就是一百二十加权分贝，但正确答案是六十三加权分贝，因为分贝是按"对数"计算。如果噪音量减少，其测量值也会令人惊讶，比方说在霍河河谷，远离水声的地方，自然的静谧一般是二十五加权分贝到三十五加权分贝。这数字看起来一点也不安静，但是大多数人在乍听之初，会觉得像石头一般死寂。要隔几分钟后，才会开始听到细微的声响，一般是远方的风吹过森林顶部厚密枝叶的细腻声音。

喷射客机自霍河河谷高空三万六千英尺处飞过，对地面造成的噪音量大约是四十五至五十五加权分贝。有人可能会问："这有什么大不了?这比人讲话还安静。"问题是喷射客机的噪音比安静的环境声音大得多:每增加三加权分贝,能量就会倍增;每增加十加权分贝,听起来的噪音量就是两倍。在安静的霍河雨林,若有二十加权分贝的噪音入侵,意味着它的声音能量是自然声响的一百倍。在安静的野地,这样的声量就像炸药爆炸一样,只不过爆炸的冲击较小,因为持续时间较短,也仅限于一个地区,但飞机的轰响声却是会从国家公园的一端持续到另一端。

我接着走到民纳拉溪,充沛的溪水在逐渐暗淡的天光下流动着。这里距离"一平方英寸的寂静"大约一英里左右,我经常把它视为通往静谧的通道,因为它的瀑布非常美丽。我在离瀑布七十五码、横跨民纳拉溪的桥上测量到的噪音量将近七十加权分贝,这里只有各种不同的水声:瀑布飞跃而下的轰响,水流过岩块的汩汩声,以及远方细微的水花声。

我已经学会光从水声,就能分辨溪的年龄。古老的河流,例如阿巴拉契亚山脉上逃过最后冰河作用的河水,已经调适了数以千年的岁月。它们的水道和石床在激流与洪水永恒不绝的循环下,洗练得相当光滑,阻力很小,因此它们的歌声与其他的河流不同。在我听来,它们的音乐比较安静,更加悦耳、动人。年轻的溪河由于生成的时间较短,棱角仍然锐利,参差的岩块会粗莽地把水推往一边,形成咔嗒咔嗒的声音。无论如何,这些岩块就是音符。有时我会尝试改变一条溪的乐章,移动一些突岩的位置,然后聆听声音的细微变化。

你愈常聆听,听觉就会愈敏锐。在汤姆山的小溪草原,脚下经常一片湿濡，所以步道上铺了木板。走在这里，就像走在一长排木琴上，从每块薄板发出的声音，就可以判知它的情况。开始腐烂的木板会发出沉闷的"咚咚"声，新近替换的木板会发出清脆的"当当"声；大多数的木板则是介于中间。

稍晚，在霍河上方偏远的静默中，我听到第一声鹿鸣，立刻停步，欣赏如横笛般的高亢叫声。我从树的缝隙仰望天际，有好几分钟的时间，天空呈现出不可思议的深粉色和略带紫的浅蓝色，逐渐变色的藤槭则在余晖的映照下闪烁深红的光芒。森林旋即陷入黑暗。我拿出手电筒，但没有电。它的开关显然不知在何时被意外启动，电池用完了。我还有一支手电筒，但想保留它的电力，于是拿出袖珍型录音机，上面的液晶屏幕有些微光可以照亮四周，刚好足够让我慢慢沿着熟悉的路径走回去。

我只花了半小时就走回营地，河乌的歌声早已停歇，也听不到麋鹿的鸣叫。我在防水布下铺好睡袋，躺进去。心里有种跟在深夜凝视火堆余烬时相同的感觉：敬意、忠诚、奉献、感激。我在远方的霍河流水声中，缓缓入眠。

两三小时后，我突然醒来。明月依然当空，我惺忪地瞪着老旧防水布上藤槭重叠的叶影，不知不觉又回到梦乡。

凌晨两点五十五分，今天第一架经过这里的喷射机，音量大到足以把我从沉睡中惊醒。我太疲倦，懒得摸出音量计读它的噪音量，但有记下它飞过的时间，等回家后，可以登上西雅图—塔科马国际机场的网站，确认它属于哪个航空公司的哪架班机。到了三点十五分，我还是睡不着，然后又听到另一架喷射机的声音。

我缩进自己设计和命名的绒毛睡袋"虫虫"里，把脚趾搁在炉筒上摩擦。在寒冷的夜晚，我会把炉筒放进"虫虫"里，让它保持温暖，随时可以点燃，我宁可让脚趾撞到它，也不愿在早上煮咖啡或煮茶时等上半天。我的脚随便一伸就能碰到炉子，因为我的睡袋两端各有一条拉带，温暖的夜晚可以保持通风，温度下降时，则可以绑成舒适的茧，而且不会有冰冷的拉链隔开绒毛。在冰寒的破晓时分，"虫虫"也很好用。我经常把下端解开，伸出脚，站起来，接着把下面的拉带系在腰上，把上面的开口斜拉到一侧肩膀下方，像古罗马人穿的宽松外袍，然后绑紧拉带，用露在外面的那只手起火，煮咖啡，等喝完咖啡后，才真正离开睡袋，那时我已经起来好一阵子了。发明"虫虫"后不久，我曾尝试取得这项设计的专利，后来得知我并不是第一个想到可以使用双拉带管状设计的人。对这点我并不介意，但令我烦躁的是，这项专利至今仅用于制造保龄球套。

夜晚恢复寂静，我缩进"虫虫"里，呼出的每一口气在月光下都清晰可见。"呼。呼。呼——呼。"

稍微停顿后，这叫声一再重复了四分钟之久。大雕鸮就在我头顶，停在为营地遮风挡雨的巨大锡特卡云杉上。我并没听到其他禽鸟向这个宣示地盘主权的叫声挑战，但大雕鸮比我善于倾听同类的声音，再加上它的位置不同，所以或许我听到的只是这场对话其中一方的声音。

清晨三点三十五分，我想我听到第三架喷射机入侵的声音，这次的声音性质比较难以名状，就像带着思想的微风一般。缪尔曾把这种细微的声音现象描述为:"这些风的本体太过细致,人眼观察不到;它们的书写语言太过艰涩,人脑无法理解;它们的口语又太过模糊,人耳难以听闻。"

我透过防水布,可以看到藤槭叶的影子微微舞动,还有一些高高的枝丫在月光下摇荡。

四野逐渐平静。

早上七点刚过,我再度睁开眼睛,但仍待在舒服的睡袋里,等待黎明的合唱,周围愈来愈亮后,鸟语跟着响起,不同种类的鸟逐一加入。"乌塔。乌塔。乌塔。"那是什么声音?我正在聆听时,再度受到人为的声音干扰。我听到螺旋桨飞机低空飞过的声音,可能是在国家公园周边寻找麋鹿群。现在是狩猎季节,如果能在公园外围捕捉到可以自由进出的罗斯福麋鹿,将会是最佳的战利品。

我的早餐很简单:活力零食棒和红玫瑰花茶。我平常很注重饮食,但在野外,我偏好简单食物,喜欢像动物一样随意地这里吃一点,那里吃一点,也会摘熊和麋鹿吃剩的越橘类果实来吃。真正的食物容易令人分心,使我的知觉变钝。

喝茶时,我终于听到西方鸫鹟尖锐的啁啾声,从高大的西部铁杉中央的隐秘位置传来,持续将近一分钟左右。它们的长相与东方鸫鹟类似,但所唱的歌曲截然不同。东方鸫鹟的歌曲类似歌剧,宏大嘹亮,西方鸫鹟的歌声则是尖锐而紧张。许多鸣禽都有这类变化,或是如鸟类学家所说的,有当地的"方言"。对于野生动物所使用的语言,我们显然处于才刚开始解码的阶段。

有一天,回到录音室后,我决定用在霍河河谷录到的西方鸫鹟歌声做一个小实验。对人耳来说，这首曲调是由一长串连续且非常快速的振幅与高频变化所构成。尽管曲调活泼，而且是少数即使在阴沉的冬日也听得到的歌声之一，但它并不适合随意哼唱。由于我平常是一口气说一个句子，我假设鹪鹩也是。于是我把它们的"句子"长度从它们的一口气转换成我的一口气。当然，我这么做完全是基于臆测，假设一口气的长度是动物体形的特质之一。既然这个实验完全出于好玩，我就随意选了一秒钟的鹪鹩歌曲，放大为十二秒，结果令我大吃一惊。我录下的鹪鹩歌曲跟座头鲸的歌声一样复杂。从那时起，每次我听到西方鹪鹩的鸣啭，就会想起这些声音听在另一只鹪鹩耳里有多么复杂，多么变化多端。

喝完茶后，准备前往"一平方英寸的寂静"时，我知道自己终于可以听到河流的歌声。事实上，整个河谷都在欢唱。这种现象无可名状，我至今还无法成功录制，但是在聆听条件最理想的情况下，我在全世界造访过的河谷中几乎都听过相同的声音。这样的河谷必须覆满森林，河水顺畅流动，创造出广谱声源，空气绝对静止，最好的聆听时间是在早晨，空气已经沉静了数小时之后。最后，也是最重要的一点，就是我的耳朵必须完全放松，心灵必须彻底澄净才行。

无论是在音调还是音质上，河流的歌声都丰富多变，而且每座河谷都不相同，主要倒不是河流的缘故，而是和植物的种类以及河谷的大小形状有关。每座河谷的声音都有其独有的特色，所以我能跟着哼唱，但总是会哼得荒腔走板，因为层次实在太多了。若是可以把它想象成流行乐曲或广告歌曲般记在脑海，就会哼得比较像样，从森林小径返家后，我也经常会把它当成个人的颂歌般吟唱数日。然而，最终它还是会在附近声音的干扰下，逐渐从我的记忆中消失，鼓励我回河谷找回记忆。

我只能猜测这些河谷的声音签名形成的原因，它的过程有可能是：任何广谱声源，例如急冲的河流、瀑布、海洋的碎浪甚至交通噪音等等，把声波传向四面八方，撞击不同的表面，穿透物体，或是被当地的环境改变。若是一个环境里有许多大小形状类似的结构重复出现，声波在通过时，会因为吸收、折射与反射特定频率的声音而发生变化。结果原本多少算是静态噪声的声音，就变成随着环境地形与大气情况而改变的旋律。

我在针叶林、多碎石的海滩，以及峡谷里探险时，都曾听到过这种环境音乐（environmental music）。虽然这种音乐应该是只要条件符合就听得到，但是我从未在都市地区听到过，或许是都市的模式太广，聆听的地区太小，还有整体环境声音太过嘈杂的缘故。聆听这种地景音乐，最好是在离声源一英里以上的地方，这样和声才会足够清晰，而聆听地点的环境声音也比较安静。

我特别喜欢这种音乐，胜过其他由个别事物所发出的声音，例如一只鸣禽的乐曲，因为它们极其美妙，甚至跟鸟鸣一样充满灵感。聆听整个河谷的经验，是由一个**地方**、而非个别表演者所带来的。我可以感受到整个生命共同体的重要性，所有生命都同等重要。**万物**才是重点所在。每当聆听到这种地方的音乐时，无论是在霍河这里或约塞米蒂的偏远地区，我都会在它的启发下变成更好的邻居、父亲和子女，因为我觉得自己属于一个更大的整体，一个会为我作曲唱歌的集体所在。

没有一片叶子摆动；丝毫没有风，甚至连擦过的微风也没有。河边的岩石都有一道潮湿的水线，位置比现在的河水水位高出一英尺，显示水位在夜晚曾经下降。介于干碎石块之间的裸露沙地吸收了湿气，非常冰寒，比周遭地区冷得多。

我今天的目标是要去"一平方英寸的寂静"，还有就是继续监测入侵的噪音。早上八点二十分，刚过营地标记二点三英里处，我测到的基本环境声音量是四十一加权分贝。这倒令人挺惊讶的，因为感觉上静得多，可能是因为周遭树木形成一个美妙的口袋，捕捉到比较温暖低沉的声音。第一道阳光已经照耀山顶，但我起码还要数小时才会脱掉绒毛夹克。除了河流时急时缓的声音以外，没有其他声响，完全听不到禽鸟、松鼠和麋鹿的声音。我可以哼唱河谷的安静乐曲，也真的这么做了。这是充满爱的美妙乐曲。

早上八点二十分刚过，就有一架喷射机呼啸而过，我猛然抬头看向天空，由于这里是河流附近，也是山谷里少数能看到大片天空的地方，所以我看到喷射机的曳尾划过整个国家公园上空朝西南而去。在它飞越上空期间，我完全听不到河流的歌声。我没急着拿出音量计，反而更认真地倾听，努力想捕捉这座河谷的音乐，却徒然无功。

现在是霍河水流量最低的时节，除了深水坑里有一些提早抵达的鲑鱼外，河里几乎看不到它们的踪影。秋雨很快会使河水暴涨，把大量淡水送往海洋，提醒鲑鱼，完成生命周期的时刻已经到了。现在的低水位正适合观察即将来临的声音。

我借由研究河里的石头来观察声音，它们的排列并非完全随机，而是像乐谱一般。最大的石头约为篮球大小，每次随着强劲的水流滚动时，总会发出咚咚的回响声。这些石头位于主水道，有些半埋在水里。较小的石块会发出中间的音调，声音比较尖锐，它们就像乐队一样，呼应不同力道的水流。现在一切都很沉默，但是当秋季的豪雨来临时，这条河将会唱起嘹亮的歌声，连在步道上都可以听见这场水底音乐会。

我曾经在秋洪期间，把水听器沉入水里，以便更仔细聆听这些洪水协奏曲。起初，只有一片嘈杂，声量大而多变，就像混凝土块滑下金属槽的声音，但是在短短几秒内，这种喧闹就会沉淀或爆发出另一波喧闹，就像大圆石猛力冲过，把其他石头撞碎。偶尔，我可以听到河岸发生侵蚀，把新生的石头送往大海，这趟旅行有可能会持续好几个世纪。有时连大树的根都会暴露在激流里；我曾经听到它们缠卷断裂的声音，就像巨大的骨头缓缓碎裂一样。这声音不会令人放松，但却富有教育意义，因为水流强大的力量有助于创造另一场演奏会。

大大小小的石头最终抵达这座国家公园的荒野海滩，在那里也听得到美妙的声音。这些石头在冬季无数汹涌的波浪冲刷与冲击下，排列成一个个音色不同的乐团。许多硕大浮木的根部仍有巨大的孔洞，大到能走进去，就像走入洞穴一般。锡特卡云杉因为弹性特别好，成为许多优良的吉他和小提琴以及施坦威钢琴共鸣板的首选木材。跟其他木材相比，锡特卡云杉的纤维一致，容易振动。我把这些古老的锡特卡云杉木称为"木之耳"，经常在它的洞里录音，它们就像未经过雕刻的小提琴，只不过这时引起振动的不是小提琴的弓，而是每一道海浪的冲击，以及当海浪从日益圆滑的石头上退去时所带出的更多细微变化。

每次有人问我最喜欢的声音，脑海中就会浮现这些"木之耳"所产生的声音。一九九〇年代中期，我在奥林匹克国家公园学院教授自然声音的描述时，曾经跟学生分享这些"木之耳"的经验，这种海浪交响乐令人不可思议，但我想世界上只有不到一百人听过。你得把头伸进漂浮的木块里才听得到。据我所知，奥林匹克国家公园的警备队员没有一人听过，或许就是因为这样，他们才会在一九九〇年代晚期修理岩石防波堤时，把许多最细致的音乐浮木从瑞亚托海滩移走。

早上九点五十五分，一架螺旋桨飞机在霍河河谷上方绕大圈飞行，噪音量超过六十三加权分贝。由于早上天气晴朗，万里无云，这架飞机可能是在做观光飞行。除了提供"珍宝"之旅那家公司，华盛顿州安吉利斯港一家名为里特兄弟的公司也提供类似的飞行，甚至有远从英属哥伦比亚维多利亚市而来的公司。这些肤浅的"公园参观"顶多只能从空中看到令人赞叹的景观，也就是只能满足一种感官而已。我很想知道，这些驾驶和飞行观光客是否曾经担心，自己会破坏地面上其他人在这座国家公园里的体验，享受荒野的幽静原本是他们与生俱有的权利。

早上十点刚过，我就在步道左边看到通往"一平方英寸的寂静"的地标——一棵高大的锡特卡云杉，上面有一个树洞，大到可以在强烈暴风雨时躲在里面。走了一小段路后，就是我在这座特殊森林里的神圣地点：一棵遭砍伐锯断的残株，高及胸部，长满青苔；它就像一个高洁的特大号基座，上面放着一块简单的红石，也就是"一平方英寸的寂静"的标志。这块红石是奎鲁特印第安部落前文化长老"四线"戴维送我的礼物，这个部落的保留区位于奎鲁特河河口，那里是奎鲁特河、伯格丘尔河、卡拉瓦河、索尔达克河和狄基河汇聚的圣地。在正确的光线下，这块被"四线"戴维拿来打磨仪式用木雕的红石，似乎不再只是一块岩石，而像是活生生的鲜肉或寿司里的鲔鱼。

我每次来"一平方英寸的寂静"，都会仔细聆听有没有噪音入侵，这次也一样，我发觉环境声量是二十八加权分贝，大多数是数百码森林外的河水声。一只美西海岸红松鼠在五十英尺高的铁杉树枝上吱吱叫着（五十加权分贝）。在动物的听觉世界里，环境中最大的声音很重要。一般而言，最大的声音经常来自食物链顶端的生物，特别是在其感觉最安全、遭掠食风险最小的时候，例如今天早晨的飞行观光客。这只小松鼠也是——只不过它的行为也许有点蠢，万一附近刚好有一只饥饿的鸮，它就糟了。

早上十点十分，我记录到另一个从高海拔入侵的噪音（四十加权分贝）——喷射机。如果光从声音来判断，我会认为那架喷射机是由南飞向北，但我已经知道这里的山坡很会反弹声音，所以喷射机实际上可能是由西飞向东，甚至由北飞向南。然而即使在没看到的情况下，我还是经常记下飞机最明显的飞行方向，尽管这信息有可能不正确，但至少在我回家后，它仍能帮助我在计算机上搜寻这飞机的信息。这架喷射机的噪音在早上十点十三分消失，但紧接着又有一架螺旋桨飞机飞越霍河河谷的北脊，朝福克斯而去（三十九加权分贝）。

早上十点二十一分，一架由西往东的飞机制造六十八加权分贝的噪音，这是很大的声音，特别是环境声音只有二十八加权分贝而已。先前提过，音量计的读数每增加三加权分贝，意味着噪音声波的强度大约增为两倍，所以当噪音量增加四十加权分贝，代表连续倍增十三次,也就是说,如果你有一块钱,在连续倍增十三次后,会变成八千一百九十二元。

我对寂静有两种看法。

内在寂静是尊敬生命的感觉。我们可以带着这种感觉去到任何地方,神圣的寂静可以提醒我们是非对错之分,即使在城市嘈杂的街道上仍能产生这样的感觉。这种寂静是属于灵魂的层次。

外在寂静不同。那是我们置身于安静的自然环境,没有任何现代噪音入侵时的感受,它可以提醒我们当今有些问题已经失控,例如经济侵略和对人权的侵害。外在寂静邀请我们敞开感官,再度与周遭的**万物**产生连接。无论我们望向何方,都可以看到相同的连接。外在寂静可以帮助我找回内在寂静,让我的心灵充满感恩与耐心。处于外在寂静的环境中,我不会感到疲惫饥饿。置身其中的经验本身,就足以令人感觉圆满。回到家后,通常会有一顿好眠。

"青春之泉"(Fountains of Youth),这是缪尔对国家公园的形容。我抵达奥林匹克国家公园还不到二十四小时,就已经感受到我的感官变得更加敏锐,嗅觉和听觉都一样。在早晨静谧又充满湿意的空气里,我闻到一阵阵没有受到任何干扰的气味:香甜,有时带着麝香味,偶尔带着药草香。

早上十点三十四分,又一架螺旋桨飞机自东飞向西,噪音量五十九加权分贝。朗朗晴日又有更多飞行观光客,还是猎人想从空中寻找在国家公园边境进出的麋鹿群?短短半小时内就有四次噪音入侵。我在"一平方英寸的寂静"记录噪音入侵事件已有十八个月,这是频率最高的一次。

我不曾遇到哪个人认为飞机噪音属于荒野。事实上，当我把录下的自然声音放给学童听时，每次听到飞机的噪音，他们都会不可置信地问："那是什么？"我回答后，他们会问："这是允许的吗？"

事实是：一九九二年时，约塞米蒂山谷有五成的时间听得到飞机噪音，这是一位国家公园警备队员告诉我的噪音研究结果，他之所以做那个研究，是因为没有其他人愿意做。

我从"一平方英寸的寂静"的圆木下，拿出我的"静谧思绪之罐"，其实它根本不是罐子。在建立"一平方英寸的寂静"大约八个月后，我找了一个罐子，留了一支笔和一些纸在里面，邀请来这里的旅者，针对我所指定的这个静谧圣地，留下他们的想法和印象。但是这个罐子的旋转式瓶盖抵挡不住霍河的河水。等我数周后回来时，这个罐子看起来像个水族箱，在里面游泳的就是那些纸和笔。现在我改用旧式的冰淇淋金属筒，它的容量大约一夸脱，是一九○○年代初的产品，以前的客人会带着它们到酪农场盛装手工冰淇淋。它的直径大约五英寸，高七英寸，更重要的是，它的金属盖跟圆筒罐身重叠的部分约为两英寸长，在我加了一层泡沫乳胶和一个橡胶内管后，就变得刚好契合，可以密封。我也在里面放了几包硅凝胶石，当作干燥剂。

留在罐里的想法是这个地方的隐私，只有造访这里的人才能看到。今天，我在五十张左右的留言纸条里，发现捐献给"一平方英寸的寂静"的十美元。有一张纸条上写着他在这里求婚，当然是静静地求婚。我深感振奋。这就是事情进行的方式，一次一步，就跟其他所有踪迹一样。还有比这更好的方法吗？

早上十点四十六分,一架喷射机经过,三十六加权分贝。

以往造访"一平方英寸的寂静"时,我大多没观察到噪音入侵的情形,但今天早上,短短不到一小时,就发生了七起。我心想原因是否在于天气非常晴朗,没有任何云层可以把噪音反弹掉的缘故。在我的记忆里,霍河的天气从没有像今天这么晴朗平静过。这种音波伤害愈来愈严重:在接下来的半小时内,我又观察到四架喷射机飞过。总计在过去的一小时六分钟内,共有十一起噪音入侵事件,而且全都来自飞机。我得提醒自己,不要被怒气冲昏头。

我在走回步道的路上,十一点二十分又有一次飞机噪音入侵,但这次我没有拿音量计,我需要午餐,需要方向,也需要答案。这些需求究竟来自何处?我得想清楚才行。

我经过汤姆山小溪草原附近的民纳拉溪瀑布时,一架喷射机的声音大到几乎盖过瀑布的怒吼声。但是我既没看时间,也没看音量计,只是瞪着层层而下的河水,它们是没有容器的液体,呈现出最自然的形态。联邦航空总署为什么不能把奥林匹克国家公园指定为禁飞区?我想见见那些认为霍河雨林可以有这种噪音的人。

在走回营地的路上,我对于自己险些失聪的岁月非常短暂,以及现在还能听到河流的歌声,都心存感恩。空气里飘着干燥的赤杨叶片与草地的气息,以及酸模与蘑菇的香甜味道。我打算在营地附近的霍河里沐浴,再来一场日光浴,这在任何时节都是罕有的享受。

洗涤干净,喂饱肚皮后,我再度准备健行,这次的目标是搜寻麋鹿。我朝步道走了一小段，这时从低矮的白珠树丛里，传来一种微弱、干脆、叮叮咚咚的新声音，我立刻静止不动。仔细搜寻后，发现树丛上有一些铁杉的针叶，它们是从一百英尺以上的高空掉落的！这声音让我想起深夜的营火，在炽热的火焰熄灭后，心材只剩余烬，木头纤维被烧成中空，开始像玻璃装饰般慢慢崩塌。

听在动物的耳朵里，干枯的铁杉针叶掉在白珠树丛上的声音单纯轻柔，并带有下列含义：

安全：这是一个安静的地方，可以侦察到非常细微的声音，例如掠食者接近的脚步声。这里不可能有风险，如果疲倦的话，可以放心休息。

地处偏远：唯有占地许多平方英里的孤立地点，才能制造出这么单纯的环境声音。可以听到这么单纯的声音，没有噪音污染的地方，在美国没剩几处，全世界就更别说了。

植被：这里是高大的针叶林。针叶掉落的声音不同于阔叶树叶，除此之外，把针叶吹落的风声，在白珠树丛的声响干扰下也显得非常隐约。这些都暗示这座森林的厚密枝叶是高悬在头顶上方，而且是很高很高的上方，不然森林底层至少会有一些树叶扰动的情形。

其实这片高大的针叶林具有宛如大教堂般的声响效果，余韵大约可持续两秒，声音事件的演奏时间因而得以延长。这里也形成独特的微气候：森林覆盖的空间因为有林木保护，所以跟空旷地方及树梢以上的高处不同，能抵挡极端的温度与天气。在温和的微气候里，温血动物要调节体温会比在空旷地区来得容易,因此可以有更多休闲活动,例如歇息与社交。

  五十英尺外传来西方鹟鹪的叫声,四十加权分贝。
  三十英尺外传来红胸鸸和栗背山雀的叫声,四十五加权分贝。
  下午一点四十五分,一架直升机沿霍河河谷的北脊飞过,五十加权分贝。

  这次从空中入侵的噪音来源跟先前不同,应该是美国国家公园管理局造成的。他们用直升机在公园里执行多种工作,包括计算霍河河谷的麋鹿数目。我用电子邮件询问国家公园管理局的公关主管巴布·梅奈斯,联络后,证实了这件事,她在信里说,计算麋鹿数目的直升机一直"在离树顶很高的高空飞行,所以直升机产生的向下气流不会吹动树林上层的枝丫,也不会使上层的附生植物和腐叶掉落"。换句话说,她只谈到直升机所造成的可见影响,但是完全没有提及它们的噪音有可能对麋鹿群或其他野生动物造成影响,或可能造成自然声境的退化,然而这些却都是国家公园管理局自身的管理计划中,载明会尽最大努力来保存的项目。他们有照着做吗?

  下午两点二十五分,今天第一道强风自河谷吹拂而上时,我正站在大叶枫林里。我听到细微的沙沙声,还有第一批枫叶被风吹落的声音,接着看到它们打着涡漩,飘到地面厚厚的蕨类植物上。每片叶子从六英尺高掉落到蕨叶上,平均会发出三十加权分贝的声响,但落叶量最多的时候顶多也只有四十加权分贝,就像在寂静中呼一口气的声音。踩走在干树叶上，会发出四十五加权分贝的声音；如果像小孩一样拖着脚步走，会制造出森林里最吵闹的声音之一：六十五加权分贝。单只熊蜂嗡嗡飞过，音量可能在三十四至四十四加权分贝。

后来我在巨大的枫林里躺下，打了个小盹。我望着黄色带着棕点的大叶枫，还有变成鲜红色、橘色和黄色的藤槭，在这两种色彩缤纷的枫叶中，我的神志开始迷离。

六点零四分，我被喷射机的声音（四十四加权分贝）吵醒。我走回营地，但跑到河边准备晚餐，以免食物的味道把不受欢迎的客人吸引到营地，像是黑熊或浣熊。即使在河边嘈杂的水声中，我仍然听得到直线距离七十五英里外的西雅图 — 塔科马国际机场尖峰时段的声音。我在喷射机入侵时间表上，记下晚上七点五十五分、八点、八点十五分、八点二十分，以及八点半。

我在夜里醒来，月光照亮了河床，我从睡袋望出去的树影，轮廓分明。西方一英里外传来麋鹿的叫声，我再度进入梦乡，发誓明天一定要找到麋鹿群。

早上七点半起床，凝视着第一道晨光。整个早上我都静静观察周遭的自然奇景。三十英尺外有一只树蛙（五十五加权分贝），它的声音几乎跟人类平常的聊天声一样大，听得很清楚：缓慢、从容、清晰，类似干橡皮绞动的声音。

健行步道上有麋鹿的蹄印，边缘没有干燥或下陷，代表是新近形成的蹄印。植物有许多啮咬过的痕迹，所以附近肯定有一大群麋鹿，但是由于我闻不到它们甜甜的麝香味，所以应该也不会太近。我望向河床，然后是森林；它们有可能在任何地点。麋鹿白天时通常会躲在幽静的森林里，晚上再到空旷的河边，特别是在月光明亮的时候。我决定在这里等待。

下午四点十二分，一架小喷射机沿北脊飞过，四十四加权分贝。

下午四点五十分，我仍在相同地点，听到北脊的南向山坡传来一声类似号角的麋鹿叫声，响亮又清晰。我觉得已经等得够久，于是离开步道，进入雨林，踏上白尾鹿、黑熊和美洲狮等众多野生动物偏好的小径。我小心挑路，穿过一片茂密的小锡特卡云杉，它们比红花覆盆子树丛还刺人，我努力不让听力敏锐的罗斯福麋鹿察觉到我的行踪。它们的视力似乎不好，但听力绝佳。我把脚步放慢放轻，每次都是脚跟先着地，再轻轻朝内踩下，尽可能平均分配力量，悄悄前进。

我终于看到一只大公麋鹿站在覆满青苔的旷野上，两棵高大的铁杉之间。它的鹿角华丽威武。然后我听到微弱的"咿唷"声从森林深处传来，转头看去，有超过八只母麋鹿在那里，它们身后站着另一只公麋鹿，体形比先前那只更大。我正要计算它的鹿角有几枝分叉时，它已经躲到一大片蔓生的原始青苔和藤槭林后面。这时另一个"咿唷"声响起，我看到更多母麋鹿。这一群麋鹿超过三十只：四只成年公麋鹿，超过二十只成年母麋鹿，以及数只尚未成年的小麋鹿。

我们今天之所以能保存这片野生地，应该感谢罗斯福麋鹿，或说该感谢它们的祖先。奥林匹克国家公园一九三八年成立，原先是一块联邦自然保护区，目的是为了保护罗斯福麋鹿。这不难理解。成年公麋鹿的叫声是我听过最美的自然声音之一。它们的叫声在四分之一英里外聆听效果最好，听起来就像横笛一般：那是一种持续很久、非常奇特的声音，它的音调会稍稍提高，然后回荡到远方。距离较近时，声音听来又不太一样：比较像铜管乐器的声音，但依旧绵长悠扬，经常以三个以上的连续咕哝声收尾。不过这声音在我听来并不悦耳，因为它们栖息的高大雨林所具有的音响效果，不会让这种叫声变**甜美**。若在近距离聆听，同样的声音会显得具有攻击性，让人肾上腺素飙升，这种低沉的咯咯声和令人恐惧的咕哝声，目的是要警告所有的竞争者，说服它们停止靠近——包括我在内。但我仍选择留下。

母麋鹿和小麋鹿的叫声似乎是为了彼此联络，让其他麋鹿知道它们的相对位置。它们必须散开，才能尽快进食，但是又不能远到失去联络。这种叫声似乎也可以传达数种心情，例如沮丧、困惑，甚至发情。

我也听过公麋鹿发出类似狗吠的声音，这种激动的声音响亮清晰，警告听力范围内的所有同伴提高警觉，因为有不寻常的动静。紧接在这类叫声之后的，很可能是惊慌奔逃，由于麋鹿的体形跟马匹相当，麋鹿若是发出这种叫声，绝对要特别注意，不可轻忽。

我设法接近到一百英尺左右，把相机对准麋鹿群，小心翼翼将远距镜头改成手动模式，以免发出自动对焦的马达声。这里的植物茂密，光线暗淡，我一边偷偷前进，一边寻找紧急出路。这个时节，公麋鹿正值发情期，行为难以预测，我绝对不想意外撞上一只，让它以为我要向它挑战。我看到几个可以躲藏的地点，巨树根部的洞穴大到足以让我跳进去，又不会让超过四英尺的鹿角刺入。

麋鹿群挑了一个美丽的森林露天剧场，可以在这里悠闲度过白日，这片巨大的空地覆满厚厚的青苔，看起来就像用巨大的喷枪喷洒的。我在心里记下，要在春天时，带录音设备再来造访；到时这里的树上会有许多鸟，能提供美妙的音响效果。

麋鹿优哉地吃着藤槭、越橘和红花覆盆子的树叶。它们的活动只发出小树枝折断的柔软声音，没有任何咕噜或叫声，从七十五英尺外测到的音量是三十二加权分贝。

一只公麋鹿发出响亮叫声，我被察觉了，肯定是相机快门的声音泄漏了我的位置。麋鹿群朝跟我反方向的河边跑去，我迅速又拍了几张照片，但没有跟去，我不想改变它们的行为。等它们离开后，我很快回到主步道，往东方沿河谷而上，只要它们持续朝河流走，我就能绕到它们前头拦截。

果然没错，等我抵达汤姆山能够俯视的位置时，一只巨大的公麋鹿带着数量可观的麋鹿群，背对着我，走进我前方大约五十英尺的步道。其余的麋鹿跟在它后面通过，殿后的是麋鹿王，它们一一走下河岸，前往泛滥平原。我在河岸上找个位置继续拍照，观察它们的习性。

在我造访霍河的二十五年里，这只麋鹿王显然是我见过最大的麋鹿。它就算不是整座山谷的国王，也以所向无敌的姿态统治着麋鹿群。我把另外三只公麋鹿昵称为"执行长"（挡住步道的那只公麋鹿）和两位"牛仔"（它们总是互相竞争）。"执行长"显然帮助麋鹿王处理很多事情，以此交换跟母麋鹿在一起的时间。那两只"牛仔"明白自己还得等很久才有机会交配，所以把大多数时间用来彼此对峙，鹿角互卡，咕咕哝哝地互相推挤，反正就是把沮丧的感觉发泄在对方身上，同时增强力量和打斗技巧。

下午五点三十五分，一架军用喷射机轰隆隆地沿河谷飞行，但是高度很高，所以对地面的噪音冲击降低至五十加权分贝。这次的噪音入侵事件结束得很快，一开始比较急速，然后慢慢消退，但总计不到一分钟。不过无论如何，还是造成了干扰。我回头望向正在打斗的"牛仔"，听到它们不断踢动河床上的圆石，努力寻找较好的立足点。它们的鹿角发出异常的声音，跟木头类似，但感觉质地更密。此外，从一百英尺外听来，它们的哼鸣声像是在抱怨筋疲力尽，而不是虚张声势。

　　下午五点五十五分，又有一架喷射机打破森林的宁静，我走回营地，吃了晚餐，很早就上床睡觉。

　　我在凌晨两点四十五分醒来，聆听河水流经河谷的歌声，非常热闹，而且变化多端，充满惊喜，肯定会在我毕生最爱的声音排行榜上名列前茅。另一个声音来自这整个地方，主要是由植物生命所构成，名次也不低！当然，黎明时的大合唱也可能会在决选名单上，因为它们美丽又发人深省，独特又充满感情。但是霍河的哼唱却充满神圣，它的简单使它更加神圣。接下来我要试着形容它的一些曲调。

　　首先是河水冲过的低鸣声，有点像"噼嘶嘶嘶嘶嘶嘶嘶"。然后是河水潺潺流过，很微弱的回响，"勒勒勒勒喀格勒"，这是河水从附近表面弹回的声音。然后还有"啊啊啊啊啊呵呵呵呵呵"的声音，其实还要再高一点，比较像"咿咿咿咿咿"。它们细致地混在一起，彼此交融，纠结成几乎不可分割的整体。

　　这种哼鸣声非常细致，禁不起丝毫噪音入侵。就连聆听者也必须保持绝对的安静，不能说话，手脚不能移动，必须张嘴缓慢安静地呼吸才行。我相信张开嘴巴可以改善听力，原因有二：张嘴会使耳道变直并使嘴成为共鸣箱，另外是把细微的声音放大到听得见的程度。这就是小孩在灯关掉时本能会做的事：嘴巴张开，比较容易听到微弱的声音。

一个地方有灵魂吗？有，我是这么想的。一个地方有智慧吗？答案仍是，有。看看遭砍伐的山坡，它会想做什么？疗伤。

整个山谷的霍河歌声让人非常安心，渗透一切，令人满足，任何利用这座森林的木材所制造的人造产品，都无法创造出这么值得的经验，即使小提琴也一样。我背着背包行走时，觉得全身轻盈，没有身外负担。我经常想，在返家后，要怎么进一步简化我的人生。

早上四点零五分。喷射机入侵，四十四加权分贝。

早上七点，我在雾气里爬出睡袋，喝了茶后，迅速打包，准备出发。在同一小时内，我就看到昨天那群麋鹿，这次它们正从河床走回森林。雾气弥漫在森林里一百英尺高以上的地方，所以地面的可见度不错。有一只雄麋鹿有十根叉角，另一只更多。我走到离一只啃咬嫩叶的公麋鹿三十英尺的范围内，开始拍照。蹄声咯咯地在满是木头的土壤里回响，我看到一只公麋鹿走上河床，没发现我就在近处。我一动也不动，看着它经过，近到我几乎闻得到它那微湿的毛皮散发出来的霉味。

那只麋鹿走过后，我继续健行，沿河谷而下，途中又遇到一对白尾鹿。我观察、聆听，然后离开。白尾鹿不仅提醒我哪些地方不适合搭设营地过夜，在跟踪它们的足迹时，我还发现一些特别棒的聆听地点。它们基于相同的安全理由，会挑选在能自然汇聚声音的地方过夜。白尾鹿睡过的森林地面经常会像铺了垫子般，有时还有些热度，只要遇上，我一定会把握机会在那里坐坐，停留一会儿。

过没多久，我走到一片枫树林，四周一片宁静，只有二十加权分贝，也是音量计所能读到的最低读数。然而，这里并不是死气沉沉，每每在我移动时，总会让人有一种空间正在改变的感觉：这是生命存在的感觉。

"哗噗。"有东西从树上掉落。三十九加权分贝。
"嘀、嘀、嘀。"北美山雀。三十一加权分贝。
"砰、砰。"啄木鸟的声音。二十五加权分贝。

这些细微的声音不时打破浓雾森林的寂静，我走下步道，这趟荒野之行即将结束。我听到心里回响着一丝疑惑，我从来没有在霍河河谷遇到过这么多飞机噪音：喷射机、螺旋桨飞机，甚至还有一架直升机。"一平方英寸的寂静"够吗？至少我知道，我的心灵深处发生了一些变化。

最后我终于回到霍河游客中心，一个广告牌上写着秋季开放时间：周五、周六、周日，早上十点到下午四点。如果公园管理局的预算只能让游客中心一周开放三天，我又怎么能期望它会有管理自然寂静的预算呢？

我穿过停车场，朝我的福斯走去。途中一名游客跟我点头，无声地打招呼，然后他举起手中的车钥匙，打算遥控锁车。我可以感觉到我全身立即紧绷起来，但是，哈利路亚，多亏那些聪明（且重视安静）的汽车工程师，车子的喇叭声并没随之响起，反倒是车灯亮了一下。我心想，没错，支持安静的人又多了一个。

没想到接着就传来如雷鸣般的声音。隔一会儿，莫瑞奥林匹克废弃物处理公司的垃圾车轰隆隆地驶进我的视线，它正准备前往森林警备站，把垃圾运出去。

3

上路

在喧嚣与匆忙中,平静前行,
铭记静谧中的安宁。

——美国诗人麦克斯·艾尔曼

华盛顿州乔伊斯镇就算不是美国最安静的城镇,肯定也是其中之一。离我最近又最吵的邻居是一头乳牛,沿托斯路走五百码,经常可以看到它的身影在浓雾中若隐若现。在大多数时间里,这条郡道上除了我的车以外,只看得到三辆车,全都是迷路的人。我租的房子就位于路的尽头,从前窗望出去是徐缓起伏的山丘,一直延伸到新月海滩和胡安德福卡海峡;天气晴朗时,可以看到更远的加拿大温哥华岛,在我后方则是奥林匹克国家公园。

我屋子里最吵的声音就是电话,如果卧室传来短短一声铃响,代表电话已经转接到我一般设定在振动状态的手机里。我家第二吵的声音是不时呻吟、哼哼唧唧的老冰箱,它主要是用来冰啤酒和牛排,还有在我女儿来访时替她冰"优沛蕾"酸奶。第三吵的声音是我的计算机,有了它,我才能靠在野外录制声音过活,透过因特网,我才能联络向我购

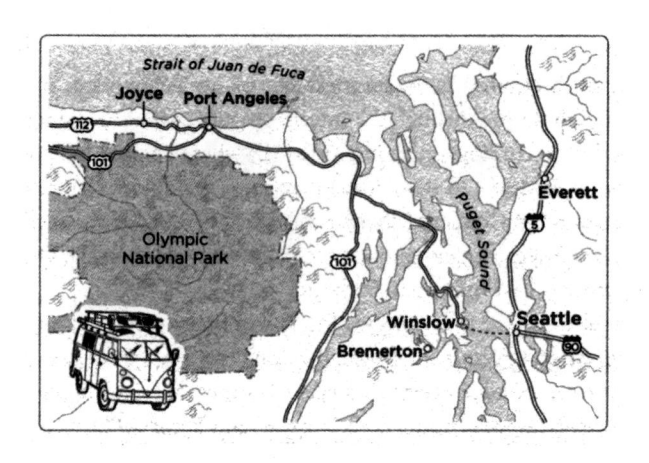

买录音的客户和个别买家，我也才能在这个人口大约一百的小镇，过自己喜欢的生活。学期期间，我可以听到风儿传来一英里外新月学校操场上的笑声，那是一所从小学到中学都有的完全学校。学童兴高采烈的声音经常会让我想到自己也该休息了。计算机上出现屏幕保护程序的图片，我该去人体冲浪了。

夜晚时，我家后院就像一间录音室（我也真把它这么用），只有春天例外，因为那时谷仓再过去的鳟鱼池里，求爱的青蛙会跟高大的果树合唱一整晚的民谣，这种演唱会的声音在我的声音图书馆里很常见。这里的野生动物个头都很大，有麋鹿、熊、美洲狮和草原狼四处徘徊。我十几岁的女儿从小就会看野生动物，也在野生动物的目光中成长。她知道美洲狮的眼睛在手电筒照射下是琥珀色，也知道碰到这种情况时绝对不要跑。

乔伊斯镇的景色美，声音也迷人，它有些路标念起来就像"顺路"（Bytha Way）和"难行"（Uptha Creek），镇中心是"乔伊斯杂货店"（Joyce General Store），它是方圆二十英里内唯一的杂货店、加油站兼邮局。只要去过那里一次，杂货店的老板连纳德和老板娘玛丽（Mary）就叫得出你的名字。连纳德会乐此不疲地一再说着他在"大奥普里"（Grand Ole Opry）舞台上演出的事，手里经常拿着五弦琴，在柜台后面或店外的长椅上等顾客上门。他每次都是在细述完他伟大的音乐表演后，才坦白说其实他是跟民众一起参观这个音乐厅，特别落在后头趁机对着空荡荡的音乐厅表演。他太太玛丽是持有执照的律师，负责在收款机旁找顾客零钱，还有摆放全克拉兰郡（Clallam）最棒的糖果，那一排糖果架整整从柜台往一边延伸出八英尺长，如果你犹豫不决的话，她会立即如数家珍般一一介绍。我最喜欢的是裹了一层巧克力的麦芽牛轧糖，叫做"Violet Crumble"。玛丽的哥哥吉姆·普法夫（Jim Pfaff）是我的房东，过去七年来，我每个月的房租都是送到这里的"邮政信箱一号"。吉姆平常开大砂石车，但却是一个老好人，有一次他花了整整半天的时间替我修冰箱里的灯，然后在修不好后，提议换一台给我，但我拒绝了。马卡族（Makah）原住民丽达（Lyda）在距离柜台左边九步路远的美国邮局工作，她总会在邮局窗口旁放一罐糖果，诱惑大家逗留久一点，好从事她不支薪的副业：收集八卦。

有一次我站在杂货店的柜台前时，她朝我大喊："戈登，你知道苏的电话吗？"

我想都没想就回答了。

她挑高眉毛，微笑了一下，然后说："苏忘了在她的信封上贴邮票。"

她把信封伸出来，一脸无辜。

"丽达，上面没有寄件人的地址，你怎么知道是苏的？"我问。

"我认得出她的笔迹。"她说，边打电话告诉苏说，她刚替她贴了邮票，所以她可以在下次来邮局时再付邮资。

当然，店里好几个人也听到了，于是我在跟苏约会的事很快就传遍整个小镇。苏以低价买下一栋拍卖的房子，用碎木块绕着房子盖了一圈围篱，漆成粉红色，每块木板的长短宽窄都不一样。有一次我停车告诉她，我喜欢她的围篱，我们就这样认识了。

许多人想逃离某些人、事物的时候，常会往西方和北方走，寻找无人居住的乡间。在这个位于美国西北角、已遭大多数人遗忘的乔伊斯镇，我也算是一名逃兵：一个逃离噪音的人。这里的人大多靠链锯养活自己，我则靠耳朵维生，我聆听、录音，也担任顾问。有不少公司从世界各地向我索取音乐和建议，我会先免费提供，等数量累积到一定程度时才开始收费。我出版了六十多张环境声音的唱片，多亏了"iTunes"问世，现在我不必再库存 CD。如今一切都靠计算机，只要单击鼠标就可以上传、下载、付钱、转账，这节省了我许多时间，让我能更自由地把时间花在保存"一平方英寸的寂静"上。

透过（连纳德经营的）克拉兰宽带连接看完电子邮件后，我打开我最爱的一个网站"WebTrak"，那里可以让我回到过去，只要挑选日期、输入时间，就可以在类似雷达屏幕的画面上，找出大多数在西雅图—塔科马国际机场起降的飞机，以及飞过奥林匹克国家公园上空班机的起降地。我才刚从"一平方英寸的寂静"回来，特别急着想找出这些噪音制造者，因为这次观察所列出的噪音清单远比先前的监测来得多。

我发觉其中一架飞机特别令我不安，它在凌晨四点五分吵醒我，噪音数值达到四十加权分贝，我从"WebTrak"上看出它是波音七七——二〇〇型，飞机尾号是N787AL，属于美国航空，也是第一家表示支持"一平方英寸的寂静"并在二〇〇一年同意支持不飞越奥林匹克国家公园的航空公司。但现在它却从亚洲飞往美国，目的地正是美国航空的总公司所在地达拉斯 沃斯堡国际机场，他们违反承诺，也粉碎了这些年来我累积的些微信心，我原本以为"一平方英寸的寂静"或许是保存自然静谧的可行方法。

若说上星期我在霍河河谷时很气愤，现在则是充满震惊与怀疑。我是不是活在自己的幻想里？在做无谓的努力？别人是不是认为我独自待在荒野里太久，已经有点疯狂？我心里开始产生一种熟悉的感觉，每次我对自己有所怀疑时总会有的一种强自镇定感。

一九八九年冬天，我因为肺炎丢了单车快递的工作。数周后，我没钱又失业，家里的暖气用完，水管冻结，我跟当时的太太茱丽只有一个四岁的儿子和堆积如山的债务。就在我的人生走到最低潮的时候，有一天美丽的日出和第一声鸟鸣突然带给我灵感，我看着太阳逐渐高升，听到鸟儿开始大合唱，我的脑海里开始出现亘古以来，全球一一迎接日出，鸟啭一波波响起的情景。我的绝望开始消失，尽管仍然缠绵病榻，我已经开始构思"黎明大合唱计划"。一年后，我环绕地球，到各大洲录制黎明的声音，只有南极洲例外。两年后我回到美国，获得现在立在我计算机上方架子上的小金人——艾美奖声音暨音响类个人成就奖。

我忍不住想到，绝望似乎就是促使我采取行动的动力。我一摆脱失去听力十八个月的绝望，就到霍河河谷去放那块代表"一平方英寸"的石头。如今，在担心我的努力会因为人们充耳不闻而失败的情况下，我想到另一项计划。

霍河河谷也好，甚至整个奥林匹克国家公园也罢，对我来说都太小，我需要更大的地方。我深刻感觉到必须接触美国的同胞，倾听他们对静谧的想法。他们究竟想不想得到宁静？我记得我最近接到通知，上面说内政部长德克·坎培松会到西雅图参加与国家公园有关的"听证会"。我把那份声明翻找出来：

二〇〇七年三月二十六日星期一，内政部长德克·坎培松将在华盛顿州的西雅图举办听证会，为布什总统的国家公园百年纪念计划（National Park Centennial Initiative）听取民众的意见与想法。

在西雅图市政厅举办的听证会是全美各地的系列会议之一。总统的提案将在接下来的十年间，对公私部门进行高达三十亿美元的新投资，以便在二〇一六年国家公园管理局成立一百周年之前，振兴与加强国家公园。

参与民众的评论必须集中在下面这三个重要议题上：

·想象一下，您和您的子女或未来世代在二〇一六年以后正在享受国家公园。您的希望与期许是什么？

·国家公园应该在美国人与来自世界各地的游客生活中，扮演什么角色？

·您觉得哪些指标型计划或方案最重要，必须在接下来的十年内完成?

坎培松说:"这些听证会是一个绝佳机会,让我们以长远的目光加上大胆的行动为国家公园的未来打造计划。"

目光长远,行动大胆。没错,我必须办自己的公听会,倾听大地的声音,不仅是在原始自然的地方,也要在平常人口密集的地方,因为每块土地都有声音。距离我上次做横跨美国两岸的声音旅行,已经隔了十七年,那次我是从卡罗莱纳州沿着偏僻小路开到加州。今日的美国听起来是什么声音呢?民众已经习惯身旁的噪音了吗?我必须用言语和分贝来测量美国的声音脉动,画出全美的声音心电图。这次我要从西岸的华盛顿州前往东岸的华盛顿特区,做我该做的事:聆听。

要当个聆听者必须具备某种意愿,愿意让自己被尚未听到的声音所改变。谁知道我会听到什么?或是行程会不会中途有变卦?但无论如何,以下是我的初始计划:倘若,在我走出与波多马克河相邻的彻萨皮克湾与俄亥俄运河沿线的国家公园,抵达华盛顿首府时,仍然相信我对静谧的追寻是正确的话,我就会努力跟政府官员会谈,让他们倾听我的意见。然而,首先我必须把那辆首选交通工具——一九六四年的老福斯小巴拿出来,好好清理一番。

这辆车已经开了不少里程,里里外外都看得出来,尽管不完美,却是一起旅行的好伙伴。一打开车门,一阵混合的味道扑鼻而来,植物纤维、动物绒毛、杉木块,还有掉在车里的薯条和溢出的咖啡等快餐残屑,过去旅行的种种经历猛然袭上心头。前任车主是位雕刻家,经常载着雕刻品到处跑,但他把这辆"Vee-Dub"保养得像一件艺术品。后来我把它重漆为蓝绿色，又把里面改装成符合我的旅行需求。那位雕刻家是十五年前在西雅图把它卖给我，交车前他跟我分享了开这辆很有个性的车上路时必须遵守的三条规则：第一，你的生活方式得配合这辆老福斯，不能开太快，因为它的时速顶多五十英里；第二，因为你甚至无法确定自己能不能到达目的地，所以最好从出发时就开始享受旅程；第三，你的人脉得很广，才找得到修车的零件。我问他："那你为什么要卖它？"他耸耸肩说："拜托，别问了。"

我把仪表板下的点火系统打开，启动。什么都没发生。连呻吟一声都没有，六伏特的老旧电池不像今天十二伏特的电池那么有力，但寿命告终就无法挽回了。尽管如此，我还是跟所有嬉皮型的"Vee-Dub"车主一样有所准备。我先前把车子停在车道最高处，面对车棚外面，准备利用助跑来启动。

在松开紧急煞车后，我从车侧开始推车，直到它沿着山坡往下溜，我才跳进车里踩离合器。化油器节流阀完全卡住，造成气冷式引擎发出尖锐声响。我立即关掉引擎，拉煞车，下车，打开引擎盖，用手戳戳化油器让节流阀弹开，然后再推一次车。我屋前那条笔直连续下坡四分之一英里的郡道，顿时成了我的道路救援。引擎终于启动，我很快就驶进乔伊斯杂货店的停车场。我没有熄火就进去买补给品，还向诺拉那两个面带微笑的女儿买了一些女童军义卖饼干，她们占有镇上最好的贩卖地点。带着薄荷巧克力饼干、鲑鱼和奶油酥饼，我开往"快乐汽车"。

"快乐汽车"的老板戴夫和慕斯两兄弟，就像西部版的美国国家公共电台搞笑主持人暨汽车专家克里克和克拉克一样。他们快二十岁时开始开跟我一样的六四年份福斯巴士，那时这些车都还是新车！这对兄弟在一九六九年把业务移到这里，他们的车场看起来就像冻结在时间里，一辆辆车子好似排着队要去参加"感恩而死"乐队的演唱会。一九六〇和一九七〇年代生产，已经生锈的小车、小货车和掀背车面对同一方向，停在这里，等着换零件，它们长了青苔，就快跟大地融为一体。在它们中间，还有自然长出的森林树种，为它们提供遮阴。

我手上拿着一盒薄荷巧克力饼干，走向大车库。

"要不要来点饼干，不错哦？"

"噢，好，谢谢。"

戴夫穿着一身前拉式跳伞装，仔细地咀嚼品尝，他听到我想把这辆车修到能横越美国的程度，丝毫没受到惊吓。

"换机油、调整机器、调整排气阀、换车轮轴承、检查煞车，什么都检查。"我指示说，"还有任何你觉得我在横越美国时可能需要的配件，像是备用的汽油泵浦。我能不能就跟你买，然后带着上路？"

"可以啊，这是个好主意。"戴夫说，"我帮你准备一套带上路，离合器线和节流阀线，风扇皮带。"

"还要检查一下启动引擎。我记了一些，但你想怎么修就怎么修，这趟旅行要三个半月，而且是穿越中西部，我不确定在那里找不找得到这辆老福斯的零件。"

"你这礼拜就要？"

"没有，我四月初才会出发，所以你还有好几个星期的时间。"

我朝回家的方向走，直到跟我事先约好的女儿艾比开着她那辆 Mini Cooper，按喇叭叫我跳进去。

三天后，艾比在周日凌晨五点五十分抵达我家，比我们约好的时间早了十分钟，我们打算去"一平方英寸的寂静"拿那块红石，好让我带着一起旅行，作为这项计划的具体象征。艾比答应跟我一起走第一段路程，那时刚好是她高中放春假的时候。我打算带她到西雅图和华盛顿州东部的几个定点，然后送她去搭美国国铁，赶上开课时间。我希望她今天能跟我一起去取红石，因为它象征这趟旅程正式开始。

上礼拜我们开玩笑说，要用艾比的化妆品把脸涂黑，悄悄在月光下行进。先前一连串的冬季暴风雨冲毁了三处道路，霍河河谷宣布封闭，禁止民众进入，我申请了两次特别入山许可也遭到拒绝。幸好在最后一刻，曾经跟我一同前往"一平方英寸的寂静"的奥林匹克国家公园管理处处长莱特纳接受我的请求，介绍我和一名公园警备队员见面，届时他会让我们通过上锁的栅门。

艾比停车时，我不想迟到，已经站在门边等。这是很特殊的一刻，不仅是因为可以进入霍河雨林，也因为我们会是唯一的进入者。

"我们不是要开那部福斯吧？"艾比问。

"不是。"

"耶！"她跳进我那辆二〇〇〇型的吉普豪华越野车的乘客座，把座位温热后马上就睡着了。

我开上沿明镜般的新月湖蜿蜒前进的派德蒙路，这里是奥林匹克半岛最精致的自然露天剧场，至少在一〇一号公路建造以前是。这座深冷清澄的湖大约一英里宽，十五英里长，四周有陡峭的山坡环绕。由于冰寒的湖水会使湖面上的空气变冷，所以声音能传播得更远，音质更清晰。声波的速度取决于温度，湖面上方冷而薄的气层就像是这座湖畔露天剧场上方的隐形屋顶，包住声音，因此音效卓越。声音在湖面上来回传播，连接人与万物。

潜鸟的叫声是荒野的标记，在新月湖上传扬到远方；只可惜交通声也传扬很远。一〇一号公路环绕整个奥林匹克半岛，也是安吉利斯港与伐木小镇福克斯之间的主要通道。这里随时可以听到载满木材的卡车、轿车和休旅车的声音。奥林匹克国家公园每年有超过三百万名游客，其中有许多取道新月湖畔，欣赏壮丽的湖景，却不在意自己制造的车辆噪音破坏了这里同样美妙的自然声境。一九九〇年代晚期，我在奥林匹克国家公园学院的"聆听之乐"研讨会教课时，会把全班带到这里聆听湖的声音，然后再到公园的其他地方更仔细地近距离聆听更多声音。

艾比静静睡着，我们一路开过白雪盈顶的风暴王山，然后转向索尔达克温泉，我看到一名男子站在他家前院的草坪上，拿着来复枪对准一堆土。他是在瞄准鼹鼠，还用了消焰剂，显然是为了避免烧到草坪。啊，克拉兰郡乡间的春色！

艾比跟她母亲住在离乔伊斯镇大约二十英里的安吉利斯港，从她会穿着亮闪闪的仙女公主装滑下森林小径开始，每到夏天，她每周都会轻装自助旅行。但是进入青少年后，她的兴趣也跟着改变。最近在登上飓风岭五千七百英尺高的山顶后，她宣布："我再也不要当大自然女孩了。"这些话令人伤心。我忍不住希望她不是真心的，心想不知能不能引她回归正轨。

艾比的母亲茱丽和我是在西雅图市区当单车快递员时认识的，我们第一次约会，我就使出一些在徒步旅行时磨练出来的求生技巧，在铁轨旁替她烤兔子。六周后，我们就在奥罗拉桥北边的三铃教堂，付了两名证人各十美元后，在他们的见证下结婚了。一年后，一九八五年，艾比的哥哥戈登·利兰出生，小名叫奥吉，因为这是他第一次发出的声音。现在，只差几周他即将从华盛顿大学毕业，取得计算机科学的学位，在微软已经有一份工作等着他，"一平方英寸的寂静"的网站就是他建立的。

我们抵达霍河雨林前锁住的栅门时，小雨噼啪地打着挡风玻璃，公园警备队员马克·麦库尔站在一辆装备齐全的四乘四全轮驱动车旁，等着我们。麦库尔正在执勤，检查当天渔人的捕捞品，他的腰带上挂着一把格洛克手枪、两副额外的弹匣、胡椒喷雾器和一支无线电。

阳光穿透暗黑的密云，突然照亮挂在数百万根枝丫尖端的雨滴，就像圣诞节的魔法一般。黑色柏油上冒起热气，河流呈现奶白色；"霍河"这个印第安名字，原本意指微白的水。

"找到停车位了吗？"麦库尔开玩笑地说。他身形瘦削，健康，态度友善。在稍微握手后，他打开栅门，让我们进入。"如果你们够幸运的话，就看得到美国大山猫。两个礼拜前，我到上面去的时候，真的很棒。我们看到各种不同的动物。美洲狮就走在这条步道上。"

艾比还在睡，我轻轻把她摇醒。

"要走多久？"她咕哝地问。

"一趟大约两小时。"我回答。

"该死，我赶得及回来工作吗？"

"一定可以。你睡着的时候，我在福克斯买了奶昔冰沙，你要现在吃吗？"

"不要，"她说，然后才说她心情不好，"爹地，我脾气坏，不是针对你。"

万物一片湿濡。步道两旁的树不停滴水，枫树上垂下来一片片苔藓。步道最前面一英里，已经看不到被暴风雨吹倒的树，但很快我们就遇到得靠合作才能移开的障碍。我们互相帮忙找落脚处或手抓处，然后再拉另一人上去，艾比比我擅长往下跳。在上下坡超多的西雅图当了九年单车快递，造成我的膝盖磨损。在霍河，倒下的树木有可能造成宽达一人高的障碍，幸好今天遇到的挑战小得多。

在小径上遇到的小溪大多流速快，水位也已升高，我们的脚愈来愈湿，艾比落在我后面，我在一条挺宽的溪水前停下来，这条溪已经涨到步道上，淹没了将近一百英尺的路面。艾比的沉默令我心情沉重，我原本希望她能享受这次健行。我提议背她过去，跟她小时候一样，背她走过淹水的地区。她从我背上下来时，不发一语。我记得在她六岁左右，也背她走过同一条路，那时她还背着背包；走了几英里后，我让她跨坐在我肩上，拿我的背包当坐垫。我们看起来就像一根迷你图腾柱。

不久我们就遇到另一个障碍：一片矮树丛挡在步道上。一棵藤槭倾倒，造成一个处处陷阱的迷宫，我们被迫迂回前进，缓慢又艰辛。我听到西方鸫鹩从远方隐秘低垂的铁杉树枝上，发出震颤快速的尖锐长啸。一只美西海岸红松鼠在远方发出细微的颤音。艾比仍然不发一语。带她一起来，是否错了？我拿出我的佳能Powershot型相机，希望能逗她为拍照笑一下。别想了，她根本没为相机停下脚步，在镜头下只拍到她微带粉红色的模糊身影。

我们在早上十点五十五分抵达通往"一平方英寸的寂静"的岔路，

周围的环境声音主要来自远方的霍河,它的流速达到最大,声量大约是四十一加权分贝。我们又往前走了一百码,穿过麋鹿走过的小径后,终于看到象征"一平方英寸的寂静"的那块石头静静停在残木上。我把这块多角的红石放进口袋,换上一块被溪水磨得圆滑的白石,它会在那里代替红石,直到几个月后我带红石回来为止。

我用手势示意艾比把宛如项链般的小皮袋递给我,那是我特别制作的,用来装放这块象征"一平方英寸的寂静"的"寂静之石",方便带着它横越美国。艾比误解了我的意思,脱口说出:"走!"据我所知,这个字是唯一曾在"一平方英寸的寂静"范围内说出的话。我们穿过泥泞,回到主步道,开始健行回去。

"'一平方英寸的寂静'这个地方是……"我开始说,但艾比截断了我的话。

"它一点也不寂静。它不应该是地球上最安静的地方吗?"

艾比把放在她口袋里的小皮袋拉出来,我把红石放进去,然后把这个幸运符挂在她脖子上。

"我绝对不是第一个在那里说话的人。"她冷不防地说,把这个幸运符从脖子上拿下来,卷成一个球,塞到口袋里。

"你为什么不想戴着它?"

她没回答。

"我希望你能从现在开始戴着它,等到在韦纳奇市上火车后再还我。"

她还是没有响应,甚至也没看我一眼。她转身开始往回走,留我一个人站在残木旁,我通常会在那里休息和做笔记。今天,我在一时冲动下开始祈祷:

现在开始红石之旅——我为万物的安宁祈祷,愿在卑微之地、由卑微之人所做的卑微梦想,能促成改变,能获得实现,愿梦想无论多卑微,都被视为是重要的。我祈祷自己能注意生命中的微小事物,理解终有一天我的愤怒与沮丧都将消失,我将再度完整。我满心希望这梦想能实现——这是我的衷心企盼。这不仅是关于寂静,也是关于我心中的苦痛,关于年轻岁月的忧惧,关于信仰与道德价值,关于和平以及对和平的追寻。

最后我赶上艾比,一起回到吉普车上。她说这趟健行让她觉得自己生病了,她一路睡回家,到家后又睡了几小时,我才叫她起床上班。她在当地一家超市负责把货品装袋,从晚上六点工作到十点。

我回到"快乐汽车",脖子上挂着"寂静之石",走到车道上长满绿草的转弯处时,我就看到穆斯手上拿着油污的抹布,弯腰替我那辆 Vee-Dub 做最后调整,在他的郁金香花床旁边,有两只鹿正在大口咀嚼。

"喜欢我的车吗?"

"不错,挺喜欢的。但我们得赶快把它送走,每个看到的人都想买。里面的小火炉是最棒的部分。"穆斯说。

"重点是它还能用,只要添一些木柴进去就可以了。"

穆斯告诉我他们做了哪些工作,在俯身看汽油泵浦时,他说:"看到那些夹钳了没?我们看到很多火,所以加了它们。还有这个盖子,它没有百分百锁紧,但它已经完全冻住,如果我动到那个,就可能得做大工程。它其实还可以，没有很糟。如果你要把它转紧，可以用一小片橡胶。"

接下来他指着电池说："它没有保护盖，所以有点可怕。它跟这个边缘离得真的很近，如果它变得太热，这条带子就会跟着灼热。所以我用了一些合成橡胶，它就隔这么远而已，"他用拇指和食指比出远远不到一英寸的长度，"这让我晚上睡不着，所以我剪了一条胶带——安全起见。你肯定想不到我们看到多少火花。我们换掉你的旧电压调压器。换这个发电器是场噩梦。变速箱油少了一品脱左右。换前轮轴承，加了新油封。这些定位片，你可以看得出来它们被损坏的程度。"

这就是他们的工作方法。这个会打弹珠台的技工重述他们所做的一切，但我只听得懂一些。不过我听得出穆斯和戴夫在我这辆福斯上投注了多少心血。

"所以大家都想买这辆车。你知道吗？我总是告诉问的人说，我愿意卖这辆车，然后我会停一下，等他们问价钱时，我会说'七百块'，然后再停一下，等他们开始拿皮夹时，我会迅速补充说，'七百块只能买车，但还要付两千块买缘分'。"

穆斯低声轻笑。

我觊觎这辆 Vee-Dub 已经很多年，还曾在上面留下我的姓名和电话号码。但车主从没打电话给我。后来有一天我带儿子去医院检查有没有肾脏感染的路上，看到这辆福斯巴士开过去，车窗上贴着看起来像要卖的标语。我立刻说："奥吉，我们可能会迟到几分钟。"我追上那辆车，抄下电话号码。买它的过程就像想领养子女的父母到领养机构接受面谈一样。"我不确定要不要卖给你。"车主说。我得接受面谈！他同意卖给我的时候,我们甚至没谈价钱,我拿出支票簿后,他说:"两千五。"隔天他把车开来时,车上装满任何想得到的零件备品。当时它的里程数是九万五千英里,引擎刚改装过。

在开了四万一千英里后,我再度为它开支票,"快乐汽车"开出的账单是一千两百七十九点一二美元。我谢过他们,正打算转身离开,戴夫把我喊住:"头几次踩煞车要慢一点。有时会扬起一些灰尘。"

四月一日,艾比在安吉利斯港茱丽的房子前面等我,我在车上放了火炉用的木柴,油灯里加了新的灯油,还多带了一些毛毯和垫子,好在寒夜里铺在睡架上。我还带了罐头食物,有 Dinty Moore 和立顿的罐头汤,Top Ramen 方便面,活力零食棒和麦片早餐。我们在波浪状的易酷乐(Igloo)水箱里装了五加仑的水,箱子上贴着一个红白色的大标签,上面写着"工业用水"。我在驾驶座后面塞了一箱 STP 牌代铅剂,这是防止气门燃烧的必备用品。还在睡架顶上加了手机信号增强天线,以便在蒙大拿州时还能查看电子邮件。我们还带了苏送我的一袋手工糖,足供旅程中每天吃一块。她还给我两张卡片,一张在第一天过后打开,另一张任何时候都可以开。

我已经感受到来自阿拉斯加的西北风,今年的冬天肯定很严峻,但我发现艾比还是轻装旅行,她只带了一个背包的东西。

"你确定带了足够保暖的衣服?你带了什么?"

"我带了一些衬衫和长裤、一件毛衣、两双袜子……"

"你的鞋子呢?"我问。

"有皮带的凉鞋。"

"你不能穿凉鞋去听西雅图交响乐团！"

她耸耸肩，我咬了下唇。

"我们要去的地方会很冷，艾比。你最好带一顶帽子。"

"我要去拿泳衣。"

她跑回楼上她的房间，茱丽和我困惑地互看一眼。

艾比再度出现，手上吊着比基尼。茱丽替我们拍了照。

在打开开关、按了一个钮后，我发动"Vee-Dub"，出发上路。

抵达市区边界前，艾比把夹克贴着车门当作枕头，宣布她要睡觉了。没想到禁不起大力的车门砰一声打开，艾比本能地抓住仪表板上的把手。接着她骄傲地微笑，我也是。

我们的第一站是沿一〇一号公路往东走的第一个小镇——塞奎姆，在那里的 Dairy Queen 吃起司汉堡和奶昔，又到 Radio Shack 替艾比的 iPod 买耳机。回到路上后，我问她在听什么。

"我不知道。"

"你不知道？什么意思？"

"阿肯和瑞克·罗斯[1]。"她回答，但这些名字对我毫无意义。

我在詹姆斯镇附近急转弯时，车门再度打开，艾比大力把它关上，再度窝回座位。她的手机响了，她只说了一句"我跟我爸在一起"，就改变了接下来所有对话的方式——全变成传简讯。接着是她 iPod 上一首接一首的歌曲，连我都听得到。

"艾比，你的 iPod 声量太大了，我听了耳朵都痛。如果你的耳朵不会痛的话，那是因为你的听力已经受损了。"

"反正已经受损了。"

"但有可能只是暂时性的。把声量转小好不好？"

她做了一个动作，假装把声量调小。

"调小了吗？"

"调小了，这样总可以了吧？"

我开始头痛，刺痛感延伸到我的脸右边，连嘴巴都痛起来。我问艾比在学校有没有做听力检查。

"什么？我听不到。车子的声音太大了。"

我不情愿地承认这是事实。我这辆福斯开起来不像雷克萨斯那么安静。它会辘辘地响，还会呻吟，因为它已经是老爷车，只要稍微有点坡度，它的气冷式引擎就会吃紧。再加上我加了一组风铃，每次碰撞时都会丁零丁零地响。我从后视镜看到我的车后面有一排车，就开到路肩，让它们先过。艾比的 iPod 现在放的是饶舌乐。

我把车开回公路上时，想到有一种寂静是不受欢迎的：父母和青少年子女间的沉默。

---

1 —— 歌手阿肯和饶舌鬼才瑞克·罗斯所组成的音乐团体。

4

都市丛林

> 如果在夜晚听不到三声夜鹰优美的叫声或青蛙在池畔的争吵，人生还有什么意义？
>
> ——摘自一八五五年西雅图酋长为印第安部落土地购买案，致富兰克林·皮尔斯总统的信函

从温斯洛渡船的甲板望去，西雅图市像空中阁楼一般矗立在同样为灰色的海天之间。艾比跟我在十五分钟前开车抵达，登上渡船后就到楼上吃点心，欣赏普吉特湾的风景，包括别名"翡翠城"的西雅图美丽天际线：史密斯塔、哥伦比亚中心、海事中心、科曼大楼、密钥银行、华盛顿互惠银行、雷尼尔银行大楼、金融中心。以前我可以说出这里每一栋著名建筑的名字，几乎连每一层楼的营业内容都知道，也知道哪里最适合举办圣诞派对。

我替巴克单车快递工作，是对这城市了如指掌的二十多名小人物之一。我们在西雅图上下起伏的市区送快递，不论晴雨，但通常是雨天。"巴克"这个名字就像"芝麻开门"的同义词，在任何一扇门前念出这名字，门几乎都会开。我们靠两轮代步，消息灵通，知道谁跟谁做生意，谁正在崛起，谁准备出局。我们的轮子帮助这座城市运转，但有时

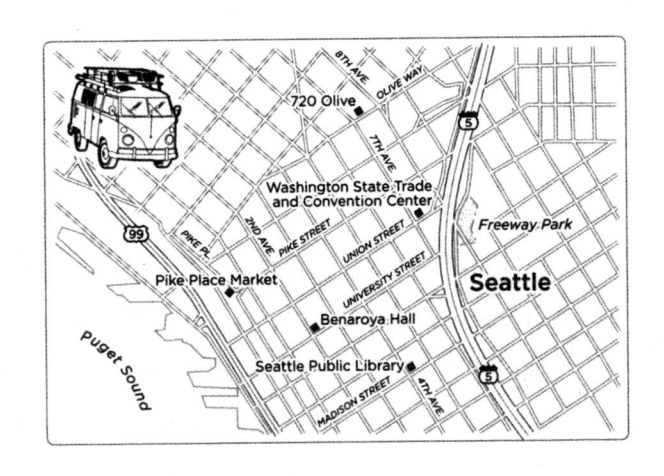

轮子也会停止转动。

　　单车快递可分为两种：已经被撞和还没被撞的。我没做多久就脱离了新手行列，因为我在"巴克"工作的第二天就遇到第一次意外。一辆车突然从地下室车库冲上来，司机没想到会有单车呼啸而过，事情就这么发生了。之后我在九年的单车快递生涯中又被撞了十一次，大致是因为我很久以后才明白，不能光靠警戒避开麻烦，也就是光靠眼睛是做不到的。只有听力才能同时侦察四面八方，甚至预先知道隐藏在角落的事物。爱斯基摩人对这情况有个形容词"seuketat"，直译就是"动物的耳朵"。我在"巴克"任职期间，骑单车在移动的钢铁河流中穿梭时，就像在都市丛林里求生的动物，那里比我待过的任何环境都来得凶险，连亚马孙和卡拉哈里沙漠都比不上。

都市丛林

我学会分辨好煞车和坏煞车的声音，运转顺利和该上油的引擎所发出的声音，在一条街外就听得出警用川崎重型机车的声音。我知道在交通尖峰时段，人车声会逐渐增强，如雷鸣般吵闹，但是等交通壅塞到每辆车子首尾相衔时，这种喧闹就会突然消失。我也知道靠近哥伦比亚中心顶端的隐秘私人住宅相对安静，那里一户独占一层楼。我在诺德斯特龙百货公司和好市集百货公司前听过街头音乐家的表演，直到户外音乐把他们赶走。我还记得帕克市场的星巴克咖啡打奶泡的声音，那里是全球第一家星巴克。我也听过在路边传教的人倒嗓前的喊叫，还有巴士轮胎在淹水街道上行走的声音，以及我的单车轮胎倾轧新雪的声音。我在公共市场附近，听过阿拉斯加双层高架桥下侧排水沟规律的水声，还有卡车和大卡车经过头顶的车道接缝时，发出的"砰——砰——咚——砰"声。

一百五十多年前，在大多数的城市声音都还不存在的年代，苏瓜密施印第安族的酋长希尔斯（有"西雅图酋长"之称），从美国原住民的角度谈到噪音与宁静：

白人的城市没有地方。没有地方可以聆听春天的树叶或昆虫翅膀的沙沙声。或许我是野蛮人，所以不了解，但是喧嚣似乎只是对耳朵的侮辱。如果在夜晚听不到三声夜鹰优美的叫声或青蛙在池畔的争吵，人生还有什么意义？印第安人喜欢风轻轻吹过湖面的声音，还有风本身被午后的雨水洗过或吹过松林的味道。对印第安人而言，这样的空气是珍贵的，因为这是万物——野兽、树与人——共享的气息。

今日，我们就像把地球的时间快转一样，在短短一个世代间，就造成相当于先前一百万年的变化。我们贪婪地取走地球的资源，但还回去的却无法弥补，更甚的是，我们经常不知道自己失去了什么。比方说，一直到我在意大利威尼斯的一个秋夜，我才发觉自己失去了足音。威尼斯以运河著称，没有繁忙的轿车和其他靠引擎起动的车辆，那次到那里记录城市本身及"东方快车"的路线时，我情不自禁地从敞开的旅馆窗户聆听外面的声音，一位老先生和老太太手牵手，沿着街区走向我这边，他们轻松地慢慢走，脚步声敲击在石板路上，每走一步都会发出两个声音，分别来自皮革制的鞋跟和鞋底。他们的脚步形成和谐的节奏，就跟他们的人一样相配，而我觉得他们也知道。然后在脚旋转时发出的沙子摩擦声后，他们停下，亲密的沉默后是轻柔的对话，远方的高塔刚巧在这时传来钟响，在窄街上当当地回响，形成许多层音波。

有一次我在东京听到截然不同、但同样震撼的声音，当时我被派去那里为一个计算机游戏记录日本行人的声音。东京的中心是新宿车站，每天有超过两百万人经过。这里的户外都市声境主要是由汽车和火车的噪音构成，在地面上，脚步声几不可闻。但是在离开地面的交通噪音，来到车站的地下走道后，却有令人意外的惊喜。这里的通勤者穿着软鞋底走路，步伐小而缓慢，几乎完全没有交谈声，只有走动时衣衫摩擦的沙沙声，跟虫鸟鼓翼时的拍扑声相当。

简单的步伐是大自然的基本声音。掠食者和猎物都热衷于觉察它们提供的细微线索：有蹄、有爪，还是有肉趾；步伐是快、是慢。还有数目：是有许多，还是只有单单一只闯入。即使是安静的脚步仍可留下

都市丛林

声印,我在斯里兰卡的辛哈拉加雨林就学到重大教训,那天我在田野调查日志里写道:

> 我为了记录黎明时的声音而走入辛哈拉加时,天色全黑。偶尔可以从头顶厚密的枝叶间看到一些星星,空气温暖而潮湿,很适合聆听。周遭的树蛙和昆虫交织出丰富的音质,跟我先前在温带听到的声音都不同,这额外的发现使我对录制珍贵的声音充满期许。
>
> 我在一处山丘顶的林间小空地旁找到适当的位置,那里是第一道初阳会降临的地方,我开始准备录音设备。突然,一阵恐慌袭上心头!我想跑,但又没有明显的原因。我试着厘清情况,告诉自己:"这里是地球的另一边,笨蛋,如果你不留下来录音,你以后可能不会再回来!别管你的感觉了——待在这里!"但接着我又领悟到:"你不必留在这里,不是现在!别管设备,跑就对了,你可以两个小时之后再回来拿。"

四个月后,我回西雅图的录音室听那天早上美妙的声音,没错,那声音是很美妙,清晰却复杂,我急着想听我丢下录音设备跑掉、没听到的鸟鸣,就在那段录音里我发现奇怪的事,在几乎察觉不到的短暂时间里,完全没录到直接的声音,仿佛有一个庞大巨物突然从阴影里冒出来。我倒带再听一次,没错,显然有东西阻挡了声音。我听到我离去的脚步声,然后是花豹发出喉咙的低吼,接着是它穿过树丛离去的声音。

我从这个花豹事件学到自然倾听者的意义,我们原本就具备完美的本能,可以倾听周遭世界的声音。我发觉与其问要怎么听,不如问要怎么减少现代世界的干扰，后者更为重要。

　　脚步能明确呈现出个人与文化的特质。《世界的调音》一书的作者穆雷·谢弗提议把能否听到自己的脚步声，列为城市的噪音标准之一，意思很简单：我们居住的地方应该安静到足以听到自己（和他人）走路的声音。然而，在大多数的城市，这是难以达成的目标，因为机器主导着今日的声响。

　　艾比和我自从进入西雅图后，就在避不开的噪音下听不到自己的脚步声，这是无法看到、只能听到的尘垢，要透过减少噪音、音响设计和行为改变来消除这种尘垢，不仅困难，也很昂贵。在西雅图中心附近，看得到太空针塔和一座"西雅图酋长"雕像的泰国餐厅里，我把接下来几天的目标解释给艾比听，包括当晚去看职业篮球赛，还有去参观引起许多讨论的新公立图书馆，去高速公路公园散步，最后再去贝纳罗亚音乐厅听交响乐演奏会。造访过人类设计和创造的声响环境后，我们会去截然不同的派普斯顿峡谷，那里也是我最喜欢的聆听地点之一。我告诉她，在这类罕见的地方仍然可以找到原始天然的露天剧场，体会人类始祖的经验，人类的听力是在这种地方演化，这类地方与人的本性更加契合。

　　但艾比不懂，或者该说她听不到。她阴沉地坐在我对面，戴耳机听 iPod，头转向一边。等我引起她的注意，对她皱着眉头时，她用力把耳机拔掉。

　　"这整个一平方英寸的事根本是胡扯，我一直这么觉得，这事很蠢。"

　　我猜这只能怪我自己，没注意"小心你许的愿望"这句古话的教

都市丛林

训，我原本是希望艾比能代表今日的年轻人，跟着这趟旅程走一小段，从嘈杂的都市环境到自然安静的地点，深刻体会聆听带来的洞察力。我也希望能收集她的观察结果和见解。看来，她很勇于表达意见，那我就该听听她的说法。

"为什么很蠢？"我问，让艾比表达她对这个计划的看法。

"我觉得这是浪费时间。"

"你知道如果能保存一平方英寸的宁静，就能减少一千平方英里内的噪音污染吗？这不是胡扯。"

"我不想吵这个，"她说，"反正我不在乎。"

我们已经相处十六年，她很了解怎么惹火我。

"你知道，你把你的不在乎表达得很清楚。那你**在乎**什么？"

"就是一般年轻人在乎的事。我在乎朋友，我要做好玩的事，我不想去了解我不在乎的事，我可以搭火车或巴士回去，现在就回去。"

我们的鸡肉沙嗲刚好在这节骨眼送上来。

我心想，我或许有好几个月看不到她。我们真的需要花点时间好好相处。我究竟是为什么要做这趟旅行？我发觉自己被计划的冲劲冲昏头了。

晚餐后，我们越过丹宁街，要到钥匙球馆看超音速队与丹佛掘金队篮球赛的车辆，把街上堵得寸步难行。我们的位子在二一六区第一排，挺高的。我是在网上向一个新泽西州的家伙，以额外加价买的票。

虽然我不是特别迷球类运动，但也参加过不少比赛。微软曾经派我去参加足球、棒球、曲棍球、篮球，还有高尔夫球赛，为计算机游戏录制比赛现场的声音，要我用替博物馆、电影和我自己的唱片录制野生动物和大自然声音的技术,到坐满观众的球场录制欢呼声。尽管这两种场景不同,但我仍在其中发现许多共同点。有哪些地方是我们能像野生动物一样大吼,却仍然能被社会所接受?更明显的是,我发现在亚马孙雨林里,光凭声音就可以正确判断时间,就像我可以光凭声音相当准确地预测哪一队拿到球,比赛或延长赛还剩多少分钟。

我和艾比一经过钥匙球馆的旋转式入口,我的音量计读数就爬升到七十四加权分贝,因为它测量到声音在水泥建筑表面上清晰反弹的声响。就算我跟艾比有话可说,恐怕也很难讲话,因为周遭的声音实在太大。当我们抵达座位时,连续播放的摇滚乐使音量计读数再往上增加到八十三加权分贝,比六英尺高的巨浪拍击在海滩上的声音还大,但这个由主场球迷制造出来的声音风暴,才刚开始而已。

"大家更用力地喊!"播音员的声音是九十加权分贝,跟一般的雷雨差不多。观众尽责地又欢呼起来。

"大家准备好了吗?"播音员再度大喊,鼓励大家再度欢呼,我们看到球场自己的"噪音计"开始欢乐飙升。在这个坐了半满的球场里,我的手持音量计测到的数值是九十八加权分贝,就像暴风雨已经在头顶上。

"砰——砰——啪,砰——砰——啪。"球赛开始,第一次投篮得分:超音速队,九十八加权分贝。第二次得分:掘金队,九十加权分贝。第三次得分:超音速队,一百零二加权分贝。

在这名副其实的"超音速"比赛里,负责控制声音的人坐在球场最上方称为"小桶"的一个小房间,位于其中一个篮球架后面,美国国旗附近。他的名字是安德鲁·莫伦。莫伦在大学时拿到这份工作,一场比赛二十五美元,外加一顿免费餐点。十二年后,他仍然在做这工作。即使他现在有了家庭,而且是安装防火洒水系统的承包商,至今他仍替超音速队播音,只因为他喜欢这份工作,可以娱乐和鼓动观众。他把这份工作比喻为替好莱坞电影制作音乐。

"我觉得它们是相同的,"他说,"观众是比赛的重要成员。以我来看,他们会造成几分的差距,而很多比赛都是以一分之差决胜负。在有些比赛里,我觉得我也是促成胜利的因素,在一些比赛里,我觉得我应该为没有让观众更兴奋负责,导致我们以一分落败。"

莫伦用的软件叫"Game Ops Commander",可以让他自由运用各种不同的音效。他的"投篮成功"档案夹里有"baboom.wav"、"bjojump.wav"和"torpedo.wav"等选项,而他的"投篮失败"档案夹里则有可以嘲弄对手的声音,例如有类似把舌头放在上下唇之间振动,以发出怪声来奚落对手的选项,像是"haha.wav"和"sucksuck.wav"。需要音乐时,莫伦的歌曲库里有五千条歌可供选择。他经常说,他的角色就是填补比赛空当。

"对我来说,最大的声音就是沉默。它会立即引起我的注意,"他说,"没有声音会让我觉得困扰,所以我总会尽快采取行动,用一些东西来填满,如果没有适当的,至少也会用轻松的背景音乐。认不出乐器的音乐最安全,你不一定要用很流行的歌曲,因为你不会想把大家的注意力引开眼前的比赛,但你会想让比赛变得更精彩,让它不会有冷场或赤裸裸的感觉。"

至于球场放置的电视分贝计,他大方承认那不是真的。"它有十格,三格绿色,三格黄色,四格红色。它冲得愈高,观众愈兴奋。我们还会在旁边加一条批注,上面说:'制造一些噪音'。"他把这视为"事先的录像播放,每次看起来都一样"。即使球场里只有他一人,这分贝计的显示仍会相同。

莫伦说他唯一接触到真正的音量计,"是在 NBC 之类的电视网来转播的时候。这类公司对于最大音量有严格限制,因为它们要听得到播报员的声音,我想有一次我们被罚了一万美元,因为我们把声量调得太大声。那次是在跟芝加哥公牛队和迈克尔·乔丹争夺冠军的时候,我相信,那次球场的音量有九成是观众制造的,我只占了其中一小部分而已"。

美国橄榄球联盟的球场大得多,对噪音的控制也很严格。它的规则手册里有一大章节是用于规范群众噪音:"美国橄榄球联盟球场上的人为或人工制造的群众噪音,已经大到球队向联盟反映,他们在球队休息区和球场上都很难沟通的程度。"因此联盟明令禁止"使用噪音指示计,或诸如'大声点!''听不到!''喊得震天响!''疯狂大喊!''加把劲!'和'球迷!'之类的讯息"。违反这些和其他的噪音规定,球队会被罚五码球或失去一次暂停机会。然而,球场噪音有时仍然大到球员必须靠视觉信号相互沟通,有点像被战斗噪音团团包围的士兵。

芝加哥期货交易所很早就开始使用手势,在狂乱的交易厅里进行交易,但是最近一家名为"Sensaphonics Hearing Conservation"的公司,有一种发明可以协助交易员。这家公司除了替"印第五百"赛车手、航天员和"滚石合唱团"等音乐家制造特殊耳机之外,最近也推出一种名为"ProPhonc TC-1000"的特制耳机,将交易员带进更快速的电子交易世界,TC 的意思是电子通信。"以前他们会一人坐在计算机前,由另一人跑到交易厅把指示交给交易员，在交易员做好交易后，这人会拿着文件跑回负责计算机的人那里。"Sensaphonics 的总裁暨创建人迈克尔·桑图西解释说，现在交易所可以透过只限于柜台和交易员之间的内线电话来简化流程。

"不过，"桑图西继续说，"在忙碌时间，噪音量还是很大。"

"你知道大概多大吗？"

"我知道，但我签了保密条款，所以不能说。几年前我测量过，我只能说相当于摇滚音乐会的程度，有那么高。想想看一百人站在一个圆圈内，而你就在正中央的情形，就是这样。"

他解释说，交易员最先是凑合着使用阻挡声音的耳罩，但它们重达两磅，使交易员的压力更重。于是 Sensaphonics 设计了一种单件式客制化耳机，里面配备了消音式麦克风，重量不到一盎司，可以直接插入交易员的手机。这种装置一个要价六百五十美元，但是和因错误沟通而导致的数百万美元损失相比，算是小钱。

噪音也入侵美国的消遣娱乐。在《球场景观：美国棒球迷的一季》一书中，乔安娜·瓦格纳写到她在二〇〇二年夏天到美国各大棒球场的经验，她观察到："大多数人觉得两局球赛之间的噪音量令人难以忍受。"她在书中举例说明球迷被球局之间的大声音乐激怒的情形。她还举出一名球员支持安静的立场：纽约扬基队中外野手同时也是杰出音乐家的伯尼·威廉姆斯，要求在他走向本垒板时不要播放音乐，让他能够专心。

艾比跟我一样，无法忍受球场噪音的攻击，甚至连四分之一都没看完就离开了。棒球不适合我跟艾比，我们已经听够了。我们沉默地走回位于太空针塔附近的旅宿旅馆。我睡了九小时，艾比睡了将近十二小时。早上她帮我以太空针塔为背景，替"寂静之石"拍照，我希望能在这趟横越美国的旅程中，替这位"寂静大使"拍摄更多类似的照片。

但是在我们前往下一站前，我在西雅图还有几个地点要去。艾比选择做她最不会抗拒的事——逛街购物，我则是前往一个熟悉地址的十四楼赴约。在我当单车快递时，我们是把橄榄路七二○号称为"Dajon"大楼。如今，它则是按最大的新房客"Marsh & McLennan"公司命名，我知道这里是因为我第八次不幸的车祸事件就发生在这里。我的单车头盔撞到橄榄路的人行道，造成脑震荡，就是那次我学到人类祖先早在互相说话之前就已经知道的事：听力是我们最重要的生存感官。毕竟，我们演化出没有盖住的耳朵。

我搭电梯去"杨提斯声响设计公司"，我已经跟它们负责设计西雅图新市区图书馆的声响工程师巴塞尔·乔帝约好碰面，那栋新建筑是以玻璃和钢铁建造的醒目建筑，用在它身上的形容词包括"令人兴奋"、"令人激动"，甚至"能让人变高贵的空间"。我很好奇这样的新千禧年图书馆会怎么定义安静？它的馆员是否仍会把手指放到嘴唇上，发出"嘘——"的声音。

这栋图书馆耗资一亿六千九百二十万美元，我读过许多关于它的评论，却没有一篇提到它的声响设计。在今天的会面之前，我曾把这个观察结果告诉山姆·米勒，他是西雅图 LMN Architects 建筑公司的资深主管，也是跟荷兰建筑师雷姆·库哈斯和他的大都会建筑事务所合作兴建西雅图公立图书馆的伙伴。

"对我来说，这意味着它很成功，"米勒说，"如果它的声响效果没有用，你肯定会读到有关这方面的评论。事实上，我认为它在声响方面非常成功。"他解释说，市立图书馆馆长黛博拉·雅各布斯表示，他们的目标不应该是要用嘘声来让人保持安静。"她很早就表示，她希望这座图书馆是民众能自由地跟他人一起阅读，并在读到有趣的内容时能够开怀大笑而不会感到不自在，也不会觉得自己成为众人注意的焦点。"

米勒解释说，传统上，大阅览室是以石头、大理石地板和木头制成，这些坚硬且容易反射声音的表面，会决定图书馆内的声响。在过去的三十到四十年间，许多图书馆开始采用地毯和吸音效果较好的表面，有助于消除声音。西雅图想要的是介于两者之间的效果，他说，"赋予图书馆一点生命"。

乔帝长得高大，很有自信，在接待区迎接我，带我到后面会议厅的一角去谈话。他讲话温和，用字小心，是位融合了艺术与科学双重特质的工程师。我们在开头的闲聊中，谈到当地的高楼大厦突然增加，还有大量的起重机（乔帝在邻近的贝佛市〔Bellevue〕数到十三台起重机），让我想到当地有关高楼的噪音规定。它们的暖气空调系统最大能到多大声？

"规定在地界范围内，不论日夜都不能超过六十加权分贝。"乔帝解释说这是商业区的标准。"住宅区的限制是白天五十五加权分贝，夜晚四十五加权分贝，所以夜晚比较低。"

"从我的观点来看，四十五加权分贝是森林里遥远溪水的声音，仍然非常明显。"

"你这个观点很有趣，因为每次有客户问'三十加权分贝是多安静?'时,我们都很难解释,因为我们就算不说话也听不到,因为在这个都市环境里,这种声量根本不存在,除非我们去一个特别的地方。"

乔帝建议我们走路去图书馆,因为他想带我去看途中的一个地方。原来是女性服饰店"人类学",这家店曾协助图书馆的声响设计。"我们寻找能示范声响的地方,不仅要给建筑师看,也要给图书馆员看,"我们走进去时,乔帝解释说,"结果我们找到这地方,它的摆设跟我们未来的空间相同:硬水泥、硬木地板,一些高高低低的柜子。"艾比会喜欢的音乐大声播放着,我在四处张望时,乔帝继续说:"我们请经理关掉音乐,走进来这里,然后开始说话。我们也带图书馆员来做相同的示范,他们都觉得那声量让人很舒服。"

我在店里的音乐声音下可以听到和了解乔帝的话,但并不容易。我们回到店外,继续朝图书馆前进时,都市的喧闹立即取代了一切。一辆卡车呼啸而过,我看到乔帝的嘴开开合合,却听不到一个字。交通噪音完全盖过了我们的交谈声。"西雅图噪音法令"对任何单一车辆的噪音限制是九十五加权分贝,比地产限制要高三十五加权分贝,因为这影响是短暂的。在听不懂对方的意思之前,我们能容忍多少字词流失或误听多少音节?而且这不仅攸关话语的理解而已。从自然聆听者的观点来看,我不仅想清楚听到每一个字,也想感受到说话者声音里的压力和语气,哀伤的感觉,讽刺的语调或挖苦的味道。在所谓"短暂"的噪音接连不断地出现下,我们话语里的细微差异早已变得不可听闻。

我们抵达第五大道上的图书馆入口后,我拿出音量计,测量自二十英尺外经过的车辆声音,结果是在八十到九十加权分贝。我把设定改为测量六十秒内所有音量的平均值后，发现噪音值降到七十五加权分贝。现在我知道，即使是在噪音较小的时候，这里的音量也比西雅图允许建筑物朝邻近房产造成的噪音量多十倍以上。这不就跟轰隆隆的雷雨一样？

乔帝带我进去中庭，设计师把它称之为客厅。我的音量计在五十五加权分贝附近跳动，这就有趣了。人类讲话的声量一般是六十加权分贝左右，这里的音量虽然没有那么高，但显然有得比，这意味着得站在身旁才听得到对方讲话。然而，由于我的主观感受不是嘈杂，而是安静，这情形令人惊讶。

"在典型的图书馆，"乔帝告诉我说，"你可能会希望绝对安静，装潢要能吸音，而且房间不能有回音。但是以这里来说，我们最初讨论它的功能和使用方式，还有这间大厅要如何跟图书馆其他空间沟通时，我们的团队认为它可以生动活泼，跟其余的空间产生实际关联，就像一个聚会所、一间客厅。你可以听到人们讲话，但那些话语属于他们应该在的位置。那位女士的声音从那边传来，那是她的声音。从背景噪音的观点来看，我们稍微多营造了一些背景。你可以看看楼板这里，喷气口把空气往上吹，让立面保持凉爽。冷却系统大部分位于地板下，不但效能比传统的顶上式系统要高，也比较安静。"

他指向我们头顶约一百英尺处的建筑结构："这栋建筑本身就可以吸收这里的声音。你有看到那个黑色的底面吗？那是会吸音的防火材料。"

搭乘手扶梯上楼时，我提到这楼梯像消防车一样的亮黄色很迷人。乔帝说这栋建筑里有一个地方的颜色很恶心。"我们应该去洗手间看看，那里的颜色特别恶心。"他解释说，那是故意挑选的，目的是要劝阻吸毒者不要把那里当成吸毒的地方。

"有用吗？"

"我想应该有。"

我们搭手扶梯往上走时，我测到音量是六十二加权分贝，跟一般正常讲话的音量一样，甚至跟春天黎明前最轻快的鸟啭一样。但整个空间给人的感觉仍相当安静。

混合室里面摆满计算机，重新诠释了传统的参考数据室。我在那里测到的音量是四十九加权分贝，跟山溪开始往下流的途中，在覆满青苔的岩石上飞溅的汩汩声很像。尽管这里有活动，声响的能量也的确存在，但这里却显得平静无事，整体感受也是安静的。

我们继续往前走，在一堆堆书籍中，我测到最安静的读数是四十加权分贝。阅读室里，十七人中只有两人手中拿着书（其他人在看笔记本电脑的屏幕），音量计的读数是四十四加权分贝。然后有一部电话响了，我从三十英尺外测量时音量剧增到五十八加权分贝，相当于用西洋杉木点燃的营火在寂静夜里啪一声折断的声音。

最后我们抵达第四大道的入口，那里有个金属输送带正在处理书籍。这里的空间带着工业味道，天花板低矮，狭窄拘束。跟楼上空气宜人的中庭相比，这里的感觉像矿坑。此处的环境噪音是六十三加权分贝，说话时得提高声量才听得到。附近是微软演讲厅，它的门有六英寸厚，能减弱声音，墙面也经过特殊的声响处理。这些门打开时，礼堂里空无一人，而外界的"安静"带来的噪音约五十加权分贝，跟绵延不断的细雨类似。

我的图书馆之旅的最后一站是儿童区，这个形状怪异的封闭空间称为"讲故事时间室"。我愉快地想起儿女小时候，我念故事给他们听的情景，我很爱看小孩子听故事的神情。特别是年幼的小孩（听力最不可能受损的年龄层），他们还没有学会听现代意义的声音，还不会把全副注意力放在老师或父母身上，相反地，他们仍是本能的动物，会聆听任何事物，仿佛他们仍仰赖听力求生。四到五岁的小孩是聆听声音的自然学家，只要让他坐在你肩上，在夜晚出去散个步就知道了。

我惊讶的是，这个故事时间室里竟然没半个小孩！大约一百英尺外，我看到两名大人在交谈，甚至可以听到他们以五十二加权分贝交谈的所有内容。这里的天花板和地板都很容易反射声音。我想象这个空间里有五六个小孩的情形，更不用说有二十几个小孩的时候，我问乔帝这里为什么要保有明显的"鸡尾酒会效应"，原来是有人告诉他，小孩都很好控制，但是根据我自己当父母的经验，这实在令人怀疑。

我在离开前感谢乔帝，然后回到"客厅"，窝进一张舒适的椅子，回想今天的所见所闻。在我头顶一百英尺的天花板非常宏伟，而这栋建筑由一片片钻石形的三层玻璃所构成的透明外壳，同样令人惊叹。这种视觉上的宏伟会让人兴起一种想保持安静的感觉。它让我想起峡谷区，只不过那里的公共空间是在户外的大自然里。这里的声响环境非常好，我听到从粗糙表面传来模糊不清的稀疏声音，但是无法确切听出它的距离和方向。我可以看到人们的嘴巴在动，有许多交谈，有些离我甚至只有五十英尺远，但是我一个音都听不到。这里是充满声响能量的聚集地点，但这需要人用感觉来体会。

这座图书馆是一项卓越成就：一份强烈的建筑宣言，为西雅图的地平线增添了一个醒目地标，但也为图书馆的"客厅"和"中庭"营造出惊人的景观，这里也是民众得以躲避城市喧嚣的庇护所。这里很安静，但无须使用刻板的"嘘——"来制止噪音，而是采用具有相同功用的心理策略。但是要达到五十加权分贝的"安静"，是否不用牺牲任何事物？当我在"安静的"波音七三七里测到的音量是八十一加权分贝时，我想到现代世界愈来愈不"安静"的情况，还有我们在别无选择时适应或忽视周遭世界的能力。这些现代、高分贝版本的"安静"，不仅没有提高我们注重安静的意识，反而让我们忽略它。如同明亮却毫无内容的白房间，这种大声的"安静"不能提供什么。我希望我的工作能促使人们更加仔细聆听，判断现代声响空间真正的价值。

瓦尔多斯塔州立大学的奥德姆图书馆对安静采取的方法简单得多。到这座佐治亚州的图书馆时，可以参考它的地图，上面把这个占地十八万平方英尺的设施分为相等的两区：蓝区和绿区。在蓝区内，不得使用手机，只能耳语；在绿区内，可以正常音量交谈，手机可以设为振动模式。这政策跟美国国铁比较安静的"Acela"特快车类似，效果也不错。这座图书馆流通柜台的一名经理说，这项措施很成功，有八成的民众遵守。

在读写能力成为教育方法以前，我们的传统方法是聆听。我们最早期的图书馆都是聆听的地方：餐桌、床边、教堂、城镇广场。我到夏威夷替史密森学会录咏唱调时，得知在十九世纪以前，夏威夷人没有书写文字。他们的图书馆都是用吟唱的。单一的咏唱调，例如《创世咏唱调》，描述生命自海洋升起，然后进展到陆地上的故事，总共超过两千行。

坐在图书馆"客厅"舒服松软的椅子上，我心想或许这是发展未来图书馆的基础，就像信息时代把古腾堡的技术发挥得淋漓尽致一样。在我的想象中，未来的图书馆会是社会密切互动的地方，比较像美好的用餐地点：一个光线柔和、气氛宁静的地方，让人可以跟朋友互动或跟人会面，以中立立场交换手边的资源。读书会成员可以聚在那里讨论这个月的选书，作者可以在这里朗读他们的书，可以放映纪录片供稍后讨论之用。毕竟，我想不出图书馆里有任何东西是与因特网无关，除了与他人互动的机会。西雅图的新图书馆目前有两个主要的交谊区：安·玛丽·高尔特故事时间室和微软演讲厅。图书馆的其余部分采取的都是心理式的"嘘——"规划，所以任何亲密的交谈（或偷听）都是不可能的。

我们的公共聚会地点，例如供运动、文学、学习与音乐（我在西雅图的下一站）的地方，都是刻意兴建的空间，高度结构化，因此总会带给人一些不自然的经验。无论在什么时候造访它们，都会令我想到，保存不是人为建造、未受破坏的荒野地区非常重要，在这些地方，我们或许能恢复感官的平衡，有机会向未经人为规划和改善、即兴又原始的大自然学习。荒野可提供休闲，当然也可提供学习和聆听地球上最纯净、原始的声音。地球透过感官的语言跟我们说话，我不会羡慕一栋图书馆能获得一亿六千九百二十万美元的兴建经费，但何不把相当于这笔经费一小部分的钱用来保存就位在西雅图后门、活生生的自然图书馆——奥林匹克国家公园？

艾比跟我在韦斯特莱克购物中心碰面，拿回我停在那里的福斯。我们前往她外祖母家，大约在四点时抵达。叶芙特·基夫住在西雅图东,华盛顿湖对岸的贝佛市住宅区。她把后院改成花园,一个能让心灵休息的绿洲。一排老花旗松挺拔地矗立着,在照顾良好的许多花床旁,杜鹃花和报春花替地面增添了绿意与色彩,更显优雅。叶芙特花许多时间"窝在后院的洞穴里",旁边是她亲手挖掘并用蕨类植物围了一圈的小鱼池,不然就是坐在厨房的摇椅上听古典音乐,或是美国公共广播电台(NPR)的《万物观照》(*All Things Considered*)节目,或是看书。

打过招呼后,艾比立刻跑下走廊去到她的房间,每次她来外婆家总是住在那里,她肯定是急着去收发简讯。我跟叶芙特待在厨房,她坐在摇椅上,手里握着茶杯。她跟往常一样喝红玫瑰茶,加一点牛奶。

她察觉到我跟艾比不太愉快,问起艾比的情形。我解释说,她不想去派普斯顿峡谷。

"她不会是为这在心烦吧?"

我沉默了很久,然后叹口气说:"这就像拔牙一样,我好几个月前就跟她说好了。"

"她那时候说她会去?"

"她说她会去。什么都说很酷。所以我问她:'现在你什么都不做,就只会抱怨。当初为什么不说你不想去?'她说她觉得当时她别无选择,答应我好像比较简单,反正是好几个月以后的事。现在才发现很难做到。这我可以理解,这趟旅行的确会很辛苦。"

"嗯,你一定要带她去吗?"

这时电话响起,叶芙特接起来:"嗨,乔瑟琳。"然后她就开始说起流利的法语。

我这位前岳母虽然是在萨斯喀彻温的格雷弗堡出生,但是在西雅图长大。她父亲是这里的钢铁工人,大萧条时期改当维修工人,母亲偶尔到面包店烤饼干赚钱,叶芙特记得他们家不时会接待过夜的访客,以打平收支。她在西雅图住了超过五十年,过去二十年大多是独居。现年八十八岁,是家族的女家长,自从我们见第二次面后,就给过我不少智慧建议。那次我前妻介绍我时说:"妈,还记得你上周末见到的那个人吗?我们结婚了。"后来我刻意去厨房找她单独谈谈。"我知道您一定很担心,觉得茱丽犯了一个可怕的错误,嫁给一个她才认识六周的人,"我告诉她,"但我爱您的女儿,一切都会很顺利。"然后我大大拥抱了叶芙特一下,茱丽和我的婚姻维系了十六年,但至今我跟叶芙特的关系仍很深厚。

由于我还坐在厨房里,叶芙特体贴地只讲了几分钟电话,就挂断了。如同往常,我询问她的意见:"你有没有什么好建议?艾比跟我来西雅图参加运动和文化活动,然后她会有完全相反的经验,到自然、安静的地方,一个可以在夜晚看星星,听力范围远达数英里的地方。"

"哇呜,我听起来很棒。"

"我也可以借此得知,艾比或今日的年轻人对这种体验到底感不感兴趣。不过我觉得她的心跑到别的地方去了。我该怎么办?坚持带她去吗?"

"等她三十岁,生了几个小孩后再带她去,到时她会很乐意跟你去。"叶芙特说,啜了一口茶,"我真的不知道,这要由你来决定,我想如果不带艾比去,你会享受到更多乐趣。这趟旅程的压力已经够大了。"

我在厨房喊艾比。又喊了一次。然后我走到走廊,她正在讲手机。

我请她过来跟我们谈谈。

"我的本意绝对不是要折磨你,你知道的,对吧?这不是要对付你的阴谋。我只想请你给我一个机会解释一下,你在我这趟旅程中所扮演的角色,好吗?然后你可以决定要怎么做。"

"好。"艾比静静地说。

"如果你一起来的话,就会有机会聆听大自然的声音,这是你已经很久没听到过的,我想你一定会觉得很惊喜。"

"我会喜欢做这种事,"叶芙特说,"你到八十八岁时肯定会喜欢。"

"是啊,等我年纪比较大的时候,或许吧。"

"我的想法是,"我继续说,"你在听 iPod 的时候,声音跟你的距离只有四分之一英寸,但是如果去派普斯顿,你有机会听到非常微弱的声音,来自数英里外的声音。你不会觉得这很有趣吗?你先想一下。你还没听进去我刚说的话,所以我想你应该还无法回答。那会是个全新的地方和体验。我希望看到你对派普斯顿的反应。你觉得怎么样?"

"喔,我不感兴趣,也不在乎。我对这种事情没兴趣。"

"你以前从没听过广达数英里的声音,你只听过自己房间和周遭环境的声音。你会有机会听到以前人会听到的自然声音,甚至是一千或两千年前的人所听到的声音。我想知道的是,借由亲身体验,你是否能跟自己的那一部分连结,不仅是十六岁的你,而是已经存在数千年的本能。这次旅行是一场实验,先前我得到你的同意,我邀请你而你接受了。不过从那时候起,你就一直张牙舞爪,感觉很糟。我想如果我硬把你带到派普斯顿峡谷,你的心也不在那里……"

艾比打断我,她已经听够她老爸说的话。"我想**现在**就回家。妈说她可以今晚或明早去渡轮那里接我。这次的经验给我的压力太大,我痛恨压力。我快崩溃了,这次的经验一点也不好,对我没有任何帮助。我知道它不应该这么负面,但我真的完全不感兴趣,这段时间让我很难熬,我宁可被禁足,关在家里。"

艾比说,不,她对交响乐没兴趣。"我真的、真的没兴趣。我对这整个体验也没兴趣。我可以自己去搭巴士。我可以走去巴士站。我什么都愿意做。我真的、真的很想回家。我觉得回到家我才能放松。"

我没有生气。晚餐后,艾比立即动身回家,她阿姨杰妮开车送她去搭渡轮,茱丽会在另一边接她。

艾比离开后,叶芙特开导我说:"孩子长到青少年时期,对亲子双方都不好受。我很高兴我不必再经历一次。青少年在他们这个年纪,总是很投入他们正在做的事。他们只重视朋友,其他的都不在乎。他们必须不停地讲电话。不只艾比这样。"

艾比离开时对我说:"爸爸,谢谢你让我走。"

我提醒自己短途旅游和长途旅行的不同。短途旅游时,你会担心同伴,担心接下来的事,要按行程走。但是在长途旅行时,你永远不必担心,因为接下来总会有事发生。我通常要花两个礼拜的时间,才能把心态从旅游调回到旅行,但艾比两天内就帮我做到了。

距离日出尚早,我在叶芙特的房子里醒来,发觉周遭静得出奇,只有二十加权分贝,是我至今量到最低的读数。我的旅行钟发出的滴答声使读数上升至二十二加权分贝。相较之下,我因为花粉而刺耳的呼吸声算是吵的,有三十加权分贝。在四点五十五分,我听到些微远方传来的交通声，但音量计的读数跟闹钟的滴答声差不多。或许我可以听到叶芙特在隔壁房间的呼吸声。这是乔帝昨天谈到的声响能量之一：有些声响几乎察觉不到，但却仍是真实地点不可或缺的要素。制作好莱坞电影原声带的录音工程师会把这称为"室音"加上低阶"背景声音"。荒野健行者则可能会称之为"地方精神"。

后来，茶壶开始哔哔作响。这种老式茶壶的声音很好听，叶芙特和我一起享用了红玫瑰茶，一人接连喝了两杯。这是她教我的喝法。我们继续谈昨晚的话题。

"我十几岁的时候，"叶芙特说，"还没有'青少年'这个词。年轻人跟父母待在家里，没有次文化。现在的次文化是我们以前没有的东西，以前我们会有几个朋友，但不会像在新文化里老是跟朋友黏在一起。但我们能阻止吗？我不知道。"

"艾比听iPod听得很大声，大到连我的耳朵都觉得痛！"我告诉她。

"不知为何，这些噪音可以阻隔他们不想听的事物，这有点像喝酒，目的是要使感官变钝。"

茶喝完了，听了她的智语，我的心情开始振作，很快就上了休旅车，回西雅图进行今天的聆听活动，但在那之前，我先测了我那辆车的声音：

空转：六十三加权分贝
二挡、时速二十英里：七十加权分贝
二挡换三挡：八十四加权分贝
三挡、时速三十英里：七十加权分贝

三挡换四挡：七十五加权分贝

在通往西雅图的州际九十号公路，时速四十五英里：七十九加权分贝

稍微下坡、最高定速，时速五十三英里：八十二加权分贝

它完全不是安静的交通工具，但气冷式四缸引擎的车就是这样。充满爆发声！如果没有时间表，没有这么多地方要去，我宁可采取不同的旅行方式——走路。等这趟旅程结束，我会给自己一份奖赏：沿彻萨皮克湾与俄亥俄运河的其中一段健行一百英里。最高法院法官威廉·道格拉斯于一九五四年沿运河走完全程时，曾形容说："这是一块庇护地，一处桃花源，是首都后门的一长条宁静平和之地。"

但是现在，我得先驾着我的福斯小巴，像一块石头投入流动快速的浅河般，驶入五号州际公路。交通快速壅塞，在我这辆相对较慢的小巴旁边，车子川流不息。最后我终于抵达贝纳罗亚音乐厅的地下停车场，离预先安排好的私人音乐厅之旅还很久，我决定用散步来体会西雅图的声音，回味以前熟知的市中心。

我的第一站是高速公路公园，就在第六大道的公园广场大楼和大学后面。这座公园位于五号州际公路上方，我记得大学时曾经读到，高速公路公园是为了"修复"五号州际公路"留下的伤疤"，是第一座建在高速公路上方的公园，也是当代美国最伟大的地景建筑师之一——劳伦斯·哈普林的传奇杰作。我打算在稍后的旅行中造访他的另一件作品——华盛顿特区的罗斯福纪念公园。

这座公园开启至今已经三十年，但是它的大胆设计却需要重新评估，在一名无家可归的盲聋妇女于二〇〇二年大白天遭人谋杀后，高速

公路公园为什么会吸引吸毒者与毒贩这类流动人口，令人感到质疑。显然，随着树木长大，这里提供了庇荫与隐私，但民众也开始感觉到另一种情绪：很容易受到伤害。如今，这里的游客已大幅减少。就我的动物耳朵而言，这是无可避免的，因为这座公园的设计重点之一是喷泉，其中最著名的是峡谷喷泉，哈普林把它包含在设计里，可能不仅是出于视觉考虑，也有听觉因素在内。哈普林用激冲的水流声来掩盖高速公路的噪音，但这也使得站在喷泉附近的人很难侦察到有陌生人正在接近。当树林愈高大，枝叶愈茂密后，视线跟着受到限制，情况就更加恶化。野生动物总是对掠食者很警觉，不会选择在这类地方逗留。既然它们都不会了，我们又怎么会呢？

我知道西雅图已经雇请非营利组织"公共空间计划"协助"发展小区愿景"，让这座公园"在宁静与活动和景点之间获得更好的平衡，让它能够造福邻里和整个城市"。在它们提出建议以前，以下是身为聆听者的观点。

地上有无数色彩鲜亮的花坛，优美的铁杉把我们的视线延伸到周遭建筑，看到映照在镜面帷幕墙上的梦幻都市景观。著名的"峡谷喷泉"是干的，应该是冬天时都会关闭。兴建这座公园是为了缓冲六线道州际公路的影响，然而少了喷泉的激流声，在这个有"五英亩都市绿洲"之称的公园中心，虽然视野里看不到一辆车，公路的影响仍无所不在。交通噪音最高达到八十五加权分贝，后来噪音一直在八十加权分贝左右，我得对数位录音机大喊，才能让我的口述说明听见。在公园的其他地点，靠近华盛顿州会议暨贸易中心的路标旁，有一个告示牌上写着："紧急警卫电话——警报器会响"。告示牌上方有一个灰色板子，上面有个红色按钮和看似对讲机的系统。我不确定它旁边的红色方盒是否就是警报器,它响起时是会让这个已经很吵闹的空间变得更吵,还是会在别的地方响起,由不同的人听到。或许两者都会发生。另一个告示牌上写着"禁止逗留",以及"本公园于晚上十一点三十分至早上六点,不对外开放(举办特殊活动时例外)。违法入侵者,一律严究"。

公园下方的车潮回音形成稳定的城市声浪,只有极少数人聚在这里,大家讲话都必须喊。高速公路公园仅覆盖这条州际公路的一小段,尽管大胆尝试,企图使市区的金融区更有人性,但充其量只能说是中等成功。我忍不住想,有没有人考虑过盖一个盖子,把穿过西雅图的州际公路整个覆盖起来,真正把声响环境还给行路人,而非做做样子。在附近,穿越默瑟岛富裕住宅区的九十号州际公路,就做了这样的大规模计划。在那里所谓的"盖顶公园"(Park on the Lid),有两个垒球场、四个网球场、一个有遮蔽的野餐地点、两个游乐场、两个篮球场和许多开放空间。默瑟岛市形容它是"合家光临的理想地点……经过细心整理的开放地区,适合所有年纪的孩童欢闹嬉戏"。

以我的耳朵而言,高速公路公园没多少令人愉快的地方,所以我继续前进,穿越华盛顿州会议暨贸易中心。在星巴克对面的一个安静角落,我测到的噪音量是四十八加权分贝。贸易中心的行人道上,两名西雅图警察骑着登山单车经过我前面,我意外发现,单车的飞轮并没有发出熟悉的"喀哩——喀哩——喀哩"声,因为加了油,在我的膝盖不行以前,也经常这样处理我的单车。

我很快就听到熟悉的声音。车子慢慢驶过帕克市场的砖道发出的"呼——呼——呼——"声,这里是我在西雅图最喜欢的地点之一。以前我做单车快递时喜欢这里,因为这里是唯一可以带着满载快递的单车搭电梯的地方(不用骑上西方大道的陡坡)。但我最喜欢的,还是这座集合了多种摊贩的百年市场的魅力与活力,还有令人惊喜的活动。至今,这些零售商的摊位还是用来出租,最重要的是,这里是行人最后的领域。民众可以自由从花摊走到蔬果店,途中经过手工纪念品店,对了,还有著名的鱼摊,在那里可以看到鱼贩把整条鱼悬空挂着以吸引顾客。在市场自由闲逛的民众造成附近道路交通瘫痪,我听到最大的交通噪音是来自一名机车骑士,他不停旋转手把,催动引擎,以免机车熄火。我还听到一名商人"啪"一声用力把塑料袋打开,还有把碎冰铲到海鲜上的声音,以及沉重的旧式门开开关关的声音。那里鲜少能听到脚步声,至少在繁忙时段是如此,但总是能听得到人们唱歌的声音。

"给一首我能唱的歌。给一个我能做的梦。给我一座山和深蓝大海,心灵的宁静与平和。"

我遇到街头音乐家吉姆·亨德,他脚边放着打开的吉他箱,灰色的胡须垂到胸前,另一名歌手替他和音。他们旁边聚集了十几个听众,当歌声停止,我跟其他人一起鼓掌。然后我伸手掏钱,捐给"让吉姆回来"基金。我花了十五美元买他的CD——《使风沉默:和平、抗议与爱国之歌》。

我轻松从第二大道走到"穷街"(Skids),一般认为这里是"脏乱街区"(Skid Row)这个词的起源地,因为在历史上,这里是圆木被"滑"(skid)下山坡,送入铣锯厂的地方。我走到贝纳罗亚音乐厅的艺术家入口。在帕克市场,街头音乐家是在不和谐的城市声音中表演;而贝纳罗亚音乐厅则是经过精心设计,可以隔绝城市的噪音。这座音乐厅于一九九八年完工，造价一亿两千万美元。

我买了今晚匹兹堡交响乐团的票，我想最好在聆听前先了解一下音乐厅的设计及音响性质。西雅图 LMN Architects 建筑公司合伙人马克·雷丁顿是音乐厅建筑案的首席建筑师，为这个案子陆续工作了十二年。他直接带我去听寂静之声：拥有两千五百个座位、但空无一人的大厅，我们走到一楼座位正中心，接近我心目中最热门的位置，也就是座位区中前方，那里的声音效果最好。

"砰！"我先弄出巨大的声音，接着倾听声音的去向，还有多久才完全消失。"砰！"我又发出一声巨响，耐心等候回音完全停止，然后告诉雷丁顿说："我到野外录制声音时，会用这种方法来判断一个新地点的音响效果，决定是否要在那里录音，这方法快又方便。"

我用腕表计时，发现在无人的情况下，声音大约两秒会消失，这很不错，让我联想到霍河游客中心上方"青苔殿堂"的回声时间。

"有人的时候会差很多，对不对？"我问。

"人会使这里的吸音效果变强，"雷丁顿解释说，"在交响音乐厅，你通常会设法在吸音效果和够长的余响之间取得平衡，余响时间通常大约两秒，才能让交响乐团的乐音充分混合。问题是如果余响时间太长，或音乐厅有其他因素会使声音失去清澈的特征时，乐音就会变得混浊。所以余响对交响乐音乐厅的功能很重要，此外，音乐厅里和声音扩散有关的一些特性，对于厅内的音响质量也很重要。这座音乐厅有一些特征，像是整个大厅和所有表面的几何特色，以及楼座的配置。"

"所以整体演奏会是自然形成的音响效果，没有使用扩音器？"

"对，这里有扩音系统供讲课时使用，但交响乐演奏靠的全是自然声响。"雷丁顿说。

我对交响音乐厅的声响效果跟自然环境是不是一致很感兴趣，像是大草原、林间空地、山间的自然露天剧场，或是人类耳朵演化的有机场所。我问雷丁顿知不知道有关这方面的书籍。

"我没注意过。"

我很失望，但并不惊讶。人类听力的灵敏度峰值大约在二点五千赫左右，但鲜少有听觉学家会思考这个峰值在演化上的重要意义，并询问在人类演化期间，是"什么"事件使我们必须对这个带宽的声音特别敏感。也鲜少有声响工程师思考交响音乐厅的理想余响时间，是不是有什么演化上的原因。但我却对这两个问题很感兴趣，忍不住会思考人类祖先的生存需求，因为我们今天拥有的耳朵正是源自他们。

在室温下，声音传播两千两百英尺左右的距离，约需要将近两秒的时间。我们是否能从这样的距离，推估人类祖先偏好的居住空间大小？这两秒的时间是否足以让他们逃脱或备战，换句话说，是否够让他们有足够的监视时间，以便放松？能产生余响的自然空间是否就像回音定位能指引海豚和蝙蝠一般，也能协助并向人类保证：这地方的声音可以听得一清二楚，所有声音的信息都已抵达。我先前已经发现，在一些大林间空地和丘陵上的草地，余响时间是两秒，一般是在清晨日出前夕，因为那时的空气多半很沉静，连一点微风也没有，这时声音传播的距离比日夜任何时间都来得远，也更加清晰。

我拿出音量计，测量贝纳罗亚音乐厅在空场时的音量，结果读数是二十六点五加权分贝，大约跟"一平方英寸的寂静"差不多。

雷丁顿指出："这还是在通往控制室的门打开，还有两部凉风扇吹送的情况下测的。你看，光这些门就重达八百磅。"

"这里真的是一座拱室。"

事实上，整栋建筑物都是。由于这座音乐厅位于都市内，更重要的是，它刚好位于柏林顿北方铁路（Burlington Northern）的火车隧道上方和某个地铁隧道旁边，因此这座音乐厅的首要工作是隔绝地下产生的噪音，反倒不是考虑管弦乐的音响。"以前有一位顾问带着设备到现场，实际到地底测量货运火车从下方经过时所产生的振动频率，"雷丁顿说，"唯有如此，他才有办法设计出能去除那种频率的隔音系统。你可以利用隔音垫的密度来进行调整。"

货运火车隧道位于两层楼的停车场下方，停车场上方就是观众席，幸好有根据特定基地而设置的隔音接头，所以不是位于正上方。"观众席本身是一个独立的水泥箱，"雷丁顿继续说："它跟周遭建筑在结构上是分离的，中间有明确的裂口，只靠有弹性的接头桥接，所以不会有任何噪音或振动从接头传来。"

但这里的音响工程除了必须解决外在的环境噪音之外，也必须解决建筑物本身的噪音，包括循环系统、风扇、帮浦、风箱装置，以及所有会产生声音与振动的来源，同时还要能在现场演奏和录音时使一切保持寂静，以免敏锐的数字录音设备把背景噪音也录进去。营建工程师和建筑师用噪音标准等级（Noise Criterion rating）测量机械系统在使用中空间里的噪音。在典型的办公大楼内，噪音标准等级约为三十或三十五，贝纳罗亚音乐厅的目标是十五，相当于二十二加权分贝。

我们继续往前走，雷丁顿指出这里没有平行的表面，并解释说："你希望背景噪音很低，又想控制室内的声音。你希望余响够长（两秒），为了达到这些，墙壁和所有表面一般都采用密度很高、很重的材料。这里所有粉刷过的表面，全都漆上全厚灰泥，并在背面涂抹灰泥来增加额外的厚度。"

"这是为了防止振动？换句话说，跟乐器恰恰相反？"

"对，这样才能限制吸音，让声音在室内飘扬，"他说："同时你又想让声音散播。我们经常听到交响音乐厅被形容为鞋盒式，表面没有其他铰接，鞋盒式组构能在两秒内创造出最密集的扩散模式，将声音散布至整个室内。这个基本的几何形状是一个起点。然后你现在眼前见到的所有表面全都有额外铰接。

"如果你仔细看，就会发现到处都有某种三角形的几何形状，而且经常与墙面垂直。这些三角形是用来创造不同大小的表面，一端较宽，另一端较窄，有了这些不同的表面，就可以跟不同的声音频率产生互动。同样地，你也可以看到所有的底面都是朝不同方向折叠。当声音传出舞台，撞击侧墙，再从楼座底面弹回来时，箱形厅堂内的悬垂物是把声音往厅堂后侧推送的重要关键。两秒内，厅堂就会开始吸收声音，也就是声音衰减。所以你得控制吸音，于是我们还做了一件事，就是设法建造能均匀吸收所有不同声音的墙。你会希望所有乐器的不同频率，以相同的平均速率在这两秒内衰减。"

雷丁顿带我去看一面侧墙。"这些都是先用混凝土盖好，然后在顶端铺上一系列不同间隔的木板条。"他用指关节在好几个地方敲击，发出类似鼓组一样的声音，每个位置的声音都不同。事实上，贝纳罗亚音乐厅刚开幕那段期间，雷丁顿的确带了一些橡皮木槌，在墙面上敲击，演奏给参加导览的民众听。

大自然里也有许多隐秘的表面和表面下方的空间，能对声音的传播方式造成类似影响。我告诉雷丁顿："在约塞米蒂录音时，瀑布造成的音频范围很广，我喜欢跑到由花岗岩大圆石围成的内部空间去录制瀑布的声音，把麦克风移进移出，直到找到我想要的声音为止。你可以根据不同的位置，加强中频和低频的声音。有时还可以找到热点，那里的敲击节奏特别明显。这些效果都可利用这类眼睛看不到但耳朵听得见的隐匿空间做到。比方说，瀑布离开圆石区跟离开花岗岩悬崖的声音就不一样。"

"松林也有相同的现象，"我补充说，"瀑布的原始声音在进入森林时像白噪音[1]，等到在森林里传播了够远的距离，远到一些重复的结构能够选择性地滤除掉一些频率之后，你就会听到一种嗡嗡声。"

"真的吗？"

"首先，你要很放松，用心灵去感受它，不要把它想成噪音，只要放松，让它找到自己的模式。然后起初'淅——'的声音就会变成'嗯嗯嗯——嗯嗯嗯——嗯嗯嗯——'。"

"是微风吹过的声音吗？"

"嗯，微风可以形成这种声音，如果距离够远的话。任何白噪音都可以创造出这种声音，但我发现河流或瀑布特别能把这种声音送入山谷，而山谷和重复的植物模式都会创造出这种哼鸣声。"

"你进去过洞穴吗？"雷丁顿问。

"进去过。我不喜欢太深入，因为觉得很阴森。有一次在夏威夷，我进去海滩附近的熔岩洞，海浪会卷到熔岩圆石上，让它们滚动，发出轰隆声，但洞穴本身是干的，距离海滩数百码。我愈深入，海浪声的变化愈大，最后变成非常低沉、类似念经的节奏。这次体验让我出版了《洞穴深处》那张唱片，那是我最喜欢的唱片之一。"

"我以前住在中西部时，常去肯塔基州的洞穴探险，"雷丁顿说，"在洞穴深处听到的声音，就像完全脱离周遭外界的声响，里面除了岩石，就是水或泥巴。这些东西都很容易反射，所以声音可以传得很远。但它很复杂，有各种形状，所以很难说得出声音来自哪里。听起来经常像有人在远方说话，即使你知道那里并没有人。其实那只是水声，但是那些洞穴给人的印象真的很有趣。"

"我也有注意到这点，"我说，"在感知远方的声音或微弱的讯号，像是森林里传来的远方溪流声，或溪水在树上反弹的声音，有时我的脑子会把它们转化成人的声音。有几次我还真的停止录音，想找出说话的人，要求他们安静。但是当然，他们不在，只有我一个人，方圆数英里内并没有其他人。"

我俩都同意这其中含有人类的某种渴望在内。

雷丁顿问我会不会聆听今晚的音乐会。我把票拿出来递给他。"正厅前排 R 席，DD 排十一号。"他念出来，然后帮我找到几小时后我要坐的座位。想到我这位"带位员"的资历，我不禁笑了起来。

这趟导览即将结束时，我问他："会有比这更好的设计吗？这已经达到最高水平了，还是预算只能做到这样？"

"不是预算的缘故，"他回答，"我会说这已经登峰造极了。你可以花钱，人们也愿意花更多钱来兴建音乐厅。例如洛杉矶几年前刚完工的迪士尼音乐厅，外形充满雕塑感，要盖出那种建筑得花很多钱，但是在声响方面，我相信顶多跟这里一样。费城的金默表演艺术中心造价更贵，那里有而这里没有的，只是一些可调节声效的音响室。它的音乐厅上方有一些回响室，可以用混凝土大门开启关闭。舞台上方还有一个沉重的大型天棚，可以控制起降，改变音乐厅的声响。这里的交响乐团不想要可调整的音响效果，只想要一个实际可用的交响音乐厅。你去波士顿、阿姆斯特丹和维也纳，还有一些世界公认最卓越的交响音乐厅，它们也没有可调节的设施，就跟我们这个一样。"

"比较老式的交响音乐厅是怎么设计的呢？目前的标准是由它们开始设下的吗？最初是不是随意兴建，而我们只是跟着照抄？"

"我确定那不是随意兴建的。欧洲的许多交响音乐厅是在十九世纪晚期建造，当时这类音乐表演从传统的演奏地点，也就是皇室宫殿的私人音乐室，移到表演厅，后者的设计是模仿那些老音乐室，也就是鞋盒式结构。我想当时他们是一边建造，一边跟着自己的发现做修改，所以他们会建造出一系列相当类似的音乐厅。我认为他们是重新创造先前成功的做法。一般认为最早以科学方法设计的音乐厅是波士顿交响音乐厅，建于一九〇〇年。他们当时实际计算了余响和吸音效果，不过我不知道它们在设计上扮演的角色，它仍然很像传统的欧洲音乐厅。"

"这座音乐厅是在一九九八年完工，币值和现在已经差很多了，当时整座音乐厅的工程花了八千万美元。总计划大约是一亿两千万美元，包括购买土地的费用。这里的隔音技术是最尖端的。有些人主张达到十或五的噪音标准等级，但我听说有些人质疑这么低的噪音是否测量得到，因为光是在音乐厅里进行测音所产生的背景噪音，就已经高于这个等级。最后这座音乐厅做到标准等级十五，以这类音乐厅来说，已经臻于极致。"

由于话都已经说完，我们于是静静站着，享受一些寂静时光。

"谢谢你带我参观。"

"不客气。"

五小时后，我把音乐会的票递给真正的带位员，二度来到我位于正厅前排 R 席 DD 排十一号的座位。艾比没来，来的是她的阿姨杰妮，我很快就发现她拍手拍得真的很大声。由安德鲁·戴维斯指挥的匹兹堡交响乐团开始热身。观众陆续抵达，全都压低声量讲话。这时音乐厅的音量大约是四十五加权分贝，声响能量大约是下午空场时的一百倍。

我的座位离舞台大约一百英尺，离墙大约五英尺。即使如此，我发现这里的声音维持很好的平衡。演奏刚开始时，我看到音量计的读数降到三十二加权分贝，第一支曲子演奏期间，读数在五十五到六十加权分贝之间徘徊，安静时刻的读数在三十加权分贝出头。我特别注意到观众经常静止不动，仿佛宁静的祈祷者；而音乐家则是摇晃点头，有些在弹奏时相当激动。最令人惊讶的是从安静时刻到大声时刻的神奇节奏。在一支新曲子开始前的安静时刻，观众会一齐静声，我看到音量计的读数降到二十七加权分贝，跟今天稍早没有音乐家在舞台上的空场时刻相同。但我很快就测到高出许多的读数，如下面的笔记所示：

八十，八十一点五，八十二，八十九，八十一，九十一，然后是九十四：渐强

一百零七点五：掌声尖峰值

三十六：下一个安静的间奏

一百二十一：另一次掌声

二十五到四十五：下一个安静的间奏

一百一十六：起立喝彩；让我的耳朵疼痛（多谢了，杰妮）

噪音也可以力量强大，充满社会意义。这个高尚优雅的场合所达到的音量，跟棒球场或橄榄球场的音量一样大声。当然，这里的大声时刻很少，而且为时短暂，但是我们用像电锯或打桩机一样大的噪音，来表达我们对世上最美丽的人造音乐的欣赏，不是很讽刺吗？

1 —— 白噪音又译"白噪声"，是一种功率谱密度为常数的随机信号或随机过程，频率与音调都非常固定平整。

5

濒临灭绝的静谧之美

我们蒙大拿州的人民感激上帝赋予本州岛静谧之美、
雄伟的山脉与浩瀚绵延的平原,
为了改善现今与未来世代的生活质量、
均等机会并享有自由的恩赐,特制定与确立本宪法。

——《蒙大拿州宪法》"序文"

蒙大拿州在其州宪法的序文中特别提及"静谧",我来这里倾听这片土地与人民的声音,仿佛这是两个独立的实体。我的第一站是米苏拉市一个名为"春泉"的老人之家,我热切地想跟该州的先驱之一——比尔·沃夫碰面。我开始在华盛顿州拯救静谧后,他曾写信鼓励我,并邀我替他的组织"荒野瞭望"的时事通讯写一篇文章,从那时起,我们至今已通话和通信超过十年。沃夫先前是美国森林局的专家,自《荒野法》于一九六四年通过后,就负责为森林局实施该法案的发展规定与政策。他于一九八九年成立"荒野瞭望"组织,留意美国的荒野地区,并致力让它们保持纯净。他对于被列为荒野的地区无人看管感到惋惜,有一次就在旧城咖啡馆(现改名为两姊妹咖啡馆)把二十美元纸钞用力往桌上一放,大声说:"我会是第一个付费会员。"

我一走进老人之家的会客室就看到他,我打电话给他确认拜访

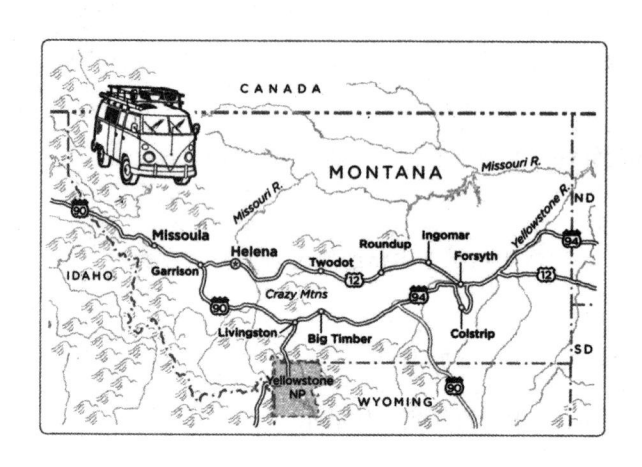

时间时,他向我形容过他的面貌:"头发全秃,穿红毛衣。"沃夫已经八十一岁,视力退化,最近刚失去一生挚爱的太太。他的身材魁梧,至今仍带有在蒙大拿严冬里锤炼出来的粗犷性格,但从他温和深厚的声音里透露出来的智慧,却跟盛行风一样有魅力。我们在等"荒野瞭望"的政策主任提娜玛丽·艾克时,我跟他谈到我的横跨美国之旅,还有我希望找到和录制"蒙大拿一些古老美好的静谧之声"。

"人类的噪音现在无所不在,"他说,"你可能找不到多少这样的地方。"

我问起沃夫在蒙大拿州度过的少年时光。

"我在蒙大拿东部罗斯布德南方的一个自耕农场长大,我父亲和他兄弟在蒙大拿的里德波因特有一块自耕地。一九二六年,我就是在那里出生的。"

"谈谈家里的迁移。"

"我刚满两岁,他们就搬到大木附近的一个灌溉农场,"他继续说,"我在那里住了一年,然后一九二九年时,一家在蒙大拿州东部有一些自耕农场抵押品的保险公司,说服他们买下其中五个已被取消赎回权的农场,开始务农。我们就为了那八百英亩的土地,搬到罗斯布德郡。我们在其中的六百英亩地上种植作物,大多是小麦和燕麦,还有一些玉米和大麦,都是用马帮忙。我们也养牛。大约十年后,我们已经吃不饱,真的断粮。"

从附近的餐室传来玻璃器皿和家庭用品的丁零声,还有小孩快乐的声音,他们为即将来临的复活节找蛋游戏来这里玩。室内音乐系统轻轻播放着《醉人的夜晚》。

"我们完全破产,那时有很多工作,也有很多心碎的时刻,他们原本去那里是希望能实现远大的梦想。他们有一辆 Farmall 牌曳引机。提供他们资金的保险公司买了一辆 Farmall 曳引机和一辆 A 型福特卡车。我们住的地方有一座很好的谷仓,那里也是我那些家人受到吸引的原因之一。那里还有一栋多少可称为房子,其实很简陋的小屋。我们家有四个小孩,只有一个房间。我觉得它很大,但它可能只有十二英尺宽,八英尺长。楼上是阁楼,也是小孩睡觉的地方。我父母睡楼下,我们到那里的第二年,他们把第二栋简陋小屋搬来,加上那辆 Farmall 曳引机和马。我们用走廊把两栋小屋连起来,在中间搭了一间柴房,直到一九三九年,我们都住在那里。"

"你们用马和曳引机务农的时候,农场上的声音一定跟现在完全不同。你不一定要到荒野,就能享有安静吧。"

"当然不用。"

"你还记得那里的声音或静谧吗?"

"我记得我们在黄石河南方十七英里的地方。十号公路和铁路沿着黄石河走,我还记得在安静的早上,可以听到火车、卡车和汽车开下我们所谓'步道'的声音。那时候我们把十号公路称为'步道',因为它只是一条砾石路。在寒冷的冬天早上,有时候只听得到火车隆隆驶过的声音。这样你约莫可知道当时有多安静。"

"你觉得如果我今天去那里的话,能找得到安静吗?"

"我想可以吧,因为那里已经没有人住,甚至可能比以前那时候还安静。"

我的心开始飞扬,随即变更横越蒙大拿州的路线,沃夫请我留在"春泉"的小餐馆午餐,他已经预订了雅座。

"待会儿还有一个人会来。"他告诉女服务生,并向我介绍她叫哈蒂,还说了两次,因为餐室里客人很多,声音很吵,我听不清楚。这家餐馆看起来令人愉快,也很干净,但墙壁、天花板、地板和家具全都很光滑,容易反射声音。人的说话声加上银制餐具和上菜的声音,我的音量计测到六十七加权分贝。这样的音量对这个场所来说太过吵闹,因为老人的听力较差,而这里是他们跟家人和朋友聊些难忘事情的地方。"抱歉,我来迟了。"提娜玛丽·艾克说着,刚好在我们要点菜时赶到。

"这里的菜很不错,"沃夫说,"但这里不能给小费。"

用餐时,沃夫想起"荒野瞭望"刚成立就遇到的事情之一。

"当时空军在设置训练区,他们想找一个飞机不会对居民造成影响的地方，于是他们相中地图上一大块空白的地方，叫作'边界水域荒野'，把那里的领空划为空中作战区。当然，这造成极大的噪音。他们选择那里，主要是因为不会对太多人造成影响。'边界水域之友'为这件事向法庭控告空军。空军的律师试图淡化噪音问题，他们请来噪音专家，他说不管是哪一型战机，在一千英尺高空所造成的噪音传到地面后，顶多跟五英尺外的吸尘器一样吵。"

我听到这种不可思议的偏颇说法，差点跌下椅子。

沃夫说"边界水域之友"的首席律师请他以专家身份出庭作证时，问他关于这个比较的问题："沃夫先生，您对这种说法有何意见？您认为这样的比较是正确的吗？"

"唔，你到荒野去时，不会想听到吸尘器的声音。"

提娜玛丽低声笑了。

"当时有没有人笑？"

"没有，他们没怎么笑，但那名法官开始认真思考这件事，他明白我们在讲什么。官司还没打完，空军就决定收兵并说：'我们会把空中作战区迁离荒野区。'我说这故事是因为'荒野瞭望'在法律方面涉入的头几件事情之一，就是跟'边界水域'上空的噪音有关。"

"现在民众了解安静的重要性吗？"我问提娜玛丽，"他们知道自然静谧是必要的吗？"

"我想他们知道。"她回答。

"但是，"沃夫说，"我们需要一样东西，我们需要真实的科学信息，能够解释一些原因和现象。哪些情况已经改变了？哪些正在改变？如果我们想保存一些宁静的地点，荒野肯定是最佳选择。"

然而，沃夫不相信政府机关已经开始着手。他说："四大主管机关几乎都不再支持荒野的构想。森林局、国家公园管理局、鱼类暨野生动物局和土地管理局是负责管理现存荒野的四大联邦机构。他们口头上支持，但实际上却认为荒野这个概念只是愚蠢的想法。我们想限制声音和限制飞机飞越上空，他们却觉得这有什么大不了，一架飞机顶多在荒野上空一两分钟，然后就飞走了，所以这算什么问题？

"比方说，我跟一些必须维修水坝的技术人员一起工作，他们和水坝拥有者及当地的森林局都认为，他们一定要用电动机具来做。我尝试向他们证明，这其实可以用马匹来做。当然，我得到的论点之一是，'知道吗，比尔，如果要用马匹来做，耗费的时间会是三倍。如果用电动机具，很快就可以做好，我们就走人了。然后那里就可以恢复宁静。'这是一场艰困的战役，我想或许有许多民众也完全不了解。"

提娜玛丽接着提到政府官员来访时发生的事："几年前，荒野管理的顾问团来这里，主席是美国地质调查局的人，她问：'偏远公园地区和荒野与无路地区的差别是什么？它们看起来不都一样？'没有人能回答。但他们都是荒野管理的主管人员。他们也想知道，只要不留下破坏痕迹，让直升机着陆又有什么关系？于是我对他们说：'差别就在于互动的方式。如果你污辱你的好朋友或邻居，就算没有其他人看到，但是伤害已经造成，你已经破坏了你们之间的关系。我们需要保留一些地方，能让你用不同的方式去对待它。'"

我觉得人类心灵与大地之间的关系，是很难描述的一件事。提娜玛丽绝对是对的。当我们有特定的情感时，就会以特定的方式因应。我们怎么能在承认热爱荒野的同时，却又滥用它，只因为这滥用是短暂的？如果婚姻里有这种情况，这婚姻显然不会成功。那些雇用直升机去做研究的人，应该多想想这种做法。如果他们真的热爱荒野，就应该支持停止这种做法，不以这种方式亲近他们口口声声热爱的荒野。真正的荒野是原始的所在，不会有人类永无止境的入侵和噪音，但能提供我们重新爱上地球的机会，教导我们生态的道德价值观。

在奥林匹克国家公园，直升机会在靠近树梢的地方停留，计算荒野上特定范围内的罗斯福麋鹿数目，还会直接飞越"一平方英寸的寂静"。我在二〇〇六年三月向奥林匹克国家公园新闻官询问这件事时，收到的电子邮件上说："空中计数是唯一能估算麋鹿群数目的方法。"但我心里想的是，比较传统古老和安静的方法，像是追踪动物的行迹和粪便等等，在荒野地区不是比较适合？在大峡谷研究大角羊的生物学家已经发现，大角羊的进食和移动模式在有直升机存在时会出现显著变化，春天的进食时间减少百分之十四，冬天则减少百分之二十四，而且迁移距离多出百分之五十。换句话说，直升机对它们的能量输入与使用平衡有很大的影响。

沃夫强调正面思考的重要性，他说："认为自己做得到的人，就是能做到的人。这是我四岁大时在自耕农场上学会的事之一，那时我母亲会派我出去收集火炉要用的木柴。"

午餐结束后，沃夫邀我去他住的地方，我们搭电梯到二楼，他带我去一栋供独居的两房公寓。进屋后，他把从因特网上印下来的数据递给我。（那是一百多年前由瓦尔特·温特所写的诗，原名《思考》。）沃夫手上总会留一些备份，给"需要鼓励"的人。

坚信能赢的人

若你认为已被击败，你就已被击败；
若你认为自己不敢，你必定不敢；
若你想赢但认为自己没有胜算，
你必定无法赢。
若你认为自己会输，你已经输；
在尘世间
成功始于意志；
成败全在一念之间。

若你认为已被超越，你就已被超越；
目标高远才能出人头地。
自我肯定
才能获胜。
人生战场的赢家
并不总是强者或快者；
胜利终将属于
坚信能赢的人。

比尔·沃夫就是坚信能赢的人，尽管他已算是眼盲之人，但他仍用双筒望远镜看电视。他上网浏览，选择一英寸高的字形，用厚眼镜阅读。沃夫在墙壁上贴满他太太伊娃·珍·贝提的照片，他们从高中起就是情侣。沃夫在第二次世界大战服役三年期间，衬衫口袋里一直带着她的照片。他从硫磺岛返家时才十九岁，根据蒙大拿州的法律，他必须获得父亲的允许才能结婚。他们结婚超过六十年。他说伊娃在世时，刚好来得及把这里装潢好，那时他们才搬进来五周。她微笑着跟他道别，拒绝使用维生系统。

她过世后，这公寓里的一切几乎没改动过，只有墙上多了一两张儿孙的照片。墙上也有一张沃夫家旧自耕农场的照片。"我就是在这个自耕农场的简陋小屋里出生的，"他说，"那时我们会骑马到两英里外只有一间教室的校舍去，那匹马叫老布里奇特。"

下一张是有九名学童的学校照片。"听着，这可不是一班学童的照片，是学校里所有学童的照片。"

他打开卧室的门说："比我需要的空间还大，但我不想搬。我睡觉时大多会开窗，我喜欢寒冷。"

"我要怎么找到那处旧自耕农场？"我问他。

"罗斯布德是个小镇，那里几乎算不上城镇。你得往南走，大约七八英里后就可以看到一些黏土孤山，上面有些黄松。我们就住在这些孤山的南边，一块称为'孤山外'、大约一百平方英里的土地上。"

"它看起来是什么样子？"

"唔，它是一片绵延起伏、长满北美山艾的丘陵，以前我们犁出的地现在又长出北美山艾。那里没多少树，相当空旷。我们以前邻居靠斯维尼溪的房子现在没人住。"他告诉我，从这里到罗斯布德大约四百英里。

他补充说："你一定要顺路去英戈马看看，那里全镇大约只有八人，唯一的店家是泽西莉莉餐厅，你一定要点豆子汤。"

道别后，我在我的福斯小巴里坐了许久才发动车子，享受一位人格崇高者散放的温暖光辉，他就跟他想拯救的荒野一样罕见，我心中永远会把他跟蒙大拿州的安静之美相提并论。

四百英里，比从西雅图开到米苏拉还远！我的车前灯只有六伏特，灯光昏暗，夜晚看不太清楚，我最好现在就上路。我在蒙大拿州的旅程有了新任务：寻找沃夫的旧自耕农场，并且倾听自十七英里外传来的黄石河声音。我已迫不及待。

我在寻找自然静谧的地点时，很少寻求别人的建议，因为这类建议有九成会令我失望，我总是会听到对方没注意到的噪音。即使是相关领域的专家也一样。有一次我跟一位野生动物管理员，在辙痕累累的双线道上走了近二十英里，但才下车几秒，我就忍不住对他喊道："那些油井是新挖的吗？"

寻找静谧地点时，我的标准做法是利用美国航天总署（NASA）的遥测数据；静谧的最佳指标就是美国航天总署在夜晚拍摄的地球影像。美国东部看起来像银河，然后光点逐渐稀疏，到了中西部和西部变成星云和星座。当然，黑色的地方就是我的目的地。接着，我会查询各大城市之间的空中交通通道，这会立即删除掉大多数的黑暗地区。然后，我会研究州地道图，排除可能的地点。接着利用美国地质调查局的地形图，筛选可能的地点。我手上的清单愈来愈短，凡是看得到电线（爆裂声）、矿场（轰响声）、油井（隆隆声）、瓦斯管线（嗡鸣声）、有拖船航行的河流（嘎吱声），以及可能有农场或其他居住建筑的地点，全都先行删除，然后我会去拜访最后剩余的地方，每当找到手机收不到讯号的地方就感到振奋。然而，即使是在这些经过仔细筛选的地方，有时还是很难找到至少持续十五分钟不受干扰的自然寂静，这是我对静谧的基本标准。"总是有什么事会发生"这句话，很有可能是为了像我这种寻求寂静的人发明的。最常见的干扰是交通噪音，通常是喷射机和飞机。它们在高空飞过，对广大地面的安宁造成干扰。此外，现在超过一个噪声源的情形愈来愈严重。由于缺乏法律的明文保护，我不知道在噪音的鲸吞蚕蚀下，最后仅余的十数个静谧地点何时会消失，是几年，还是十几年？

每当找到真正的静谧地点，我就会像在淘洗盘中发现闪亮金砂的探矿人一样兴奋。我会在那里流连忘返，开始录音，接连数天，有时甚至数周。

我希望沃夫能省掉我那些筛选步骤。我沿十二号公路往东走，时速设法维持在五十英里。这条公路可能是世上最平滑、最美丽的柏油路，这里铺的柏油就像含有被轮胎和风抛光的准宝石一般；这些物质都是取自这块富含矿藏的土地。

现在是动物产仔的季节，我看到母兽舔舐它们新生的幼兽，三叶杨长出圆滚滚的花苞。三叶杨花苞的味道预示着天气将开始转暖，但在美国这一带，温暖是一个相对的概念。今晚可能会下雪。我打算在路旁的休息区停车，享受最后的几道阳光，摆脱寒意。我在火炉里点燃木柴取暖，剥了一颗橘子，一杯加了红糖的红玫瑰的茶，这是我治疗久咳不愈的自制偏方。

我穿过麦当诺山路（海拔六千三百二十五英尺），从大陆分水岭进入刘易斯与克拉克郡后，山路突然陡降，直接进入壮观的山谷，四周净是层层叠叠的山峦与白雪覆顶的山巅，景色非凡。蒙大拿（拉丁原意为"山"）果然是名副其实的"山"之州。四野几乎见不到一栋房屋。过了最后一道覆满积雪的山脊后，就是蒙大拿州的首府赫勒拿（人口两万七千八百八十五人）。今晚实在太冷，不适合睡在我这辆福斯小巴的车顶。

我看到一家日日旅馆，就停在它的前门附近，启动我的笔记本电脑。幸好停车场有公共 Wi-Fi 网络，我才能在停车场上网。我登入 Priceline.com 的账户，出价四十五美元一晚的房间，或许可以拿到这家旅馆，或许不能。我咳得愈来愈凶，脚趾麻了一整天，所以急着找一个温暖的地方休息，只是不知结果如何。

"恭喜，您的出价已被接受！"红狮上校旅馆接受我的出价，它就位于第十五与第十二街的转角处。我又按了一下鼠标，地图显示我离温暖只有两条街而已。

"住房，名字是汉普顿。"

"您有预订吗？"

"我刚刚才通过 Priceline.com 订的，如果你得等一下的话，我可以先出去停车。"

"您的订房记录刚刚出现了。"

"有没有比较安静的房间？"

"通常二楼和后侧比较安静。"

我可以听到寒风吹过屋顶，还有自动点唱机传来的西部乡村音乐。

我那间四十五美元的房子是"蒙大拿"尺寸，令人惊叹，再惊叹一声。里面有两张大床，重点是有一个浴缸。我在大厅点了双份起瓦士威士忌加冰块，然后打了电话给我父亲，又去餐厅用了餐，才回房间，到浴室放热水。"啊……"我舒服地喟叹一声，滑进冒着蒸汽的水里，"感谢上帝，让我找到公用 Wi-Fi"。

晚上醒来时，立即发现周遭非常安静。我从窗帘望出去，看到薄薄一层雪。我的音量计显示二十三加权分贝，然后又降到二十加权分贝，这已经是它可测到的最低音量。我再度睡着。

我在驾驶座上吃早餐：有机胡萝卜、几块硬皮长条面包和一些切达奶酪。即使开了暖气，我还是戴着手套，穿了一件毛衣加一件羽绒夹克，边从后视镜欣赏我背后在夜里覆上一层新雪的山景。我从前面的挡风玻璃看到绵延起伏的丘陵和草地，丝丝银色的阳光从暗灰的云层穿透而下。寒冷的地平线。我经过"美好地球营地"的出口，上面一块牌子写着"暂停服务"。对我这种爱好自然的人来说，这类的牌子令人心动。

接连数英里唯一可见的城镇，都是属于草原犬鼠，它们四散在路两旁的土地上。一只在路旁吃草，乍看之下很像是硕大的褐色松鼠，然后又有一只大胆地蹲在我这条线道的正中央，鼻子伸进柏油路面的一个大裂缝，我直接从它顶上驶过，从后视镜看它一点也不惊慌，仍然停在路中间。

这时节，柳树还没变色，也没看到膨大的花苞。离复活节还有一天，春天的脚步尚离得很远。经过白硫泉镇后，我在麋鹿峰牧场外停下，爬到我的福斯车顶拍严冬的全景照片。转了三百六十度，掌握景色后，我想我大概知道那只草原犬鼠为何宁死也不离开道路。如同顺水而下的金块填满溪底的裂缝，吹下路面的种子也卡在柏油路面的缝隙里。

在冬天即将结束的时节，食物肯定愈来愈稀少，迫使草原犬鼠得到新地点觅食，但这用餐地点还真会要命。

我的脚趾依然冻得僵僵的，雪开始飘落。现在离下一个城镇还有三十八英里远。其实我还挺享受现在的情况，肯定比瞪着计算机屏幕好！一个警告标志上写着"路面颠簸"，在经过先前路面上的一堆裂缝、填补和最新的坑洞后，这个标志就像在说："前面还有更厉害的！"我停车休息一下，又拍了一张全景照片。天空是白色的，地面是白色的；只有一道黑色柏油突兀地出现，又突兀地消失。我唯一能听到的声音是风吹过有刺铁丝网时带起的微弱呼啸声，还有远方汽车的声音，但只有一辆，这声音愈来愈近，最后终于如雷响般经过我旁边，消失在地平线。多普勒效应[1]从产生之初，到轰隆声终于消失，整整持续了七分钟。

在这个敏感的声境里，我可以听到在白云里迁移的鹤群的嘶哑咕咕声。我瞥了 Treo 650 型手机一眼，上面显示"无信号"。最近，我鲜少有机会看到这三个字，真是开心。我继续往前开，一只老鹰在吃羚羊的尸体，一头母牛舔舐还冒着热气、刚在冰雪中出生的小牛。

或许是因为我突然想起歌手小汉克·威廉姆斯的"蒙大拿两点镇"，也或许是因为好奇住在这里的居民，反正我转了弯，朝镇上驶去。重点在于，我的确停下来了。

开下两点镇的大街中心，我看到一个留着胡子、坐在轮椅上的人，由一只狗用可伸缩式皮带拉着在街上走。这人骄傲地微笑着，身上裹着一件伪装色的夹克，戴着兜帽和手套，脚上一双冬靴。

"你这装备不错，"我对他说，"你介意我拍一张照片吗？"

"当然不会，拍吧。"

听起来好像女性的声音？我弯腰拍拍那只狗。

"它叫什么名字？"

"姑娘。"我抬手拍拍姑娘，它一点也没有畏缩的反应，跟它的主人很像。"唔，我发现它迷路了，不知道是不是跌下卡车，还是什么。我带它回家，本来打算把它送走，但没有人要它。我心想，'我要拿一只狗怎么办？我要怎么带它散步，要怎么照顾它？'结果它开始替我拉轮椅，省了我许多路。这交易很划算。"

我们就这么在路中央聊起来，我解释说我来自西雅图，想去罗斯布德南方寻找静谧，问她："你知道这附近有没有安静的好地方？"

"唔，我以前会在桥下逗留，看小鱼。我会带我的猫走到河里，以前我有一只猫，还可以用皮带带它散步。要看情况而定，现在的交通量大得多，要看是什么时候。你是做什么的？"

我解释了我的录音工作，还有必须避开所有人为噪音的原因。

"我觉得这真的很重要。我不知道你对上帝之类的事是怎么想的，但我知道上帝送我到这里来，是因为跟压力有关的疾病。它让我待在这个压力很少很少的地方，我的病逐渐好转。"

"你介意多谈一点吗？"

"我生了一种因为压力太大而引起的疾病，它使我体内的化学系统开始攻击和吞噬自己。"

"你看起来跟我差不多年纪。会不会是'越战'造成的？"

"比那还奇怪，它吓坏了很多人。我是女人，至少出生时是女人，我生了两个孩子，童年过着压力很大的生活，婚后生活的压力也很大，这使我的内分泌系统发生逆转。我父亲试图杀我。那就像跟一头熊同住，你不知道下一次攻击什么时候会发生。"

我说附近有一只黑尾鹿，他，或者该说"她"纠正我："可能是白尾鹿。"

"姑娘"的主人说她叫"茱蒂"，并祝我旅途顺利。

"你永远不知道未来的生活，"她说，"我希望你能找到想要的静谧。如果你相信上帝，我已经学会坐在他膝上，在他的照拂下，无论是什么样的环境都没关系。如果我能静静与上帝交流，就能获得痊愈。"

一群黑额黑雁飞过头顶。

"我在大自然中找到静谧，"我说，"不需要逃避，也不会令人分心的地方。我会在这样的地方找到自我，还有我真正的需求。"

"你得找到安静的地方，"茱蒂说，"因为上帝已经向你低语。"

道别时，茱蒂问她能不能替我祈祷，我同意后，她把手放在我头上说："慈爱的上帝，我把戈登交给您，我不知道他的需求是什么。我知道他善良的心正在寻找和平与喜悦。"

即使数天后，我仍能感到茱蒂温暖的手印。

经过疯狂山脉、死人盆地和希望教堂后，我刚好在这个开车日即将结束之际抵达朗达普。我在朗达普汽车旅馆花了三十七点五美元住了一晚，推开旅馆房门时咳了几次，随即把暖气打开，洗了热水澡，还在浴缸边放了半打蒙大拿 Moose Drool 啤酒，准备庆祝新发现的温暖。我泡了三十分钟才停止颤抖，但咳嗽却停不了。每次我伸手到浴缸外拿起 Moose Drool 猛喝一口，都会带起一阵蒸汽。静止不动时，只有浴室红外线灯上的定时器滴答作响。我希望它永远不要被按停。

复活节的早晨寒冷宁静，气温和音量都是二十出头。最大的声音是外面的可乐贩卖机：走去开车的路上，在一英尺外量到的噪音量是五十五加权分贝。原本当作烟灰缸使用的仪表板支撑架上，我留下的有机胡萝卜已经冻成冰柱。我急着早点出发，想趁大家开始发动小货车和轿车去教堂、拜访亲戚和享用复活节晚餐前，把握宁静的录音机会。我预期这时候的自然静谧不到三十加权分贝，我拿出一套一万美元的专利超低音录音系统，它非常灵敏，可以把聆听者各个方向的听力可及范围延伸超过十二英里。这套设备就像在山顶上可供天文学家观察遥远星系的望远镜一样，可以让我听到广大范围内的声响，听出一个地方的精神。当一个地方很安静，而且条件刚好的时候，我几乎总是能听到大自然的声音，许多层次的节奏就像音乐一样：由日出和日落指挥的音乐。

黎明在旭日的映照下显得清澈、蔚蓝，令我想起以光为瓣的花朵。在朗达普市外，我听到蒙大拿州鸟"美西草地鹨"的叫声从公墓传来。事实上，在这复活节的早晨，它们的一些嘹亮曲调可能是在调解地盘纷争。从一百五十英尺外测量，它们的叫声四十七加权分贝。由于已经找到相当于音乐厅两秒余响时间的叫声，我就没有再接近。在这些叫声之间的安静时刻所测到的音量是二十七加权分贝，但如果我发出咳嗽声，就不会这么低了。

我已经学会在录音时穿自然纤维做的衣服，以免合成布料窸窸窣窣的声音会破坏宁静。通常我就跟挂在脖子上的"寂静之石"一样悄然无声，但今天不同。我咳得很凶，甚至到呼吸困难的地步，如果我想录到好声音，唯一的机会就是把设备定在录音模式，离开现场。但是等我决定这么做时，复活节早晨的交通已经开始，每五到十分钟就有一两辆车经过，破坏录音，造成四十六、五十四和五十五加权分贝的噪音，还有一辆卡车是六十八加权分贝。我又错失良机。

回到路上，我看到有东西被撞，于是停下福斯小巴，倒车回去，发现是一团纠结的羽毛，当中还有鸟爪和结了霜的翅膀。我以前就看过鸮受到车前灯的诱惑，在灯光照耀下，俯冲下来抓捕慌乱奔走的老鼠，却被从另一个方向驶来的汽车撞个正着；我猜测这大概就是这里发生的事。

大多数的鸮是在夜晚利用敏锐的视力和听力侦测猎物，再静静展翅，迅猛地抓住猎物。它们的听力大约比人类灵敏十倍，这是因为它们的耳孔并不对称，一个耳朵比另一耳高，再加上覆满羽毛的脸盘可以把声波导向耳孔。此外，鸮能任意改变脸盘的形状，透过这种聚焦动作让声音图像变得更清晰，以便收集更多信息。鸮也可以分辨声音抵达左右耳的时间差，细微程度可以到三千万分之一秒，所以能精准锁定猎物。它们的脑可以处理极度细微的声音，并将所有的听觉数据转化为心智图像，所以能侦察到落叶、植物、甚至厚雪遮掩下的猎物。我坚信交通噪音会干扰鸮对细微声音的感知（因为连我都会听不清楚），进而影响它们猎食的效率。在特别漫长的冬天过去，食物尤其稀少的这个时节，动物可能得采取极端手段，但是鸮却不像我数英里前遇到的草原狼那么幸运。

由于福斯小巴里没有收音机（那个六伏特的老古董坏掉后就亟需修理），所以我享受着周遭乡景。沙丘鹤为了求偶飞上天空，尖尾榛鸡聚集在一块裸露的地面上，那里是它们的求偶场，我希望稍后抵达内布拉斯加时，能有机会近距离观察它们不可思议的求偶活动。一群鹿在下面的河边啮食鲜嫩的枝芽,一只鹰在长满香蒲的沼泽地压低身子,快速曲折地移动,可能是想攫取没有戒心的红翅黑鹂。就在我伸展筋骨略事休息时,一只雉鸡突然从看不到的距离外发出刺耳的啼叫声。

一小群羚羊优雅地在绵延起伏的草地上吃草,我直接停在路上,决定聆听这些草地的声音。除了脚下的马路和两道带有倒钩的铁丝栅栏以外,四野似乎没有人类存在的证据,直到北方的地平线、大约数十英里外的地方,有东西引起我的注意为止。

我拿出双眼望远镜仔细观察,才证实心中的怀疑。它看起来像是某种与石油有关的建筑物,不是瓦斯管线压缩站,就是石油钻探铁塔。尽管在福斯小巴的噪音下,还听不到它的声音,但我知道这片偏远的土地肯定笼罩在嗡鸣声中,这情形已经屡见不鲜。这是油井的数学:一口油井=一个油田=更多油井。寻找静谧的人并不是只需要避开单一油井,而是必须避开整片油田!

我走山侧的道路过去,想就近看一眼,然后用音量计测量它对静谧的伤害。我的轮胎自防止牛只逃脱的沟壕上驶过,发出"辘辘辘"的声音。数只羚羊如闪电般窜逃,奔跃过我前方的道路。这条山脊通往一口电力油井。在短促的咳嗽间,我测到六十九加权分贝的音量,比起我在堪萨斯州奎瓦拉国家野生动植物避难所这类地方所见到的燃烧原油且没有消音的噪音制造地,这里的声音倒是小得多。然而,即使采取了较新、较安静的萃取技术,它仍会产生窄低频的带宽,足以朝四面八方传播许多英里。油田,无论它的英文是"oil field",还是"oil patch",噪音的不良影响都难以避免。

像这样追寻静谧未果后,我深刻感谢起照相机。我可以把镜头朝向油田以外的地方，用景框帮外在世界消音。我拍了许多照片，而且可以充分想象驾着篷马车横越北美大草原的拓荒者，在起起伏伏的大草原上开垦的情形，草原显示这里肯定是沙质土壤。但我对存在于相框外的噪音真相，仍心知肚明。沃夫先前也提醒过我："人类的噪音现在无所不在。"

数小时后，我看到一个牌子，上面标示着到沃夫家那个旧自耕农场的路上，一定要停留的地方，耳边仿佛又响起沃夫温和的声音："蒙大拿州英戈马的泽西莉莉餐厅，那里有汽油、电话、露营车宿营地、活水牛、住宿和饼干，而且是一百英里内唯一可以住宿的地方。"任何打着"住宿和饼干"的广告都会获得我的支持。从公路上看去，英戈马看起来像一个相当大的镇：超过十二栋公用设施建筑，形形色色的房屋和一节停置的火车车厢，当然还有泽西莉莉餐厅，它位于主要大街的转角，是一栋单层楼的砖造建筑，前面环绕着木造通道，旁边装饰着漂白的动物头骨和两个马车轮。

它看似歇息，其实开着。有个人走到窗前，看到我，旋即退开。我等大家习惯我的到来后，就到数个弃置的运货卡车附近架设录音设备，仔细聆听这地方的声音。

我的音量计测到的日间指数在二十四加权分贝附近徘徊，我是否找到了美国最安静的小镇？如果伴随着一只狗被踢出餐厅的咆哮声和重重的关门声不算在内的话，或许真是最安静的小镇。我看到少数几名走近餐厅的人看起来年纪都很大，走得很慢。等那场赶狗的骚动平息后，英戈马最大的声音是美国国旗在风中飘扬的噼啪声。我戴着耳机的耳朵听到以下声音，构成我对这个小镇的声音图像：风轻轻地卷过主要大街，野云雀的叫声时而清晰、时而隐约地自远方传来，再加上国旗飘呼的声音。在长达二十分钟期间，英戈马显得特别寂静。又过了几分钟后，我终于满意准备进入屋内，跟大家碰面，点大碗的豆子汤。

从泽西莉莉餐厅吱吱嘎嘎的门走进去，入目的是高高的天花板，一个用橡木打造的豪华酒吧，一个开放式厨房和五张橡木桌，桌旁都没人。餐厅里的墙壁上贴满旧照片，摆了一些麋鹿、红鹿、白尾鹿、松鸡、雉鸡、羚羊的头，甚至还有一个填充的火鸡标本，每一个看起来都像在瞪视酒吧旁的老人，他有一道我生平见过最浓密的眉毛。

"我可以拍几张照片吗？"

"可以，别拍到我就好。我今天的头发不好看。"一名妇人从开放式厨房里回答我。她正急匆匆地为晚上的复活节大餐做准备，打算以上等肋排、羊排和羊颈肉迎接从郡里各地远道而来的顾客，他们会坐满餐厅，接下来几个小时，餐厅里的客人数甚至会超过当地总人口的三倍。他们说洗手间在外面，我的脚步像在敲击木琴般，顺着木板走道走到屋外二选一的独立厕所："公牛栏"或"母牛栏"。然后一路又踩着木琴般的脚步声走回餐厅，在酒吧中央、靠近老人的地方坐下，就在这时，一名戴着黑毛毡牛仔帽的年轻人走了过来。

我向戴帽的家伙点了起瓦士威士忌加冰块，这时还不到下午三点，我告诉自己，点这苏格兰威士忌是为了咳嗽，但其实也是为了克服内向的毛病。在这种小镇，一张新面孔总是会引起一些当地人的侧目。我不该担心的，因为一名年轻妇女走了过来，自我介绍说她叫玛妮，问我来自哪里。她说替我倒酒的是她先生托德，说她从小在这里长大，今天特别跟她先生开了七十英里的碎石路，到这里跟大伙一起享用复活节大餐。

她说："我念八年级的时候，毕业典礼上只有我们三个。我小时候，

濒临灭绝的静谧之美

这里或许有十个家庭。现在只有极少数人知道这里的历史，现在这里只有三个人住了。"

坐在我旁边的老先生艾瑞克·艾利克生是玛妮的父亲，他告诉我："我在这里住了一辈子，以前这里有许多羊，但在第二次世界大战后，改成牧牛。以前这里非常开阔，从来没见过围栏。"

我告诉他，英戈马有可能是美国最安静的小镇。"我只测到二十四加权分贝，比西雅图贝纳罗亚音乐厅安静的时候还低三分贝。"

"真要命，我以前从没想过这点。有许多观光客，也就是在秋天来这里打猎的人，也曾提过。他们对这里的安静惊讶万分，因为他们已经习惯听到交通和口哨的声音。他们会倾听，但什么也听不到。"

"录音后的声音听起来比较大声。那面旗子的声音就像火燃烧的声音，因为周遭的一切实在很安静。"

"星期一挂上全新的旗子，到了星期三就全破了，该死的风开始刮了，今年的风还挺强的。"

"在福斯小巴里，风会变慢。"

"你要去哪里？"

"迂回地前往华盛顿特区。"

艾利克生说："现在只有我们四个人会在这个镇过夜，我和我太太，在这里工作的莫里斯，还有刚开始在这里做事的凯茜。但是有些从加州来的人正在盖一栋两层楼的房子，打算退休后来这里住，还有一个卡车司机买了我隔壁那块地，说他要带一个活动房屋过来。"

我得知在一九二〇年代，英戈马有两百五十名居民。

艾利克生继续说："我从没想过铁路会撤离，但它真的撤走了。然后我们学校开始招生不足。从这里到迈尔斯市的铁轨和枕木全被搬走，郡买下铁路用地的碎石，拿它们来铺这些路，那是他们做过最聪明的事，因为这里没有碎石，全都是黏稠的黏质土。只要下雨，就哪里也去不了，只能待在这里等土地变干。那些开车逗留太久的猎人到现在仍会陷入麻烦。"

我在色拉吧吃青菜时，一辆车的警报器响了。"噢哦！"一位刚抵达、已坐在桌旁的客人这么说。

玛妮把我点的小羊腿送上来，顺口问："走乡间小路，好观光吗？"

"走乡间小路，好倾听。"我纠正她，然后就开始猛扒饭，一副自从离开贝佛市叶芙特的家后就没吃过一顿饭的模样。

"欢迎来到福塞思，小狗之乡，待一天吧。"

我已经抵达黄石河和铁道，准备去罗斯布德，然后按照比尔·沃夫的指示往南走。自他少年时代以后，有些事情已经改变了。现在州际九十四号公路直接穿越溪谷，我猜公路巨大的筑堤阻挡了铁路部分的噪音，也使部分冷空气无法流出溪谷，这可能导致使空气能传播更远的热空气层发生变化。但是大致而言，这片土地跟沃夫描述的一样：大约再走七八英里，就可以在里程数标示边上，看到黄松和孤山。我在一个具有历史意义的纪念碑旁伫足，上面解释卡斯特将军[2]曾在一八七六年六月二十二日于这里露营。四野传来"咿特——咿特——咿特"的叫声，令我想起霍河河谷的美西海岸红松鼠，但跟着声音寻去时，我看到一只负责守望的草原犬鼠正在宣布我的到来。

如果沃夫在这里的话，肯定会察觉这里的另一项改变。从罗斯布德往南才走了十英里,我就已经通过大约二十个牧牛场,而不是小麦田。在快到标示十七英里的地方,碎石路已变得泥泞。我决定该去敲一家新牧场住宅的门,问他们是否知道沃夫的旧自耕农场。

三只狗把刚下福斯小巴的我拦截下来。"你们不会咬人吧?"我这么问着,看到它们的主人——一位年长的牧场老板,从门廊那里盯着我。"嗨,不好意思打扰你,复活节快乐。"

"你也快乐。"

我解释我的使命:找到沃夫的旧自耕农场,聆听在比尔·沃夫记忆中沿着黄石河岸行驶的火车声,换句话说,看看那里是否跟以前一样,宁静到足以听到十七英里外的声音。牧场主人对"沃夫"这个姓或火车声都不熟悉,但倒是知道另一列火车。"唔,这里的确听得到火车声,不过是在那边,也就是从矿场传来的。当它把煤载出来时,的确会嚓嚓地响。"

"煤矿离这里多远?"

"喔,大约在南方三十英里,但我想铁轨离这里顶多十五英里。"

山谷里传来数起枪声的回音,但牧场主人没说什么。

"我有一阵子没听到火车声了,但以前经常听到,特别是早上。我不记得最近听过,我的听力愈来愈不好。十或十二年前,我们刚搬来这里的时候都听得到。"

或许沃夫旧自耕农场已经消失在大地中。无论如何,我显然已经很接近以前它所在的位置,所以在获得牧场主人的许可后,决定在明天早上带着录音设备回来。跟他道别后,我就开着福斯小巴回福塞思。先前我一直对咳嗽置之不理,但在过去数小时,我已经咳出带绿的痰,得看医生了。

我唯一的选择是医院的急诊室,在这复活节夜晚,我是唯一的病人。医生问了我几个问题,要我做几下深呼吸,用听诊器听我胸膛里的声音。他是靠倾听来诊断。才一会儿,我不仅拿到诊单,还拿到红霉素,它直接塞进我手里;我没有必要去药房,反正它们今天也可能没开。

我在福塞思过夜,在第一道天光亮起时自然醒来,准备追寻可能再也听不到的声音。我的车前灯变得很暗,看起来就像船只在夜晚悬挂的灯。幸好天上有一轮美丽的银月,明暗对比的大地美得令人屏息。在广阔的平野上,稀稀疏疏地散布着一些灯光,闪亮得就像星辰,让我想到在黎明前映照着天空的荒野湖泊,在那时只有最明亮的星星仍能显现姿容。

我的身体对抗生素的反应很好,不仅咳嗽消退,而且是最近这几天头一次能毫不勉强地录下自己的感想。感觉几乎像福斯小巴的暖气正在运转,而我也真的出汗了。在闪着星光的大地上,万物的剪影开始出现,我可以看出个别的草茎,四野一片平静,我也露出微笑。在做远距聆听时,宁静的环境特别重要;空气中即使有极轻微的扰动,也会使聆听者的倾听领域从许多英里减少至只剩两三英里。

云层下侧在升起的旭阳下染成枣红色,看起来不仅悦目,还能把火车声反射到大地上,同时阻隔云层上方的飞机噪音,让我能更轻松地追寻声音。经过十六英里的标示时,道路变成碎石路,野云雀嘹亮的歌声压过福斯小巴吵闹的声音传来。地球的早晨之歌开始演奏:黎明大合唱,日出的声音影像,鸣禽也井然有序地以歌声宣誓自己对这崭新一天的权利。

我停下来录了大约十分钟,享受野云雀在山艾顶端一来一往活泼的合唱声。然后其中一只展翅飞到上方的新位置，发出愉悦的叫声。还有一些红翅黑鹂、野鸭和啄木鸟在一旁击鼓助兴，然后是旅鸫，但是一只低声鸣叫的公牛却以单纯的叫声破坏了这音乐。我在一心一意追寻寂静时，相当厌恶牛的鸣叫。为什么呢？因为它们毫无智慧可言，又不得其所。我们对牲口的保护做得太好，以至于它们的沟通不再是生存不可或缺的手段。相较于水牛或麋鹿，公牛的叫声内无迹可循。在这头公牛野蛮闯入前，我耳中的音乐井然有序，迭次渐进，只要再一小时就能达到最高潮。没错，在录制大自然充满生命力的音乐时，我会把所有家畜的叫声都视为噪音！

  我听到四周传来一阵深沉的隆隆声，很像是经过的火车，但很难确定。在音量仅二十九加权分贝，且平均仅持续一分钟的情况下，这种低沉的轰隆声很难分辨，但录了三分钟后，我听到火车喊喊嚓嚓的声音——火车头。但是这次低沉的隆隆声中似乎不仅于此，数个月后，我在自家录音室聆听时，这声音显得更为明显，属于某种怪异且恒常不变的东西。

  沃夫或许会说这就是寂静，大多数人或许也一样，但我不会，因为我珍视的是没有人为噪音下的声音。这次，我听到火车声，远方一辆卡车经过，还有家畜的叫声。

  我朝二十英里标示处开去，在西方的地平线有看起来像是蒸汽和烟雾所形成的气柱。或许那里就是牧场主人提到的矿场，我继续往前开并再度开始录音。野云雀的歌声相当美妙，但是周遭的隆隆声甚至变得更加清楚，不过没有火车。我继续往西走，路面的黏质土越见凹凸不平，幸好是干的，但是福斯小巴在类似洗衣板的表面上颠簸，就像把螺栓摇松的打击乐器，或把风铃送入飓风中一般。发现路面恢复成碎石地，然后是柏油路，真是令人高兴。接着它映入眼帘，就像远远看到绿野仙踪里的国度一样，我随即停车。

在蒙大拿州的寇斯崔普镇，"今日的明日之镇"，四座高大烟囱加上巨大的煤矿场和发电区，使空中充满人造烟云与噪音，不停朝四面八方散射无数英里。

我在心里默默竖了一块墓碑，上面刻着：寂静，愿你安息。

但我不愿就此放弃蒙大拿和它的沉静之美。我预定的下一站是犹他州的东南部，因此我循原路开回去，渡过大角河，经过卡斯特将军的小镇和通往"小大角战场"的支路，在甜草郡沿九十号州际公路朝西而去。灰云和白云飞驰而过，形成变幻万千的奇特云景，高耸云间的疯狂山脉睥睨地俯视着我，令我心醉着迷。一块历史解说牌上写着："山灵的力量提供印第安人庇护。"光凭这一句话就够了，我肯定要去。

但不是今天。由于有飓风来袭，疯狂山脉整个笼罩在昏暗当中。硕大的雨滴也追上我。原本就已嘈杂的行程，现在更是喧闹不已，而我那对老古董雨刷的缓慢速度，更是赶不上倾盆落下的大雨。

我喜欢开这辆福斯小巴，愿意忍受它那些噪音，还有一个原因：它迫使我慢下来，就像现在，所以我才能嗅闻雨变成雪时，泥土散发的甜美味道。这里的土地大多都没有用栅栏圈围，景色一望无际，几乎像回到过去一样。暴风雪变成骤雨，冲出一条无名的碎石路，但路面迅速变成泥泞的黏质土，正是先前他们警告过我的。我还没疯狂到冒着危险去疯狂山脉，所以我暂且放弃上山的念头——至少暂时如此。我掉头，心里念着大木的热水澡。

但在路上，我冒险开到另一条支路，先是经过一座尖塔摇摇欲坠的废弃教堂，然后抵达一处隐匿山谷，只有道路，没有任何人烟迹象：没有栅栏，没有牛群，也没有住屋。我没听到任何噪音，但是看到角百灵在暴风雨后振翅飞翔，黎明时只要风雨平静，肯定可以听到它们轻快的叫声。我还看到美西草地鹨，它们经典的嘹亮叫声就连在最小的山丘上也能带起回响，这也是我明天早上要录的声音。

我入宿大木的河谷旅馆，又吃了一次抗生素，用完晚餐后就上床睡觉，不到七点已沉入梦乡。

天还没亮，我已起床，在房里煮了一壶咖啡，查看了电子邮件，打开向我购买音乐的萨玛拉·凯斯特医生写来的信，她是印第安纳州法耳巴拉索的急诊室医生。她在吵闹的急诊室做完压力沉重、令人疲惫的工作后，总会在我录制的一些声境里寻求慰藉。她从"一平方英寸"网站得知我前往华府的旅程后，便一直跟我保持联系，想知道最新消息。我回信给她：

以人耳聆听十七英里的声音显然并不难，也是很自然的事，困难的是要找到能这么做的地方。我没有找到沃夫的自耕农场，但无疑已经很近，而且也跟那附近的人聊过，他在十或十二年前才搬过去。他对于比尔可以听到十七英里外黄石河边的火车声，感到困惑，并说他听到的可能是火车从煤矿场开下来的声音，并指向另一个方向。我问他，这样是多远？他说十五英里。于是我四处查看，仔细聆听：野云雀，牛哞声，飞靶射击声，狗吠，全都自远方传来，对了，还有隆隆的火车声和某种奇特的声音。我四处绕，最后终于找到那种声音。在遥远的数英里外（我没有测量），有一个以世上最大型的煤矿场之一为中心所建立的新城镇，那里有四座巨大的烟囱和许多冷却塔。它们看起来比较像发电场，而不是矿场。那个镇是蒙大拿州的寇斯崔普镇；除了输出电力以外，它也使一千平方英里的自然静谧消失无踪。我不想告诉在米苏拉退休中心的比尔·沃夫，他儿时记忆里在自耕农场所听到的自然静谧已经消失。

我关掉计算机，把东西收拾好，放到福斯小巴上。风呼呼吹着，以现在华氏二十七度的气温来看，风寒效应肯定会使人觉得气温在零度以下。我想方圆一百英里内恐怕都找不到没有风的地带，我想聆听壮观的黎明大合唱，可能性变得很小。我把钥匙交还给柜台时问："风会停吗？"

"它是停过，就在昨天晚上，大约五分钟吧。"那名妇女说。

"今天还会停吗？"

"唔，疯狂山脉那边可能会，那里可能没风。"

至少我觉得她是这么说的。她的嘴里叼着香烟，焦躁的头颅不时晃动一下。但或许她是对的，何不试试看？于是我开着福斯小巴，在阵阵顺风的吹送下，飞快穿越镇上，渡过黄石河。这是我所谓的在影响下驾车：亦即在路面颠簸和阵阵强风的影响下驾车。每次这两种影响力量同时发生时，我再怎么集中心力也只能想办法把车子稳在路上，根本无法顾及哪个线道。尽管这听起来很疯狂，但今天的一切几乎有种水到渠成的感觉，强烈的风似乎呼应着我的搜寻热忱。

风的种类实在多不胜数。多年前，有人请我提供风声的录音，想当成电影《我们要活着回去》的配乐，电影内容描述一群搭飞机的橄榄球运动员在安第斯山脉遇到坠机的真实故事。开始挑选风的录音目录前,我问对方:"这当中涉及什么情感?演员是什么感觉?"每一种树都会在风中、雨中或雪中演奏出不同的声音。约翰·缪尔领悟到这一点,因而运用松林里不同的风声在夜晚沿约塞米蒂山谷而上。他最喜欢黄松,也称为西部黄松。由于它的针叶特别长,所以形成的音调比针叶较短的松树来得低沉。多年前,我到加州马丁内斯向缪尔的墓致敬时,发现有人在墓旁种了一株黄松,在当地土生的橡树之间特别醒目,至少眼尖的缪尔迷都会注意到。

如果风没有停,我会找个有松树、也有香草的地方,同时聆听松叶低沉的轰鸣声,和高瘦的香草秆随风旋卷时细微到几近虚幻的声音,这就像在涓涓溪水旁聆听河流怒吼一样。

我开车上疯狂山脉时,一群牛挡住去路,我催逼引擎,以便有足够的电按响喇叭。福斯小巴发出类似一九五〇年代派对小拉炮等伴手礼会发出的声音,牛群分开了。朝前开了十几英里后,我回到昨天走过的山谷,还有起伏绿地上那座废弃的教堂。在白雪盈顶的山峰映照下,教堂尖塔高高矗立在教堂入口上方,但是已经在岁月的洗礼下向前倾颓。从这座教堂的窗户不见,油漆剥落,还有以前显然是牧师所用、巨大古老的木柴暖炉看来,它显然已经有一百年的历史,而且很可能有五十年没举行过任何礼拜。

风开始减弱,等完全停歇时,昆虫的唧鸣声旋即响起,为这里的声境增添了美好的嗡鸣声。我喜欢在音乐里增加昆虫的声音,只要不是会叮人的昆虫就好,因为我不能拍打它们。只要录音灯亮了,我就变成毫无防备能力、美味多汁的大肉块。但是等风停虫响时,驾驶小货车和私人飞机的牧场主人也会出现。许多大型牧场有小型机场，像电视影集《空中之王》里一样，从空中计数他们拥有的四脚货物。就像现在，我就碰到了今天的第一架喷射机，听到它逐渐消失的声音，然后远方传来鹤"克拉——呜——"的叫声。现在只剩微风吹拂着饱受沧桑的教堂，创造出美丽的林木音调，感觉上就像在引导我进入教堂。

　　我在这个举行礼拜的安静地点架好超敏感的录音设备，开始在会众聚集的地方录音。我的音量计停在底部，录音期间，只有在我听到地面传来蹄声的节奏时，指针才有移动，而这蹄音不是绝望的奔逃，而是活泼有力的步伐，显然附近藏了一只鹿，而且无疑听到了我的每个动静。先前它选择保持静默（如果我是盗猎者的话，这是很好的策略），但现在既然我会留下，它就必须继续前进。

　　在风和静谧的引导下，我深深进入了平和之地：一种声音上的幽寂。言语已经无法形容这种深刻的聆听经验，即使录音也无法据实表现出来。爱默生的形容算是很接近的："倾听白松的话语。"他没有说白松说了什么，这得靠自己倾听才知道。

　　我聆听了这个平和的地方十三分钟，直到风完全停歇，而一架固定翼飞机接近为止。即使尚在远方，这架飞机就把一种类似小提琴的优美振动传入空中，为此我倒是很感谢这架牧场主人的飞机。我在教堂里录制一种文化性的声音图像，借此反映出人类的意图。这幅画面是静谧协调的，听得到但极其细微。这地点的细致表现测试着我的听力敏感度，我的自发思绪就像山湖上的涟漪般消散，只有从清澈的水中才看得出我的存在。我不是只用耳朵聆听，而是热切地体会一切。这架飞机并没有夺走我的平和，我全身内外完全静默，心知这趟旅程终于开始。

在幽寂的晨间礼拜中净化心灵后，我再度朝山脉驶去，途中看到一部推土机。我是不是选错了？通过推土机器后，路面很快就颠簸到每小时顶多只能开十八英里，我还忐忑不安地注意到路上有各种各样的汽车零件，像是金属零件、橡胶零件和一些塑料品，心里猜想不知我的车子会留下什么。我会在回程时睁大眼睛看路上有没有熟悉的福斯小巴零件——如果我有幸能开回去的话。

我离疯狂山脉愈近，路上就变得愈疯狂。暴风雪正在数英里外的山巅上肆虐，吹起一道道长长的雪花，看起来就像筛过的面粉。我跳下车，仔细倾听。

"咿喔——呜！"风吹得又快又强，小泥沙打在我裸露的皮肤上，就像被BB弹打到一样。一株壮观的柳树孤独地立在小山溪旁的原野上，我走近一点去听当地柳树形成的风声。我上一次在一九九〇年做跨国聆听之旅时，偶然发现堪萨斯州的一株柳树摇晃枝叶唱歌时，会形成多种声调优美的振动，令我着迷地伫足超过两小时。我在那里聆听得愈久，体会愈多，能听到的就更多。起初我只注意到比较大的模式，简单的强风和风平息的时候，但是等我的心灵渐渐被渗透之后，就能分辨出一道道在枝丫间穿梭的风。经过十五分钟，我能听到的细节已经无法计数；那棵树是万物聚集之所，向天空咏唱着赞颂之歌。

疯狂山脉的这棵柳树还没长出新叶，令我感到欢喜，因为少了叶片零乱的拍击声，低沉的声调会更清脆。今天的情景显然会以风为主，而不是瀑布之类。在这里，最强的风在怒吼时高达七十五加权分贝，我把录音装备架在靠近地面的柳树粗壮树干旁，以免风使麦克风的效果失真。就在那里，我看到大自然最神奇细致的成就之一：被风吹弯的草叶在轻触溪水后弹起，但叶尖却带起一颗凝结的冰珠。这情景肯定在昨晚出现了无数次，才能创造出这个小奇迹。沾一下，冻结，沾一下，再冻结，就像蜡烛的制作过程一样。我看着装饰了珠宝的草叶跳着轻巧的舞蹈，而柳树直径粗达三英尺的树干却被风吹弯了腰。风的力量无疑继续推进，直贯下柳树的根部，因为我发誓我感觉到连地面也在移动。

回到福斯小巴上后，我继续深入疯狂山脉。我知道我已经上山六小时，而且忘了进食。于是我停车，将车里的炉火点燃，放了一些茶水。我的早午餐跟平时一样：滚烫的热茶，几块面包，奶酪片和橘子；简单快速，但对身体的效果就像热水澡一样，能提供足够的能量和营养，让我不必为烹饪分心，就能消弭疲劳。我是在当单车快递时养成这种在职习惯，那时我有时会边骑车边用单手拿着午餐吃。

回到驾驶座后，我遇到我所谓的黑雪：一层白雪覆盖在厚厚的黑泥上。糟了，我无论如何得开过去。我尽力让车轮转动，在路面上留下深深的辙痕。呼！安全开过去后，我想我已经开得够远了。当然，这表示接下来我得再辗一次，而且先前压出的辙痕肯定正等着我陷入。我先朝前开上小丘后才掉头。有了好的开始后，我深吸一口气，开始以二挡奋力朝印有辙痕的烂泥前进（选择开二挡是以前在威斯康星念研究所时，学会的雪地开车技巧）。车轮不断转动，一点一点前进，最后终于猝然摆脱束缚，感觉就像急切的球迷在一场票房满座的球赛中穿过旋转式收票口的那一刹那。如果那些烂泥再稍微滑一点或深一点，我可能到现在还陷在那里。

离开疯狂山脉前，我把握时间体会我在这里找到的静谧时刻。寂静似乎可以从万物中创造音乐,只要分离出个别的声音,让它们有时间形成短暂的关系就可以了。音乐是由休止符与音符所构成;静谧的时候与激荡的时刻,寂静与声音,我们两者都需要。听力比其他感官更能融合一切。

回到大木后,我加满油,准备前往犹他州。在我对面加油的家伙说他喜欢我的车,并说他以前也有一辆"分仔"(他显然是指让六七年型福斯小巴变得更迷人的分隔式或双片式挡风玻璃),但现在拥有的是六八年车款。我告诉他,这辆车在风里很难开。他说:"你一定不是这附近的人,对不对?"他说这里的风可能持续数天,而我要前往的方向可能更难开。"你到利文斯敦后会看到一个闪灯,在那里下去,不然你会被吹倒,先前就有一辆半拖挂车被吹倒。"

这里离利文斯敦还有五十英里,以我每小时顶多只能开三十一英里来计算,要开将近两小时,这还是在有半拖挂车挡风的情况下。我认命地开上公路路肩,时速降到二十九英里,比告示的速限慢四十五英里以上。如果有下公路的斜坡道,我肯定会走。但我没看到任何标志,只有警示标语写着:"多侧风"和"十二英里强侧风,行车小心"。最后我终于看到通往利文斯敦的标志,还有德尔玛汽车旅馆的大广告招牌,上面用黄漆写着大大的"安静"两字,还加上了引号。我决定到那里去。

我找到德尔玛的时候,它已经关门,但这倒不是我懊恼的原因。这家旅馆就位于铁路调车场旁,无论有没有引号,怎么能说这旅馆是安静的?我坐在福斯小巴上,对我最近一连串的倒霉运气摇头,就在这时,我的手机响起,一位老朋友杰·索尔特打来确认,我们一起到峡谷地国家公园健行的计划没有改变。"戈登,你在哪里?"

"我被困在蒙大拿。逆风强到没法开车。"

"既然你还在蒙大拿,你一定要去见见一个叫道格·皮科克的人。我听他谈到他从越南回来后情况很惨,后来他到黄石公园跟北美灰熊相处后,才解决了问题。我想他可能知道何谓静谧,也知道如何聆听。"

"唔,我哪里也去不了,我困在利文斯敦。"

"他就住在那里!"

隔天早上,在餐厅点了两颗嫩煎荷包蛋、自制薯条和咖啡当早餐,吸了二手烟后,我在利文斯敦的大街上找了一家快修换油行,拿起一把十字跟一字双用螺丝起子开始工作。把福斯小巴锁紧的过程就像用面团修漏水的屋顶:永远修不完。问题是要花多少时间。但我已经抓到窍门,像是带一整个咖啡罐的螺钉,再加一盒木牙签。只要发现螺钉孔,就把牙签插进洞里,换上螺丝后把牙签尾扳掉,这样就可以锁紧,在它再度掉落以前,可能可以撑个五百英里。大约修了二十分钟后,我看到三名全身油污的工人瞪着我的车,笑我这种非传统的维修方法,于是我走进去问他们,我能不能在后面换机油,他们甚至让我用精巧的防漏集油器,它可以滑到福斯小巴的放油口下方。

福斯小巴现在跑得就像穿了新运动鞋的孩子,我也很高兴,因为不是每天都可以遇到美国经典作品里虚构英雄的灵感来源。艾德华·艾贝在创作环保轻松作品《猴子歪帮》里的主人翁乔治·华盛顿·海杜克时,就是以他的好朋友道格·皮科克为样本。

我在电话簿里找到皮科克的电话,打了一通过去。自我介绍后,我说明到蒙大拿的原因。"当然，过来吧。"他说，并指示方向。我通过黄石河，沿着一条泥路往山上走。从一栋红色房屋旁急转弯过去后，就看到他说的双线马路，然后一定就是他所说的"旧牧场房屋"，只见一栋屋顶斜尖的白色双层楼房，立在一大片高大的树中间，树上仍一片光秃，被他的喂鸟器和小水池引来的鸟就在那里享受阳光。皮科克的屋子立在地上，后面是散布着青草、松树和积雪的山丘，再过去同样是高耸入云的山峦。整片景观都让人联想到熊的国度。

一名高大的男人在门口欢迎我，他戴着无边毛帽，帽缘镶皮，上面有数层针织，帽顶稍微倾向一边。他笔直看着我，步伐缓慢从容。他太太安德烈亚（Andrea）提议替我们泡些咖啡，我解释说我的福斯小巴因为强风而在九十号州际公路上搁浅。皮科克告诉我，他曾经"在冬天开着没有暖气的休旅车在路上跑"。

我们从起居室窗户看到一只大雉鸡昂首阔步走过庭院。"它是唯一留下的，"皮科克说。"如果这里有一千只，我会煮个一两只，但现在只剩下它，所以我们觉得有义务保护它。"

我更详细解释我这趟旅程的目的：寻找真正的自然静谧，以及沿路跟人们谈论静谧和静谧在他们生活中的重要意义。最后我说希望能跟政府官员谈谈，包括联邦航空总署和国家公园管理局的官员，看能不能把奥林匹克国家公园从联邦航空总署偏好的飞行计划中除去。

"很好啊，"皮科克站在火炉旁，背后是一整墙书，还有熊的照片和一幅安德烈亚的画像，"我曾经迫使政府控告一名直升机驾驶员，阻止他在冰河国家公园的北美灰熊之乡制造噪音。那是一九八〇年代的事了。但他们不愿做，那是他们的驾驶员。他们因程序问题打输了官司，但那家伙后来自己放弃飞越冰河公园里没有任何步道的荒凉区域。"

皮科克用指尖转动眼镜，我看到他有关于旅行、自然历史和美国原住民生活的书。有一本亮黄色的书上，以大红字体写着"艾德华·艾比"。

"我从没走过偏远地区的步道。"他说。

在接下来的两个小时，皮科克告诉我，越战的阴影逼使他不断深入西部荒野。迫击炮的震动使他的耳鼓受伤，让他有一阵子不断听到耳鸣，在没有外界的声音的情况下，这种耳里的铃声会让人发疯。他的自我疗法？他带着镰刀闯过大陆分水岭，几乎走到加拿大，在偏远的北美灰熊之乡寻找慰藉。

"从一九六八年起，直到我有子女为止，我一直住在荒野。我写了四本书，全都跟荒野有关。其中两本的书名包含'荒野'（wilderness）这个词。我花了二十年的时间与北美灰熊相处，其中有九成以上的时间是独处。"

"你是说在它们的地盘上露营？"

"对，在黄石和冰河国家公园这类地方，你只要坐着等就行。我从它们在黄石公园里最低的出没地点开始，有时会接连七八天看不到一头，但我就坐在那里等。我会在现在这种时节出发，那时路段都已封闭。那时候是这样，路上没有除雪，也没有丝毫声音。或许每隔一天会听到一架商用客机的声音，但绝对没有任何人为的声音。"

"像那样的自然静谧，你现在还找得到吗？"

"得刻意去找才行。今年我的脚不行，但我大多数时间是在美国大陆最偏远的地方度过。时节对时，我会到北美灰熊的栖息地，直到它们在十一月开始冬眠为止。然后我会到亚利桑那州，独立穿越它的西南角。从管风琴仙人掌纪念区走到科罗拉多河，以墨西哥为南界，这一大片土地全是荒野。那里什么也没有，只有轰炸靶场，还有一个叫卡韦萨普列塔的野生生物保护区。我独自走过那里，比任何人的次数都要多，我曾经往返七次，有一次是从北走到南。这些路程一趟长达一百到一百四十英里，大约要花十天，如果你不知道水在哪里，就一定会死。"

我忍不住问："你是怎么穿过轰炸靶场的？"

"很小心，"他说，"我那本《走出伤痛》的最后一章就叫'轰炸靶场'。那次健行我独自从八号州际公路一路走向墨西哥，终点是我于一九八九年埋葬艾德华·艾比的地方。那里很漂亮，完全没有人迹——除了两百五十磅未爆弹那类鬼东西。我走过一个有很多火焰在燃烧的地区，我知道他们在那里做什么，那让我心情很不好。但那里很安静，地球上找不到跟它一样的地方。那里绝对安静，什么都听不到。"

皮科克的太太端着咖啡过来，我们聊了一点关于民众对静谧的感受。他承认他必须亲近荒野的需求很独特。"很多人从自家后院就能获得满足，我有些朋友就是像这样。但我必须独自一人，置身于得花上四五天才能走完的辽阔荒野才行。这种地方安静到你能听到自己耳内的声音。你不会相信它们有多大声。那种寂静会让你屏息，那是绝对的寂静。"

喝咖啡时，他谈到更多跟北美灰熊相处和拍摄它们的事，他还曾替 ABC 电视台的《美国冒险家》节目，跟阿诺德·施瓦辛格一起拍跟北美灰熊有关的内容。

"追踪这些动物要花上三四天，除非知道它们想做什么，不然绝对跟不上它们。所以我会找个好地方，等它们出现。无论怎么做，只要我一进入树林，我就不会说话。基本上，这整段时间都是在狩猎。我经常利用鸟来找熊，得知它们在做什么。鸟类是大地上最好的告密者。"皮科克说，大声地喝了一大口咖啡。

"我一生中大概有相当于四五年的时间是完全安静地坐着，我是说一坐就是几小时。"

"我懂那种经验。"我告诉他。

"只是倾听。我在冰河国家公园有一个最喜爱的地点，它们会到那里吃越橘。我总是先听到它们的声音，然后才看到它们。白天时可以听到一些细微的声音，像是小小的尖锐叫声，那是母熊在教训小熊。它们有时会太过调皮。你还可以听到大雄猪的叫声从林地传来，那里也有其他动物，像是北美麋鹿和欧亚麋鹿，但它们迁徙的方式不同。熊只要没有察觉到附近有人类，一般都很吵。"

"我有一个好玩的故事，"我插嘴说，"几年前，我在阿拉斯加科迪亚克一艘捕猎大比目鱼的渔船上当水手，后来我下船，只是到港口转转。那时其他人都是往镇上走，但我却到镇外摘莓子。我走到镇外几英里的地方，走得正高兴时，我对自己说：'老天，我以为没有人会为了摘莓子走这么远，但这片长满莓子的土地，所有小径都被踩得扁扁的。'我甚至感觉不到莓子的荆棘。"

皮科克夫妇跟我一起笑了起来。

"我那时根本没想到是熊，但是，没错，那里是熊摘莓子的地方。"

"肯定是。"

我们又谈了更多关于熊的事，像是黄石公园的北美灰熊一度养成了到垃圾堆翻找食物的习惯，还有它们的统辖领域在空旷地区大约三百码外就开始启动,还谈到他如何设法走到近得多的范围内。"拍电影时,我的目标是进去,一拍完就走,而且熊永远不会知道我去过。我的最后一本书是和安德烈亚一起写的,书名就叫《重要的北美灰熊》。"

安德烈亚去拿那本书,皮科克的心思又回到一九六〇年代。他仍两腿分开站着,两只手臂向外平伸,但手往下垂,就像熊掌一样。我忍不住要拿皮科克跟他研究了一辈子的对象做比较。他身上似乎沾染了许多熊的气质。

"我在越南以特种部队医务兵的身份出过两趟任务,回来后我就遁入荒野,"他说,"最终那场战争还是令我无法承受。我的家乡刚好在落基山脉,野外露营对我来说最为自在。我喜欢独自待在荒野,并真的那样做了。我到风河山脉去找北美灰熊,除了风和雷雨之外,一切都很沉静。那里的天气很差,是黄石公园里北美灰熊最后仅余的庇护地,因为那里实在很冷。在营火旁冷得发抖的日子过了三周后,我得了疟疾,心想最好到比较舒适的地方,于是我去了黄石。当时我并没想到熊,但它们却在那里,而且肯定会引起你的注意。一旦到了熊的国度,所有的任性都会消失。你的感官会全部向外延伸,那真的是很健康的态度。你被迫学会谦卑,而发生这一切的环境非常非常之安静。现在它们只住在人迹最少、最偏远的栖息地。"

"我知道当我在安静的地方时,对空间的感受会很清晰,"我说,"如果真的很安静的话,没有任何事物能悄悄接近我,因为我可以听得很清楚,有蹄动物、甚有肉趾或有爪的动物,每一步都因为踩到小树枝而发出些许声音。我会对周遭动物更加敏锐,但同时也变得更为脆弱,因为我做的任何活动也会发出声音。当四周安静时,我对周遭的感觉会变得敏锐。"

"坐着聆听时，我丝毫没有脆弱的感觉，"皮科克说，"我觉得那可能是我最安全的时候，对于待在那里，我有足够的信心和经验，我知道声音的意义，我可以在事情发生前，就听出即将发生的事。没有任何事物可以悄悄接近我。以前常有人在夜晚拿着手电筒，盲目地照向树丛，想要找我。偏执是一种生活方式。我是个很古怪的人，我手上很少不拿武器，等着最糟的情况发生。那是我觉得最安全的地方。

"只要知道自己的嗅觉和听力有多好。我们现代人对于它们有多好，又能为我们做些什么，都毫无概念。外面是一个凭借听觉和嗅觉的世界，但我们却自绝于其外。我想原因就在于今日的一切都太喧闹。"

我们同时转头，看向外面"啊——啊——唉克"叫的雉鸡，但皮科克的思绪显然没有因此被打断。

他继续谈到保存自然静谧的价值："我也认为这是最亲密的方式，可以真正接触到人类心灵的最深处，因为那是我们演化的方式，我们以今日难以想象的方式聆听和嗅闻。我们仍是相同的物种，我们的心灵、智力和良知，全都是在栖息地演化而来，时至今日，那些栖息地就是我们所谓的荒野。我一再重提的一项议题就是：我们基本上是从荒野演化而来，我们是在荒野栖息地里运用我们的感官，如此演化出来的感官如果没有当初形成时的环境，就无法持久。这是现今主张寂静的一大论点。"

我们都沉默了一会儿，然后我提到国家公园管理局的矛盾。"一方面，他们的管理政策将保存自然声境列为职责之一，并将自然静谧定义为没有人为声音存在。但是有关空中观光管理计划的那个章节更长，也更仔细，因为空中观光在许多国家公园的上空营运。我聆听和收集声音已经二十五年,我一看到管理政策的内容,就知道这些人不可能知道他们在讲什么。"

"他们不知道自己在讲什么。没有人一定要飞越荒野。他们应该把荒野上空列为禁飞区,就这样。你认识道格·汤姆金斯吗?"他问,"他是北面和艾斯普利特的创建人。他只有高中肄业,但他会登山。我会跟他一起去寻找北极熊,跟他一起去西伯利亚虎的家乡。现在他有了钱,拥有大约智利的五分之一。那是他目前的计划。但他也出版了一本很棒的书《皆伐》,里面是森林皆伐的照片。他下一本书的主题是全地形越野车。现在游说的力量大得惊人,要挑战游说团体也相当艰巨。现在的政府受到的游说压力是要支持全地形越野车(任何马能走的地方,他们都要用全地形越野车),而且后者大致都能成功。我们尽力阻止,我建议以'愚蠢的运动'为书名,但他们没有接受。他们用了一个比较单调的书名。没错,飞机和全地形越野车的噪音,可以入侵荒野无数英里。"

我觉得这是个好时机,于是说:"我想你会了解这个。"一边从我衬衫里拿出小皮袋,"这颗石头来自'一平方英寸的寂静'。"

"啊,就是霍河那里。"

"你知道'一平方英寸的寂静'?"

"是的,我知道,我知道,对。"

他拿着它,高兴地笑了:"一点没错,这是一平方英寸,它很漂亮,看起来像寒武纪早期的火山岩。"

"它跟我一起旅行。"

"很好,"皮科克开玩笑地说,"最后它说不定知道的比你还多。"

他唤安德烈亚来看这石头,告诉她:"这一平方英寸象征许多英里的静默。"

他们同意跟石头合照。皮科克在我按快门时,轻声笑说:"我很喜欢。"

我们看似迂回闲聊的对话证明了一切。皮科克说他预定在六天内动膝盖手术,还说他已经拿到一笔古根汉奖助金,准备写下一本书。"他们给的钱比我申请的还多,总共给了五万五千美元。我可以用百元大钞点雪茄。"他笑着说。他拿了一本他最新的书:《走出伤痛:一名越战老兵的战争与荒野纪实》,其中包含他通过亚利桑那州轰炸靶场的章节。他在上面签名后,把书送给我。我说我的下一站是峡谷地,他告诉我那里有一座天然拱门,风吹过时就像音乐一般,他还说可以到犹他州莫亚布的一家书店去问方向。"你应该到那里去,"他说,"艾德华·艾比过世前就待在那里。"

我再度谢谢他送我那本书,然后准备离开。在我离开前,我拿出音量计,在离火炉六英尺的地方测起居室的音量。我看了两次确认读数。

"只有二十七加权分贝,"我告诉他,"这跟西雅图贝纳罗亚音乐厅安静时的音量一样,但它花了八亿美元才做到。"

"这里到了夜晚,"他说:"真的很棒。"

---

1 —— 多普勒效应:当波源朝自己而来时,测得的波源频率会变高;当波源朝自己离去时,测得的频率会变低。

2 —— 卡斯特将军(一八三九 — 一八七六):美国内战和印第安战争期间的陆军骑兵指挥官,文中提到的小大角战场是他最著名的一场会战所在地。

6

裸露的大地

我离最接近的人类伙伴超过二十英里，
但我并不寂寞，反而感到愉悦。
愉悦与静谧的狂喜。

——艾德华·艾比《沙漠隐士》

从西雅图起飞的飞机开始下降至盐湖城，我将从那里继续我的旅程。我趁回西雅图的短暂时间，为客户赶了一些计划，花时间陪艾比。至于现在，我跟其他数千人都是飞越美国上空的乘客之一。我从靠窗户的座位朝外望去，可以清楚看到犹他州的地面景观，辽阔的大盐湖，东边是嶙峋的瓦萨琪山脉，还有汇聚的州际公路，如今它们已经成为美国的交通动脉。

"文明最先进的地方，鸟类最少，"一九七四年在毛伊岛因淋巴癌去世的查尔斯·林白曾经这么说："我宁可有鸟类，也不愿有飞机。"

林白在一九二七年五月二十一日驾驶圣路易精神号在巴黎附近的勒布尔热机场降落后，立即成为飞行英雄，因为他是第一个成功飞越大西洋，使两大洲相连的人。就在那一天，世界变小了，而且还在持续缩小当中，因此也愈来愈需要林白的远见，今日查尔斯暨安妮·莫洛·林

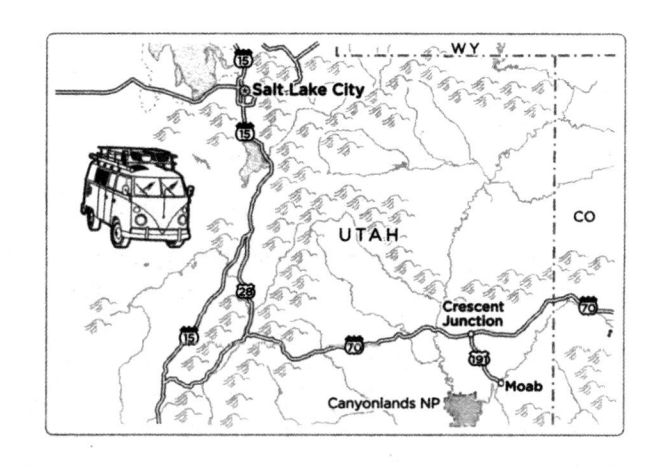

白基金会传承了他的远见,提供年度补助金,以期"透过科技与自然的平衡来改善生活质量"。该基金会希望支持现在与未来的世代,一起创造这种平衡,让我们能"分辨自然必要的智慧,将它与科学知识互相结合"(查尔斯·林白),同时"使掌控生活的力量与对生命的崇敬互相平衡"(安妮·莫洛·林白)。

一九八九年,我获得林白基金会颁予的一万零五百八十美元(相当于购买圣路易斯精神号的价钱),协助保存华盛顿州的自然声响。在接到那通令人雀跃的电话通知后,我当时才三岁的儿子奥吉看到我兴奋地像猴子般跳上跳下,大叫:"爸爸不必再当单车快递了!""一平方英寸的寂静"的构想就是在那一年产生的,但是一直到二〇〇五年我决定不再等国家公园管理局采取行动后,这构想才得以实现。我决定独立进行。

飞机终于接近机场，在上空绕圆圈飞行，我希望能看到我十五天前停在离收费处不远的长期停车场，我那套价值三万六千美元的录音设备就藏在后车厢的睡袋下面，我忍不住担心有人会好奇地从挡风玻璃探视车内，毕竟我那辆保持原貌的古董车会吸引不少注意。我担心有人会发现它不用钥匙也能启动，只要按方向机柱上的一个钮，就可以发动它。此外，认识这型车的人也知道，只要以正确方式把车窗滑开，甚至不需要钥匙就能进入车内。

降落后，我搭乘前往停车场的往返巴士，经过停放了无数英亩的车辆，最后终于看到我的福斯小巴。我在走向它的时候，从半翘起的门把就知道车门被人打开过。我的心跳开始加速，所有东西都在，但驾驶座上放了一张正面朝上的名片，上面印着"盐湖城空气冷却器，福斯汽车俱乐部，成立于一九八六年"，背面则是以手写方式邀请我参加他们的下一次聚会，时间是这个月的第一个礼拜四。经典福斯车主协会！我检查了后车厢，果然，我所有的设备都没有人动过，就连驾驶座后方架子上的巧克力饼干也原封未动。福斯汽车的因缘还真巧得令人愉快。

我沿着交通壅塞的十五号州际公路往南行驶，转到朝东的七十号州际公路后，视野才开始宽敞起来。"警告：前方一〇九英里没有检修。下一个检修站在绿河。"这才是我喜爱的国度。又开了四十英里，大约一小时后，我在路边的休息站停下。太阳西沉，天空几乎毫无色彩，半月已经升空，但第一颗星还没露脸。今晚一定会很美好。在这里放眼四周，峡谷闪着红褐色的光辉，只有天与地相连的地方呈现黑色。古老的杜松在时间的调教下，呈现出不同的舞姿。附近停了一辆空转的半拖挂车,即使如此,我仍可以听到这里的寂静。我从峡谷边缘走到下方的一个岩棚时,有了往昔少见的体验。这里的寂静似乎足以摧毁噪音,而且这里的沙漠空气比西北部的潮湿空气稀薄得多,声波传播速率也较慢。我喜欢这种不熟悉的感觉,满心期待着深入犹他州峡谷地的时间尽快来临。

我望向月光照耀下的大地,看起来仿佛风神刮起了一场风暴,吹走一切,只有坚强到不为所动的物体才得以留下,包括虬结的树木,它们就像为了生命持久的耐心而竖立的纪念碑。在没有星辰争辉的情况下,阴暗的大地上出现一条像是由珍珠串起的线,绵延大约十英里。它们就像发光的蚂蚁,坚定而带有目的地沿着州际公路开下去。

第一批行星已经出现在夜空,陪伴着半月。我可以感受到这片广袤的地方,还有奇妙的峡谷和美丽的天空。这景象令人谦卑。寂静令人谦卑,我之所以渴望它,原因就在于它能让我摆脱责任、负担,还有那种"糟了"的感觉,在这个世界上,还有许多待做的事。在寂静中,我感到神的存在与终极的控制。"拯救地球"已经成为一些环保人士的口号,但是地球不需要被拯救。它已经好好生存了数十亿年,也演化出生命。需要拯救的是我们人类——我们要防止自己因为自身的作为而受到伤害,或者如斯图尔特·尤德尔指出的,因为我们对"资源无限丰富"的迷思而受到伤害。尤德尔曾担任美国内政部长(一九六一——一九六九),是推动一九六四年"荒野法"的重要人物。他在《寂静危机》中提出警告说:"美国今天站在财富与权力的顶端,然而我们居住的土地逐渐丧失原本的美丽,变得日益丑陋,开放空间不断缩小,整体环境在污染、噪音和病虫危害下日渐恶化。"

我在福斯小巴里醒来，地点就在鬼岩景点。我怎么能不在这里过夜？第二剂抗生素的药效开始发挥，我感觉很好，再度可以呼吸，而且黎明的景色非常壮丽。地平线正逐渐变成琥珀色，从这里可以眺望三十英里的景色（峡谷里的绿意带着温和的土褐色，岩石依旧暗淡），但只有隐约的声音。历经无数岁月的古老岩石诉说着一种深刻且永无穷尽的寂静，让我想起自身的渺小。霍河河谷里的四百岁古树已经令我赞叹不已，而这里的裸岩甚至存了数百万年之久。

享受完早晨咖啡后，我开始四十英里的驾车旅程，前往莫阿布。太阳升得很快，第一道晨光已经洒在下方的峡谷斜坡上，比我还快，岩石也转变成神秘的暗红色。看到斑狼峡谷景点的标志后，我就戴上了护目镜，才得以欣赏令人赞叹的纳瓦霍砂岩，它像王冠般戴在倾斜的平顶峰上，这种沉积岩形成于古生代，也是构成圣拉法艾礁的岩石，圣拉法艾礁上甚至有超过两百英尺高的悬崖。一块广告牌上说明这里的地质构造包含页岩、粉砂岩、砂岩和其他的岩层，并指出科罗拉多高原之所以会有红色的岩石，是因为含有氧化铁的缘故。这些岩石的颜色深浅取决于氧化铁的含量。广告牌上的文字接着说明："在这里，水侵蚀砂岩，形成令人震撼的细长峡谷与岩层，是健行与攀岩者的天堂。"通过这块标志后，以水泥路障隔成双向道，每个方向各有双线道的七十号州际公路，蜿蜒地穿过远古时期一度是河床的峡谷。

这里没有解释为什么这个峡谷称为斑狼峡谷，或者哪些印第安人曾以这里为家。但是附近有一块铜板上写道：

一九五七年，美国政府决定扩大州际公路系统，七十号州际公路按计划穿越圣拉法艾丘。在斑狼峡谷，工人于一九六七年十月开始兴建工程前，站着把两手张开，就可以碰到峡谷的两侧。工程人员和测量人员使用挽具和绳索在离峡谷底四百英尺高的地方工作。工程人员为修筑八英里长的公路，从这地区挖走三百五十万立方码的岩石，耗资四百五十万美元。一九七〇年十一月五日，犹他州交通部将自佛里蒙特会合处到绿河的七十英里路段，拓宽成双线道。一九八〇年代中期又增加两条车道。

有人在广告牌的文字结尾处刮出一句话："糟透了！"

我从一八二号出口转到一九一号公路，往南驶往莫阿布。开了数英里后，看到一块标志上建议不要在路上停留，因为可能出现尘暴。"死马点，四十英里"，还真有说服力！我驶近莫阿布时，开始觉得它可能不是我想象中过去那种质朴的采矿小镇。今天是星期五，尽管时间尚早，但我已经在路上看到周末度假人潮驾着后面拉着补给拖车的四轮传动大轮卡车经过，这些架高型的休旅拖车体积庞大，套钩都像是一根柱子，还有一些全地形车拖着功能齐备的活动房屋。我也注意到，犹他州原始干燥的荒野在短时间内，多出不少我以前没看过的标志："入口站"。这些当然会吸引来一批批越野爱好者。

我转过最后一个弯道，一路开往下方的莫阿布和它翠绿的山谷。南方是白雪覆顶的山巅，整段路程几乎都是沿着岩墙，以及壮丽的科罗拉多河行驶。但是莫阿布显然已经不再是过去那个安静的小镇，而是像科罗拉多州的阿斯本一样，只不过盛行的是越野活动，而我所谓的越野，指的是上下左右都有：乘筏而下、泛舟、全地形冒险、滑翔翼运动、导向伞运动、花式跳伞、攀岩。这里看得到各种特别改装的四轮传动车，比梅尔·吉布森的《冲锋飞车队》里所描述的澳洲内陆背景还夸张。

　　我原定要去找跟我同行的自然声响录音师暨诗人杰·梭特，他想跟我分享他在峡谷地国家公园最喜爱的隐蔽地点，一个他十年来每年都造访的地方。很难相信在离这里方圆百英里的范围内，会有美国仅余最伟大的静谧地点之一。然而，既然他是我训练出来的，我知道他对无噪音的质量标准，跟我是一致的：至少连续十五分钟，没有听到任一种人为声音入侵。可惜他打一通电话告诉我，他的车子在内华达山脉出问题，所以有所延误，但一定会到。他绝不会错过一年一度造访那个隐蔽地点的机会。在北极地区、安第斯山脉和后来的亚马孙雨林等偏远的地方，就连"超人"也需要"孤独之堡"。梭特的自然孤独之堡位于峡谷地深处，他愿意带我前往，唯一的条件是我不能泄漏那个秘密地点。我会坚守这个秘密。直到法律能提供这类静谧地点充分的保护为止。

　　我回电并留言说："别担心，杰，你慢慢来。我还有一个地方要去，你等要转进莫阿布时再通知我，这样我应该有足够时间把装备准备好。"

　　同一时间，我要去跟史吉普·安布洛斯碰面，他是鱼类暨野生动物局派驻阿拉斯加的猛禽专家，任职将近三十年，即将退休，他先前为了协助创立国家公园管理局的自然声境计划，换到别的政府部门。安布洛斯住在镇外大约二十英里的牧场上，那里的天气与居住条件都比较宜人，要到那里的指示很简单，就像这个："右转，直走半英里，看到巨大的三叶杨就到了。"

安布洛斯的家很有田园风光：木屋、十英亩绿地，种有果树，四周环山。在这个清新明亮、天空湛蓝的日子，整个山谷都听得到鸟叫。安布洛斯站在屋外欢迎我，把我介绍给他太太克丽丝，他是在十二年前到格伦峡谷做猎鹰相关工作时遇到她的。他说他以前也有一辆福斯小巴，甚至在阿拉斯加时也是开这种车。我告诉他，我在上来这里的陡坡上，一小时顶多能开到十九英里。我们站到前廊上后，他带我去看一副正对着对面峡谷壁的望远镜。

"你看看，"安布洛斯说，"有一只企雕正在孵蛋，它已经有一只小鸟，可能一周大左右。"

我看到鸟巢，就在大约一英里外的悬崖上。"我看到的是头吗？"

"你看到的企雕头属于已成年的鸟，幼企雕应该是鲜明的白色。那只幼企雕还没办法把头举到巢缘。那个巢可能有六英尺深。"

"你们怎么发现的？"

"我们知道这附近有鹰鹫，"克丽丝说，"我们看到它们在飞，就开始观察它们，搜寻悬崖。"

安布洛斯解释说，最后是泛白的岩壁指出了鸟巢的所在位置。虽然他没有近距离观察过这些鸟巢，但先前花了很多时间在其他鸟巢上，特别是一九八〇年代末、一九九〇年代初，他在阿拉斯加为观察游隼而安装类似 YouTube 系统的时候。那时游隼列在濒临绝种的动物名单中，而鱼类暨野生动物局及其他机构也担心空军训练飞行的大量增加，会对它们在阿拉斯加的栖息地造成不良影响。

安布洛斯说："我们设法评估低空喷射机对游隼的影响。在那之前我做过鸟类调查，但是对音响学一窍不通。我们设计的系统是把小摄影机放在游隼的巢里。游隼的容忍度很高,若是放在鹰巢里,老鹰会立刻弃巢而去。装好后,信号会传到笔记本电脑上,那里有接收器和程序,每当有喷射机飞过,摄影机就会拍摄游隼在飞机飞过之前和之后的行为。那台摄影机每隔五分钟也会拍摄一次静止画面。"

"起初我们使用的这些设备,"他拍拍手,"就像用拍手声把卧室里的灯关掉一样,只能侦察大致的噪音。后来空军为了其他研究,想取得飞行的分贝量,我才开始用音量计,而这些数据经由计算机转化后,就可以找出会引发不同行为的声量。我们可以把音量设定在四十八加权分贝或五十二加权分贝,然后把录像带储存起来。此外,它也会储存声量数据并录下飞过的飞行器,让我们可以听出是哪种噪音。"

"结果游隼有反应吗?"

安布洛斯解释说,基本上没有,但是他加了两个限定原因。第一,游隼是地球上适应力最强的动物之一(目前知道它们甚至会在曼哈顿的高层建筑上筑巢),而且十五年来已经习于这种噪音,甚至在未孵出时就已经开始适应。第二,这研究很难控制,因为它限定的飞行高度是必须比悬崖面的鸟巢高两千英尺以上,但空军飞行员经常忽视这项限制。安布洛斯的设备经常记录到的噪音量在八十五加权分贝左右,有时还会突然暴增至一百一十四加权分贝。

安布洛斯说:"就游隼而言,好消息是它们已经习惯。它们的生产力、活动、喂食或孵化行为都没有差异。空军或许很高兴这结果,起初他们不愿做这研究,这是他们的正字标记。虽然对游隼是好,因为它们大多是靠视觉,但我想对其他物种不一定好。像鸮这类的物种是在完全黑暗的环境中猎食,依赖的是听力,它们受到的影响肯定较多。鸟类要在安静的环境才能寻找配偶及捍卫地盘。有时噪音的确会使动物无法沟通和猎食,但这很难证明。"

然而,研究人员对于人为噪音对野生动物的伤害,早已超过怀疑阶段。国家公园管理局本身的自然声响计划(Nature Sounds Program)网站,已经有一份加了注释的参考文献目录,列出超过七十二篇科学论文,全都是探讨噪音和飞机飞越上空,对红尾鵟、西点林鸮、麋鹿、驯鹿、山羊,甚至座头鲸所造成的冲击。这些研究发现指出,噪音对驯鹿的生产力造成负面效应;受到空中噪音影响的大角羊,觅食的效率比较差;鲸之间的沟通受到冲击。美国的研究已经证明,在吵闹的栖息地,鸣禽必须叫得比安静地区的鸟类大声,所以消耗的能量比较多。许多调查人员也证明动物会在顶空喷射机与直升机的惊吓下冲离藏匿地点,造成压力荷尔蒙增加,并有可能受到伤害。

慢性噪音也已被视为动物族群变小的原因。有些研究人员在加拿大的亚寒带森林研究吵闹的压缩机站所造成的影响,结果记录到本土橙顶灶鸫成功交配的次数减少;橙顶灶鸫是以昆虫为食、相当美丽的鸣鸟。有超过三千个这样的工业噪音制造者,在加拿大亚伯达省的广大荒野汲取石油和天然气,对周围森林造成低频七十五加权分贝到九十五加权分贝的噪音冲击。这项研究的作者报告说,在安静的栖息地,橙顶灶鸫成功配对的概率是百分之九十二;但在有压缩机的地点,成功率降到只剩百分之七十七。其中一名调查员卢卡斯·哈毕伯写道:"雌鸟会受到雄鸟唱交配曲时的力量和质量吸引。因此,背景噪音很大时,有可能对求偶者和选偶者之间的关系造成影响。如果雄鸟的歌曲被扭曲,或在森林里传扬得不够远,雌鸟可能不会受到吸引。这可能对雄鸟造成严重后果，若它不能跟雌鸟交配，就无法在那年孕育后代。"

安布洛斯做完游隼的研究后，就跟太太争取到在犹他州这里过冬。当时主管峡谷地与拱门国家公园的华特·达伯尼带安布洛斯过来，开始测量噪音量。"他说以后空中观光肯定会成为一大议题。他是在十年前说的，超越了当时的一般见解，而且他是对的，不过相较于大峡谷，峡谷地和拱门国家公园至今仍没引起很大的注意。"

目前获准飞越拱门国家公园的飞行班次是六百七十五次，峡谷地是一千零三十九次。夏威夷的火山国家公园暴增到二万八千四百四十一次，但大峡谷仍是最惊人的，到目前为止，它是受观光直升机和固定翼飞机噪音影响最大的国家公园。每年大约有八十万人搭飞机观光大峡谷，大约是九万班次。如果把它们平均分布在一年十二个月，意味着每天有二百四十六架，或每小时有二十架班次的观光飞机飞越大峡谷。事实上，这些班次一般集中在夏季，因此在观光旺月，这片自然奇景等于是汇聚了大量的飞机噪音。这些一度节节攀升的班次目前已不再增加，主要是因为二〇〇〇年的"联邦空中观光管理法案"，这项法案由美国国会第三度通过，目的是为了解决国家公园上空观光飞行所造成的噪音问题。这项法案最早的前身是一九八七年"国家公园飞越上空法案"，其中宣称"大峡谷国家公园的飞行噪音对自然静谧与公园体验造成重大的不利影响"，因而责成国家公园管理局与联邦航空总署，经由管理空中观光来大幅恢复自然静谧。然而二十多年过去了，**没有任何国家公园实施过空中观光管理计划**。空中的情况没有改变，至于地面上，空中观光营运公司与环保团体以及政府机构之间两败俱伤的行政斗争，却愈演愈烈。我这趟旅程的目标之一就在于深入了解备受争议的地面噪音,所以我很高兴安布洛斯提供了这些第一手的说明和观察结果。

"二〇〇〇年的法案基本上是说,联邦航空总署和国家公园管理局必须合作发展这些计划,并由联邦航空总署作为主导机构,但文件必须由两个机构共同签署。"他说。

代表国家公园管理局的安布洛斯,跟联邦航空总署的声响工程师一起合作,那些工程师来自运输部的沃普运输中心,以公路和跑道的观点,研究美国最美丽、最原始的自然景色上空的噪音。"他们从来没有在公园里零加权分贝的地方测量过,而是从六十加权分贝以上开始。我们就收集数据的方式达成协议,问题在于要如何解释。早期,联邦航空总署会说,就像机场一样,如果日夜音量(DNL)低于六十五加权分贝,就一定没问题,而这正是他们在机场四周使用的标准。"

"我们说,'民众在帐篷里睡觉,周遭的音量是十加权分贝,我们不能从六十五加权分贝的日夜音量开始。'这些对他们都是新观念,他们逐渐了解,也有长足进步。但真正的问题还是要看你如何诠释。这项行动的关键词是'没有重大的不利影响',你要怎么定义'重大的'和'不利'?起初,只要没有超过六十五加权分贝,对联邦航空总署来说,就不是不利的;但对我们来说,却是不利的。"

至今的发展是:大峡谷成为空中观光争议的中心点,在这里试图达到的标准是:至少有七成五的时间,这座国家公园必须有一半面积是安静的。安布洛斯指出,如果照字面解释,这意味着一天二十四小时内每安静三分钟,就会有一分钟听得到飞机或直升机的噪音。"你会说那是安静吗?"他问,"这就像夜空一样,没有人认为自己会失去夜空,也没人认为夜空会吵到让人失去自然声境。但这确实正在发生。"

裸露的大地

我指出，对许多人来说，这些测量、争论以及发展极为缓慢的标准都没抓到重点。"为什么我们的国家公园要允许空中观光？"

"空中观光业者的回答会是：'我们必须提供方式，让有特殊需求的人得以进入国家公园。'，"安布洛斯说。

"那是一个考虑。"我承认，但却无法构成让飞机在许多珍贵的国家公园到处飞的原因。"如果残障人士取得特殊用途许可证，并在特定日子飞到某个区域上空，这还说得过去，"我建议说："但提供空中观光给任何愿意付钱的人就是另一回事。某次家族聚会，我伯母和堂兄弟姊妹就曾热烈谈到他们在夏威夷国家公园上空飞行时，业者还让他们用耳机听澳洲重金属乐团 AC/DC 的摇滚乐。"

安布洛斯一点也不惊讶。他说："民众就是这样。从空中俯瞰的景色的确很美，但他们在空中时没想到地面上的人没有戴耳机。"他说就连荒野协会出版的杂志也曾刊登过一名私人飞机驾驶员的文章，说从他那架小飞机上看到的景色完美无比，并说以这种方式欣赏美国荒野（附录 A）不会留下足迹。他说："我真想杀了那位作者和荒野协会。"当然，他夸大了自己的愤怒，但他的声音的确很尖刻。

安布洛斯说起数年前，有一次他从丹佛搭商用客机到夏威夷火山国家公园测量噪音。"我们飞过科罗拉多国家纪念碑、拱门、峡谷地、布赖斯、锡安和莫哈韦。这些地方都有我们的音量计，我心想，老天，我正飞在我所有的音量计上方。它们形成一条线，所以只要把这条飞行路线移开二十英里，就可以避开所有这些公园。"

我也谈到我自己搭商用客机的故事。有一次我在研究约翰·缪尔的约塞米蒂日志和录音里对声音的描述后，决定飞去圣地亚哥找我哥哥。由于我几乎只能在夜晚录音，才能避开高空飞行商用客机所带来的噪音，于是我请空乘去问飞机驾驶员，看能不能绕过约塞米蒂。没一会儿，我就非常惊讶地发现，自己正望着酋长岩和半屏丘。降落后，那名驾驶员站在驾驶舱旁，我下飞机时对他说："谢谢你至少试着不从约塞米蒂上空飞过。"他说："不要飞过约塞米蒂？我以为你要飞过。"我说："不，不，因为飞机会制造噪音。"他告诉我："在三万六千英尺的高空，地面上听不到飞机的声音。"

安布洛斯气呼呼地说："这么想的人不少，而且他们是真的相信。但是居然连飞机驾驶员都这么说。我曾经做过一件让很多人扫兴的事，我要他们下次到国家公园时，写下他们在十分钟内听到的所有声音。这甚至不需要录音机，只要有纸、笔和手表就行了。如果他们真的用心，就会明白那些地方没那么安静。只可惜在我们的社会里，城市噪音无所不在，所以当人们到国家公园时会说：'跟洛杉矶比起来，这里真棒。'他们说的没错，但其实公园里可能一点也不安静。我们太习于噪音，根本不会去思考这个问题。我们得让民众开始思考才行。"

谈话尾声，安布洛斯告诉我，他尝试购买他去过的每个国家公园的 CD，但是这些 CD 里，只有极少数是充满原始的声响。"里面好比有个三十秒的鸟叫，然后是三十分钟的横笛和钢琴。你可能会听到雷雨声，但总是有背景音乐。"

我倒是知道为何会如此。现在要在美国找到超过三十秒毫不间断的鸟鸣，可不是件容易的事，甚至在国家公园里也一样。

回到莫阿布后，我要过夜那晚刚好遇上经典老爷车和收藏汽车展，所有的旅馆和汽车旅馆都被预订一空,最后我只能将就唯一有空位的地方:光滑之岩休旅车营地,相当于露营地的科尼岛。我很幸运还能找到一个空位,离公路最近。但整个营地都有 Wi-Fi,让我得以在进入市区前,先打开计算机,处理一些累积的业务。

这里的主要大街上挤满慢慢前进的经典老爷车和改装跑车,一辆庞帝亚克大马力跑车涂着金属紫的鳞片漆,还有引擎盖伸出一个增压器,准备接受挑战。一辆一九四〇年代的别克车漆成光泽鲜亮的黑莓色,每个部位都镀了铬。还有一辆一九五〇年代的雪佛兰敞篷小货车漆成两种色调,还用火焰图案和月形车毂盖装饰。我马上加入,我的福斯小巴立即引来主要大街两旁一些人的嘘声和喊叫。我找了一家餐厅吃晚餐,点了比萨和一品脱的 Heffenwiesen 啤酒,酒里加了一片柠檬。我的音量计显示尖峰读数是一百零五加权分贝:餐盘撞击声和模糊不清的说话声。音乐的音量大约是七十五加权分贝,实在很大,如果我是跟朋友共进晚餐,肯定很难交谈。晚餐后,在寻找自助洗衣店的途中,我遇到性正面文化中心(The Wet Spot,原名 Center for Sex Positive Culture),但并不想光顾。我的脏衣服可以等。

回到科尼岛,不想加入休旅车群,我无所事事地躺在车顶的睡袋里倾听周围的声音。这是自这趟旅程开始,我第一次一人独处。我听到一堆焦躁的噪音:人声、狗吠声、许多引擎声、一些鸟叫、人的笑声、摩托车经过的声音,还有小婴儿的哭号声。在这些无法预期的声音下,注定是无眠的夜。

隔天早上,三叶杨蓬松的种子如一阵大风雪般飘落,这些很容易铲起的积"雪"一连堆了数英寸。我拿起相机,不停捕捉这些沉默飞行物优美的姿态。然后我把"寂静之石"从脖子上拿下来，放在"雪"堆里，拍最后一张照片。

我把福斯小巴停在日日旅馆免费的停车场，唔，倒也不算完全免费，我预订下周六晚上的房间，挣得在主办公室前的停车位，从今天起的一个星期，我会到偏远的未开发区健行，直到下周六才回来。

梭特驾着他那辆九五年银色吉普越野车停下来，下车后伸伸懒腰。他高高瘦瘦，看起来比两年前瘦，那时我俩到加州南部靠近墨西哥边界的地方，替圣地亚哥自然历史博物馆收集声音。他头上绑了一条大印花手帕，戴着一副太阳眼镜，留着苏格兰山羊胡。他直直看着我，什么也没说。我把背包扔进他的吉普车，就上路了。

他有点担心，因为他那辆即将带我们深入荒僻地区的吉普车（里程数达二十三万六千英里）一直出毛病，而我们已经迟了。现在已过下午三点半，我们得赶在峡谷地游客中心关门前，去申请进入未开发区的许可证。他把吉普车的暖气开到最大，希望引擎能保持冷却，没想到才驶离莫阿布五英里，吉普车就嘎一声停在一辆废弃汽车旁边，那辆车的车窗全都破了，看了实在让人振奋不起来。杰体贴地把车停到让我能享受蔽荫的地方，然后砰一声打开引擎盖，我则啜饮着在市区边缘加油站买的百事可乐。

"我不想唠叨，但我们到得了吗？"我揶揄说。

"有可能到不了。"他一本正经地回答。轿车和卡车从我们旁边呼啸而过。"如果能在六点以前抵达就没问题。"

我们等待引擎冷却下来时，我问他来峡谷地多久了。

"大约十五年了。我先前在普雷斯科特学院教诗和艺术,那时我会带学生到这里两周,久到他们都想家了。但我却还不想走。"

"这地方有名字吗?"

"它叫'犹他州,不能分享名字之地'。"他说,然后跟我说了更多关于它的重要事情,还有为什么它会成为他的私人圣地。"戈登,它是一个能让我回归自我的地方。到那里要攀登很久……"他停下来,等吵闹的卡车通过,"要花很大的精力,但这些都会促成我身体、心理和心灵上的变化。我经常独自一人在那里,有时一连数天见不到一个人。我经常在夜里出去,一个人都看不到,只有动物陪伴。我得踮着脚尖走路,因为在那里有可能受伤,万一受伤,就只能躺在那里。你得自给自足,这只是那里生活的一部分。你得有周全的计划,得对那里了如指掌。然而,一旦到了那里,天地之间就只剩下你和那个地方,我得把脑子放走。"

最后我们还是在游客中心关门前赶到,在没有背景音乐的淡季,游客中心就像旅馆大厅;听得到哼哼唧唧的空调声,还有某种电力设备低声地鸣响着,模糊不清的人声从设在角落的展场传来。

"你们两位?"公园巡守员平淡地边问边把我们的数据输入计算机,计算机用荒野追踪软件来管制未开发区的旅行,记录每个人在那一带的历史。"下次你们要预约时可以请他们把申请表邮寄过去,就不用在这里停留。"她的声音听起来就像《飞越疯人院》里的护士瑞秋。然后她把荒野规定表念给我们听:不能在溪流或小池塘沐浴;不能用火;不能走在活性土壤上,只能在裸岩和水上走。然后她提到那里向来有人进入考古遗址,拿走古文物,留下胡乱涂鸦的问题。"你们要进去的地方是熊之乡，我们没有接到过任何报告，但听说过渡乌把大塑料袋咬破，你们有带头灯吧？"

最后我们终于拿到许可证（一张随身携带，另一张留在车子的仪表板上）。在停车场上，梭特发现手机还收得到信号，就走离我远一点，去打入山前的最后一通电话。我仔细研读顺手拿到的公园简介，上面列出这里可以做的活动：健行、驾驶越野车和驾驶越野单车，然后提醒游客这里有山狮，还有土壤是活的。"隐生土壤是一层凹凸不平、由活生物构成的黑色表土，在峡谷地国家公园及周围地区处处可见。保护隐生土壤能确保峡谷地的生态保持健康。"

这是森林警备员所说的活性土壤，又名沙漠胶水。它是由细菌和真菌构成，能保护沙漠土壤不被风雨侵蚀。这种土壤非常脆弱，光是踩在上面就足以摧毁它们，而且就算在条件有利的情况下，也要五到七年才能重新生长。唔……我想在莫阿布外围，沙漠入口站附近的任何地点恐怕都不可能有这种土壤出现。

回吉普车后，我们驾车驶过三十英尺宽的河流，冲上对岸，这就像一场洗礼仪式，要通过这仪式后才能进入荒凉、迷人的地域。这里的植物就像毛皮或皮肤一样，但是已经遭到破坏，露出地球的血肉。仿佛地球已经被开挖，而我们正在前往生命核心的途中。我们的起点是一座大孤山的山顶步道，从那里可以往下通往一连串的峡谷和溪流，但是等我们抵达那里时，周日傍晚的交通高峰时间早已在我们头顶热闹开始。

喷射机在宁静的天空上留下四道粗粗的尾迹，我把音量计拿出来。这时我只听到轻柔的风声吹过杜松林带起的沙沙声，但微弱到音量计测不出来。我看到一架喷射机飞过，位置高远，几乎看不到，声音也还听不到，它飞过后呈圆锥形传播的噪音还没有抵达我们这里，等我们听得到时，音量计的读数是四十加权分贝，若是在都市环境，这样的音量不会有人注意，问题是我们并不在都市。在这里，喷射机的声音轻易就比周遭沙沙的风声明显一百倍，甚至一千倍，几乎震耳欲聋。入侵的噪音肯定会愈来愈多，因为渐暗的天空上有愈来愈多交错的喷射尾迹：五道……七道……八道……九道。

即将圆满的月亮升起，照耀着四野，我们甚至不需手电筒就能整理出睡觉的地方。我听到"扑维尔、扑维尔、扑维尔"的声音，接着附近一只鸮开始"哇塔、哇塔、哇塔"地叫着。一架喷射机入侵，五十加权分贝。上帝低语，人类咆哮。我到这座国家公园的荒野，像朝圣者般寻找幽寂的氛围，却仍逃脱不掉人为噪音。不过，我已经倦极，在孤山顶上找了一块平坦的岩石，在松散的干泥土上摊开睡袋，沉入梦乡。

一大清早，太阳还没升起，我就醒了，开始聆听。每二十到三十秒就有一道道轻柔的微风慢慢扇过杜松和松林。超过一小时的时间，四周非常寂静，听不到虫唧鸟鸣或任何动物的足音，只有微风吹过，感觉非常平和。一颗流星瞬间划过一半的天空，我追踪一颗人造卫星缓慢的轨迹。我以为风已经停歇，但是没有，又有一道柔和的风吹拂过，几乎吹走一切，只留下重要的思绪与困难的问题，就在我停留的孤山上。这正是我来这里的原因：找出我真正在乎的事物，以及自我。在这样的时刻，不需言语就能存在，甚至能思考。"倾听白松的话语。"我会在岩石上坐一会儿，就像一块岩石，融入岩石，看着星辰坠落和白昼展开。

如同鲑鱼卵流入清澈的山池，白昼的圆顶从东方开始出现，逐渐掩盖掉星辰,今天肯定会有一个美丽的早晨。

清晨五点二十五分。一只不知名的鸟儿"波洛、波洛"地叫着。

我把管状绒毛睡袋的拉带松开,把脚伸出去,穿上裤子,系好靴子的鞋带。由于我在睡袋上加入这个简单的设计,所以能套着舒适的绒毛袋四处走动,能在真正起床前就先站起来,这次还能走到峡谷边缘观赏日出。在第一道晨光亮起前,黎明的大合唱已经开嗓,不同种类的鸟儿就像点名一样轮番唱起,每一次都如指纹般清晰。我承认我没有研究或鉴定过所有我听过的鸟鸣。在我耳里,它们全都不同,每一只鸟都不同。所以我宁可不查清它们的名字,反而偏好沉浸在黎明大合唱中,就像聆听交响乐一样,不区分哪个声音是双簧管,哪个是大提琴、横笛或鼓。

我发现峡谷对面有一道光,显然是营地的手灯,然后又认出两个模糊的身影。我不知道他们是否跟我一样在等候日出最早的色彩,倘若是的话,他们想欣赏的美景肯定会被手灯的光破坏,因为它就像视觉噪音一般,会使他们无法充分享受夜空,也会破坏日出的一些细致之处。太惊人了:他们刚又点了第二盏灯。那两盏灯就像车前灯一样,从他们的营地瞪着我。这其实一点也不必要,一旦你的眼睛适应了清晨的环境,就会发觉四周有许多光线,就算要准备早餐也完全没问题。对一些人来说,露营的经验就像邮购一样,经常会被精巧的小工具吸引,而忘了远道来这里旅行的初衷。

我瞪视着下方宽深的机会:地球上的巨大开口,环绕在四周的杜松和松树很快就会吞噬我们。这峡谷就像一个倒放的结婚蛋糕，半透明的奶油与粉红的海绵蛋糕交互相叠，但在阳光直射下转变成琥珀色与红色。

六点的时候，我听到类似横笛的声音。"噜、噜、噜、噜。噜、噜、噜。"这是峡谷本身的声音吗？听起来就汩汩水流声经过长管传送后发出的微弱振鸣声。稍后，我听到飞过的渡鸟"嗷嗷"的叫声，然后又有一只鸟的歌声透过晨风传来。我认出蜂鸟"呼——哩嗯——"地飞到定位，唱出独特的咏叹调。它小小的身形飞到高高的空中，再以神风特攻队的英姿俯冲向地面，不畏死亡的威胁，在最后几秒才险险拉起，再度往上猛冲。它的翅膀在高速回转下发出偌大的铃声，一百英尺外就能清楚听到。

这些以翼飞行的动物很快就被人造飞机所取代，今天第一架打破宁静的飞机在早上六点二十分出现。六点五十五分时一架固定翼飞机飞过头顶，几分钟后，一架直升机轰隆地贴着地面飞过，不断沿着峡谷降落，暂时看不到，但仍听得到。它的螺旋桨叶拍击的声音测起来是四十五加权分贝，等我再度看到它时，它在半途沿着一道峡谷壁盘旋而下。那是一架小型直升机，是电台和电影小组经常使用的那一型。梭特和我假设它正在进行搜救任务，因为在那个高度飞行违反国家公园的规定。事后我们打电话去向国家公园警备队长丹尼·齐曼查询时，他调出当天的记录。那天并没有救援健行客的任务，那天唯一发出的一张直升机许可证是在五小时后的下午，地点甚至不是在国家公园上方，而是在邻近土地管理局的地区上空。那架飞机显然未获得授权，因为它飞到峡谷边缘以下的地方。"联邦航空总署咨询通告一三六——一条"

明令规定,所有受雇班机在国家公园的土地上行进时,高度必须维持在地面五千英尺以上。无论有没有获得授权,这次的入侵事件对当地的野生动物与人类访客都是一种攻击,因为它出现的时间是一天中自然声响特别细致的时刻,同时也是鸣禽传送信息最有效率而荒野搜寻者能聆听到多种声响的时刻。

梭特和我准备好走下峡谷的装备,我把水壶和水瓶都装满水。梭特拿了一瓶肯定装了五百粒药丸的瓶子,问我需不需要止痛布洛芬。我倒了一些到背包的口袋里,药瓶里所剩无几。我很高兴他提供的不是阿司匹林,因为那是耳毒性的药物之一,已知有些人会在服药后出现暂时性耳鸣和部分听力丧失的症状。然后他拿出 iPod,按下播放键,把耳机递给我。我听到他家圣克鲁斯市的雄海象叫声,然后是正在断奶的小海象。声音的质量非常卓越,感觉就像置身太平洋,但我也发觉这几乎像是幻觉,因为在峡谷地完全看不到水,只能想象远古时的海洋。我把耳机还给梭特,说我听不下去了,并不是他的作品不好,而是因为我现在必须全神贯注在这里。

在步道起点,梭特替我俩签到后,我们就背上背包,把腹带系好,沿着安静的步道一直下降,随着太阳升起,气温上升,我们的衣服越脱越多,并让体内的动物本能找到自然的步伐节奏。

有些人可能认为上坡比下坡困难,其实下坡总是比较艰辛。以我们现在走的陡坡来看,膝盖持续承受压力,等抵达坡底时脚踝很可能都会受伤。慢慢走比较好,特别是我以前当快递员时膝盖负荷过重,我们各拿了一根健行杖,以减少冲击,让脚步踏得更稳。我的是钛管材质,那是我从波音公司的西雅图折扣卖场买的,只要有闲钱和时间,你可以在那里找到建造七四七飞机的所有材料。我的超轻健行杖是两节式,中间是用我那辆坏掉的快递单车上的快拆式座管束连接而成。它已经为我服务超过二十年。它的另一个功能是充当摄影机和麦克风的单脚支架。它也帮我煮了许多次好喝的茶,只要装满水,架在熊熊的营火上就行了。现在,它即将支撑我走完六小时的健行。

走到下方平地后,步道消失,被最近骤发的山洪冲毁。虽然我们知道方向,但不确定该往哪里走。看起来,山洪是在好几个月前发生的,但步道没有重新标示,脆弱的沙漠上没有一条实际的路线,反倒有许多条路,就像迷宫一样,得不停做选择。每次遇到岔路,我们就选最常有人走的路。等我们走到一处浅岩棚时,发现是死路一条。我们错了,跟先前走这条路的人一样。这个认知突然令我意识到,走在容易走的街道上时自己有多漫不经心。难怪皮卡克不喜欢走步道,它们就像道路一样;有人已经替你想过。我们循原路回去,这次我们更加注意,最后找到路越过被洪水冲毁的地区,重新回到步道上。

这里唯一的水源是一道美丽的小瀑布,它注入一座深水池,里面有许多小蝌蚪游来游去。虽然池水诱人,但我们不能下去游泳。我们身上出的盐和油会污染池水,而且可能危害到这里的野生动物。不过我们趁机把水壶装满。梭特加了一些碘片,我则是用古老的陶过滤器。我们把水淋在身上,在远离水池的地方把T恤拧干,摊晒在北美山艾上,午后炙热的微风吹拂,它们很快干了。我吃了一些止痛药,所以膝盖感觉还好,不过走了这么一长段下坡路后,关节受压的部位还是有点热热的。

黄昏时,我们在一个弯道旁看到一间手工搭建的废弃小木屋,然后进入一个侧面峡谷。我们很快抵达梭特使用许久的营地,那里很美,从一个由岩石构成、还有一棵大橡树庇荫的天然露天小剧场，可以欣赏到峡谷壮丽的景色。我的音量计丝毫未动，停在最低的二十加权分贝上。

静止不动时，我只听得到自己方才移动时残留的微弱声音，但知道这很快就会消失。啊——沉浸在寂静中的感觉，就像泡在舒服的热温泉里一样，我疲惫的心灵得以放松。现在我必须放开一切根深柢固的想法，全心接纳这一刻。这里到处都有美景可看，耳朵可听到音乐，鼻子可闻到荒漠滨藜的花香和北美山艾的味道。一缕缕灰白色的云飘上湛蓝天空，峡谷里的岩石闪烁着耀眼的红色。我感觉自己仿佛消失不见，甚至全然忘我。我已成为沙漠里的一块热岩，不停散发出有意识的思绪，就像散发着储存在岩石内的太阳热力。灰云从夕阳照亮的西方开始降下雨幕。这是一个充满启示的神奇地点。

耀眼的满月升起，我吃了一些什锦果麦当晚餐。梭特和我很快就兵分二路，各自去寻找适合的地点，录下寂静。我找到附近的一处悬崖下方，半抛物线状的崖壁把遥远的声音传到我聆听的位置。在这样的地点，不仅遥远的声音会被拉近，我也相信利用这个自然产生的声音特征，可以为这里的声音肖像加入一种此地专属的感觉。

好地点。烂运气。我没有听到自然寂静，反而听到四分之一英里或更远处上方传来的声音。我一度甚至听到一架小飞机的声响，于是决定先睡觉再说。

凌晨一点三十五分，我被一架喷射机飞过的声音吵醒，从帐篷里测到的音量是三十五加权分贝。在它飞过后，沙漠里的夜晚一片宁静，测不出噪音。然后又一架喷射机飞过，我努力忽视它。不睡觉，反而计算

裸露的大地

起飞过的喷射机,只会让我更睡不着。又有一架喷射机飞来,大声到我再度拿起音量计,在一点五十分测到四十加权分贝。在它飞过后,我听到细微的风吹过周遭的橡树、杜松和松树林。第一道微风的声音几乎测不出,只有二十五加权分贝。第二道微风是二十七加权分贝。打完瞌睡后,我终于进入梦乡。

艾德华·艾比在《沙漠隐士》里曾经描述这一带的沉静。"我等着。现在夜晚再度回流,完全的静默拥抱着我,包容着我;我再度看到星辰,以及星光的世界。我离最接近的人类伙伴超过二十英里,但我并不寂寞,反而感到愉悦。愉悦与静谧的狂喜。"

凌晨一点五十八分,我再度被喷射机吵醒,在峡谷底测到的声音是五十四加权分贝,比西雅图住宅区的晚间最大噪音量还高出九加权分贝。峡谷地国家公园前局长华特·达伯尼若是知道自然静谧在夜晚时遭到破坏,肯定会感到悲伤,却不会惊讶。十年前,他曾对《电讯先锋报》的一名记者说:"我希望美国民众能在太迟以前,及早将美国一些地方的自然声音视为一种国家资源。"这里特别值得注意的是,达伯尼说的是"美国民众",而非他工作的政府机构,亦即国家公园管理局,但管理局的使命正是要保护公园的状态不受影响。我同意他的看法,我们美国民众若要保存美国仅余的少数静谧地点,就必须大声疾呼。

峡谷地显然不是完美的静谧圣域,但是在没有外来声音入侵的时候,这里的确充满寂静之美,此外,在自然声音持续较久的期间,听起来就像古老的森林或未经耕种的原始草地,让人联想到美国逐渐消失的自然声境。接着,黎明来临,今天我将专注于录制声音。

我在风吹来的鸟鸣声中睁开眼睛,这是最喜爱的乐曲!在风不停变换的节奏下,鸟声听起来非常浪漫、乐观。毛毛雨轻轻打在我的帐篷上,我包在睡袋"虫虫"里,走到一个安全地点,我把录音设备放在岩棚下,那里应该是最早照到阳光的地方之一。这个庇护地点不仅可以防止声音在风中走样,光滑凹陷的岩石表面还可以反射鸟鸣,使它在不断吹拂的风中显得更加清晰。我希望很快会有一只喜欢在晨光中唱歌的鸟光临这里(许多鸟都喜欢在晨光中歌唱)。我把麦克风系统挂在树丛里,让它不致引起鸟儿注意,然后把三十英尺长的电线拉到另一个树丛,待会儿我将像雕像一样坐在那里,仔细聆听。

一只鸟啪啪扑扑地飞过来,又飞走。接着有更多娇客来临,随着天色逐渐明亮,峡谷显然是数百只鸣禽的家。啁啁啾啾的合唱声让四周充满生气,并在宛如黑板擦擦过似的微风吹拂下,时小时大,持续了整整二十分钟。

然后,这迷人的魔咒旋即被打破。一架喷射机自高空飞过,盖过我耳里或麦克风接收得到的所有自然声响。我的音量计只测到二十五加权分贝,若在城市,这算是非常低的读数,不会引人注意,有些人可能会认为这对公园游人不致造成影响,无须理会。但在这里,在清晨的静谧中,这是严重的噪音入侵,会打破迷人的气氛,就像在交响音乐会上有手机铃声响起一样。

喷射机的噪音消失,风开始平息,自然的音窗再度迎来隽永的叫声。一只沙漠鸣禽正在寻找配偶。一只长翼昆虫鸣叫着,飞过开着黄花的荒漠滨藜。一棵松树发出叹息。我沉浸在峡谷里富于变化的交响乐里,一只渡鸟在危岩顶鸣叫,形成一层层的回音。

我收好设备，移到远处一块抛物形的岩石那里，希望把它当成大耳朵，在那里聆听整个峡谷的声音。我把三脚架放在这块岩石的焦点上，也就是能收集到自然声响的地点，然后把麦克风架在上头。周围的声音只有二十点五加权分贝，几乎测不到，这个卓越的自然露天剧场很适合用来迎接稍后的独唱曲。一只鹰在超过一百英尺的高空翱翔，但我仍听得到它的翅膀划过空中的声音。然后一只蜂鸟飞到岩石舞台上，旋转的翅膀发出明显的嗡嗡声。短暂平息后，风又稳定吹起，但却还是不足以吹走一架经过的喷射机五十加权分贝的噪音。

风声迫使我改变录音对象，从录制鸟鸣改成捕捉风声。我再度往前走，这次选择在一棵高大的柽柳旁停下，它的枝丫被风吹得四处甩动，让我想起竹子。风再度平息，我测到遥远的流水声和昆虫鼓翼的声音，声量大约在二十六加权分贝。

又一架喷射机飞过，我继续往前走，在一个隐蔽的深谷找到一小片可以挡风的橡树林，自成天地，是一个很适合录制自然声音的地方。又有一只蜂鸟飞过，但不像先前那只是旋转的低鸣声，而是发出清晰高频的铃声在声境中到处穿梭。但我可以录音的机会愈来愈少，现在几乎每四到五分钟就有一架喷射机飞过，每次持续约三分钟，所以可以在无噪音下倾听和录制声音的机会鲜少超过一分钟。尽管我只能浅尝静谧，无法止渴，但是我仍然充满感激。梭特是对的，他找到的这个地方就算没有濒临消失，也是世上仅余的寂静地点之一。

我急着进一步探险，就把录音设备藏好，拿着相机出发，起初是靠嗅觉。我闻到大山艾甜美扑鼻的味道，还有荒漠滨藜鲜艳黄花散发的香味。雨滴点点的沙漠尘土看起来几乎像月球表面；背光望去，层层相叠、半透明的春叶看起来闪着霓虹绿,近似彩绘玻璃的效果。形形色色的美滋润了心灵,驱走绝望。我看到一棵桶状仙人掌开出最不可思议的热带花朵,深红色的花瓣,越往花心,越倾向黄色,一丛莱姆绿的雌蕊和数百个绒毛状的粉色花药,就像完美的艺术作品。我在靠近地面处找了适合的位置(就和小型哺乳动物观看的角度一样),蹲下来拍照。拍了三张后,退后时不小心碰到另一棵仙人掌,结果成了名副其实的如坐针毡,过了两小时,我还在拔臀上的细针。

我还没有近距离看到许多哺乳动物,倒是远远瞧见一群鹿;另外还看到一只失怙的小草原狼,挺令人忧心的,还有一只尸体仍然很完整的跳囊鼠。我唯一近距离看到的四腿动物只有两只兔子,奇的是它们对我的存在完全不在意,即使我就在十英尺外,它们仍继续吃着春天骤发的绿叶。看到它们,让我非常想念在乔伊斯住家后面狂乱奔跑的宠物兔,我养了二十多只。它们一听到我的车声,就会跑过来,但只是为了让我摸,因为我没用任何食物鼓励它们。但是在野外,因为要面对大型野生动物,照理说不太可能会出现这种行为。我心想会不会是因为草原狼的数目在这几年持续减少的缘故。

梭特和我同时回到营地时,很少交谈,但经常愉快地互望一眼。我们都很高兴能待在这里,并尊重对方享受幽寂的需求。即使拿水壶到附近的泉水小溪装水时,我们仍会保持安静。此外,在这里,我们也必须抵挡跳入溪里的诱惑,只会把水壶装满,离开水边,然后把水从头上淋下去。

一架吵闹的单引擎螺旋桨小飞机在峡谷边缘上空飞行,无疑是在浏览峡谷:五十八加权分贝,比我和梭特待在这里整个期间所有的交谈声量都来得大。这架小飞机的噪音还没消逝,另一架喷射机入侵的声音已经响起。现在将近十点,我把音量计拿出来,举向天空:五十加权分贝,然后是五十四加权分贝。之后一架接着一架,几乎都是沿着相同的东西向旅游路线飞行。我猜是来往于加州洛杉矶机场。

太阳在天空愈爬愈高,空气变暖后,气流跟着增加,飞机的噪音明显模糊许多。许多观光客之所以在离开公园前的问卷调查中表示飞机并没有惹恼他们,这正是原因之一;他们是在一天当中最不容易听到飞机噪音的时刻来参观。池面没有涟漪时,我们比较能看到池底,同样的道理,当空气平静时,声音的传播效果最好,这是鸟类和其他野生动物大多在黎明和黄昏时发出叫声的原因;这时鸣叫比较不费力气,也就是说,可以用比较少的能量把信息传过同样大小的地区。这些时段不仅最适合传送信息,也很适合聆听。峡谷的回音,亦即大地在倾听后发出的声音,在那时也听得最清楚。在许多世纪以前,以这片土地为家的古代人很有可能也深知这点,并利用这项原理进行打猎、防卫或宗教目的。

风再度吹起,雷雨云在地平线隐约可见。梭特和我心知肚明地对看几眼后,赶紧开始准备录音装备。他选择在"聆听之石"录音,那里是他在这个钟爱的峡谷里找到的僻静地点。他每天早上和傍晚都会在这个地点静坐一下,聆听、录音、学习、沉思,让自己改变,然后焕然一新。我了解这点,不会去打扰他的僻静时光。

无论是在生活中或是在录音里,几乎没有任何事物比雷更能展现一个地方有多广阔。缪尔在描述约塞米蒂时曾经写道:"雷击划破清爽的天际,发出钢铁般的鸣响,锐利清晰,震撼的爆炸声响在危岩和峡谷壁之间回荡。"在森林茂密的地区,雷声的回音令人温暖,就像北卡罗莱纳的乔伊斯·基尔默纪念森林。在这样的峡谷,远方轰隆隆的雷声总是会带起多重回响。一道强而有力的霹雳使万物为之震动(连体验过贝纳罗亚音乐厅的我都感到震惊),就连我们在进来路上看到的那栋像是隐士居住过的废弃小木屋也不例外。

建造小木屋的人使用的可能也是本土树木,而且它显然是用人工砍劈而成,木头仍留有手斧的痕迹。早在建筑大师弗兰克·劳埃德·赖特开始设计"落水别墅"之前,缪尔就已在约塞米蒂的一条小溪旁建造了一栋小木屋,只为了聆听自然的音乐。这位隐士也是为了聆听而建造它吗?雷雨时待在小木屋里,会听到什么样的声音呢?要找出答案只有一个方法。

这栋小木屋大约十五英尺宽,二十英尺长,由水平放置的圆木建造而成,木瓦屋顶已快倒塌,屋里有一个泥岩壁炉和烟囱。离低矮的前门不到十步的距离,就有一棵巨大的三叶杨,树围超过九英尺,在二十五英尺高的地方被砍断,但生命力仍然很强,提供宽广的蔽荫又能挡风,但是在我心中,更重要的是它能不断播报气象。这座"活木钟"的长叶柄伸展出铲状宽叶,记录了每一道最细的微风,即使在差堪可以听到松林声音的情况下,这棵三叶杨在最轻柔的微风里,听起来仍像充满雾气的洒水装置。白杨是三叶杨的近亲,以闪闪发光的叶片著称,经常能为庭园增添视觉与听觉的美感。从这棵巨大古老的三叶杨底下有多种不同的羽毛看来,它对鸟类的吸引力应该已有漫长的历史,它陪伴着隐士,也让他得以聆听鸣禽的歌声。或许这位隐士就像艾德华·艾比一样,在这里感受到的并不是寂寞,而是愉悦。

这次的雷雨仅在远方带起几声低沉的轰隆,但是我并不感到失望,因为这一刻我完全沉浸在这个极为特殊之地。

　　进入峡谷地的第二天,从黎明开始就弥漫着芬芳,因为连夜的雨带起山艾的香味。我穿着绒毛夹克,戴着兜帽,啜饮第一杯红玫瑰茶,把杯子靠在脸旁,汲取茶的暖意,我发觉自己愈来愈融入此地,跟周遭环境已合为一体。附近的甘伯尔橡树诉说着它的故事,所有的沧桑都已刻画在它的树皮和曲折伸展的枝丫上。我得知它何时景况好坏,成长快慢,何时曾遭祝融文身。三叶杨也对我诉说着它的故事,在树干年年加粗后,它的树皮迸裂,露出底下比较年轻的皮层。多年来,它的树干已出现许多深沟,特别是在底部,但是由于树皮之间仍相互连接,这棵树还能继续生存。这两棵树各不相同,却又有许多共同之处;每棵树的旧伤附近都可见到新生的芽。

　　耳朵永远不需睡眠,但我需要。昨晚我一觉到天明,但是进睡袋前,外头开始下雨,我拿起音量计,测到三十加权分贝。然后一架喷射机呼啸而过,我心想那是目前为止最大声的一架,但测到的音量只有三十五加权分贝,比我预期的低得多。我发觉自己开始听得到声音里的细微变化,不再像先前一样,只具有在大都市就够用的粗略敏感度。我的身体正在进行细微调整,感官回复到生存模式。

　　我一直没谈多少有关食物的事,这是有原因的。我在约塞米蒂进行约翰·缪尔录音计划时,曾经试图尝试缪尔所吃的食物,因为我想这能让我更加能体会他的经验,或许能有跟他更像的思绪。有关缪尔素食习惯的记录很少,但我仍设法根据找到的少量描述,烤了大量缪尔式饼干,在健行、露营和录音时就靠它们维生。缪尔在旅行途中,并没写下多少有关饮食的事,因为这并不重要。在有许多事情待做的情况下,饮食其实会令人分心。我为这趟旅行准备了大约十磅的点心:燕麦早餐、面包和奶酪,全都不需要烹调。我只要觉得饿了,就吃一点。昨晚我并不饿,也就没吃。今天早上,我吃了一把燕麦早餐。我的体重也在微调当中。

梭特把他的食物分成六包,一天一包。他的胃开始不舒服,我对用碘片处理水的方法并不信任。我绝不会喝原本用于杀死单细胞生物的毒药,因为我觉得这肯定也会杀死我,一次杀死一个细胞。我的水很干净,但梭特的水在袋子意外破裂后,看起来很像茶。我把用法简单的水循环装置借给他,只要把吸入管放到一盘水上,然后用蛮力推抽水臂,把水推过质地很细的陶筒,就会滴出干净的水。

补充养分后,我们动身前往梭特的"聆听之石",一边欣赏小溪另一边的美丽夕阳,这条小溪是由泉水挹注,四周一片翠绿,飘扬着美妙的自然旋律。我们从健行开始就几乎不曾交谈,但现在似乎是问他有关这个特殊地点的好时机,了解一下他每年到峡谷地的朝圣之旅。

"这其实是从我的聆听延伸而来的,"他说,"我是在十五年前发现这个地方。当时我正在普雷斯科特学院教一门协同教学课——'景观感知'。我们两位老师对景观与野生地景都很感兴趣。我的专长从以前到现在就是诗和艺术,艺术家和诗人与地方之间的关系,以及他们如何创作艺术。我自己的诗集也跟地点有很大的关联。声音也是。因此我们带着十名左右的大学生,在这里和附近一个地方待了两周。那时候是五月中旬,每天我都出一份写作作业给学生,我们会在一天中的特定时间出去写作,然后一起回来朗读我们的作品。那时真的有一种共同生活的感觉,坐在这块巨岩上聆听大家的作品。我自己也做了这作业,而且有种非常美妙的领悟。对我来说,那是一种转化的经验,日复一日到相同的地点,用所有的感官专心一意地体验它。"

"旅程快结束时,我们全在外面露营。直到现在,当时的情景仍历历在目,因为那真的是我生命中的里程碑。有时我们会需要帐篷,有时不需要。夜半时分,我躺在粗布袋上,静静地体会一切与聆听,什么也不做。那时正值黄胸巨嘲莺的求偶季节,它们啁啾唱着活泼的求偶曲和捍卫地盘曲;蟾蜍在小溪上上下下的地方唱歌,歌声尖锐。其他禽鸟也共襄盛举。那一晚月光明亮,映照着四野的静谧,感觉就像在聆听一千年前的居民在同一地点听到的声音。他们或许没听过柽柳婆娑的音韵,但肯定听过柳树和三叶杨,还有这些动物的声音。对我来说,那种经验令人震撼,因为我听到的声音跟以前居住在这里的人听到的声音一样,而他们正是我研究的对象,他们的作品也是我花许多时间欣赏的。那一刻的感动就像岩石画或象形文字一样,刻画在我的意识里。声音改变了我的意识。"

梭特的声音和缓,故事说得不急不徐,就算偶有停顿,也像乐曲中的休止符一样,有时是为了思索适当的字眼,有时是为了强调,有时则是想从周遭令人神清气爽的能量中汲取灵感。昨天我俩待在峡谷里的不同地点,却都听到风笛声,那是令人震撼且意外的音乐演出——当然很不恰当,但梭特无疑觉得很有趣,他从小就吹风笛。他解释说,多年来,特别是到峡谷地旅行之后,他就发现自己对生命中的三件事情充满热情:演奏管乐器、诗歌与户外活动,而且这三件事相互结合,彼此强化,相得益彰。但他首先告诉我盖尔人的风笛起源。

"苏格兰是一个氏族社会,其实就像部落一样,人民会跟特定的领土结合,当然以前那里有许多因领土而起的纷争,争战不断。音乐成了氏族建立自我认同感的重要方法。富裕的氏族有专属的风笛手,负责创作颂扬氏族英勇事迹的曲调,就像吟游诗人一样,特别是有时听起来有些像神话的祖先事迹。"

"这些曲调都是透过口耳相传,曲子很长,特色是曲调都配有单调低沉的声音。我总是爱把低沉的声音想成是大地,而曲调就像穿越大地的小径,赋予大地意义,同时又从大地获得自身的意义。我的意思是,它就像一种对音调的期许,一种曲调在持续不断的低沉声音下产生的期许,一种在不和谐中取得调解的感觉。小时候听到这音乐时,我说,"梭特弹起手指以示强调,"那就是我感兴趣的那种管乐器。那是一种冥想,曲子本身很长,可以让你沉入其中,浑然忘我,心醉神迷。它有一种令人愈来愈深陷的特质。然后它会回归到基本的主旋律,并透过一连串的变奏曲不断阐述,每段变奏都以愈来愈复杂的装饰音来表现。古代的吹笛手经常称它们为颤音。听起来很像鸟鸣,非常复杂,非常快速。"

"你能不能举个例子?"

"当然,你能持续发出低音吗?"

我想他从没听过我唱歌,难为情地笑出声来。

"戈登,你只要不断唱低沉的声音就好,声音不用变,我会配合你唱出旋律,但你不用改变音调。"

他让我像唱颂歌一样发出类似"哼嗯嗯嗯嗯嗯嗯嗯嗯嗯嗯嗯"的声音,然后加入,唱出一连串曲调优美、具有古风的波浪音节,把它们融入我的哼唱声。

他虔诚地说："对我而言，这些曲调就像地景，苏格兰的风笛跟大地非常契合。他们的许多曲子赞颂大地的各个面向，有的曲子描绘的是采石场。采石场是山丘，丘顶经常凹陷。以声音而言，采石场是非常有趣的地方，具有惊人的自然回响效果。此外，风笛手就跟摇滚音乐家一样，也想听到自己的声音，想把它放大，赋予更大的音量。因此这些地方深受风笛手喜爱，觉得在这些地方对音乐有益。"

"此外，谈到写作，我向来对诗里的声音很感兴趣，不仅是可以变成声调的押韵，也包括声音的元音或子音，还有可以用何种方式将它们串联起来。我们要怎么创作音乐，喉咙在朗读一首好诗时是如何运作的，你会透过身体和耳朵发现语言的共鸣与潜力，这些都不是我们在日常的公务性演讲中听得到的。在先前的文化中，我们跟文学和诗歌的声音层面比较契合。"

"我听你说过一个地方的声音结构会对那地方的人造成影响。"

"对，我之所以会获选教这门课，主要是因为我在地景与诗方面的作品。我很执意要找出真正尊重大地经验的诗人，爱尔兰诗人帕特里克·卡瓦诺就是其中之一。我像着魔似地阅读他们的作品，仔细研究他们如何反思一个地方的性质、内容与事实，不同的人可能会有不同的体验，但每个人总会在特别的地方找到某个基本真理。

"我想这当中有许多是现代诗所缺乏的，因为我们已经失去跟地方的连接，跟土地的连接，而这是我们今晚在这里感受到的，像是风吹过桎柳和柳树的沙沙声。"梭特的目光从我身上移到周遭环境，"光线很快会暗淡，我们会愈来愈意识到我们所在的地方没有光线，没有任何街灯。我们会有月光，但那跟我们必须留意与聆听的世界截然不同，它有自己的节奏。"

"这是你一再回到这里的部分原因吗？"

"我们都会觉得有些地方会对我们说话，那些我们特别能融入、能挖掘愈来愈多自我的地方。我会去山上独处，住在小溪畔的红杉林里。我在这里享受过许多独处的时刻，但让我体验到足以改变人生的感受，是在我来这里的第一晚，聆听声音的时候。这真的很难形容，但这块岩石年代久远又非常美丽，上面有些古代人留下的画作，能跟大地连接。岩石是红色，肉的颜色，对以这里为家的人来说，它就是血肉。他们以这块岩石为家，把它当作避难与提供遮蔽的地方。他们在这里建造谷仓，过着非常简单的生活，任凭严苛的环境摆布。当气候改变时，他们被迫离去数次，但总会回来。他们也在这里的岩壁上留下令人赞叹的艺术。

"回到这里总是能让我得到启发，我能在这里找到艺术，找到有个民族在这里居住过的最直接证据，也能找到现代世界的少数痕迹。来这里的人很少。这里也不准使用机械装置，不能有吵闹的机器。我可以丢下日常忙碌的生活，前来了解这个地方，聆听它对我诉说的内容。这里也是荒野，有可能跌断腿。在这里会感到振奋，能有所醒悟，也能依赖这些在文明世界不常有机会使用的能力。我住在声音的现实世界，那是我谋生的方式，但我也住在景色美丽、声音也美丽的地方。这里还有其他吸引我的事物。

"所以六年前我开始在这里录制声音后，我就像在画岩石画似的，一再回来捕捉这里的一切，希望能保存那一刻的体验：气候、日夜、四季，还有动物迁徙的循环。这些事物在别的地方已日渐稀少，濒临消失，但我却在这里找到非常丰富的宝藏，我也跟着焕然一新，全心全意地理解它们。"

"所以我可以说你爱上这里吗？"

"显然是，不是吗？"

"十五年前你爱上这里时，这里应该几乎没有机械性的噪音。从那以后，你有没有注意到任何改变？"

"过去几年，我愈来愈注意空中交通。这次过来，经过的飞机数目大得惊人，只有在雷雨来临前曾短暂消失。对了，我也发现空中交通的频率改变了。这对你的体验有什么影响？身为录音专家，这会破坏一切。你在录地景声音，鸟在唱歌，但就在这无价的时刻，一架飞机飞过。"

"如果你没有在录音呢？"

"好问题。我跟一些说不会受到影响的人谈过，也跟对这种事感到愤慨的人谈过。是啊，我也受到影响。进入这个峡谷之前，我们坐在陡壁边缘，望着下方飞过的飞机。不知为什么，从上面俯望大地，看到它躺在那里，经过的飞机就像蜉蝣一样，对无穷无尽的自然静谧来说，只是短暂的干扰，但是在峡谷底下，当飞机出现得比较频繁时，体验就完全不同。要从美学的角度把飞机纳入有点困难。就我而言，待在这里是一种冥想，我来这里是为了获得新生，回想起身而为人的意义，这跟听别人说我该买什么，我是谁，或我该成为什么样的人都不一样，来这里是为了找到自我，记起自我，然后带着这份感悟回到现实世界。当我听到飞机声时，我听到的正是我来这里想要摆脱的种种思绪，因为那样的心绪所反映出来的，纯粹是人类的世界，而且是个疯狂的世界。如果无法了解我们不是什么,又怎么能真正了解我们是什么?"

星期四凌晨三点半。夜晚的微风叹息着,慢慢吹过树林,如同平静的海波撞击遥远的沙岸。美丽的满月照亮一切,万物静止,寂静。一道温柔的微风开始细语,然后一切又回归沉静。万物就存在于这一刹那。时间已然消逝,不可计量,也无从记起。我与这地方已融为一体,不可分割。我就存在于这里。

沙漠鸣禽的叫声在峡谷壁上回响时,我自然而然地苏醒过来。我迅速安静地拿起录音装备,在岩壁底部一棵高壮的杜松下架好(我预期杜松会像可供唱歌的栖木一样吸引禽鸟,而岩壁可以反射声音,使音色更为明朗)。我按下"录音"键后,就回营地煮水,准备泡一壶茶。我像农夫一样蹲着,欣赏一声声由第一道晨光在大地上诱发的鸟鸣:这就是黎明大合唱。这曲调跟我在六大洲录制超过一千次的鸟鸣一样,总是不断循环,像是一首漫长的地球之歌,已演化出自己的生命,而我们的生命也包含其中。今天的清晨让人有一种回到过去的感觉,自然音乐完全没有受到不尊重大自然的人类噪音污染。我觉得自己不止五十四岁,而是已经活过数百万年,还在不断演化,不断聆听,并被自己听到的声音所改变。

我静静把红玫瑰茶包放入Texaco牌的保温马克杯里浸泡,感觉这场黎明大合唱与这片大地配合得天衣无缝:稀疏、开朗、变化少,但轻快愉悦,充满乐观、希望与繁荣的声音。我看到一株小嫩芽从沙漠岩石的缝隙间伸出来,即使是在沙漠,仍然有春天。

我的时间感不再是以小时、分钟甚至秒为单位,而是以日为单位。

我满足地观察一片干草叶在风中舞动，看起来就像一种宣言，有时甚至像一首诗，而且比任何诗人写的诗都来得有趣。这一幕并不是别人的描述，这片草叶是我真实的体会。万物全都直接、实时，即使我的思绪也无法打断。

另一片草叶又形成一首诗，这两首诗不同，但都是真实的。它们的真实性不证自明，而且出乎意料；重要的不是我的想法，而是我的感受。我的躯体即是我的脑。最重要的是，我存在，而且我跟这里的其他生物一样，都拥有这一天和这个地点的权利，也必须遵守相同的生存法则；这令人激动不已。

傍晚时分，峡谷里满是有翼昆虫的嗡嗡声。我栖息在照得到太阳的巨岩上，最大的昆虫，亦即固定翼的飞机，出现在高高的头顶。我没有拿出音量计，但把手伸进燕麦片的袋子，抓了满满一手，倒进嘴里。他们在想什么？肯定不是下方地面上的我。

我们在这里采取梭特偏好的方式，体验待在峡谷地的感觉，跟一般来荒野徒步旅行的人不同，跟我第一次到森林旅行的经验也不同。以往我习惯每晚待在不同的地点，总是不断前进，留意不同地方的变化，但是从没注意过同一个地点的变化。现在我学到在同一地点停留的智慧。会有很多事情不断在同一个地方上演，虽然每天重复的情况很多，但是只要仔细观察与聆听，就可以发现细微的差异，甚至每分钟的不同变化。在我看来，要了解一个地方，起码要在那里待上数天。想想看，这就像是去拜访别人几小时，跟去别人家住上几天、真正认识对方的差别。只有极少数人知道被荒野接受是什么感觉，知道被野生动物了解和信任，让它们愿意以自然的行为模式与你相处是什么感受。大多数人总是一直前进，穿越自然，为了避免自己留下干扰的痕迹，从没停下过脚步。

风变得狂暴，空中交通几乎没停过，喷射机在空中留下庞大的凝结尾流。回到营地后，我看到飞旋的尘土迫使梭特躲进帐篷，我也一样。

狂风止息时，梭特跟我走出帐篷，录制更多鸟鸣，那些鸟也一直等待着。我看到梭特在一百英尺外，耐心等候一只鸣禽停在枝头，就在他的麦克风前面。然后，如同往常，一架喷射机飞过，梭特朝天空比了中指。

他说他想去峡谷更深处，他最喜爱的录音地点之一。我跟着他穿越高大芬芳的北美山艾，以及正值花期的荒漠滨藜，经过我看到兔子以及可能是草原狼窝穴的地方（这里离我看到那只失怙的小草原狼所在的位置很近），然后又走了一英里左右。梭特停下脚步，看向他以前没有注意到的岩壁屋，它在远远的主峡谷那一边，大约在岩石壁的半腰处。我们决定离开步道，去那里看看，于是小心沿着常有人走的狩猎小径前进，越过另一块流失的陡斜筑堤，这次倒是注意到显著的地标。我们小心跨过一团团活的隐生土壤，最后抵达岩壁底下。

这些砖造房屋在一百英尺高的山崖半腰凿壁兴建，代表了一种古代就很熟悉的现代房地产格言。它们占据最佳位置，以便用视力和听力观察整个山谷的活动；它们非常容易防守，而且大多都能在大自然的晨光中取得暖意，在黄昏的阴影里享受凉爽。换句话说，就是：地点、地点、地点。

前不久，人类学家对于古代环境的声响学还不是很重视，忽略了日常生活条件的意义与冲击，以前的环境比现在安静得多。但声音人类

学与考古声响学这些词都显示出，有些学者已经对早期文明的声音情况感兴趣，这不仅能照亮我们的过去，也能指出目前未能满足的需求。史蒂文·沃勒的本业和嗜好都是生物化学，同时也是声音人类学家，他曾指出，回音是许多古文明的自然声响基础。他写道：

> 从世界各地收集到的回音神话，证明回音在精神上有其重要意义……在这类遗址进行有系统的测量后发现，经过装饰的地点其回音音量远比附近没经过装饰的地点响亮许多。回音现象在文化上的重要意义，在世界各地无数的民族学神话中都可找到，它们认为回音是超自然的精灵造成的。这些远古神话证明，人们普遍将回音视为神祇加以膜拜，它们被视为"最早的存在"，并受到有系统地追寻。

最早的存在——我喜欢这个说法。我认为这正是美国国家公园的意义：让我们能在一处安静的地点沉浸于我们最早的存在中。

从这里的遗世独立以及壮观的地景与音景可以明显看出，早期住在这里的民族（这座山谷的文化不只限于古普韦布洛人[1]），由于居住地点位于崖壁上，不仅可以从"山谷电台"全天候二十四小时接收区域新闻，而且因为聚集在这种声音容易反射的狭窄空间里，不费吹灰之力就能轻易成为当地的头条新闻。安静的环境加上密集的居所，邻居可以听到彼此做爱的声音，还能评估隔壁的婴儿是否顺利产下，病情的严重程度，以及对方家中的长者何时会过世。

附近的地面上散落着古陶器和珠宝碎片，甚至有一个用来研磨玉米的石臼，手持的石杵，还有一点玉米穗轴。这是拍照的好时机，我把

"寂静之石"放在远古先民留下的沉默器物之间。"咔嚓"一声,我把"一平方英寸"跟另一个圣地相连起来。

现代美国大体说来是个没有根的临时社会,人民皆来自其他地方。我祖父来自澳洲,父亲来自内华达,我出生于加州,从华盛顿特区外的高中毕业前,曾经在另外六个城市居住过。如今,当我静静坐在崖壁屋的下方,心中对家的渴望可能就跟对静谧的渴望一样强烈。这地方的所有事物都为我的灵魂提供不可或缺的滋养,那些我从小就无法获得的养分。

梭特和我几乎没有交谈,静静走回营地。此时,没有任何事情比周遭大地对我们诉说的话语更为重要。我记得青少年时,被我奉为精神导师的智者亨利·赛门博士曾对我说:"除非你能对寂静有所改善,不然别开口说话。"他是替食品药物管理局工作。

梭特看起来有点干燥憔悴,但是他很快乐。如果他是一面镜子的话,我想我看起来可能也差不多。我们在营地里像流浪汉般躺在荫庇处,单纯地享受着这个地方的壮阔,品味今日的美妙成就,与裸露的大地相连。

然后两名女公园巡守员闯入我们的营地,没有招呼问好,就直接用手指比着我们吼出问题,期望我们回答。"你们为什么在登记表的行车牌照上打问号?这是你们收集的吗?"其中一名指向一些鹿角,它们已经在树丛里放了很久。她俩都眯着眼讲话,似乎怀疑我们是罪犯。其中比较火爆的那位咆哮地提出最重要的问题:"你们为什么**连续十年**来这里,而且只待在这里,没去别的地方?"

他们问倒我们了。梭特不知道如何回答,他举起双手,手心朝天,仿佛在向寂静祈祷。比较温和的巡守员一边把鹿角散开，一边解释说老鼠需要从食物里摄取钙，但因为太害羞，不敢到营地里来啃咬鹿角。

先前她们以为我们是来盗取文物的人，了解我们不是之后，变得比较心平气和。我问她们是不是打算在这一带露营，脾气火爆的那位巡守员说，她们还没决定。我注意到她们没有背背包，就问："你们的装备呢？"她回答："留在步道那边，我们有人看守。"我心想，有人看守？为什么需要人看守？她来自别的地方——这令人不快地想起峡谷边缘的世界，我们终究必须回去的那个世界。

她们没有为打扰我们的隐私、吓我们一跳而道歉，如同来时一样迅速离开。她们的打扰虽然短暂，却已经打破魔咒。我们无法再反思今日稍早的体验；开始回想她们说的话，想理解她们的作为。梭特认为，她们一定是透过计算机系统，才知道他已经连续十年在这里露营。他肯定已经引起注意，或许是被当作违反常轨的徒步旅行者，因为他并没有在营地之间健行。显然即使是在荒野，在你最不预期的地方，老大哥依然监视着你。

这个令人遗憾的经验反映出一种令人难过、不合逻辑的基本想法：亦即待在同一地点就有可疑之处的误导观念。待在同一地点或许不是常态，但是这么做过的人，特别是在以所有感官来体会一个地方细微又壮观的特质时，他所获得的体验经常会比其他人丰富许多。你有没有在潮水坑旁跪下来过？只要等几分钟，沉静的水池就会开始展现生命力。所有的小寄居蟹、小鱼和海葵都会恢复正常的活动。这个小世界自成天地。在辽阔的沙漠里，你需要数天，而不仅是数分钟的时间，才能让感官适应，才能获得崭新的体验与感觉。要获得这些并不难，除非有女巡守员介入。

我仍然对女巡守员的干扰感到气愤,也为自己忘了通知她们主要步道有些路段被冲毁而感到懊恼。健行者可能会迷路或在黑暗中跌落岩棚,我真希望自己说过。我也希望自己曾告诉她们,如果步道没有修复的话,让民众在宛如迷宫般的多条路径上不必要地乱走,有可能会破坏先前他们警告我们必须避开的脆弱沙漠地表。

星期五凌晨三点左右,我起来录制寂静之声。夜行飞蛾听起来像模型飞机上卷起的大橡皮圈松开时发出的声音。我听到啮齿动物在山谷里跑来跑去的细小脚步声,远方有一块岩石从高高的峡谷壁掉落,类似的事件已发生过数百万次,至今仍持续进行,共同塑造着这块地方。

我回去睡回笼觉,直到黎明大合唱再度唤醒我。我架好设备开始录音,但再度有噪音入侵,这次是来自眼前:撕开魔鬼沾的声音,玻璃纸的沙沙声。梭特也急着录音,他打开录音机的袋子,拿出麦克风的电线插上,他的足音也划破了宁静。最后我拜托他安静一点,让我安静地录几分钟。他鞠躬道歉,保持静止不动。鸟儿的鸣叫立即传来,转化为一与零的讯号,永远保存下来。

早晨过去后,我们突然不约而同决定离开,而且是即刻动身。我们两人从来不曾像这样缩短行程,但是自从昨晚后,我们明白自己已经开始使对方不安。我们都已经达到来这里的目的,但那目的已被夺走。我们追求的自然静谧就像童谣里的"哼菩堤 — 蹬菩堤"[2]一样,一旦粉碎摔坏就很难复原;至少这次旅行很难。

回程途中,我烦恼地想着又要再度适应峡谷地以外的生活。我从小径旁摘了一颗杜松的莓子和一小枝北美山艾。这个世界充满象征符号,岩石画并不是人类的第一种语言。我们竖立旗子,戴结婚戒指,把小红石放在温带雨林长满青苔的圆木上。我把这两样峡谷地的纪念品放进脖子上的护身符里,继续攀爬。

我们在日落前抵达莫阿布一家生意兴隆的"庄园"墨西哥餐厅,走进它的酒吧,等桌子清干净。鸡尾酒女服务生走过来,我指着梭特,伸出两根手指,大喊"海尼根!"。餐厅里的嘈杂声高达七十四加权分贝,梭特看起来像野人。他用绿色印花大手帕绑住乱发,领口的褶痕上黏着峡谷的尘土。我甚至还没时间想到我自己的外表,梭特就靠过来说:"戈登,很难相信我们从二十加权分贝的地方跑到这里!喷射机的声音还比较安静。"

1 —— 普韦布洛人:美国西南部的印第安原住民,以泥砖建造的崖壁屋闻名。
2 —— 哼菩堤-蹬菩堤:童谣里的一名主角,是个状似鸡蛋的矮胖子,从墙上摔下便跌得粉碎。

7

通往静谧的落基路

完全圆满的寂静,是世上最伟大的声音之一;
对我来说,寂静也是声音。

——交响乐指挥暨编曲,安德烈·科斯特兰尼兹

我履行诺言,待在莫阿布的日日旅馆。我那辆福斯小巴看起来原封不动,只招来一些嫉妒的瞪视。但我已经改变,离开峡谷地后,只要待在房间里,不管是任何房间,似乎都会有一种受到限制的感觉,不像在野外。当我们的墙壁和窗户都这么厚,把外界的一切隔绝起来时,我们的社会能有真正的环保意识吗?相较于古普韦布洛人盖在崖壁上的住所,我们的居所就像孤立的房室,使我们无法接触到周遭的感官世界,极少例外。在峡谷地露营时,以旷野为床,感受圣洁的微风吹拂身上,或是睡在声音能轻易传入的帐篷里,都让我能跟周遭环境融为一体。这并不是说要把汽车旅馆或我们的家变成帐篷,但我真的认为我们应该多花点时间到荒野,让我们的感官保持活力,引导我们拥有正确的道德观。如同美国前内政部长布鲁斯·巴比特所说:"我们的国家公园很重要,因为它们是通往保育伦理的门户。"当愈来愈多人住在听不到也

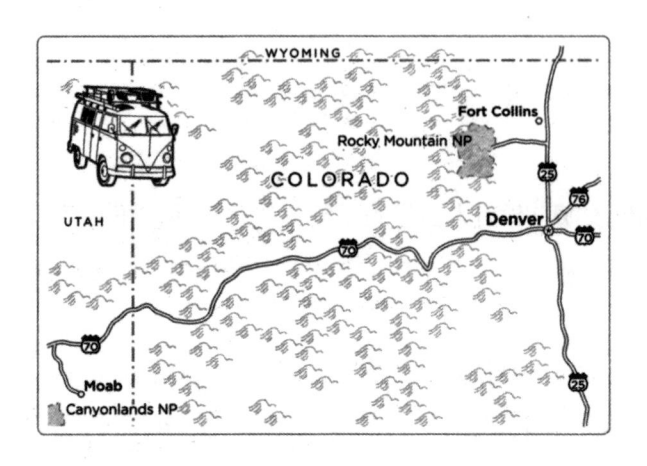

感受不到自然的地方,在这情况下,地球今日会面对许多层层交叠的严重环境危机,又有什么好奇怪呢?

我在汽车旅馆里上网,得知我有数百封未读的电子邮件,有二十通电话留言。我发觉我有重返人世的问题,得慢慢适应这忙碌奔波的生活才行。

我离开莫阿布,往北穿过科罗拉多河时,心里仍沉浸在峡谷地夜晚令人感到舒适雀跃的寂静,相较之下,我这辆旧福斯小巴比我吵多了。而且,以五十英里的时速奔驰,我错过许多以两英里时速旅行可以得到的奖赏。我闻不到植物的味道,也观察不到花瓣细致的颜色。在公路飞驰的速度下,许多景色细节都变成模糊而过的影像。

我连接七十号州际公路,朝东方的落基山脉而去。一场倾盆大雨让我的单速雨刷难以因应，只好在路边暂停。大地的清新味道扑鼻而来，刚刚淋湿的沙漠土壤让这味道更加浓郁，岩石粉末的味道带着微微的香草与麝香味。

望着辽阔的犹他沙漠，没有人会想到僻静竟如此难寻，好不容易寻到，又发现为时如此短暂。部分原因就在于我车轮下如丝带般蜿蜒的柏油路。七十号州际公路是州际高速公路系统的一部分，以前一度称为艾森豪威尔全国州际及国防公路系统。今日，这个在美国交错分布的系统总长四万六千八百三十七英里，足以沿赤道绕地球两圈。很难想象美国如果少了这些重要的生命线会变成什么模样。现代高速公路让美国人可以近乎毫无限制地抵达国土的每个角落。它们使交通变得便利，继而带动郊区扩张。有了它们，民众才能做长途旅行，促成度假小区的产生。此外，高速公路使汽车进入高速齿轮时代，然后是国家风景公路和国家景观大道的诞生，最后则是日益增强的汽车潮经由国家景观小路计划，进入美国大多数的乡村地区。这一切并非不用付出代价，这代价就是美国许多乡野地区的静谧地点，都在无意中受到这种系统化入侵的伤害。

从该计划的网站可以看到："自一九九二年起，国家景观小路计划已经在美国五十个州、波多黎各和哥伦比亚特区内，资助两千一百八十一个与各州和国家指定的景观小路有关的计划。"该网站将在美国边道上驾车观赏风景，视为某种生态观光的形式，因为不会留下任何足迹。他们甚至引用缪尔的话："每个人需要面包，也需要美，需要可以在大自然中玩乐和祈祷的地点，因为大自然能够疗愈，也能带来喜悦，赋予身心力量。"但是国家景观小路计划的人员并不真的认识缪尔，因为他们不知道他是靠着双脚旅行到所有地方，包括从印第安纳波利斯走到墨西哥湾，也就是他著名的千里徒步。这项计划的名称本身，就显示出他们没有真正看到事实，没有注意到缪尔曾以熟练的技巧竖耳聆听美国的自然奇景。该单位提倡景观驾驶，却没考虑到这些地景的声响之美，没有注意到把一波波所谓的生态观光客送入这些风景区的内燃机，会对自然声境造成多大的伤害。

我上次回家途中就发现，即使乔伊斯的主要大街，也就是双线蜿蜒、没有任何停止号志或街灯的一一二号华盛顿州道，最近也被指定为胡安·德富卡海峡风景公路，成为国家景观小路计划的最新成员之一。不论油价飙涨到多高，我家的后院录音室可能再过不久就会走入历史，无法使用。

有人可能会认为，既然国家公园的使命是将"美国的俗世大教堂"保存在原始"未遭破坏的状态"，就不应该让它们遭到这类发展的破坏。但事实并非如此。从大沙丘国家公园、红木国家公园、高草草原到大烟山国家公园等等，甚至我们最珍贵的自然奇景，全都铺设了柏油路，而且还会越铺越多。约塞米蒂最大的争议之一就在于，国家公园管理局首任局长史蒂芬·马瑟兴建了提欧加山路，供驾车观光的民众进入荒野。马瑟在一九二〇年时表示，每座国家公园的心脏地带都应该有一条公路，供民众进入偏远地区。当时的"道路问题"竟然是因为没有足够的道路！马瑟说这是"管理局最重要的议题之一"，而且预测观光客很快就会运用"约塞米蒂的每一个角落"。

幸好奥林匹克国家公园逃过这一劫。在马瑟自国家公园管理局退休九年后，这座国家公园才在一九三八年由罗斯福总统签署成立，至今它仍是美国极少数没有景观公路横越心脏地带的国家公园之一。今天，它大概是国家公园体系里最安静的一座公园，但这并非刻意规划的结果。事实上，国家公园管理局对它的自然声境所知极少，甚至连丹佛管理中心（即最近起草奥林匹克国家公园总管理计划的国家公园规划室）都曾跟我联络，想要询问最基本的相关信息：偏远地区的"两三个"环境声响平均值。我主动提供他们更多信息，也很乐意这么做。但是就像父母总是知道、也能诠释子女声音里的细微变化，国家公园管理局也应该了解自身公园的话语才对。

吵闹的汽车，吵闹的州际公路。现在似乎到了我自己也要制造一些噪音的时刻，雨停了，我的慷慨陈词也停了，我再度上路。下一站是：科罗拉多州科林斯堡，国家公园管理局自然声响计划的所在地。它成立于二〇〇〇年，宗旨在于"尽可能保护与恢复声境资源，预防不可接受的噪音"，并采取以下四大重要原则：

1. 自然与文化声境均为国家公园访客不可或缺的体验。
2. 每座国家公园的声响均需符合该国家公园成立的目的与价值。
3. 国家公园的声境是为当前与未来访客提供喜悦的必要资源。
4. 适当的声境对国家公园生态系统的整体健康和特定野生生物群落的活力至关紧要。

"自然声响计划"成立的头三年，位于华盛顿特区，后来迁移至科林斯堡。我跟那里的官员谈过话，事实上，他们的规划人员之一法兰克·杜利纳（Frank Turina）曾邀我为二〇〇七年一至二月号的《遗产》

杂志撰写评论,那是美国国家解说协会的刊物。该协会是一个致力于解说文化与自然遗产的专业组织,为大约五千名专业人士提供服务,例如国家公园巡守队员,他们协助公园访客获得与大地相关的知识,并建立游客对公园的情感。那期专刊的主题是"声音在解说体验中的重要性"。但是我从没去过"自然声响计划"的办公室,那里是专为将近四百个国家公园单位,提供声境规划与管理协助的所在地。这些人肯定知道如何清除国家公园的噪音。

杜利纳和凯伦·崔维诺都隶属于"自然声响计划",在那一期的《遗产》中,两人共同撰写了主要报道:"大自然的交响乐:保护美国国家公园的声境"。他们提出一些强有力的论点,指出噪音是破坏纽约市生活质量的最大因素,以及在纽约发现的环境噪音基本值,竟然跟国家公园已开发区域相当。他们引用环境保护局的资料,指出一九七四年时,有超过一亿美国人居住在噪音等级已达不安全的地方。他们强调一个世代后,这种喧嚣的冲击明显反映在国家公园管理局于一九九八年所做的调查,该调查发现"百分之七十二的美国民众表示,保存国家公园最重要的原因之一是,可以提供体验自然平和与自然声音的机会"。他们指出国家公园的噪音污染与日俱增,担忧体验自然交响乐的机会正以惊人的速率快速消失。

怎么会这样?

在美国国家公园内,自然静谧几近灭绝的情况,显然与一九一六年八月二十五日通过且促成国家公园诞生的"国家公园系统组织法"(National Park System Organic Act)相抵触。以下是该法的部分条文,特别值得注意的是最后几个字,那是今日并未力行的一项使命:

本法特此规定于内政部下成立国家公园管理局……该局之成立系以促进与规范联邦地区之国家公园、纪念性建筑与保留地之使用为宗旨，按此等方法及办法载明之地区应遵守该国家公园、纪念性建筑与保留地之基本成立宗旨，即保留风景与自然暨历史标的，及其内所有野生生物，且此等地区之使用方法及办法**不得对其造成破坏，以为未来世代所享有**。

国家公园管理局似乎不愿或没有能力实现其使命，在"自然声响计划"成立的前一年，我接受当时公园管理局荒野计划主管韦斯·亨利的邀请，到西弗吉尼亚雪佛斯镇参加一个工作小组。在一九九九年五月的那一周内，这个由美国各地声响专家与国家公园管理局资源管理人员所组成的工作小组，拟订出"参考手册四十七：声境保育与噪音管理"。我特别喜欢其中的第四·二节："国家公园管理局将保存自然环境声境，其为国家公园自然资源之一，存在于无人为噪音之时"，以及"国家公园管理局将尽力把已恶化的声境复原至其自然状态，并预防自然声境因人为噪音而恶化"。后来寄给我审查的第三级草案是一份经过周详考虑的重要文件，但从未获得采用。它受到忽视，还被继任者称之为"过时"。一年后，另一份文件取代了它。"第四十七号局长令：声境保育与噪音管理"，由国家公园管理局局长罗伯特·史丹顿于二〇〇〇年十二月一日签署生效。其"声境保育目标"的措辞显然遭到淡化处理：

确立声境保育目标之基本原则，系保护或恢复自然声境至与国家公园目的相符之程度，并将其他适用法律纳入考虑。在自然声境目前未受不当噪音来源冲击之地点，应以维持现有情况为目标。在发现声境已恶化之地点，应以协助与促进该地点朝恢复自然声境前进为目标。

"朝恢复自然声境前进为目标"——完全没提到自然公园的环境目标应该要让那里不存在人为噪音。

我的慷慨陈词显然还没结束，而且越接近科林斯堡，我就变得越激动。在大姜克申镇外五十英里处，我又遇到暴风雨，再度停到路边。豪雨的音量达到八十一加权分贝。这意味着路上可能会有大雪。就在七十号州际公路南方，有几根瓦斯管伸出地面约十五英尺，以供安装控制阀，然后再度伸入地下。

哎呀，雨从车顶滴下来，迫使我戴上帽子，并从仪表板下拿出一条毛巾擦拭座椅。短短数英里后，我的毛巾还在滴水，但我已沐浴在阳光里，路面也非常干燥。若你不喜欢科罗拉多的天气，请多等几分钟！

我以六十英里的时速冲下山——耶！

在科罗拉多州道上，一块广告牌上写着必须安装引擎煞车消音器，否则罚款五百美元并征收附加费用。或许科罗拉多州有特别严格的噪音法？在来复市外，一眼望去就看到六座钻油塔。我开到格伦伍德泉后，依稀记得要在那里转往阿斯本。我在一长排的汽车旅馆和快餐餐厅前停下，看到舒适旅馆前立了两个牌子："安静时段：晚上七点到早上七点"，以及"严格执行噪音法令，违反规定者将遭起诉"。我打开笔记本电脑，先"检视网络联机"，寻找不安全网络。找到一个："西部最佳汽车旅馆"。该是来上网络旅行社 Priceline 的时间了！阿斯本，两星中等房间，四十五美元怎么样？这有可能吗？一百四十美元的房间，最好出价五十五美元。我现在就闻得到有着浓郁奶香的果麦早餐！一九七五年我跟妹妹豪莉从克雷斯特德比特开始健行，越过科南德伦山隘，抵达阿斯本后，住在茂斯屋青年旅馆时，吃的就是果麦！豪莉吃的是餐厅植物橘秋海棠花。网络旅行社打断了我的回忆："很抱歉……"

我关掉笔记本电脑，开始按照传统方式找旅馆，对街刚好有一家"汽车旅馆"。热水浴缸、三温暖、Wi-Fi，六十九美元，看起来不错。由于我该洗衣服和检查电子邮件，就在柜台询问哪里买得到洗衣皂，那位经理，一位迷人的东欧女士（她的老母亲肯定在后门看着），不仅拿给我一盒洗衣粉，还把旅馆专用洗衣房的钥匙递给我。我的直觉告诉我，在接下来前往东岸的几个时区内，恐怕都不会再碰到这种善意和真正的信任。

检查电子邮件后，我发现多了七百五十美元的新CD订单，我正好需要这笔钱来减轻一万五千美元的卡债，但可能要三星期后才有办法处理，因为届时我会暂停旅行，飞回去参加儿子在华盛顿大学的毕业典礼。其中有一封电子邮件特别引起我的注意，它是老客户葛萝莉亚·福克斯寄来的，我制作了超过三打CD，她写信告诉我为什么她会买我的第一张CD。睡前聆听大自然的声音能帮助她镇静放松，她的脑部因为当时还没诊断出来的疾病，常会有重击声，大自然的声响能帮助她平息这些脑中风暴。后来她的病终于诊断出来，原来是脑血管疾病"动静脉畸形"，经过手术治疗已经痊愈。病好后福克斯依然购买我的唱片，经常把它们当礼物送人。

数个月后，她在电话里跟我说："要让心灵宁静是最困难的事情之一。我那位朋友，她罹患乳癌，要她平息心里的恐惧声音真的很困难，但那不是真正的你。真正的你更有深度，更有内涵，体会更深刻。一年前，我送她一张你的CD，她非常喜欢。那张CD帮助让她重新与户外生活的体验产生连结，感觉自己充满活力，非常健康——在那些生活体验中，大自然扮演了非常重要的角色。"

福克斯住在曼哈顿北方约两小时车程处，"在一片树林当中，房子后面有一条小溪，前面看得到哈德逊河，非常安静"。安静到听得见几英里外的交通声，但终究是不够安静，无法让她打开窗户或坐在庭院里就能满足她对聆听自然的渴望。这就是她一直购买和聆听我那些CD的原因，她有时会突然播放，让共进晚餐的宾客惊喜一番。"它们是聆听自然的礼赞，能帮助我们的身体回归原点，回到自然状态。这些是我们应该聆听的声音，能使心灵宁静的声音。"

我们可以把这称为对"维生素Q"的需求，这是一种当你需要疗愈时对静谧的渴望。福克斯在身体发生危机时自我服用了静谧，而且到现今都仍在服用这种"药"。目前为止，跟我谈过话的人都曾把静谧当成一种治疗方法，这是不是一种巧合呢？沃夫靠静谧治疗硫磺岛的伤害。茱蒂在荷尔蒙出错时，到蒙大拿州的两点镇寻求静谧的抚慰。皮科克靠静谧抚平在越南的可怕经历。静谧也治疗了我，每当噪音污染的程度不断增加，到我难以承受并感到失望时，我就会前往霍河，让灵魂重新充电。

科林斯堡看起来比较像马里兰州的洛克维尔，而不像落基山脉，这里有高科技商业园区，修剪整齐的草坪，还有英特尔、AMD、沃夫机器人、希尔顿等知名公司。我开着福斯小巴，晃进看起来像是现代小区学院的地方，驶进停车场。这地方景色优美，一棵棵枝叶舒展的枫树提供庇荫,还有一些高耸的云杉和一座池塘。我拿出音量计,测得四十五加权分贝,大多来自远方的交通声和通风设备的哼鸣声。

两座高达二十多英尺的巨大青铜雕像立在一栋建筑物的入口两侧,看来令人目眩,雕像表面有着类似岩石画的雕刻。建筑物里相当安静,仿佛空无一人。我找了一会儿才看到一个不起眼但坚固的门上写着"一〇〇室,自然声响计划中心"。法兰克·杜利纳是专精政策的人,头衔是规划师,他像民谣歌手一样蓄着灰白的山羊胡子,举止随和。他来迎接我,带我穿过一条狭窄的走道,途中经过几间小办公室后,直接到他的老板凯伦·崔维诺位于角落的大办公室。崔维诺是自然声响计划中心的主任,对于"一平方英寸的寂静"和我横越美国到华盛顿特区的旅行非常了解,她热忱地欢迎我说:"戈登,谢谢你一切的努力。我们需要有人在外头给我们一些打击。"

"我打击到你们了?"我笑着说。

崔维诺继续说:"相信我,这很有用。在这领域工作不容易,情况是有改善。我们有一位新秘书,一位新主任,但过去六年一直很辛苦。我们欢迎任何人做任何可以使这些议题获得重视的事。"

崔维诺有着一头棕发,简单的发型衬托着瘦削的脸。她穿着长洋装,外面套了一件咖啡色运动外衣,配上一双棕色皮靴。国家公园管理局的一名前高阶员工曾对我描述说,她是"一位聪明的女士,而且不屈不挠"。她是律师,一九九〇年代初曾在华府的世界野生动物基金会服务,后来替阿拉斯加一家法律事务所的华府分部工作,专精自然资源,然后又在内政部担任资深顾问,大多处理国家公园管理局的问题。三年前,当她接下现在这个职位时,她先生告诉她,这是她所能找到最好的工作，因为她天生听力就非常灵敏。我想她会很高兴知道她的办公室有多安静，于是伸手拿出音量计。

她看着我把音量计从保护盒里拿出来。"你可以到纽约当交通警察。现在他们都会携带音量计，这是纽约市长彭博的噪音计划之一，你知道这件事吗？"

音量计的读数是三十五加权分贝，这是在电灯和空调都打开的情况下，把灯关掉后，读数降至三十加权分贝。太好了，知道国家公园管理局负责声境研究以及针对国家公园的自然静谧与人为噪音提出建议的人员，能在安静的环境上班，令人感到鼓舞。不过，这个办公室是负责咨询。杜利纳说，去年他们收到国家公园管理局所属单位的十二项协助请求，在他任职这三年多来，大约收到三十六次左右。显然大多数国家公园并不是很积极在进行声境管理计划。他说："对许多公园来说，这问题并不是优先工作。其他问题抢去它们的时间与资源。通常要有某个契机出现，才会加速问题的处理，例如在锡安，公园外就有商用飞机的导航塔，公园上空有大量飞机经过。"

崔维诺提到一些好消息。自然声响计划直接获得高层支持，也就是国家公园管理局自然资源处华盛顿办公室，他们的预算已增为三倍。但她紧接着又提醒我一些事，要我为两个月后抵达华盛顿做好准备。

"听其言，观其行，"她说，"我发现人们很愿意说正确的话，但言行不一定一致。以联邦航空总署为例，它们说想要保护国家公园，转过身后却又做另一套。我刚发现它们试图在不知不觉中强行挤进一些立法提案，这些提案将会使我们保护国家公园自然静谧的能力大幅降低。

"它们公开表示会尽一切努力与国家公园管理局合作，但现在看来，它们更常做的是把我们剔除在整个过程之外。如果国家公园空中观光管理法的目的是保护国家公园，我也确定应该是如此，那么联邦航空总署和国家公园管理局的关系一定要解决。"

"国家公园管理局的现行标准是什么？"几分钟后，我这么问，"它们有噪音标准吗？"

崔维诺说："你会问这件事还真有趣。过去这两年，经过几番波折，我已经注意到我们急需全面性的噪音管制计划。这很困难。我们有国立休闲区、国家公园、国家海岸、战场。当中有已开发区、人口稀疏的乡下地区、荒野地区、沙漠、山脉和河川，它们造成声响弱化的情况各不相同。这使得全面性的规划变得非常复杂，但我们不应就此退却，因为我们真的需要这样的计划，而且如果少了它，我们会无所适从，因为我们现有的种种法规，内容完全是相互抵触。"

我提到我为了一篇有关静谧的文章，跟《今日美国》杂志一起去布莱斯国家公园，那时刚好有一队哈雷机车呼啸前往斯特吉斯，参加大型摩托车集会活动。

"我们在拉什莫尔山国家纪念公园做了许多工作，"杜利纳这么说，"去年在斯特吉斯集会期间，一周内就有十一万九千辆摩托车去那里。"

我指出："内政部长坎培松是其中之一。"

"是啊，他的确是。"他俩都同意。我们谈到哪些地方适合和不适合骑哈雷机车，还有它们那种独特的声音。

我问："黄石公园对摩托雪车的噪音管制规定，是不是也该适用于其他交通工具？"

崔维诺说这些议题经常是由个别国家公园的管理者自行决定，但现在的确有汽车噪音规定标准，而且跟所有的公园噪音管理规定一样，是按分贝来计算。她说："这也是我希望能对噪音采取全面性做法的原因之一。我们的规定全是以分贝为标准，就像去年所做的游艇管制规定。首先，它是以分贝为量测单位；其次，这些分贝数是由制造厂商所提供，类似美国职业安全与卫生局（OSHA）要求的数字，像是音量多大时会把耳鼓震破。我几乎像是赶在最后一刻，甚至可说是在最后一分钟或最后一秒时提出警告。这个家伙花了八年的时间拟定这规定，而且已经送到局长办公室，等着接受最后审查。但我说它完全无法接受。我们的使命和任务不是要防止民众的耳朵被震聋。如果我们打算进行量测或拟定规范，一定要以我们的任务为基准，也就是保护野生生物和……"

我承认我打断了崔维诺的话，因为我实在太急着讲出我的看法。我告诉她，我学的是植物学，如果我要负责管理植物保护区，我不会去研究野草，而会研究本土植物。然后再根据对这些植物所做的研究，实施可以处理掉那些野草的计划。"但是我看到国家公园管理局一直以来的做法，它们没有任何人在谈自然资源，而是一直在研究噪音。对我来说，这完全是本末倒置。"

她同意我的看法，并强调以分贝为基准的规定具有她所谓的先天限制。"没人了解分贝等级，包括我在内。它们根本不合乎逻辑，而且是以指数方式增加。联邦航空总署喜欢用分贝，正是因为没人知道那是什么。所以我们现在正努力研究，看能不能找到一种度量方法，能够更适切地与提供愉快的拜访经验、保护野生生物或文化资源相连，并用民众能了解的词汇来呈现，像是野生动物因为特定声音而迷失的机会有多少之类。"

我提到"一平方英寸"最大的好处之一就在于：它非常简单。在特定的地点没有人为噪音。石头静静地待在那里，寂静一圈圈从石头开始向外扩散。这概念简单易懂。

"你能在我们所有的国家公园里都设置'一平方英寸'吗？"她这么问，心里很明白这么做不切实际。

我告诉她，如果奥林匹克国家公园采纳了"一平方英寸"，我希望其他珍贵的国家公园也能复制这个概念，在精心选择且受到良好保护的地方实施。

我谢谢崔维诺愿意见我，接着我跟他们的一名生物声学专家有约，就隔几间办公室而已，但赴约之前，我跟杜利纳又谈了一会儿。他继续跟我说到国家公园管理局和联邦航空总署之间，不得不就空中观光飞行的问题进行合作的原因。这令我想到，如果这个备受争议的问题想要得到解决，唯一的方法就是不要有空中观光，这样国家公园管理局就不必成立自然声响计划。这计划是在二〇〇〇年国家公园空中观光管理法通过之后成立的，目的是为了跟联邦航空总署合作处理空中观光飞行的议题时，代表国家公园的利益。

杜利纳说："这过程真的很复杂。由于联邦航空总署对空域具有管辖权，它们是这项议题的主导机构，但法律又说这计划必须经由国家公园管理局签署同意。我们是协同机构，但也具有签署权，这几乎是把我们放在跟联邦航空总署同样的主导地位，因为如果我们不同意，我们就不会签署。"

我想起安布洛斯曾经提到这些领导机构之间的一些意识形态与文

化冲突（基本上这就像"地对空"和"空对地"一样），于是我问："联邦航空总署还是把这项议题当成机场噪音研究吗？"

"大致是这样。它们收集和分析数据的方式，以及使用的度量类型都非常不同。我可以跟你说一个例子，每次联邦航空总署考虑到空中观光对自然资源的影响时，都是以当下周遭的所有噪音为基准。例如在拉什莫尔山，如果你站在观景台的阶梯上，你会听到公路上汽车、巴士和摩托车的声音，周遭的谈话声和空中喷射机的声音。"

"它们等于在说，'如果伊利湖已经是座死湖，没有经过净化处理的污水对它还能有什么影响？'"

"一点没错。它们的意思就是：既然已经有噪音了，空中观光实际上并不会增加多少噪音，影响不大。国家公园管理局的政策是要求以周遭的自然声音为决定影响的基准，所以我们得到的影响程度完全不同。我们跟联邦航空总署针对这一点讨论很久了。"

"它们有听懂吗？"

"没有，我们无法就这一点达成共识。"

结果是，在目前进展缓慢的空中观光管理计划里，两种周遭声音都有采用——这是活生生的现实，却也是缺乏进展的征兆。杜利纳说，拉什莫尔山计划的进展好一点，但离完成还很遥远，而该计划早在二〇〇三年就已开始。

杜利纳把名为"声境相关之法律、规定暨政策"的两页总结递给我看，稍微浏览过后就可轻易看出，保护国家公园自然静谧的相关法律已经累积了漫长的历史，有许多联邦法律通过，也有许多管理政策成为法定条例，但是到目前为止，实务进展仍然极为有限。

自从"大峡谷国家公园扩大法"认定"自然静谧本身即是一种价值或一项资源,必须受到保护,避免遭受重大危害",至今已过了三十余年,大约占了国家公园体系成立以来的三分之一时间。值得注意的是,这项法案特别提及直升机的噪音会对自然静谧造成不利影响。没想到三十年后,由于二○○○年的法案不能溯及既往,每年仍有九万架次的空中观光飞越大峡谷,等着由上级责成发展的管理计划决定它们的命运。二○○六年一月,美国审计署提出GAO-06-263号报告,评估国家公园空中观光管理法的目标达成程度。报告指出:"在该法案通过六年后,必备之空中观光管理计划至今尚未完成",以及"在我们调查的一百一十二座国家公园中,该法案的实施至今收效甚微"。

　　在这一片灰暗前景中,"二○○○年国家空中观光管理法"第八○六条款中的数行条文带来了一线曙光:"尽管有本法的其他条款或'美国联邦法典'第四九篇第四○一二六条的规定,但自本法案生效日起,任何商业性的空中观光营运皆不得于落基山国家公园的空域进行。"

　　我问杜利纳国家公园管理局是否曾经建议,空中观光与国家公园难以共存。若是如此,就没有必要发展空中观光管理计划。

　　"我不知道是否有就这方面进行正式辩论,但有好几位国家公园的处长已经提出这个论点。冰河国家公园就在一般管理计划中明述,它们倾向逐步废止空中观光。"

　　杜利纳为我引介库特·佛利斯罗普,他从椅子上站起来,伸出没拿香蕉的那只手跟我握手,他的办公室看起来杂乱无章。佛利斯罗普穿了一件深蓝色衬衫、卡其长裤、白袜和白运动鞋,同样很谦和。我按照他们网页上的信息，结结巴巴地念出他的头衔——生物声学专家。"我想，大家还在思考该怎么称呼我，其实我比较喜欢被称为'科学家'。"他解释说，他是在一年半前，从康奈尔大学的鸟类学实验室到这里任职，协助改善自然声响计划的数据收集与分析方法。

他说："以往我们向来使用非常昂贵的设备，一组监视设备可能高达两万美元，需要三四个太阳能板和三四个铅酸电池，还要两到三个人才能装好。由于储存空间有限，我们每两分钟只录十秒的数字声音，对于一些噪音事件，这样已经足以收集具有代表性的样本，但是若要做诠释性的说明，这种做法很可怕，因为相当于从完整当中切割出碎片。"

现在有些比较轻巧和便宜的新型设备，可以持续录好几天，然后制作出二十四小时的声音图像，产生非常类似心电图的视觉表现，这样就能立即描述特定地点的声音事件。佛利斯罗普说："我们不再做全体线性尺度，改用三分之一八音度音量测定值，所以三十四个测定值就可以涵盖整个范围，我们可以在一张图上画出其中的十二条线。每条线代表两小时，一张图就可以涵盖二十四小时。以这种方法或许看不到持续一秒的事件，但绝对可以看出持续五秒的事件，这样就能真正得知平均的每日模式，同时可以看出异常情况。"

佛利斯罗普带我走到附近一间办公室，墙壁上贴了几张这种声谱图的海报。其中一张标示着哈雷阿卡拉国家公园上奇帕胡鲁山谷的图上，用不同的莱姆绿线显示了自然声音和人为声音。标示着"昆虫"和"鸟鸣"的箭头指着水平、只有微升的音量。其他标示着直升机飞越上空和高纬度喷射机的箭头，则指向图上陡峭的尖峰。

另一张海报记录的是大峡谷国家公园分离峡谷，图上显示暴风雨开始，然后是骤发山洪。"它很大声，"佛利斯罗普这么说，并要我注意下一张声谱图，"但是对我来说，有趣的是约塞米蒂村在半夜的时候居然很吵，有发电机和冷热空调的声音。交通噪音量高达五六十分贝，比我家附近还吵。我觉得国家公园管理局在审查我们支持的基础建设时，可以注意这些方面。如果去约塞米蒂村参观，主要听到的是瀑布声的话，不是很棒吗？约塞米蒂的人口稀疏区看起来会像这样，是深蓝色的，很接近听力临界点。"

佛利斯罗普认为，这些影像在国会听证会这类场合可能会很有用。他说："特别是我们现在正朝制定更多自由飞行规定的方向发展，也就是迈向客运航空运输系统分散化的时代，交通不再是由地面的导航塔来引导。这意味着噪音不再是集中在交通量大的航空通道下，而是会向外扩散至全美各地。"

他跟我分享一个从这些声谱图中得到的有趣且具有致命危险的发现。他解释说，在山洪暴发之前，其实有几分钟的低量声音，那是洪水正在推进的早期预警。但是这预警却因为喷射机的入侵而几乎注意不到，原因就在于喷射机的声音落在声谱图上相同的区域，听起来甚至非常类似。佛利斯罗普说："我听过即将来临的山洪暴发两次，还听过一次雪崩，但是在这三次事件中，我的第一个反应都是这不是打雷，就是喷射机。这线索存在了许久，最后我才终于明白，不可能，这不可能是喷射机。于是我想，这有可能是一个重要议题，对西南部的一些峡谷地来说可能更重要。这对地面上的居民可能构成安全上的问题。我无法确定这种情况导致生死之别的频率是多少，但这情形的确可能发生。造访国家公园的游客大多数都已习惯喷射机的声音，而在高纬度飞行的喷射机会使人听不到洪水接近的声音,所以肯定要等洪水非常接近的时候,人们才听得到。对于国家公园内的其他所有自然声响,情况也一样。当喷射机飞过上空时,人的听觉世界就萎缩了。"

"你是说在荒野地区,飞机的噪音会使人的听力范围变小?"

"对,我们的听力范围会缩小,而受到影响的正是可以传播最远的频率;摩托雪车的声音也会造成相同的影响。我觉得很讽刺的是,国家公园管理局规范了公路交通工具、船舶和摩托雪车所能发出的最高音量,但执行却相当松散或不足,而且,声音在雪面和水面上的传播速度明明就比其他地方都来得好,我们却还允许摩托雪车和船只发出比路上交通工具更大的噪音量。"

"这完全是逆向操作。"

"这就是历史的遗产。我想在许多领域,推动美国噪音防治的力量并不是声音资源的价值,而是噪音干扰得付出的代价,或是什么样的工业方法最容易达到控制噪音的效果。"

我告诉他,我最喜欢问人的问题之一是:"你能听多远?"

佛利斯罗普也理解拥有辽阔的聆听经验所具有的价值。"当你知道四百公尺外有一只鸟,或半英里外有青蛙时,那是一种很美妙的经验。在你了解到自己的听力范围有多广阔,周遭又能有多安静时,那是一种令人震撼和激动的体验。我觉得寂静真的是很罕见而且濒临消失的资源。"

"我认为人类可以听到数英里外某些类型的自然声响。"他补充说,低频声音可以传播极远的距离。"你可以在落基山脉这里架设好仪器,借此听到海浪拍击两岸的声音,但人耳是听不到这些声音的。我们聆听这些低频声音的效率很低,但鸽子却听得到很低的频率。"

佛利斯罗普指的是频率低于二十赫兹、人耳听不到的亚声，二十赫兹是人类听力的最低限度，但有些动物可以利用它们来做长距沟通，例如鲸和象。相较之下，有些动物，例如蝙蝠和海豚，则是可以利用超过人类听力上限、两万赫兹的频率来进行短距沟通、回音定向，有时甚至可以用于震昏猎物。

后来我们继续聊时，佛利斯罗普把寂静的重要性，从国家公园的自然聆听经验扩大到其他特质。"深沉的寂静所具有的价值也在于提供最佳的背景，让我们能听到可听见的声音。我们在造访军事纪念碑时，一般会希望能有默想沉思的心情，周遭愈安静，感觉就会愈深刻。如果去参加公园巡守员的解说课，当这课程是在安静的环境进行时，肯定会更吸引人。这也是我们非常注重教室内必须保持安静的原因，在周遭没有会争夺注意力的声音来源时，学习会容易得多。"

佛利斯罗普问我接下来几天的行程，当我提到落基山国家公园时，他建议我去他最喜爱的一个地点——荒野盆地。我离开他的办公室时，录音机已经收进口袋，这时佛利斯罗普又跟我分享了最后一个想法，我趁离开那栋建筑前，赶紧用笔写了下来："寂静的丧失等同觉察的丧失。民众逐渐失去寂静，却连自己失去了什么都不知道。这是一种悲剧。"

下一站：落基山国家公园东缘的埃斯蒂斯公园，我已经安排好，要在那里跟美国女选民联盟的一名成员碰面，她会告诉我，她们是如何设法使落基山成为唯一明文禁飞的国家公园。一路上的风景美不胜收。由于我的最高时速只有三十五英里，所以我每隔一段时间就会停到路边，让后面的车先行，并利用这时间欣赏白雪盈顶、参差不齐的山峦，以及山上背光白杨新生的春叶和漆黑的阴影。和西北部的漫射光线相较,这里的景观就像高分辨率一样锐利。

我驶进埃斯蒂斯公园时,八只红鹿就站在路中央欢迎我。虽然看起来跟西北部的罗斯福麋鹿类似,但它们显然是落基山红鹿。可惜现在是春天,不是秋天。我很想听听落基山红鹿号角般的鸣叫,确认这两种亚种鹿在叫声上的差异是不是比长相还大。我几乎可以确定一定会差更多,因为它们的演奏厅差别很大。

在我入宿汽车旅馆八号房时,经理很有兴趣地看了我的福斯小巴很久,然后兴奋地说:"我以前也有一辆福斯,开它上落基山真是有够慢。"

早上,外面已整个结霜。鹿和麋鹿在镇上闲逛;我测到四十加权分贝,路上车辆很少,没有飞机,只有一些鸟在凉爽的黎明唱歌。开往星巴克(没错,这里也有)的路上,我顺道在 Phillips 66 把油加满。如同在所有只供应无铅汽油的现代加油站一样,当我把油注入福斯小巴的逆向宽嘴加油口时,我不能倚靠自动停止器,而是得把耳朵靠过去,聆听汽油流入的汩汩声,借此判断是否已经加满,不然汽油会喷得到处都是。但在 Phillips 66 加油站,音量高达六十六加权分贝,使得这项工作变得格外危险。加到二十美元左右时,我开始减慢加油速度,很高兴没有被喷湿。

我把车停在艾琳·里托的房子外,看到车道上停了一辆崭新的丰田普锐斯。艾琳亲切地欢迎我,把我介绍给先生史蒂夫。她没浪费时间,直接告诉我,落基山国家公园之所以能成为禁止飞行观光区,是美国女选民联盟和当地其他组织的功劳,她只是其中之一。

艾琳出生于德国法兰克福北方的卡塞尔,说美语时仍带有口音。里托夫妇很有魅力，人又友善，精力充沛，热爱户外活动，是你会梦寐以求的那种邻居。他俩都有一头灰发，穿着不一样的背心：她的是带有圣诞气氛的针织有扣背心，但没有扣上，背心上印有雪花和雪橇，或许还有驯鹿的图案；史蒂夫的则是红色羊毛背心。他们是好主人，问起我的事，我很快跟他们提起一平方英寸的寂静，并把寂静之石拿出来。

"这就是寂静之石啊！"两人一脸欣赏地笑了起来。

"这是烟斗石吗？"艾琳问。

"感觉像烟斗石，"史蒂夫说，从他太太手中接过石头，"在明尼苏达州有一个烟斗石国家纪念碑，以前印第安人会在那里挖可以做成烟斗斗状部位的矿石。"

"我以为这是在海滩上发现的，但'四线'戴维有可能是换来的。"

要求落基山国家公园禁止空中观光的诉求之所以能成功，第二个关键因素是时机，而这是里托夫妇这些当地人的努力无法做到的。一九九四年，反对空中观光的运动才刚起步，在民众开始穿上"禁飞"T恤（上面的直升机图案上有一道斜斜的红线，还有一头麋鹿用两只前蹄捂住耳朵）之前，并不存在空中观光，只是传言说有业者正在申请许可。"我想我们可以做到的唯一原因，"艾琳表示，"是当时这项产业还不存在。一旦存在了，就很难拔除。"

"那等于是你要把别人的工作夺走。"史蒂夫说。

的确，因为女选民联盟的锁定目标中没有既定的产业存在，动力得以快速成长。"我们获得的支持很强，"艾琳说，"国家公园、整个镇，还有最重要的，郡的地方长官，最后终于裁定，若要飞越国家公园上空，唯一的方法就是要从联邦航空总署批准的机场起飞，由于最接近

通往静谧的落基路

的机场位于山谷下方，如此一来根本不符合经济效益。"

史蒂夫解释说："拉瑞莫郡让这整个过程大大缩短，郡方表示：'让我们在这里摆点障碍。'如今这是否仍构成障碍，是另一个问题。我想最主要的原因是，当时直升机每英里的飞行成本比现在高得多。当时我们最大的麻烦显然是联邦航空总署。它们强烈抗议，不希望它们对这件事情的决定权受到任何限制。"

后来美国女选民联盟发现，最保险的解决办法，是越过联邦航空总署，由国会立法。艾琳在我们前面的餐桌上摊开一张时间表。一九九六年五月，交通部长佛德利克·帕尼亚颁布暂时禁止在落基山国家公园进行空中观光的禁令，后来这项禁令变成联邦航空总署授权法案并由国会通过，在某种程度上使落基山国家公园禁止空中观光的法令变成永久性的。

不过，虽然打赢这场胜仗，他们依然损失惨重，史蒂夫解释说，这跟他和艾琳的放松方式有关。"我们两个都是天文学家，都对天空上发生的事很敏感。我们在外面的阳台装了一个热浴盆，晚上常爱在里头泡澡。我们有时会看到四五架飞机飞过。国家公园在我们的西方，飞机是东西向飞行，这表示有相当大量的空中交通飞越国家公园上空。"这就是恼人的地方。二〇〇〇年的法案只禁止空中观光，但没有禁止从更高空飞过的商用客机，后者也会让公园的自然声境恶化。

道别前，我问我可不可以请他们跟寂静之石一起合照。我们走到屋后的露天阳台，在明亮的阳光下拍下他们的合照。后来看照片时我才发现，艾琳和史蒂夫各握着寂静之石的一端，似乎很高兴这么做。

我启动福斯小巴,沿七号公路往南行驶,朝佛利斯罗普先前建议的地方开去,鹰羽和大鸦这类路名让我兴趣大增。通往荒野盆地的泥路上只有一组车辙,收费站也已关闭,两者都是僻静荒野的好迹象。我在半途停车,记录松林的风声(四十五加权分贝),就像轻柔的低语。在海拔八千五百英尺处,小径沿溪而上,一直通到黑鸫瀑布,然后连接黑鸫湖。

真棒的邀请!黑鸫是一种迷人的鸟类,也称为河乌,平常以山上寒冷的溪水、湖泊和河流为家,它们会涉入急流,用脚紧抓着岩石,在水边猎食昆虫。

某个春天早晨,我在奥林匹克国家公园的霍河河谷,暗中观察一只六英寸、圆滚滚、暗灰色的黑鸫在河边蹲来蹲去,很想知道它在做什么。但是在我下到峡谷潮湿且覆满青苔的河岸时,把它惊飞了,我利用这个空当架好麦克风,以便在霍河的背景噪音下清楚听到它的声音。然后我开始等待,果然在大约十分钟后,那只黑鸫像箭一样笔直低空飞来,回到水边的同一块岩石上,开始唱歌——我以前在缪尔的描述中就听过的歌。它有"瀑布轰隆隆的音调",也有"湍流的颤音,漩滑边缘的汩汩声,平坦河流低柔的细语,也有从青苔末端渗出的水滴落入沉静池塘的甜美丁零声"。黑鸫证明了一个物种只要有足够的演化时间,就可以适应环境里的宽广音域。但是在现代世界,噪音来得又快又大声,就像持续的爆破,中间没有任何休息;生物也没有时间适应。

荒野盆地主要的外流溪圣瓦瑞溪充满活力,至少在今天,它有十英尺宽,大约八英寸深,自保龄球大小的花岗岩大圆石上冲刷而过。从溪上呼啸而过的冷空气,就像是有翼昆虫的大众运输工具,许多像火箭般飞射到下方河谷。在松树下阴影覆盖之处，仍有片片积雪。白杨的树皮光滑，呈淡青色，有些到这里健行的人在上面刻下缩写或字句。我想起峡谷地的岩石画，但在这里，由于时间和树皮会复原的关系，许多字眼已变得模糊不清。沿着这条小径走，我看不到溪流，但仍听得到它的声音。溪水的声波在穿过松林时不断扩大，由于高频率的声音比低频率的声音消失更快，造成白噪音愈来愈深厚，逐渐听得到一种比较复杂的低沉悸动模式。

健行步道经常沿着溪河的边缘走，不仅是因为水会流经阻力最小的地方，也是因为景色美丽。谁不喜欢看水？但是如果想走比较安静的路径穿过荒野，就得另寻他途，跟随那些运用所有感官的动物，例如鹿和麋鹿，它们把耳朵当成第一线的预警系统，避开可能的威胁，如果在湍急的水域旁行走，就做不到这点。我开始寻找可能的迹象，蹄印或动物粪便等，但毫无所获，不过我的确在半山腰看到五只鹿在阳光比较充足的地方啃咬已经冒出的嫩枝。

我又在水边看到一些黑鸫不停地躬身，一只接着一只。但山谷阴暗处愈来愈冷，我很早就回到福斯小巴上，喝杯热茶暖身。

接下来我前往这座国家公园的北部地区，去"上比佛草原"探险，那里没有高速公路，大多数地方应该都可免除交通噪音。但在路上，我看到某种工程正在进行，沙石车的煞车发出巨大、刺耳的尖锐声音，超过九十加权分贝。好几辆沙石车已经装满沙石，放任柴油引擎空转，把这个原本应该是充满原始声音的环境变成一座货运场；我从一百英尺外测到的音量是五十四加权分贝。

在这趟旅程中，我再度因为这类讽刺事件而止步。我知道在上比佛草原附近，有一块艾琳用照片秀给我看的告示牌，那是用国家公园保育协会颁给埃斯特斯公园女选民联盟的奖金制作的。上面印着国家公园管理局的许可标记，还有落基山国家公园的动植物以及惊人美景的彩色照片，在它的标题"保护自然声音"下方有几行字：

鸦的鸣叫
溪流的音乐
风吹树叶的沙沙声
冬季森林的肃穆。

自然的声响与自然的静谧
是落基山国家公园
受保护的资源。

自然的声响与自然的静谧
跟此座国家公园的在地动植物
一样珍贵。

在关心此议题的市民戮力合作，
与埃斯特斯国家公园女选民联盟的领导下，
美国国会于一九九八年正视自然声响的价值，
永久禁止在本国家公园进行商业空中观光。

这块告示牌上也刻了交响乐指挥暨编曲安德烈·科斯特兰尼兹的话："完全圆满的寂静，是世上最伟大的声音之一；对我来说，寂静也是声音。"

然而在这里，我却找不到寂静，至少现在还没找到。但总有一天会找到。

为了避开噪音，我沿着一条死路开了数英里，抵达山谷终点的野餐区，观察一群落基山红鹿和两只草原狼。但是就连在这里，也听得到卡车往返的声音。我再度离开，到美丽的山巅眺望，希望能听到阳光消逝的声音，黎明的合唱揭开白日的序幕，而随着气温下降，虫蟋蛙鸣也逐渐低落：三十加权分贝。但是一架翅膀无法鼓动的飞机入侵，飞越顶空：先是六十五加权分贝，然后是七十加权分贝，最后是七十八加权分贝，显然是私自来观光的人。我坐着等待飞机振动的回音在几分钟内消散，这时一辆车开过来。一名摄影师跳下车，显然很高兴能及时赶上捕捉最后几道逐渐褪色的光线。他的车没有熄火：二十英尺外，四十六加权分贝。

8

逐渐消逝的自然交响乐

回音在某种程度上是一种原音，充满魔力与魅力。
它不仅是重复值得重复的声音，也是树林的声音。

——亨利·戴维·梭罗《瓦尔登湖》

我很早就在科罗拉多州威根兹旁的"Stubbs Sinclair"吃早餐，点了咖啡和蜂蜜小圆面包。这个休息区位于七十六号州际公路与美国三十四号公路会合处，前一晚我就停在这里，缩进车顶我的"虫虫"睡袋里过夜。旁边的搭棚里有一伙油田工人，他们戴的棒球帽沾满油污，我甚至看不到图案。我听到一对父子正在讨论加州四美元一加仑的油价，可以让他们开采先前不会获利的油田。没想到简单如油价这样的事物，也能对科罗拉多这类地方的声境造成影响，而且竟然一直没有人想到该把这项连带效应计入能源成本的计算当中。在你提到"风力"以前，我想先提一下，风能并不是安静的替代能源。我在加州、华盛顿和夏威夷看到的风力发电场，声音吵得惊人，而且从无人居住的地方如雨后春笋般冒出（"只要不在我家后院就好"效应？），其中有许多原本是非常安静的地点。保存静谧真的一点也不简单。

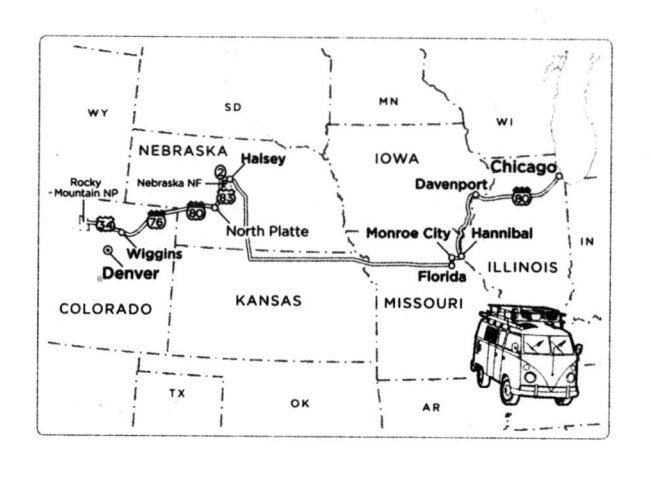

早餐后，我到 Stubbs 后面拿了一个厚纸箱，一边走回福斯小巴一边撕开，它仍停在极冷的停车场里。我把一片厚纸板从车子后面塞到车子底下，然后我自己也跟着进去。每走一千英里左右，我就会检查四个气缸的气门间隙，特别是三号气缸。气门调整不当，有可能成为福斯小巴的头号杀手；但是只要正确调整好，就可以轻松预防它坏掉。释迦牟尼无意间听到一名西塔琴老师在指导学生时说："不要太紧，不然弦会断；不要太松，不然弦无法弹。这就是中庸之道。"我查阅 Treo 记事本上的笔记："把〇·〇〇六英寸的测隙规从气门间隙插进去。"这陈述简直太过含蓄。这块不锈钢薄片滑入间隙的感觉，必须像用刚磨好的剃刀切开奶油一样。正确的调整几乎感觉不到，却是极端光滑。这就像是在人类听力的门坎上聆听。格外引人注目的是，即使在慢慢穿越落基山脉的长途旅行后，这些阀门的状况还是很棒。阀盖填塞物看起来有点粗糙，但我把它们擦拭干净，判定它们还可以用蛮久的；这些阀盖轻轻松松就弹回原位。我只花了十五分钟检查，接着就上路了。

我得到的奖励是立即见到明信片般的美景：绿油油的牧草地映着蓝天和棉花球般的白云。每开几英里，就会有值得停车拍摄的风景出现。不到一小时，大约停留五次后，仪表板上的自动报警灯亮了，显示油压太低。我认为这是自动报警灯失灵，但为了安全起见，还是在路边停车，走到后面，用钥匙打开引擎盖，立即闻到烧焦的油味，听到类似玉米粒爆开前的声音。我弯腰察看，发现阀盖右边在漏油，把热交换器都浸湿了。油量计证实的确是没油了。以这辆气冷式引擎的福斯小巴来说，由于它跟刈草机的引擎一样缺乏散热器，这种情形通常意味着必须改造了，但我别无选择，只能重新覆上阀盖，撕开我的浴巾一角，把毛茸茸的织物塞到弹簧底下，希望它能顶住；然后我加了一些油，开始等待。二十分钟后，我再度上路。由于不确定这临时凑合的方法能不能持久，我每开几英里就会察看引擎经过的柏油路面上有没有油滴，也不时察看油量计。每次我都对自己随机应变的权宜能力感到惊讶，穆斯和戴夫肯定会以我为荣。

我走七十六号州际公路，经过摩根堡，然后沿着南普拉特河，经过斯特陵市。和所有的大草原一样，这片短草大草原是美国最早的农业用地之一。这片土地丰厚肥沃，没有树木，牲口和农田快速扩张。我现在正笔直朝内布拉斯加州前进，奇怪的是，这里遍布着大草原，但却是植树节的起源地，拥有美国唯一一个完全由人工种植而成的国家森林。

在经过一块写着"牛肉——最理想晚餐"的广告牌后，我决定伸伸筋骨，离开公路，在距离内布拉斯加州大约十几英里时，转进科罗拉多州东北角，一个看似沉睡的小镇。我很喜欢到这种没有现代活动、呈U字形的河湾小区，希望找到一些我先前没听过的新奇声音，或至少不是人造机器的嘈杂声。美国各地有许多令人愉悦的典型乡镇，都因为遭到声音破坏，愈来愈听不到球棒挥击的声音，在榆树枝丫间穿梭对话的鸟鸣，旗杆夹铿铿锵锵的声音，还有雨信鸟自动洒水装置"抽——抽——抽"的声音，以前这些声音会在微风吹拂下融为一体，就像是城镇本身的气息与话语。这类声境以前在美国很常见，如今在持续不断的马达噪音攻击下，已经很难听到；聆听者在跟小镇居民打招呼以前，可以从这类声境得知许多有关小镇及镇民的信息。

从福斯小巴两片式的挡风玻璃望出去，塞治威克的主要大街乍看之下没任何活动，所有东西看起来都处于关闭状态，但是这个小镇还没遭到弃置。有一个头发衣着都很整齐的人走过来自我介绍，原来是塞治威克镇镇长派崔克·沃特玛斯，但他看起来像是已经下班的鞋子推销员。沃特玛斯热心招待我，只差没把城镇钥匙移交给我。他带我去看兼作博物馆的市镇集会所，还带我去看真正的投票箱，一本供当选官员宣誓用的一九二九年圣经，还有老式的手绘旧银行金库（里面空无一物）。沃特玛斯希望塞治威克镇能列入科罗拉多州濒临消失的城镇名单，以便获得一些资金援助，支付废水处理新标准的高昂成本，以及小镇现代化的其他问题。一九五七年，塞治威克镇有五百零四人，半个世纪后只剩一百八十二人。我很好奇这样的小镇会有什么样的声音。

镇上只有老旧的塞治威克古风旅馆可以过夜，类似供应早餐和床的B&B，老板露琵似乎很高兴看到我，尽管是周六夜，她仍告诉我，可以自由选房间。"早上，楼下有供应早餐，酒吧那里有比萨。"她说，

"房价是三十或三十五美元，随你付。如果你自己铺床的话，只收二十五美元。"我看了几个房间，最后选了前侧的双人套房，就位于已关闭的农民银行入口上方。

  我没关窗户，所以早上是在大自然的闹钟下醒来：黎明前，燕子叽叽喳喳地飞来飞去，捉最后几只夜行性昆虫果腹。崖沙燕成群结队地筑巢，虽然在我们眼中，它们长得一模一样，但每一只都很独特，就像挤满日光浴者的沙滩，看似一片，其实人人不同。华盛顿大学心理学暨生物学教授迈克·毕奇是研究崖沙燕的社会生物学专家，他指出这些燕子能借由各自单一叫声里的声音特征来辨识对方。它们是一夫一妻制，共同分享筑巢、孵蛋和喂养幼鸟的亲职责任。最特别的是幼崖沙燕会发出由两个音构成的"迷路"叫声，而且只有它们的父母才会响应。一九八〇年代中期，我还在做单车快递的时候，毕奇教授曾邀我到他的实验室，给我看了好几本厚沉沉的相片簿，里面有崖沙燕的脸部特征还配上了声图——这些视觉符号记录了叫声的细微变化。连最简单的叫声也含有个别禽鸟所独有的无数信息。

  在荒废的主要大街另一边的人行道上，有一道白纹扭动着往前走：原来是一只臭鼬。在窗台上看够了，我收拾好录音装备，戴上头灯，准备上街，追踪塞治威克清晨的宁静，希望能增加我那声音博物馆里的收藏。

  在这片几近平坦的地景上，几乎没有天然障碍，而且这里的主要声音令人惊讶，很像是远方有火车愈开愈近，然后又逐渐远去的辘辘声。我原本以为随时会听到火车的鸣笛声在整个镇上的大街和大庭院里回响，结果我错了，没有鸣笛声，辘辘声是来自七十六号州际公路上的卡车。

将近二十年前，我曾在美国这一带录音，但是今天的鸣禽黎明大合唱比我记忆中稀疏得多，变化也少得多。五月上旬是鸣禽以歌唱来声张地盘和求偶的黄金时期，我在一九九〇年春天经过这附近时，候鸟似乎是沿着河谷迁移，自然地融入地景。我观察到这现象后，就开始拦截北飞的鸣禽，还特别限制了录音里鸣禽歌曲的密度。那时候鸣禽很多，所以春天黎明时的合唱经常会太吵，反而不太适合录制，但今天没有这种问题。鸣禽都到哪里去了？

许多人在看到令人震惊的鸟类调查资料时，都问过这个问题。奥杜邦学会"二〇〇〇年观察名单"的报告指出，美国有四分之一的鸟类数目正在减少。丽色彩鹀的数目在过去三十年间，剧减百分之五十以上。深蓝色林莺甚至急速减少百分之七十。奥杜邦的"二〇〇七年观察名单"列出五十九个美国本土鸟种及三十九个夏威夷鸟种已濒临危机。另外有一百一十九个鸟种被列为正在减少或稀少状态。二〇〇七年的坏消息不仅于此，一般认为有二十种常见鸟类的数量正严重减少：

  山齿鹑减少百分之八十二
  黄昏蜡嘴雀减少百分之七十八
  针尾鸭减少百分之七十七
  斑背潜鸭减少百分之七十五
  北山雀减少百分之七十三
  东美草地鹨减少百分之七十二
  普通燕鸥减少百分之七十一
  呆头伯劳减少百分之七十一

原野雀鹀减少百分之六十八

黄胸美洲草鹀减少百分之六十五

雪鹀减少百分之六十四

黑喉漠鹀减少百分之六十三

鹦雀减少百分之六十三

普通拟八哥减少百分之六十一

美洲麻鸭减少百分之五十九

棕煌蜂鸟减少百分之五十八

三声夜鹰减少百分之五十七

角百灵减少百分之五十六

小蓝鹭减少百分之五十四

披肩鸡减少百分之五十四

  每列举一种鸟，我就会清晰想起过去二十五年中，那个鸟种曾经为我歌唱或鸣叫的时刻。我小时候在华盛顿特区郊外度过童年时光，在东部的硬木森林里就常听到山齿鹑的鸣叫。想到当今和未来的世代可能永远听不到大自然的所有曲目，就令人感到心碎。美国的地景生病了，正在失去它的声音。

  禽鸟唱诗班不仅愈来愈小，也开始忘记它们的曲目。一九九九年，我接受史密森学会委托，到夏威夷大岛火山国家公园外，为游隼基金会的人工繁殖计划，录制数十种在地鸟类的叫声，我录到小考岛孤鸫、蚋鸫，以及当时在野外只剩大约三十只的夏威夷鸦。录完后，我把这些录音带寄给哈卡拉乌森林国家野生生物保护所的野外鸟类学家杰克·杰弗里斯，他回报说，人工繁殖的鸟叫声完全不具备野生鸟的特征。鸟种可以透过人为方法来繁殖，但是它们的本土语言却没有办法。

在欧洲，自然静谧已不存在，只有芬兰和挪威等国的极北地区或许还保留一些，欧洲的所有鸟群都正在设法适应，使它们的鸣叫在噪音污染的情况下还能听得到。《新科学家》杂志二〇〇六年十二月号报道说，在都市地区，禽鸣逐渐丧失音调较低的叫声，朝较高的音调转变，比较不会被交通噪音盖过。有些研究特别注意到噪音造成的其他冲击。荷兰莱顿大学的汉斯·斯拉贝克恩和艾文·里波米斯特，在《分子生物学》上共同发表了一篇文章："禽鸣与人为噪音：保育的意义与应用"，文中指出：

>全球人类活动的急遽增加，已经在演化的时间尺度上，造成音调低的噪音突然增加。环境噪音可能会造成直接压力，掩盖掉掠食者抵达或相关的警示叫声，或是干扰一般的声响信号，对鸟类造成不利。禽类的声音信号有两项最重要功能，一是捍卫地盘，二是求偶。当信号效率因噪音量增加而降低时，这两个功能都会受阻，直接对生存适应问题造成负面影响。公路附近有许多鸟种的数量变得较少，也有愈来愈多研究指出，在吵闹的地盘上，它们的繁殖成功率会降低。

噪音不仅存在于空中，海洋也愈来愈吵，原因在于地震探钻，以及不断增加的商业船只发出低频率的隆隆声，还有伤害性可能最大的军事声呐，科学家认为声呐可能是无数鲸鱼搁浅的原因。"我几乎一整天都待在海上。"海洋未来协会的创建人暨会长尚米歇·考斯杜写道：

许久以前，我父亲曾说，这是"一个沉默的世界"。现在我们知道这世界一点也不沉默。事实上，靠声音沟通、觅食、求偶与辨识方向的鲸和海豚，就是以这个世界为家。我很担心声音在工业、科学与军事上的使用频率过高，会使鲸与海豚受到伤害。海洋受到多种声音来源污染的情形日益严重，每次侵害都会使海洋居民生存的环境质量恶化。

对白鳍豚这种海洋生物来说，生存环境已经恶化到它们无法承受的地步。这种有"长江女神"之称的生物可以长至六英尺长，重可达二百二十磅，它们没有视力，完全仰赖以声呐为主的感觉系统定向与觅食。白鳍豚是五十年来第一种灭绝的哺乳动物，最后一次出现是在二〇〇四年，一名渔夫所看到。尽管有学者援引过度渔捞、兴建水坝与环境恶化，作为它们灭绝的原因，但也有研究人员假设，是因为船运交通使这种动物的声呐系统无法发挥作用。这看法合乎道理，因为海豚运用声音来觅食，并用刺耳的高频声音震昏猎物。我曾经在夏威夷科纳海岸录到海豚的叫声，希望它们不会步上"长江女神"的后尘。

在撰写本书期间，有关海洋噪音的争论一直延烧到白宫，科学界与民众普遍担忧美国海军使用响亮的中频声呐的做法，有可能对鲸与海豚造成伤害，但布什总统无视于这些忧虑，宣称海军训练"对国家安全不可或缺"，攸关"美国的最高利益"，允许它们不必遵守以保护海洋哺乳动物为目标的两项主要环境法律，以及一项限制海军使用声呐的联邦法庭判决。

五月十三日星期日是母亲节。我在离开塞治威克途中到露西之家用餐，停车场上只有九辆车，餐厅里却顾客爆满。有许多母亲和祖母，可能是把厨房琐事抛开，暂时出来玩一天。

"对不起，您可能得等一会儿。"一名妇女说，我很快就了解她一定是露西本人。我在门边排队时，因为看起来不像当地人，于是有人告诉我要点露西特餐，"有饭后甜点、饮料，还有一份全餐"。今天的特餐有大比目鱼餐（九点九五美元）、煎鸡排（七点九五美元）、炸鸡排（七点九五美元）和烤牛肉（六点二五美元）。拉门墙边有一个冷饮冰箱，钉了钉子的木板上挂着二十几个喝咖啡的马克杯，那些都是顾客从家里带来，上面标示着他们的名字，旁边有一些动物的照片和谚语（"天才在工作"）。我一边盘算到了色拉吧要拿什么，同时评估各项点心，一边跟排在我前面的一位男士闲聊。虽然我没带音量计，但这里显然是我这趟旅程中最安静的忙碌餐厅。用餐时，我觉得这个地方很容易让人感觉受到欢迎，餐厅老板亲自招呼，餐点丰富，价格实惠，附近餐桌上的对话像小声的流水声般传过来，听在耳里就像森林小溪，让人更加体会到这里的独特，几乎就像精致餐点的第四道菜一样。（我最后点了煎鸡排。）

吃饱后，继续上路，驶上东向的八十号州际公路，准备前往内布拉斯加。开不到一小时，四周就弥漫着一股恶臭，从奥加拉拉饲牛场飘散过来。声音与气味息息相关，"noise"（噪音）这个词可以追溯到拉丁文的"nausea"，意指"恶心"。有害的声音与有毒的气味几乎无法让人忽视。我们演化出嗅觉，部分原因是可以保护自己不受毒素侵害，也让我们具有逃离腐烂臭味的反射本能。我们难道不该尊重这种演化的智慧？

现代规范气味的法律是由荷兰在一九六〇年代率先创立，"EN 13725:2003"是欧洲目前普遍采用的气味测量标准，规定不能有"任何会造成困扰的合理原因"存在。但是最早的气味法律是在一八五八年伦敦"大恶臭"后颁布的，当时遭到污染的泰晤士河恶臭，导致国会议员不得不停止办公。不久，当时有百万居民的伦敦，就兴建了第一条下水道。这起事件发生后，人类很快就了解到水污染与空气污染对健康的影响，但是对于噪音污染所造成的深远影响，了解的速度就慢得多。

声音与气味在早期哺乳动物的演化上扮演了决定性的角色，如威廉·史戴宾斯在《动物的听觉》中所说的：

> 在演化过程中，哺乳动物运用听觉的程度，无疑比其他任何脊椎或无脊椎动物来得多。它们在生活中广泛全面地运用听力，以及它们极度多样化的声响能力，已逐渐成为科学研究的对象，我们最近才开始了解哺乳动物在聆听上的表现有多成功。这一切是怎么发生的？
>
> 早期出现的哺乳动物应该是经历过一连串复杂的适应过程，才能成功度过大型爬虫类及其他生物的统治时期。它们主要在夜晚猎食与觅食，因为体型小（事实上，跟尖鼠差不多），所以当白天大型爬虫类在外活动时，它们能安稳地窝在树上或地下洞穴。虽然它们的夜视能力可能相当不错，但无法辨识色彩。它们发展出异常敏锐的嗅觉，再加上听力方面的改善，让它们得以在夜晚活动。

想想看：哺乳动物具有绝佳的聆听能力。我们也是绝佳的聆听者！人类的听力范围远远超过说话与制造音乐的能力，如果把我们的听力以频率范围和分贝程度绘制成图的话，很快就会看出人类说话的声音位于此范围的中央部分。我们能制造的音乐范围比这更广。钢琴上的最低音是C（二十七赫兹），最高音是C8（四千一百八十六赫兹），远超过我们平常的发声范围。而我们能听到的声音，则是远远超过短笛和定音鼓的声音范围，远及大自然的声音。

大自然经常低语，像是红杉种子轻轻飘落在冻结雪面上的声音。大自然有时也会咆哮，我听过自然声音传扬最远的距离是一百七十二英里，大约相当于华盛顿州的宽度。当时是一九八〇年五月十八日，我在靠近加拿大边境的北瀑布国家公园，以假蝇作饵钓鱼。我原本以为是炸药，但当时是周日早上，怎么会有炸药？数分钟后，不同方向也传来这种爆裂声响。数小时后，天空飘下灰。圣海伦火山爆发了！从声音的传播速度大约是每秒一一三〇英尺，而一英里相当于五二八〇英尺来计算，声波传一英里只要四点七秒。圣海伦火山爆发的声音花了十三点五分钟传到我那里，这时间足够让我钓到一条虹鳟，在周日享受烤得热滋滋的早午餐。随后的声响事实上并不是真正的回音，而是声音从差异很大的传播路径，在不同的温度与气压下，以不同的速度传播的结果。

我在内布拉斯加的北普拉特市外围，驶上美国北八十三号公路穿越沙丘大草原。这片乡域覆满青草，丘陵绵延起伏，只有在偶尔经过的河流旁才看得到树木，在这样的地方，很难想象森林的存在。但是一八八〇年代，内布拉斯加大学的植物学教授查尔斯·贝西博士，却提议用手种出一片森林，除了提供居民木柴之外，还能销往东部市场。今日，内布拉斯加国家森林的管理面积高达九万公顷，树木大约占据二万二千公顷，最早全是用苗圃内的树苗，以人工种植而成。换句话说，这座国家森林并不是自然形成的，但我仍希望能有聆听的好机会。

植树节起源于内布拉斯加，最早是由名叫史特林·墨尔顿的底特律记者发起，他搬到没有树木的大平原，写到树林在防风、稳固土壤、提供庇荫与木材等方面的好处。他提议内布拉斯加将一八七二年四月十日定为第一个植树假日，根据估计，当天内布拉斯加种下了超过一百万棵树。不到十年，这个构想广受欢迎，演变成全国性的活动。今日，全球共有三十一个国家有植树节，包括冰岛与突尼斯。

我在塞德福德转入二号公路，往东驶向贝西，然后继续开往贺尔锡，打算在那里补充杂货。但是自我上次于一九九八年春天造访后，贺尔锡已经改变了，它似乎面临了与英戈马和塞治威克相同的命运。以前铁路工人经常留宿的唯一一家汽车旅馆已经关门。没有杂货店，没有加油站，甚至没有可以买零食的便利商店。无论当初是铁路促使这个小镇诞生，还是因为有了小镇才兴建铁路，总之现在铁路都不在这里停留。柏林顿北方铁路公司的火车仍然隆隆经过镇上，日夜都可听到引擎的怒吼，还有火车经过平交道时的鸣响，但是它们已经不在这里停留。一名年轻的母亲喟叹说："这里是个小镇，一个正在凋零的小镇。"

看来今晚我得拿罐头食物当晚餐了。我开回贝西，那里有内布拉斯加国家森林的行政人员、游客中心和一个新的休闲综合区，还有游泳池、排球场、篮球场和网球场，甚至还有棒球场。我打算到那里稍微架高的草地区，也就是称为求偶场的地方去聆听。

每年春天，长相类似鸡的尖尾榛鸡都会聚集在这些求偶场，表演年度求偶的歌唱与跳舞仪式，这仪式已经持续了数千年或至少也有数百年之久。它们若不是在这方向，就是另一个方向一百码左右的地方，总之不脱离求偶场。这些求偶场已经绘在地图上，附近也建造了隐秘的观察站，提供拍摄或欣赏它们的人使用。

我花十美元向一位女士买了一张塑化地图，她说这些隐秘观察站采取"先到先用"原则，还教我看地图。"你可以找标有风车图案的小数字，这个森林里有超过两百个风车。我们有一些领有许可证的人在这里养牛。"她解释说这些风车是为了抽取地下水而建造的。"现在应该有人会把牛带出来，你可能看得到。如果你打开任何一道栅门，一定要记得关上。"她告诉我，到隐秘观察站的最佳时机是日出前一个半小时，而这里的日出在早上六点左右。没有任何一本旅游小册子曾提及这些求偶场的美妙音乐会。

由于我会在明天凌晨天未亮以前抵达，所以想事先聆听地点做准备。我先开上柏油路，经过一个混合了一些阔叶树的松林，然后沿着一条石子路穿越一片片林间草地。最后，我经由铺了沙的双线道路，穿过范围广大的草地，停在一座风车旁。这座风车是五十英尺高的钢铁结构，上面转动的大轮是以十八块金属叶片构成，这些金属即使旋转速度慢，仍会发出铿铿锵锵的声音，跟带有鸣铃的浮标在起伏的波浪中发出的不和谐音类似。这种一分钟平均五十加权分贝的声音，对草地是很严重的入侵，因为声音在草地上可以传得比森林地区远。另一个问题是这些噪音时断时续，意味着它在音量低的情况下，比持续的噪音还听得清楚。幸好，我预定要聆听的时间，比风在日出后开始吹动的时间早得多。

我设法驶过一些沙丘上松软的路基，看到一条响尾蛇早在我的车轮驶过前就迅速迂回地溜下路面。那条蛇无疑是察觉到我正逐渐接近。蛇虽然没有外耳，但它们的内耳还是可以感觉振动。我经过另一座风车，驶下一段斜坡后，抵达长满青草的小圆丘，这时我隐约看到一个低矮建筑，于是在半英里外停车，前往察看，原来那里是为观众而非听众设计的。数个观察孔大得足以让相机的镜头伸出去，但它们是从会阻绝声音的三夹板上割出来，而不是能让声音通过的织物。一道下午的微风吹过松动的玻璃天窗，引起一阵咔嗒声。同样是在微风吹拂下，织物垂帘上没有绑住的带子，轻轻拍打着建筑，就像滴着水的水龙头，让人有一种受到欢迎的感觉。

很难相信这个求偶场会有跟伍德斯托克音乐节类似的日出摇滚音乐会，但是仔细研究地面后，我发现地上有类似鸡的足印，在隐秘观察站前方大约三十英尺处，有因为经常使用而裸露的地面，数量很多。这个求偶场显然经常被使用，我知道雄尖尾榛鸡会像滚石乐团歌手米克·杰格一样昂首阔步地走路，伸展翅膀，头垂低又抬高，因为有交配的机会而兴奋到无法控制，不停扑腾跳跃，唧唧咕咕地大声叫着，臀部不停摇摆。理论上，我的麦克风可以架在任何地点，但我希望这场表演能发生在舞台中央。我还找了两个靠近地面又有绿草庇荫的地方，觉得草地应该能使声音增色；我希望会有微风轻柔的低语，让聆听的人更能体会风吹过大草原的辽阔。在走回福斯小巴前，我提醒自己要记得用一些重物固定天窗。

在拿"Dinty Moore"炖牛肉罐头当晚餐后，我缩回福斯小巴车顶，很快入睡。后来我在满天无法计数的星辰下醒来，草原上一片宁静，可能只有二十加权分贝，甚至更低。草地发出轻轻的沙沙声，大约二十三加权分贝,在短短不到二十秒的微风吹过前,最高达到三十加权分贝。我拿好装备,靠头灯健行回隐秘观察站。在黑暗里,照亮的圆锥形空间让人有一种亲切感,每次点头,光线都会轻轻抚过草深的山腰。天气寒冷,我希望冷到响尾蛇不会出来。

抵达隐秘观察站后,我拿出两包电池压在天窗上头,再把麦克风放到定位,然后把电线连到隐秘观察站里,透过录音系统聆听。在头十五到三十秒内,只有一道微风经过,就像清楚吹过草丛的气息。在大约十分钟后,我听到角百灵的鸣叫声从非常遥远的地方传来,然后是一阵几乎听不清楚的隆隆声。十五分钟后,一只西美草地鹨在三百码外一棵王兰光秃的茎上唱歌,声音就像微风一样细腻,然后近处传来"噘,噘,噘——啊"的叫声。

一只尖尾榛鸡已经悄悄走过来,正站在三十英尺外,而我高度敏感的麦克风甚至没有侦察到。

"哇噗,哇噗,哇噗",它的翅膀快速拍扑,飞到一个好位置。"哼嗡嗡嗡嗡嗡",非常远的地方传来飞机的嗡嗡声。

"吧噗,吧噗",第二只雄鸟的尾巴急速抖动了一下。

"啊啦——唉。啊啦——唉。啊——呼。啊——呼。"第三只尖尾榛鸡飞到。

求偶场很快热闹起来,十数只雄尖尾榛鸡摆出比赛的姿势,每只都以更加滑稽的姿势,努力超越其他雄鸟,希望能受到引来观看的四只雌鸟之一青睐。

在将近四十五分钟的时间内,原先几乎听不到的隆隆声愈来愈清晰。一声汽笛响起,几乎可以确定是火车的隆隆声,可能是从塞德福德平交道传来的。火车的汽笛声引来远方草原狼一阵嚎叫，但尖尾榛鸡似乎不受影响，即使又听到从其他平交道传来的三声鸣笛，它们仍继续神气活现地摆姿势和唱歌。最后，一只雌鸟走到两只雄鸟中间，把自己献给选中的最爱。它们交配的速度太快，我没看到，但是在它们分开后，我倒是有看到几根绒毛般的羽毛掉落。

我一动也不动地在隐秘观察站坐了数小时，戴着耳机从最大的观察孔往外看，仿佛自己在舞台中央般聆听。后来一只羚羊从求偶场中央漫步而过，打散了这一场尖尾榛鸡秀，鸟儿们纷纷展翅，在长长的滑翔后飞走。尖尾榛鸡离开后，我听到松鸡科的另一种成员——草原榛鸡，从远方传来"咔——呜呜，咔——呜呜，咔——呜呜"的声音。那声音是从另一个求偶场传来的，或许那里正在举行另一场狂野舞会，真是令人惊喜的早晨。

松鸡科里的迷人成员艾草榛鸡，今天没有表演。相较于它们的近亲尖尾榛鸡，艾草榛鸡就像 B-52 型轰炸机。我曾经在科罗拉多州瓦尔登市外，于一片漆黑里，躺卧在覆满霜的高草原上，等待第一道阳光升起，这时一只巨无霸般的松鸡自头顶飞过，发出"呼呜呜呜呜"和"嘶嘶嘶嘶嘶"的声音，开始古老的求偶仪式。这些雄鸟为了争取雌鸟的青睐，发出巨大的响声，以及出自喉咙的吼声。在这种时候，你必须保持绝对静止，也必须藏匿身形，因为这些动物极度畏缩，一见到不请自来的客人就会立刻飞逃。由于我事先已经设好录音设备，所以藏身在一个橄榄球场外的地方。

然而，最近钻取天然气的装备大量增加，再加上随之而来的卡车交通，日夜不休的噪音对艾草榛鸡交配活动造成的破坏，远超过在空中赏鸟和聆听鸟声的人。根据一项研究所做的记录，怀俄明州深入地底钻取天然气的设备，已经让艾草榛鸡族群的规模减少了一半。尽管化学污染等其他因素可能也是原因之一，但主要嫌犯是噪音：在四分之一英里外仍高达七十加权分贝。

加州大学戴维斯分校一名寻求科学证据的演化学暨生态学助理教授葛儿·派崔西里，率领一支研究生团队，到四个不同的求偶场，把扩音机藏在石头里，播放钻气地点和相关卡车交通的录音。即使他们用的是小扩音机，也把噪声源控制在一个地点，但是初期结果仍然显示噪音造成的效应相当严重。派崔西里说："我们发现我们制造的噪音让求偶场的鸟类减少。播放钻气噪音时，到求偶场的鸟类减少了百分之二十五，可见钻气噪音的确会造成妨碍。钻气噪音包含很多低频发电机之类的噪音，也有敲击和转动的高频噪音，而且这些声音一直持续不断。它们一天二十四小时，一周七天钻个不停，接连数月。"

就算没有壮观的交偶仪式，早晨的鸟啭也总是能带给我喜悦。生气勃勃的声音令我想起孩童醒来时的天真喜悦与热情。我想这已经变成我的世界观，我看这世界的方式。无论前一天发生了什么事，无论事情有多糟，只要聆听黎明时活泼的大合唱，我总是能恢复精力，找到新的热情。爱因斯坦曾经说，一个人总会在一生的某个时刻，有意识或下意识地决定，生命的本质是美好的或恶劣的。这种世界观会影响他们所做的每一件事。我相信生命的本质是美好的，我也在破晓时的鸟类大欢唱中找到我所需要的一切证据，特别是在今天的草原上。

我的福斯小巴朝东驶向早晨的阳光。今天早上录音时的火车噪音并没真的困扰我，因为我对火车有特别的好感，觉得它们经过平交道时响起的鸣笛声，总会令人想起一些景色，也因为在距离很远的情况下，即使高亢的鸣响也会变得缓和，形成多层次的音调在山坡上回响。

和大自然一样，火车也有节奏，也能创作音乐。我录制过欧洲、亚洲和美国一些著名火车的声音。在火车强大的引擎里，每个连锁装置都会发出声音，让我们把这种节奏与搭火车旅行的经验连接起来。铁道本身也有音乐，从载物沉重的火车经过时的震荡声，到每节车厢或货车经过轨道缝隙时所发出的"喀哩喀——喀啦喀"声。在比较老旧的铁道上，这些缝隙是在两条铁轨上交替出现，因此搭乘座车或卧铺时，可以听到一种美妙的立体声效。货车车厢也一样。我第一次懂得欣赏火车的声音，是在一九八一年我第一次跳上货运列车，去记录那些露宿车上的流浪汉故事。

我一直想录制铁轨"喀哩喀——喀啦喀"的声音，因为在美国大多数地区，随着一节节的铁轨逐渐变成连续不断的铁轨后，这种声音也逐渐消失，变成现代版的"嗞——咻"。所以，在堪萨斯州和密苏里州的大多数地区，我会把福斯小巴沿着铁轨开，一边听一边寻找一节一节式的铁轨。我在桥上和转弯处找到一些"尚未改善"的铁轨，但它们的长度太短，无法形成美妙的铁轨节奏。一般一吨重的车轮在慢慢驶出调车场，经过铁轨之间的缝隙时，会发出"喀哩喀——咚——嗒，哗——嗒——喀连"的回响声，而且愈来愈快。然后在经过转辙器时，会突然爆出"砰——唉克拉特——喀哩——嗒"的声音，接着驶到主线道，这时节奏真的会形成歌曲，当车轮轮缘绕过第一个弯道时，会发出水晶玻璃似的"咿咿咿咿咿"。葛伦·米勒的"查塔努加火车"，约翰·丹佛的专辑《全体上车》，以及约翰尼·卡什的"我听到火车来了"，全都是向火车对美国音乐的贡献表示敬意。

在内布拉斯加州和密苏里州之间的路上，我注意到挥手的人愈来愈少，这些令人鼓舞的挥手似乎跟当地人口成反比。在人口稀少的乡村地区，每当与反向来车交会时，彼此都会把手举出窗外或在驾驶盘上挥动，比出友善的手势，表示对彼此的尊重，也暗示如果你在路上抛锚，另一辆车会停下来帮忙。车辆愈多，会挥手的人愈少。当然，现代交通量一直处于稳定增加中。

抵达密西西比河后，虽然实际上还没到我的华盛顿之旅的一半，但至少心理上我觉得自己已经完成了一半路程。我朝北走，要去密苏里州汉尼拔镇外处理一些未完成的事。汉尼拔是因为美国最著名作家马克·吐温而兴起，他的《哈克贝利·费恩历险记》可能是最多人读过的美国小说，但我想许多人应该没听过书里描述的声音。至少我第一次在小学读这本书时是没听过。一直要到一九九〇年，在我进行横越美国的声音萨伐旅时，我努力想在密西西比河谷寻找没有噪音的地方记录声音，为了打发两次录音机会之间的空当，我拿起一本《哈克贝利·费恩历险记》重读。由于我当时就坐在那本书里描绘的地景之中，所以当我读到第十九章开头那一段时，我那趟冒险之旅也跟着有了改变：

两三个日夜过去；或许我该说这些日夜是游过去的，反正这些日夜过得安静、顺畅又愉快。我们的一天是这么度过的。这里的河大得像怪物，有时宽达一英里半；我们趁夜里逃亡，白天停船躲藏；夜晚将尽时，我们会停止划行，把木筏系好，挑选的地点几乎总是沙洲下的死水；接着把三叶杨和柳树砍断，将木筏藏在它们中间。我们把绳子摆好，然后溜进河里游泳，清爽一下；之后在沙质河床上停留，河水只到膝盖，望着日光来临。四野一片宁静，完全静止，仿佛整个世界都已安睡，只有牛蛙偶尔鬼叫两声，应该是牛蛙吧。沿着水面望过去，第一个看到的东西像是模糊的线，其实那是另一边的树林；其他什么都看不见；然后是天空里出现一块苍白；然后更多苍白出现；然后河水开始变得柔和，不再一片漆黑，而是灰色；你可以看到远方有小暗点漂过，那些是做生意的平底船之类的，还有长黑的条纹，可能是木筏；有时可以听到尖锐的划桨声或混杂的声音，由于四下非常安静，声音传得很远；不久，你可以看到水上有一道条纹，从形状看来，应该是沉木，急流冲击着它，让它变成那形状；水上的薄雾缭绕升起，东方渐渐变红，河水也是，远远另一边河岸上的树林边，看得出有一栋小木屋，那里可能是锯木场，或只是假装成锯木场，你可以随处扔一只狗进去；然后轻柔的微风吹起，拂过身上，带来一阵清爽，也闻得到树林与花的芳香；但有时会恰恰相反，因为他们把死鱼留在地上，像是长嘴硬鳞鱼之类的，形成恶臭。接着是整个白天，万物在阳光中微笑，鸟儿欢唱！

我很快读完，又从头读了一次，这次特别注意马克·吐温对声音的描述。他一再证明自己是一位卓越的聆听家，他利用鸣禽来预测天气变化，同时正确指出雷雨在一天中抵达密西西比河谷上下游的正确时间，知道暴风雨一般是由南向北移，愈靠近河的上游，它们发生的时间就愈晚。借由研究马克·吐温的书，我得以避开密西西比河谷嘈杂的现代世界，即使只有一小段时间，我也因此找到绝佳的录音地点，他肯定也会喜欢那里：一个"万物在阳光中微笑，鸟儿欢唱"的地方！

后来我读了马克·吐温的自传，对于他在密苏里州汉尼拔镇和佛罗里达镇的生活有更多了解。在搜寻马克·吐温儿时常去的地方时，我总是会静心聆听，以前的他肯定也是如此，因为他是极度重视静谧的人。只要听到房里时钟的滴答声，他就会离开。朗读时，他一定会要求节目单的纸质必须含有大量布料，也就是说，必须是不会制造噪音的纸。在他的两部伟大作品《哈克贝利·费恩历险记》和《汤姆·索亚历险记》里，马克·吐温把他笔下的英雄从男孩变成男人，在静得令人惊异的背景里，成为自由思考的独立个人。哈克独自在密西西比河上转型，决定即使会有可怕的下场，也要帮助吉姆。汤姆的转型则是发生在寂静的洞穴里。

马克·吐温自传里有一段文字引起我的注意，内容描述寇勒斯舅舅位于佛罗里达镇外的农场：

> 沿一块地走下去，有一栋小木屋跟房屋并排立着，就在横木栅栏旁；树木茂密的山丘往下陡降，经过粮仓、玉米谷仓、马厩和加工储藏烟草的屋子，最后到清澄的小溪，它歌唱着流过含有沙砾的溪床，蜿蜒前进，不时自悬垂的群叶与藤蔓形成的阴影下飞跃而过——这里是涉水的好地方，还有一些游泳池，那里禁止我们前去，但也因而成为我们常去的地点。因为我们是基督的子民，很早就学会禁果的价值。

萨缪尔·克莱门斯（马克·吐温的真名）小时候就是在寇勒斯舅舅农场上的一个"游泳池"里，遭遇濒临死亡的经验。他被拉出水面时已经没有生命迹象，是由他舅舅的一名奴隶救活的。他后来就是根据这名奴隶，塑造出与哈克一起乘木筏逃走的同伴吉姆。他那次差点溺死的经验令我感到好奇，如果他从未写下一个字会如何？如果年轻的萨缪尔当天就死了，又会如何？因此在一九九二年，我沿着密西西比河旅行，先从伊塔斯克湖顺河下到新奥尔良，接着溯河而上，我决定试着找出那条溪，马克·吐温对那条溪上的音乐知之甚详。在马克·吐温博物馆馆长的建议下，我最后采取逐门访问的方式来寻找线索，最后找到一位名叫雷诺斯的人，他指着附近一座长满树的山顶说，那就是寇勒斯农场的住宅所在地，在它下面就可以找到那条溪。

然而，即使那时是五月，那条溪却呈现干涸状态，岸边显然已遭到过度放牧牛群的破坏，水池也因淤泥而堵塞。旧农场的住宅都已消失，溪里也没有溪水流动，我只能在心里回味马克·吐温描述的音乐。望着布满石块的溪床，我可以听到吐温说："清澄的小溪，它歌唱着流过含有沙砾的溪床，蜿蜒前进，不时自悬垂的群叶与藤蔓形成的阴影下飞跃而过。"我突然有所领悟：那些石头就是音符！我可以收集一些那里的石头，在附近找一条溪来演奏它们。

我真的这么做了，只不过不是在附近，因为那附近的小溪河全都遭遇相同的命运，而且就算找到仍然顺畅流动的溪流，附近也充斥着各种人为噪音。我一直走到两百七十英里外，爱荷华州的新阿尔宾，才终于得偿所愿，但相当值得。"清澄的小溪"是一支愉快的曲子，我认为它在美国最伟大的聆听者之一的生活中，重新创造了一个重要背景；这支曲子在我的网站和iTunes上都找得到。

如今，经过十五年后，我重返旧地，造访这座我个人用来纪念年轻的萨缪尔·克莱门斯的圣所。我想看看寇勒斯舅舅农场的现况，并在事先电话联系后再度停在雷诺斯的家门口，一栋两层楼的白色房子，装有红色的百叶窗和屋顶，跟地面等高的小前廊上有一张白色摇椅。我才刚走到通往前门的廊道，一只混血的小可卡猎犬就冲上来，对着我的腿汪汪叫，然后是一只看似梗犬的狗和一只老当益壮的猎狐犬。接着芭芭拉·雷诺斯走出来，跟我打招呼。

"我们从一九七一年就住在这里，"她在外面的草坪上告诉我，"在我们之前，这块地的主人是比尔的祖父母。比尔的祖父知道这里是马克·吐温度过童年的地方，不过我想这应该不是他们买下它的原因。他们是跟一家保险公司买的，我猜应该是再前一任的屋主失去它的。"

她指向北方："那里是寇勒斯的地方，就是那片树丛那里。"她说现在那块地属于名叫凯伦·亨特的女士，亨特在一九八一年完成硕士论文，探讨的主题是盐河河谷早期农场的文化影响，而且跟我一样知道寇勒斯农场在历史上的重要性。她急着保护这里不受未来的开发影响，也希望这里能成为州立古迹，所以在一九九一年向比尔买下这片二十八英亩的土地。她即将在这里进行考古挖掘，希望能找到建筑物的地基，甚至是文物。

"下面就是小溪。"我指向老房舍旧址下方。

"对，那里就是小溪。"

我请她准许我再收集一些石头，希望能有更多取自清澄小溪的石头。得到允许后我立刻沿着雷诺斯家的车道朝下开，途中看到一棵枝叶茂密的大橡树下挂着一只轮胎秋千，然后沿着山丘开到几近平坦、也几近干涸的溪旁，现在那里只剩先前溢流留下的浅水坑。这片能左右水流能量的斜坡，就像一个大圆丘；溪床上的石灰岩块是水流下缓坡时所弹奏的音符。沿着这条属于雷诺斯家的小溪岸散步时，我烦恼地想着，若是没有获得认可，这里可能永远不会受到保护。我看到一些比较脆弱的岩石音符已经被沉重的牛蹄踩碎。

我该收集哪些石头或音符？我看到许多风化的岩石，如同月球表面般坑坑洼洼，我选了几十个不同大小的代表，想象这些不规则的石块会在流水的抚触下发出什么声音。我来回福斯小巴许多趟，用布把石头一一包裹起来，放进特别为这场合携带的硬质塑料冷藏箱里。稍后若这里能列为受法律保护的声响古迹，我会满心欢喜地归还这些石头，否则它们就会留在我这里。我希望也能拥有这支管弦乐团的另一篇乐章，所以收集了许多较为光滑、经过水磨光且没有凹孔的石头；这些可以提供不同细致水声之间的静默期。但我仍不满足，又抱走好几怀的石头，因为它们的外观和触感很特别。最后，我拿下挂在颈上的"寂静之石"，把它放在最深的水池中央的一块岩石上，拍了一张照片，以前马克·吐温肯定曾在这里游泳过。然后我就离开了，很快就沿着印第安人乔的营地与水滨抵达汉尼拔镇的"Fed-Ex"取件点，花了许多钱寄走大部分收集到的石头，只象征性地留下一个帽子的量，放在福斯小巴里的木制火炉旁陪伴我。

我开到芝加哥郊区，第二度暂停旅程，因为我得飞回西雅图，参加奥吉的华盛顿大学毕业典礼。我的飞机订在五月二十五日，也就是明天，我得在上飞机和别的乘客比邻而坐之前，把自己清理干净。于是我住进离奥黑尔国际机场不远的旅馆。这次我没有上网找最便宜的旅馆，而是根据营销保证选了"AmericInn"，这家连锁旅馆在美国半数的州都设有据点，它保证提供"一天完美的终点：一夜的宁静休息"。我在电梯中得知，其他旅馆是以餐厅里的美味牛排特写来吸引客户，但AmericInn展现的是填有专利隔音泡沫物质的"SoundGuard"石砖照片。

这里很适合测试AmericInn是否真能提供它们保证的安静，因为旅馆大门距离繁忙的五十五号六线道州际公路，只有用力投掷棒球的距离。我在旅馆大厅外测到的交通噪音是六十九点五加权分贝，两道门之间是五十加权分贝，到了大厅是五十五加权分贝，那里有电视持续发出的声音。其他的声音记录如下：

电梯等候处：四十五加权分贝。

电梯起降期间：五十五加权分贝。

我二楼房间外的走道：三十五加权分贝。

房间窗户边，可以清楚看到下午三点的公路交通：三十七加权分贝。

因为天气热打开空调后的窗户边：五十三加权分贝。

那天晚上十点五十五分，空调关掉后，我再度测量窗边的音量，读数是三十加权分贝。这旅馆在窗户方面做得很仔细，分为三片窗玻璃，而且都可以打开。窗户打开时，交通噪音会涌入房间，使读数增加至五十五加权分贝。这表示，光是这扇由三片玻璃构成的窗户，就可以造成二十五加权分贝的音量差别。我也注意到我完全听不到隔壁房的声音或电视声。浴室把门关上、把灯闭掉后，我测到二十八加权分贝——真的很惊人，比我原先的预测低得多。我睡得很熟，AmericInn太棒了，感谢你们给我一个安静的夜晚。

退房前，我上网看了一下累积的电子邮件，其中一封是西雅图居民罗苹·布鲁克丝写来的，她在信中赞扬"一平方英寸的寂静"的构想，但也写到一些不满：

"一平方英寸的寂静"计划令人赞叹，发人深省，这几个月我一直期待能亲自造访那里。去年秋天我从 Triple A 的会员信息得知这项计划后，一直想等天气比较暖和后到那里旅行。不过我很好奇，您为什么要带那颗原始的"寂静之石"去做"宣传之旅"？对我来说，这破坏了它原先具有的精神与象征目的。在我等待漫长多雨的冬季结束，去到这个特殊地点，结果那块原始之石却不在那里，我肯定会非常失望。更糟的是，它不只是离开一个礼拜或一个月，而是一整个夏天。这当然会降低这趟旅行的吸引力，现在我不确定自己是否会去。

我回信给她说，照现在的情况来看，我会返家一小段时间，而且会带着"寂静之石"回去。我问她："你有没有兴趣跟我一起带着'寂静之石'沿霍河河谷健行过去？"

接着我先把福斯小巴停在万豪套房旅馆的自费停车场，然后搭旅馆巴士到奥黑尔机场，阿拉斯加航空的登机层。我早到了，办好登机手续后，到处逛了一会儿。

美国稍有规模的机场中，有哪个不是一直处于工程进行状态？这次是建筑物本身正在施工，巨大的噪音以八十七加权分贝的最高音量，从全白墙面的另一边传过来，那里有两名工人正拿着焊接机和研磨机在处理横梁。我发现这道临时墙的内侧贴了一张告示，上面写着：

注意：芝加哥市航空局已将此地区划为可供个人与团体分发文宣、呼吁捐款之适当地点，并可进行其他受"美国宪法第一修正案"保护之活动。但芝加哥市允许使用者利用本地点表达构想或意见，并不代表本市支持该构想或意见。

既然在这里可享有言论自由，我也打算行使这项权利，至少在本书中行使，因为当时在那个地方，根本没人听得到我的声音。自然人声介于五十五至六十加权分贝，但这个自由言论区的兴建噪音比人声高出二十七加权分贝，也就是说，这些噪音的能量强度比我说话的声音高出四百倍！在这里，能听到谁的声音啊？在施工噪音的漩涡里贴这个告示，根本不是支持言论自由权。要记得一七八七年时，独立纪念馆前的圆石子路尽管有碎石，却安静无声，因此我们的祖先才能在不受噪音干扰的情况下起草美国宪法："我们，美利坚合众国的人民，为了组织一个更完善的联盟，树立正义，保障国内安宁……"美国宪法的每一个字都有其含义。"Domestic"（国内的）是形容词，意指"固有的，或在一国之内生产或制造的"；非外国的；本土的。"Tranquility"（安宁）：名词，意指"安宁的品质或状态；平静；和平；安静；宁静"。我主张宪法赋予我享有**安静的权利**，但有人听得到我的声音吗？

若森林里有一棵树倾倒，但因噪音太大而听不到，这样算是有制造声音还是没有呢？

插曲

> 当我们将整个地球设想成一颗点缀着大陆与岛屿的硕大露珠，和其他所有星辰宛如同一个整体般，一起散发光芒，欢唱着飞过宇宙，整个宇宙看起来就会像是一团无穷无尽的美丽风暴。要融入"宇宙"，最好的方式莫过于穿越森林荒野。
>
> ——约翰·缪尔《阿拉斯加之旅》

带我进入这个宇宙的入口是霍河步道，它的两旁高木林立，长满蕨类，可以通往"一平方英寸的寂静"。自我最后一次造访已经过了两个月，彼此相隔也有数千英里远。今天是六月四日，我渴望能回霍河边境，补充我需要的食物和水。自然的静谧不是奢侈品，而是人类的必需品。我们所有人心中都有一份静谧，一份沉静，但我们需要倚靠自然的静谧，才找得到内心的静谧。

奇的是，游客中心的停车场几乎空无一车：只有一辆休旅车、一辆摩托车和四辆轿车四散停在原先为十倍多车辆规划的柏油停车场上。其中两辆车载的是即将跟我一起健行的人。我看到一张熟悉脸孔，新闻记者爱德华·瑞迪克－韩德森，他曾经报道有关我和"一平方英寸的寂静"，目前正在写一本书，描述他自己在世界各地搜寻静谧的经验。两名女士走了过来。罗苹·布鲁克丝先自我介绍，然后是她的室友凯特·帕克。布鲁克丝曾写电子邮件给我，责备我带着"寂静之石"从事"宣传之旅"，但也接受我的邀请，在今天加入我的健行。

我们拿了背包就出发，步道入口的布告板上写着天气预报："有可能下雨，多云，最高温将近华氏五十九度，东南南风，风速每小时九至十四英里，后转西南西风，降雨概率百分之七十。"以雨林来说，这算是晴天，非常适合享受僻静的氛围，光线细微的变化，以及芳香的森林浴。

布鲁克丝的衣着五颜六色，桃红色羊毛夹克、白长裤，加上淡蓝色软帽。我把"寂静之石"递给她时，她笑得很开怀。她说自己是"演员兼剧作家"，解释说她目前在西雅图伊夫·奥尔沃德剧院担任剧院经理，那家剧院是儿童的天地，开放供一车车学童参观现场表演。"大约有一千四百人来这里，我的声音得盖过观众，引起他们注意，"她说，"最近我发现，如果你必须靠喊叫来盖过噪音，自己的听力也会受损。"

布鲁克丝最近从家乡密歇根州搬到西雅图，现年三十二岁，甚至还不到比尔·沃夫的一半年龄。她还记得小时候位于密歇根州上半岛的家极度安静。"我上床睡觉时已经没有灯光，"她说："一片漆黑，什么也听不到。飞机似乎停飞了。后来我住过的每个地方整天都很明亮，也很吵闹。"布鲁克丝也渴望静谧，渴望搜寻年轻时深入她心灵的那份安宁。她在追寻"一个能让我的思绪不受打扰的地方"。为什么？"因为我认为那是真正的我。"她说，先前她曾在城市里寻找安静，却未能成功。"我去过植物园，但仍听得到交通声。我也去过探索公园，但仍听得到汽艇声。"所以当她在杂志上读到"一平方英寸的寂静"后，才会这么兴奋。

"我今天可以麻烦你拿寂静之石吗?"

"当然!"

我把石头放回小皮囊,用两手拿着系绳,像戴花圈一样放到她头上。

我的音量计测到三十五加权分贝,然后在我听到遥远地方传来熟悉的"哒——哒——哒——哒——哒"声后,上升到三十八加权分贝。在两个橄榄球场外的地方,有一只啄木鸟在"青苔殿堂"敲击出独具特色的鼓音,自高大的花旗松、锡特卡云杉和西部铁杉间传来。不过,结伴来霍河健行的人通常要走不少路后,才能开始享受自然的静谧,我们也不例外。健行的头一英里,我们是最大的噪音来源。在其他地方变得过度兴奋的心灵,需要时间才能沉淀与沉静下来,但总是做得到。今天也不例外,当我们在路桥上看到瀑布时,一切声音旋即停止。湍急的小溪击败一切想说话的企图,把大自然推到舞台的正中央,使人声静默下来。

我们继续往"一平方英寸的寂静"前进,鱼贯接近长满青苔的圆木,并在林间各自找了一块地方。布鲁克丝选择倾倒的铁杉顶,面对远方霍河传来的流水声,背对我们。帕克在山酢浆草间休息,面对自云杉枝丫间透入的光线,姿势跟罗丹的著名雕刻《沉思者》相同。瑞迪克-韩德森融入蕨类里,在厚厚的青苔床上舒服地休息,整理"静谧思绪之罐"里的纸条。我选择待在我最喜欢的越橘树丛旁,品尝鲑鱼卵大小的小红莓,嗅闻是否有罗斯福麋鹿最近到此一游的证据。附近隐约传来不同的有翼昆虫不同音调的微弱叫声,我们全都保持静默,沉浸在自己的思绪和敏锐的感知里。

我是第一个离开的人,在主步道上等他们。大家都知道想在那里待多久都可以。回程路上，慢慢开始有些许小声交谈。布鲁克丝谈到她的沮丧，因为事实证明，她想追寻的慰藉实在难以捉摸，原因在于我们抵达"一平方英寸的寂静"后，不到五分钟就有一架飞机经过，在我们守候静谧期间，总共有两架飞机飞越我们上空，打断我们的宁静。她说飞机听起来极大声，应该是她听过最大声的飞机。我告诉她，其实没那么大声，只是在霍河河谷安静的环境下显得特别大声。尽管失望，她仍觉得这趟旅程相当值得。又往下走了一段路后，她问道："你可曾觉得，你是一个知其不可为而为之的人？"

"我只是一个人。"我回答。

她看起来困惑不解，仿佛她期望我说出不同的答案。坦白说，如果我们是在西雅图的话，我的答案有可能不同。而这正是国家公园成立的目的：让我们能离开现代世界，面对真实，对环境有全面了解。是的，我的确只是一个人，但我并不觉得我的目标遥不可及。我们正在行走的这条步道两边到处都是奇迹，从巨大的云杉和枞树，到布鲁克丝在上山途中看到的黄褐蛞蝓，全都壮观无比。跟创造万物的工程相比，拯救"一平方英寸的寂静"只算是小小的工作而已！

走回停车场的路上，我们在周遭的寂静中交谈；寂静就像被人低估的第三个声音，它从不打扰别人，而且表达的总是值得诉说之事。

9

有毒噪音

说噪音令人厌恶，
就像说二手烟只是让人不便一样。

——美国卫生局前局长威廉·史都华博士

我搭乘阿拉斯加航空二十二号班机，打算回芝加哥取我的福斯小巴，继续前往首都的旅程。我坐在靠窗位置，从窗户往外看，下方是棋盘般的田地，可能是爱荷华州或威斯康星州南部。看来我会比原定的飞行计划看到更多草原景色，因为驾驶员刚刚宣布我们要绕道避开一阵雷雨。北方暗云密布，顶层是白色，偶尔还有闪电掠过。好吧，他们可以因为天气恶劣，绕过跟奥林匹克国家公园差不多大的面积。联邦航空总署显然可以为了安全起见，临时通知飞机改变飞行路线。

飞机既然可以为了恶劣天气改道，为什么不能为了保存"一平方英寸的寂静"而绕道飞过奥林匹克国家公园？虽然其他航空公司也飞越这座公园，许多是来自或飞往亚洲，但其中以阿拉斯加航空进出西雅图—塔科马国际机场的班机最多。二〇〇五年，我写信给阿拉斯加航空，告诉它们有关"一平方英寸的寂静"的事，要求它们绕过奥林匹克

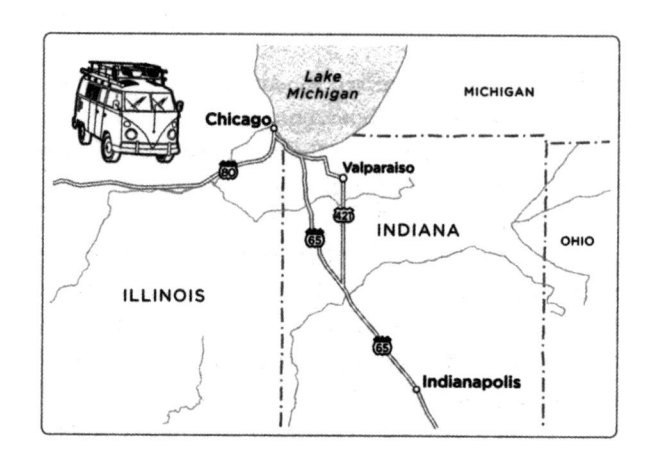

国家公园。航班营运副总裁凯文·费南回信说："从西雅图飞阿拉斯加的正常班机的确会飞越国家公园上空，但是联邦航空总署从空中交通管制的观点来看，偏好这条路线。若是偏离这个交通模式，会造成延误增加，燃料量增加，排放的废气也会增多。"我已经有接受委婉拒绝的心理准备，但是他接着写道："阿拉斯加航空是注重环境的公司，为了协助您达成努力的目标，我们将制定公司政策，鼓励所有非例行性航班的飞行机组人员，避免飞越奥林匹克国家公园。"

每一小步进展都值得庆祝。先前我用WebTrak查到总公司设在西雅图的波音飞机集团在偏远的奥林匹克半岛测试喷射机，或许它们会跟进，保护静谧。然而，到目前为止，波音公司对我的请求一直没有响应。朗恩·尼尔逊担任正驾驶员有四十年经验，其中三十年是飞商用客机，目前已经退休，最近他以飞行驾驶的角度谈到这件事："如果我要从凤凰城飞到旧金山,一定会飞越约塞米蒂。飞行计划肯定是这样,算是飞行的高速公路。如果能提供我(或其他有决定权的人)动机的话,我会愿意绕路,但是你可以想象一下,搭乘飞机的初始原因就是为了能直接从甲地到乙地,也因为不必弯曲绕远路。节省时间,也节省燃料。但是在今日的环境下有时做不到这点,原因就在于从甲地飞到乙地,或从丙地飞到丁地的飞机太多,彼此之间难免会有冲突,不得不绕些路,如果你愿意的话,可以说这是稍微弯曲的高速公路。

"我们驾驶员从来不会干涉飞行路线,航空公司也不会有兴趣做你建议的事(绕过"一平方英寸的寂静"),因为这意味着他们必须特别要求起降许可,以及燃烧更多油料。"但是尼尔逊也承认,地面上的特殊利益的确可以对飞行模式造成影响,比方说加州南部的奥兰治县机场,就在位于起飞跑道附近的纽波特海滩富裕居民的强力要求下,将飞机的起飞方式做了改变。"飞机得先以陡坡爬升到一千英尺,然后平行飞离,同时还得抑制引擎的推进力,保持慢速前进,等飞离海岸六英里远后才能恢复正常的爬升速度。我们这么做完全是为了减少噪音。"他把这种飞行策略称为核准程序。"他们(当地居民)有影响力,'如果你们不遵守我们小区设定的噪音标准,我们就会让你们不能在这个机场飞'。驾驶员进行这项程序时必须非常留意,如果可以不要做,其实会比较安全,但是经济压力再加上航空公司想进出那个地区,还有从奥兰治县机场起飞的票价比洛杉矶机场便宜(所以我们就做了调整)。"

他继续说:"飞机驾驶员不会单方面'避开约塞米蒂或黄石公园',要求这么做的人数不够多。买机票的人有多少人会想这么做?"

他是对的。就目前而言,大多数人都不会想到班机噪音对地面造成的影响。但是如果他们能获得更多的信息，情况是否会不同？

尼尔逊说："嘿，我本来就支持这种做法，我会希望有一些不受到任何干扰、保持原始风貌的地区。"他继续说了一些令我振奋的话："（要改变飞行路线）其实很简单，必须要有一个有权威的人说'我们要设定新的优先级。在从甲地直接飞到乙地时，必须绕路避开对噪音干扰敏感的地区'，这样才行。"

"这是优先级的问题，就像说：'从这一刻起，我们要采取这种飞法，因为我们不想对地面上国家公园的原始风貌造成干扰。'"

至于燃料问题，尼尔逊估计，稍微绕开"一平方英寸的寂静"可能得多飞三十秒，"额外耗费的燃料微乎其微"。在二〇〇六年，航空运输协会估计每多飞一分钟，营运成本会增加六十六美元。是的，燃料价格从那时起开始攀升，但是稍微改变一下飞行路线以保护静谧，似乎并不会贵得离谱。尼尔逊强调："其实这对燃料的影响并不那么大，要考虑的反倒是改变飞行计划后所耗费的能量，以及所需要的人为注意力。"

我等不及要到华府去询问联邦航空总署对这件事的看法。

"嗡嗡嗡嗡嗡嗡嗯嗯嗯嗯。"我很高兴听到起落架下降的声音，然后是喷射引擎的一声怒吼，接着是飞机着陆的震动。我拿着袋子，搭公交车到奥黑尔君悦酒店，先前我已经通过 Priceline 以好价钱订到房间。在车上，我跟一群健谈的驾驶员和飞行员坐在一起，他们以七十加权分贝的声音交谈，比正常的谈话音量高出十加权分贝，或说两倍音量。但是在嘈杂的飞机（起飞时，机舱内的噪音量高达一百零八加权分贝）还有大城市的高速公路待了这么久后，这种交谈的音量听起来似乎很正常，连到旅馆酒吧点一杯双份苏格兰起瓦士威士忌时，周围吵闹的声量也显得再正常不过。

"哎咯，哎咯，哎咯，哎咯——喀哩喀。"我那台收音机式闹钟用的是许多现代闹钟常见的压电型扬声器，会发出号笛声和"Wake up"（醒来）、"Help is on the way"（救援上路了）或"Your meal is ready"（饭煮好了）之类的声音。这些声音的声波都跟大自然里常听到的不同，目的在于引人注意。这些机械声音的声波不是上下平顺滑动的曲线，而是方形、甚至锯齿形的声波，所以它们跟人耳的交互作用极为不同。早晨鸟类的鸣叫跟声波呈锯齿形的压电型闹钟之间的差异，就像晨间按摩跟空手道切击一样。今天早上这闹钟的唤醒声像是对我的耳朵敲了一记重拳，迫使我起床。

我把两包咖啡粉都倒入Hamilton Beach咖啡壶，它随即"咕噜咕噜、逼逼拨拨、唏唏嘶嘶"地演奏起水的协奏曲，就像"苏格兰飞人"蒸汽火车头空转时的声音。紧接在一道快速而强劲的蒸汽声之后的，是逐渐减弱的嘶嘶声，然后是另一次爆发的声音，最后终于一声长叹。我的咖啡煮好了。

浓郁的咖啡香让我想起在中西部上大学的时候，我开始学着自己磨咖啡豆，忍受吵闹的磨轧声。没几年后，我读到一个令人吃惊、但仍有争议的发现，内容说有些品种的大老鼠和家鼠，如果在幼年时曾暴露在巨大噪音里的话，以后容易因声音而引发痉挛，有时甚至会致命，看到这则报道时，我忍不住想起当时研磨咖啡的噪音。更令人惊奇的是，这些容易受到噪音影响的动物，第一次暴露在巨大噪音里是在十五到二十五天大的时候，成年后再度暴露。幸好大多数的科学家认为，这类

有毒噪音

由声音引起的痉挛仅限于这些特定的实验动物品种。

我开始准备修理引擎,我的计划是先去长期停车场取回福车小巴,用我先前寄到奥黑尔君悦酒店的零件,换掉围在活塞盖上、被汽油浸湿的抹布。我去拿包裹时,发现它包在坚固的塑料袋里,里头至少有一罐一起订购寄来的汽油添加剂,瓶盖已经在运送过程中爆开,就像艾克森瓦尔迪兹号漏油事件的翻版[1],只不过规模相当迷你。这是什么预兆吗?

我接了一通家庭老友艾米·柏克打来的电话,她问我这趟旅程如何,还回忆说她小时候常在华盛顿吉格港附近的海滩上醒来,在宁静的海边,只有海水拍击的声音,她可以听到狗沿着海滩溜达,检视被潮汐冲上岸的东西。她可以从狗的脚步声中,听出它什么时候找到有趣的东西。

这故事证明了安静的环境能让人听到这么细微的声音,但这故事没能安慰我,反倒令我感到苦闷。尽管离开霍河河谷才没多久,但是我已经开始想念那里能洗涤身心的宁静,想到接下来的旅程,我的心情就跟只能拿面包和水充当食物的美食家一样。从堪萨斯州开始,我的横越美国之旅就再也没有静谧的时刻。我变得焦躁易怒,我承认,我对于重新开启这趟旅程,已经不像先前那么热衷。

我问艾米:"到底是知道比较好,还是不知道比较好?"是体验过真正的宁静,明白它能提供的好处,然后在无法享有时饱受折磨好,还是从一开始就不知道宁静的力量,无忧无虑地过着缺少宁静的生活好?如果你不知道有更好的东西存在,你就可以开开心心地欣赏裱了框的天鹅绒猫王画像,而不需要林布兰的画作?

"噢，当然是知道比较好啊，"艾米立即回答，"好太多了。这就像爱一样。宁可爱过然后失去，也不愿从没爱过。认识宁静比从没体验过宁静好。"

所以从这里开始，我会打起精神，因为我知道宁静是什么。我不期盼在重返霍河之前，能有再次体验宁静的机会。

我付了一百六十六美元的停车费，管理员显然很高兴看到我，他兴奋地说："原来这是你的车，好多人注意到它，老少都有，他们会特地下车帮它拍照。"

没隔几分钟，我就陷入芝加哥看似随时都在堵塞的车阵中。这座城市的高耸建筑从大老远就能看到，东向九十号州际公路就像移动缓慢的停车场，车子真的是首尾相接。今天早上已经够热了，但福斯小巴的气冷式引擎还不断朝我的脚喷热气。一辆卡车刚好在这时煞车，发出尖嘎声后停住。今天早上我在床上多躺了两小时，眼睛圆睁着，就是害怕会陷入这种大都会的混乱。现在我开始担心福斯小巴会过热，因为它的引擎实际上就像一部割草机；它会一直变热，如果没有足够的空气流经，就会因过热而停止运转。就像我如果一直没休息，就会失去行动力一样。噪音防治基金会最近引用的一项研究指出："（长期）暴露在高音量的交通噪音中，与心血管疾病有明确关联。"

通过阿迪生街出口时，我的时速是十英里，从那里可以通往里格利原野。我的车被夹在两辆大卡车中间，当轻轨电车从公路中线呼啸而过时，我的音量计读数是八十加权分贝。合格护士莉萨·葛伊恩斯及医学博士刘易斯·海格勒二〇〇七年曾在《南部医学期刊》发表一篇论文，名为"噪音污染：现代瘟疫"，文中指出："超过八十分贝的噪音量与攻击行为的增加和助人行为的减少息息相关。"

我？我的时速已降至四英里。于是我吹起口哨，一首差强人意版的芝加哥蓝调，但显然很能呼应现况。

一小时后，我仍朝着南方的地平线慢速龟行，还没进入印第安纳州。我不仅有时间拍车窗外的风景，也有时间在车内自拍：拍我映照在后视镜里的脸。我看起来一副可以留院观察的模样，眉头在都市的拥挤与噪音下苦恼地深锁。

在《南部医学期刊》的那篇论文里，葛伊恩斯和海格勒将噪音污染与二手烟相提并论：

> 有愈来愈多证据显示，噪音污染不仅令人困扰而已；它和其他形式的污染一样，会对健康、社会与经济造成种种负面影响。最近（二〇〇六年九月）在"国家医药图书馆"这个数据库里，查询与噪音污染对健康造成不良效应的相关数据时，可以找到超过五千笔引用文，其中有许多是近期著作。随着人口增长，以及噪音来源日渐增加且日益增强，暴露在噪音污染下的机会愈来愈多，而这可能对公共卫生造成深远影响。噪音，甚至是不会对听力造成伤害的噪音量，也会在潜意识里或甚至睡眠期间被视为危险信号。人体对噪音会产生"打或逃"的反应，连带引起神经、荷尔蒙和血管方面的变化，影响深远。

二〇〇二年六月，美国交通部公布一份文件：《交通噪音对健康的总效应》。书中指出，根据环保局一九八一年公布的资料估计，当时有超过二十万名美国人，在每日平均噪音量超过八十加权分贝的地区生活和工作。

亚琳·布朗萨夫特在曼哈顿上西城做过一份权威性研究，研究中指出，受到影响最大的族群之一是学童。布朗萨夫特和贝拉·阿布朱格一样，是活跃的人民运动支持者，她在约翰·林赛担任纽约市长期间，被任命为运输顾问。她积极想让纽约地铁变安静，减少高架铁路对附近居民的影响，并因而构思出一个开创性的实用研究。

布朗萨夫特回忆说："我当时觉得，如果我能证明孩童会因为噪音而无法学习，或许我们就可以设法让那些地铁安静下来。"她是深谙城市生存之道的纽约客，现在是莱曼学院环境心理学的荣誉教授，也是纽约市环境咨询委员会主席。她明白受害学童远比受运输噪音危害的低收入居民，更能引起注意。在将近六十所位于地铁附近的公立学校中，布朗萨夫特选了第九十八公立学校作为研究对象，并于一九七五年在《环境与行为》期刊上发表结果。这所学校有一位支持行动主义的校长，准许她使用学童二年级到六年级这四年的测验成绩进行研究，而学校的建筑也有助于她控制实验设计。布朗萨夫特在描述实验的控制组时说："半数的班级面对铁轨，另一半在建筑物另一边。"

布朗萨夫特解释说："当电车经过时，噪音量（靠铁轨那一边的教室）从五十九加权分贝跳升至八十九加权分贝。每四分半就有一辆电车经过，对班级上课造成干扰。老师得被迫停止授课三十秒。"老师的思绪被迫中断，学生的注意力也受到干扰。有效教学时间迅速下降。布朗萨夫特也访谈了那里的老师，发现在噪音较大教室教学的老师，比较常表示一天结束时感到筋疲力尽。但更显著的是，她发现教室在吵闹那一边的学童，到了六年级时阅读能力落后了一级。

交通运输管理局向来愿意减少车站的噪音，但布朗萨夫特的研究有助于将减少噪音的工作沿着铁轨传布出去。布朗萨夫特说，它们在铁轨上铺设橡胶软垫后，教室内的噪音降低了六至八个加权分贝，而第九十八学校的后续研究也证明阅读能力的差距消失了。她说："我希望（面对铁轨的教室）能更安静，但是能让阅读能力达到相同的水平已经够了。足以让交通运输管理局说，它们愿意为纽约市所有学校做相同的事。但对我来说，第二项研究更为重要，因为它证明了，只要采取行动，就能创造不同。"

即使已经过了芝加哥，交通情况仍然很糟，甚至更糟，两个方向的汽车都动弹不得。驾驶员开始在中间的安全岛上非法回转。我想起艾伦·纳帕斯特克所写的优秀小书《俳句：开车抓狂时的禅宗解药》，他把美国人与汽车之间的爱恨情仇，以简洁扼要的俳句形式描绘出来：

尽管令人难忘
你那辆车的声音系统
引发我的偏头痛

看到林立的高压电线时，就意味着印第安纳州布里市到了。数十年前，我刚从高中毕业时，在"SS山雀岬号"上当普通船员，这艘矿船把角岩从苏必利尔湖的桑德湾，经由苏城圣玛丽的一道道水闸送到密西根湖，那里有许多跟狄更斯笔下的工业城市类似的现代工业中心，例如布里市和勃恩港。在那时候，也就是一九七〇年代晚期，美国环保局噪音减量防治室表示："不受欢迎的声音是美国最普遍的扰人事物"，并将噪音归类为真实存在的危险，每天有超过两千万名美国人暴露在噪音当中，对他们的听力造成永久性损害。当时，吹风机、配有尖端立体音响的轰隆隆汽车，以及让 MP3 使用者暴增为数百万名的耳机都还没问世，而全国普查人口也只有三亿人。如今噪音已变得无所不在，即使上了太空也摆脱不了。国际太空站的航天员和太空飞行员，月复一月、一天二十四小时暴露在仪器产生的噪音当中，工作区的噪音量高达七十五加权分贝，睡眠区也有五十加权分贝。他们当然觉得很讽刺：宇宙的寂静触手可及，却永远无法获得。

好不容易，公路上的壅塞交通终于舒缓，如同清通的水管一样，车辆开始流动。一只蝉飞到挡风玻璃上，让被交通状况搞得昏昏欲睡的我清醒过来，激励我赶紧离开州际公路，开到偏僻小道，靠我的听力导航。

我在印第安纳州瓦尔帕莱索市外的高树植物园里，发现蝉与青蛙是奇特又怪诞的组合：它们的叫声从五十八加权分贝经过一连串长拍后，爬升到六十七加权分贝。我拿起录音设备。已经成熟的阔叶树林提供了青葱景色，让人暂时摆脱公路的柏油。我发现清凉小溪和一方池塘，还有一些供人步行的小径。然而即使在这个相当偏远的地方，在这个自然的环境声音跟人类的交谈声一般大小的宜人环境中，远方马达的隆隆噪音还是听得非常清楚，非常响亮，破坏了难得的自然声境，就像是在大自然的艺术作品上胡乱涂鸦。我不断改变麦克风的位置，不想录到噪音，但试了一个小时之后，终于沮丧地放弃。我想，许多知道这个景点的人可能会很难相信，但是在六月中旬周一下午三点到四点我停留的这段时间，确实没有一分钟没有马达的声音，不是来自天空，就是来自陆地。高树植物园有个美丽的名字，但我的设备不会说谎，尽管我努力寻找，但是这里连些微安静的时刻都没有。

六月十二日周二凌晨三点二十五分，瓦尔帕莱索八号汽车旅馆一〇二号房。即使房间位于旅馆后侧，远离州际公路和高速公路，但是从打开的窗户仍听得到交通的声音，也闻得到清晨森林露水传来的芳香。那些频率较高的交通噪音是经由森林叶片的反射，传进我的房间（四十八加权分贝），盖过大自然里比较细微的其他声响。

即使在脑子已习惯噪音后，身体仍会倾听："心血管干扰跟睡眠干扰互不相关；不会干扰睡眠的噪音仍可能引发自律反应，以及肾上腺素、正肾上腺素和可体松的分泌。"（《南部医学期刊》二〇〇七年三月号）

噪音真正的冲击要怎么计算呢？你可以先从它对健康的影响开始算起：丧失听力、失眠、可能伤害胎儿、罹患心脏疾病的风险增加，也可能因此缩短寿命。但这还不是全部。噪音对学习也有负面影响，会减少生产力，增加生病的天数。此外还可能造成误解与沟通不良：老师的智能之谈，第一次约会时微妙开始的热络对话，以及一些说出来的话语，都在环境声音的影响下没被听到。道格·皮卡克会提醒我们，显著的人为噪音是最近几百年的现象，但却对人类造成巨大冲击。噪音扰乱了自然的宁静，使我们与自然世界隔离开来，使无限的美失去声音，也使重要的相互关系变得模糊不清，使人类这个物种失去与自然起源之间的联系。

在八号汽车旅馆的床上醒来后,我还想睡回笼觉,但我也同样想念一种更细微的东西。我可以听到一辆接着一辆的车子驶过数英里外的道路,但是我这双属于动物的耳朵,却听不到一根小树枝掉落森林地面的声音。这跟艾米·柏克听得到狗在潮汐线附近走动的情况,真是天壤之别。我们会不会是最后一代还记得要聆听真实静谧的人?

黎明。我该趁白天气温还没升到华氏九十度以前,赶快修理福斯小巴。我滑到车底,把塞在引擎裂缝旁、早已浸满油的抹布使劲拔掉,再把弯曲活塞盖的弹簧拿开。我看到新的活塞盖是用铬合金制成的,太好了,看起来很不错。我很快擦拭一下引擎,然后把用软木塞合成物制成的填塞物装到活塞盖上,咔嗒一声,两个零件顺畅地锁在一起。我从车底下滑出来,启动车子。

福斯小巴开起来很顺,但我却不太好。自我诊断很简单:急性静谧缺乏症,我想不出更贴切的病名。昨天的我跟平常不同,我的态度很恶劣!我得改一改。

我在瓦尔帕莱索的波特纪念医院急诊室附近停车,我的身心都很健康,会到这里,是来拜访急诊室主任萨玛拉·凯斯特医生。自从她开始听我的唱片,借此排解在急诊室工作一整天的压力后,她就一直通过电子邮件跟我保持联系。这位以前曾在摇滚乐团吹横笛的医生,现在也开始注意起医院噪音问题。在她的工作领域,也就是经常忙乱不堪的急诊室里,带轮病床的移动,仪器喀喀嗒嗒的声音,断断续续的命令声,还有生命状况不稳定的紧张气氛等等,都在坚硬的表面上回荡着。根据约翰·霍普金斯医院急诊部门的研究，急诊室的嘈杂声平均介于"令人担忧的"六十一到六十九加权分贝，这里本来就是一个可能因为误解话语而断送生命的地方，这样的噪音量让沟通变得更加困难，而且凯斯特指出，这使得工作压力变得更大。她也特别注意到，急诊室的噪音在本质上相当矛盾。医院本该是疗愈的地方，但是噪音无法治疗人，反而会造成伤害。得州大学西南医疗中心针对加护病房的患者进行研究后指出，病患的睡眠模式太浅，"几乎没有任何睡眠时间是处于有助于疗愈的撤消阶段"。

在得州大学西南医疗中心教授烧伤、创伤与危急照护的蓝道·傅利斯博士特别提到："这些病人的睡眠异常，主要有两个原因，一个是病程本身的病理生理学，另一个则是加护病房的环境压力太大。如果我们能减轻压力，或许可以缩短住院时间，降低感染风险，改善病人的创伤治疗。"

即使在夜晚，医院也不是安静的地方。病房内的监控设备，可携式X光机器推过走廊，还有换班，这些都是一九九九年研究过的一些噪音来源。研究者是圣玛丽医院胸腔手术中级照护区一群关心噪音的护士，这家医院位于明尼苏达州罗彻斯特市，是梅约医学中心的附属医院。这项研究结果发表于《美国护理学报》，文中指出住有病人的双人病房，平均噪音量是五十三加权分贝，超过环保局规定的夜间医院噪音量：三十五加权分贝；空病房的噪音量也超过这项标准，平均在四十五加权分贝。换班时间通常就是医院噪音量最高的时段，最高可达到一百一十三加权分贝。医院居然这么吵！还是在晚上！

他们做了许多改变，像是换用比较安静的纸巾容器，重排清晨三点到四点的补给品运送时间,在输送文件的气送管系统底部加上垫子等等,这些都有助于将尖峰时段的噪音量降至八十六加权分贝,将有人病房的平均噪音量降至四十二加权分贝。察觉,关心,行动:这就是圣玛丽医院的做法。

其实,这并不是什么新做法。早在一百多年前,南丁格尔就在她一八九八年出版的重要著作《护理笔记》中建议:"为了提供这些(病人)安静的环境,任何牺牲都是值得的,因为无论空气再好,照顾再周全,若没有安静的环境,这些都无法发挥功效。"

南丁格尔要求我们注重安静,这项呼吁是否能迅速得到全世界的响应,凯斯特的看法并不乐观。她说:"五十年后,我们现在的做法看起来会显得很原始。未来的世代回头看我们这个时代时会说:'这是在搞什么?'但是人体的结构并不会改变。身体需要独处。我会告诉每一名病人:'好好休息,保持安静,喝很多水。'"

跟凯斯特道别后,我直接从四二一号公路开上六十五号州际公路,前往印第安纳波利斯,我会在那里待两天。我等不及想离开马路,天气热得令人难以忍受,感觉就像有火焰从车底的管道冒出来,烤着我的脚,我的臀部在已经坏掉的驾驶座上滑来滑去。自从在蒙大拿州凹凸不平的道路上开过一阵后,座椅就变得松脱,不管我用什么固定它,一次顶多只能撑五百英里。我已经快要受不了了,想大声尖叫。幸好,今晚我会跟一位有耐心的聆听者碰面。

约翰·葛洛斯曼已经持续二十年密切关注日益消失的自然静谧。我是在一九八八年九月十三日下午的一通电话上,与他结识,当时他正在为《创意生活》杂志撰写一篇关于安静的文章。从那时起,他就跟我一起到东西两岸和密西西比河进行录音计划,并为《大泛》、《费城询问者报》杂志、《美国周末》、最近的《天空》,以及三角洲航空的飞机杂志撰写文章。就是他那篇报道"一平方英寸的寂静"的文章,促成了这本书的诞生,以及我俩的合作关系。他已经从新泽西的住处飞来印第安纳波利斯,准备跟我碰头,这里是我这趟旅程的重要一站,因为我能获得精神上的支持。

明天我们会去艾罗科技参观,它是世上最大的听力保护装置制造商之一,现在属于3M。艾罗的资深科学家伊里亚特·伯格是我信任的好朋友,他会给我们一些直接的答案。伯格已经帮我们规划好行程。他希望先检查我的听力(我也是),然后让我试试定制的昂贵耳塞。快速用完晚餐后,我们会去欣赏印第安纳波利斯交响管弦乐团演出的户外音乐会,他们将演奏齐柏林飞船的热门曲目。第二天,我们三人会一块去印第安纳波利斯赛车场看计时赛。然后我们会到市区找一个历史地标,庆祝我心目中美国国家公园的诞生地:一八六七年一场工业意外的地点。我对这样的行程很满意,也期待跟朋友相聚。

艾罗科技公司与分贝和失聪之间的关系,就像慧俪轻体减重公司与卡路里和肥胖之间一样,只不过艾罗的知名度低得多,尽管它的公司名称明白指出了该公司的业务性质(ear〔耳之意〕)。艾罗在全球有将近十二家工厂,两千五百名员工,总公司与生产设施位于印第安纳波利斯,在不规则发展的工业园区里占有三栋建筑。

伯格到其中一栋建筑的大厅来接我们,带着像医生一样好奇的探究态度:表情冷静,直视着你(但不会锐利逼人);他戴了一副金属框边的大眼镜,头发和胡须理得短短的,脖子上没有听诊器,反而挂着两端各有一个耳塞的弹力线。我们旋即开始参观。

"这栋建筑主要生产噪音防治材料和隔振器,也就是阻尼材料。"伯格这么说着,一边强调减少噪音的英文是"noise damping",而不是一般误用的"noise dampening"（dampening,"潮湿"之意）,"没有什么东西会变湿"。他请材料发展工程师葛瑞格·赛门带我们参观,他先带我们去塑料材料发展实验室,那里负责测试和发展不同种类的泡沫塑料和弹性材料,帮助吵闹的世界变得宁静一点。无论是笔记本电脑里会旋转的硬盘,或是爬升至巡航高度的飞机,只要是生产移动型零件的厂商,几乎都会用艾罗的产品来使自家产品变得安静一点。赛门指向一堆粉红色、黄色和绿色的泡棉样本,不同的颜色代表不同的硬度,可根据特定用途做选择。"这是飞机用的,质地很轻。它是用于机身内侧的壳板减震泡棉,能减少共振。其实这是一整套组合零件,我们会替每架飞机准备一个大盒子,里面装有一百五十个切割好的这种零件,每一个上面都有标签,还有一张安装说明图。"安装它们的方式跟拼拼图很像。

艾罗的产品可以上天,也能下海。它们为美国海军特别制作四种隔振器,让潜舰上的导航陀螺仪保持安静无声。至于为其他客户生产的产品,尽管挑战性不是那么高,但仍富有意义。我们在另一个房间看到一名员工弯腰在处理一个类似打字机的装置,原来是盲人点字机,他的工作是减少键的敲击声,以保护使用者特别敏感的耳朵。

赛门总结说:"我的工作是防止噪音,伊里亚特的工作则是保护人们不受噪音伤害。"

虽然艾罗销售多种听力保护产品,但主力仍是便宜、可重复使用、不分尺寸的产品，也是许多人在该用时不用，或用了却没按照正确方法使用的产品：耳塞。艾罗的旗舰设计是自一九七二年销售至今的"E-A-R"经典型泡棉耳塞，它们是在隔壁的建筑里，从一张张专利黄色泡棉中压制出来的，数以百万计，那里也是我们的下一站。

泡棉耳塞跟便利贴一样都是无心插柳下的产品，事实上，它们的创造者是一名年轻化学家，名叫罗斯·贾德纳二世，他是在研究新一代填缝剂时，开始注意声学。贾德纳在一九六〇年代中期受雇于美国国家研究公司，也就是负责大量制造盘尼西林，使速溶咖啡和冷冻橘子汁商业化的那家公司。贾德纳在研究一些树脂时，意外发现一个特性：它们很会吸收能量。这些会吸收能量的树脂（energy-absorbing resin，E-A-R 即为该词的首字母缩写）先是促成乙烯基减噪材料的诞生，让铸造业得以控制噪音，然后又在几乎违反直觉的情况下，制造出能有效减少噪音的乙烯基泡棉耳塞。

没有人想到质量轻得像羽毛的泡棉，竟然有大幅衰减噪音的功能，换句话说，它能减少声波的强度，但是贾德纳却想到了。他在跟伯格合写、并于一九九四年在第一二七届美国声学协会会议上发表的一篇论文中，提出自己的怀疑："那种能量吸收材料就像以分子为基础的合成吸震器或弹簧系统，在静态时可以非常柔软，而在动态时可以非常坚硬，特别是在遇到前进状态的音波时。"他希望能用这些树脂来大幅改进当时在市场上以乙烯基或以棉花和蜡为材质的耳塞。

贾德纳最后终于制造出来的最佳结果，是直径零点六一英寸的短圆柱体。他先用拇指和食指将它们搓细，然后就可以塞入耳道。他不可思议地发现，这些耳塞在没有搓揉时会慢慢膨胀回原本的大小，有效塞住耳道,让他听不到实验室里大多数的噪音,连低频噪音也可以隔绝掉。贾德纳知道有些人肯定会持怀疑态度("但它们只是一小块泡棉……"),但仍邀请公司的一些主要配销商,参加一场示范说明会。他在说明会中所用的方法,就像挨家挨户推销吸尘器的推销员在潜在顾客的地毯上泼洒灰尘一样大胆。

贾德纳先递给每个人一副他研发的耳塞,然后示范把它们塞入耳道的正确方法,包括像大猩猩一样,一手绕过头顶把耳朵往上拉,以便让耳塞塞得更深。然后贾纳德先请他们确认是否还听得到他说话,接着拿锤头敲一块钢板后,再度问他们是否听得到他的动作。接着贾纳德在继续敲的同时,指示他们把耳塞拿掉。他的证明就在于重击声。这时令人受不了的噪音逼得大家立即盖住耳朵,按贾纳德的说法,有些人甚至夺门而出。在重击声的反衬下,这种泡棉耳塞阻隔噪音的能力立刻变得显而易见。

伯格带我们到艾罗的第二栋建筑,介绍我们认识听力保护产品部的副总裁布莱恩·迈尔斯。快到工厂楼层时,我们都戴上安全眼镜,然后他们把必备物品递给我们:我的是一副耳罩,葛洛斯曼的是一副耳塞。迈尔斯在前头带路,我们走近把专利泡棉打出粗短圆柱状的机器时,我测到音量是八十三加权分贝。不久,我们走到一台机器旁,看它如何把款式不同的耳塞配上蓝塑料线,这些模铸成适合耳型的耳塞,看起来像蘑菇状的路灯。它们的特色是有三层凸缘,逐渐变细成圆锥状的头,下面连接基柱。这台机器先把线端塞进基柱底部,再用接合剂把这两种聚合物黏合,用塑料线把两个耳塞连起来。这里的音量是八十四加权分贝,我在一台包装机附近测到八十八,在靠近有空气软管轰隆作响的生产线时,我走到不能再接近的地方时,测到一百零五加权分贝。

  我戴的轻耳罩上标示的噪音减低评估值是二十分贝,保护葛洛斯曼的耳塞则是二十五分贝。这些数字指的是理想情况下的噪音减低量——工厂的噪音量从将近九十一直到一百多分贝,NRR 值指的是,处于这种可能对人体有害的职业分贝量中,为保护人耳所能减低的音量值。但是这些 NRR 值是在优化的实验室条件以及耳塞以正确方式插入的情况下所测定的,跟日常的使用情况不同。艾罗有一份由伯格撰写的简册,称为《吵闹的生活:了解听力保护》,文中解释各式各样的听力保护装置所具有的 NRR 值"一般介于十五到三十五分贝之间,实际上,真正能达到的保护效果大约在十到二十分贝之间"。因此他呼吁在特别吵闹的环境里,最好采取双重保护——耳塞加上耳罩。

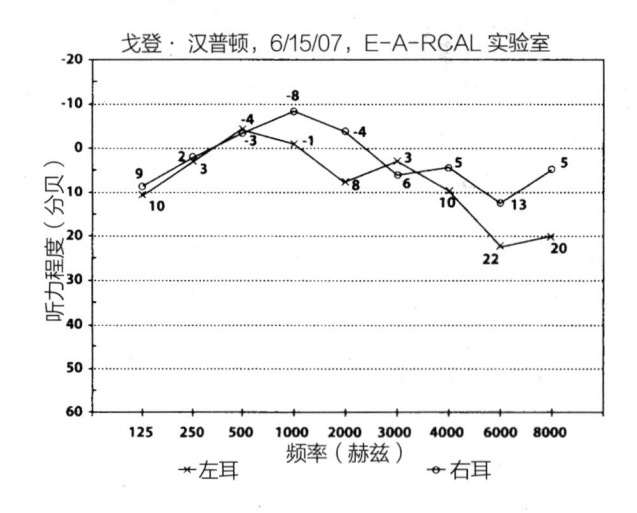

戈登·汉普顿,6/15/07,E-A-RCAL 实验室

由于周遭的环境嘈杂，再加上我们都戴着减降噪音的听力保护装置，所以只能简短交谈，要真的谈话并不容易。我们等到离开现场，来到比较安静的走道后才开始交谈，那时的感觉就像是从洞窟走到明亮的阳光下一样。

美国政府估计全美在吵闹环境中工作的人数，大约在五百万到三千万之间。资深听力研究学家暨美国国家职业安全卫生研究所听力损失研究协调人马克·史帝芬森博士说："现在没有我们可以信赖的数据。"他对伯格在走道上提供的数据倒是很满意：大约有一千万名美国人、两千只耳朵处于职业风险当中。

迈尔斯说："而且其中大约有百分之九十到九十五的人所接触的噪音，比你们刚才在包装区听到的还高一点。"

美国联邦劳工统计局在二〇〇六年十月公布的报告中指出，职业噪音性听力损失（NIHL）是头号职业疾病，超过皮肤疾病和呼吸危害。联邦政府的确有职业噪音量标准，但是它所形成的安全网并不完整，因此仍有许多人容易受到伤害。此外，由于这标准把重点摆在听力是理解人类交谈的能力，因此很不幸地忽略了其他类型的听力损失。这当中涉及两个联邦机构：国家职业安全卫生研究所和美国职业安全与卫生局（OSHA）。前者在一九七〇年"职业安全卫生法"（公法九一—五九六）的授命下，负责研究工作地点的安全问题并提出建言，"以确保美国每一名劳工均享有安全卫生之工作条件，及保护我们的人力资源"。OSHA则负责制定规范与执行。

NIOSH建议八小时的工作日以八十五加权分贝为上限，然而普遍在联邦机构间引起疑虑的，并不是这个数字，因为OSHA采用的是九十加权分贝。这两者之间的差距相当显著。NIOSH最新的噪音标准研究预测，在长达四十年的职业生涯中，暴露在八十五加权分贝的工作场所，职业噪音性听力损失的风险会增加百分之八到十四。若按照主管机关OSHA的噪音标准准则，亦即采取九十加权分贝为噪音上限标准，则额外风险将激增至这类工作者的百分之二十五至三十二：亦即每四名劳工中就有一人！我们无法事先得知自己是在幸运还是不幸的那一群里。因此，OSHA的标准才会被谴责为"只是记录听力损失的方式而已"。

伯格强调："如果要确保每一个人都绝对安全并保护内耳容易受损的人，就必须（把NIOSH的数字）再降低十分贝（到七十五加权分贝）。"这刚好是环境保护局在一九七〇年代建议的数值，也是世界卫生组织现行的建议。

规范标准不是唯一的问题，OSHA噪音标准并没有涵盖所有的劳工类别，例如农业劳工就没有包含在内。此外，OSHA对听力损失的定义很狭隘，只限定在丧失两千至四千赫兹与人类言语相关的听力范围。这种以人类为宇宙中心的观点令人悲哀，这正是造成全球环境危机的主因。OSHA标准的目的在于保护我们聆听彼此说话的能力，而不是聆听自然声音的能力。鹪鹩的歌声在四千赫兹以下，许多鸣禽的音乐也是；约塞米蒂瀑布、瑞亚托海滩和密西西比河谷的雷鸣，则远在两千赫兹以下。聆听这些人类言语范围以外的声音的能力，仍然不受重视，也没有受到保护。难怪许多美国人愈来愈听不到自然的声音。

在艾罗嘈杂的制造区，每一只耳朵都受到保护，但其他的工厂和工作场所显然并非如此。迈尔斯指出，营建业在听力保护装置的使用上特别马虎。伯格估计暴露在多种职业噪音中的人，大约只有百分之三十到五十佩戴听力保护装置，当然这意味着超过五百万人没有使用这类装置，因此处于噪音性听力损失的风险当中。

这可以部分解释艾罗为什么要制造大约四十八种不同款式的耳塞。除了为特定用途（例如发射武器者）所做的设计之外，艾罗也提供多种颜色与图案的美观产品，希望吸引 X 和 Y 时代的劳工，甚至对立体音响与摩托车杂志中一些会制造噪音的广告做出反抗。伯格说："去年我们推出一种称为'颅骨螺钉'的推入式产品，外观相当有趣，由一块泡棉和柔软的基座构成，不需要搓揉，就可以直接塞入耳朵，功能跟搓揉型一样好。在我们的广告里，有一个用 X 光照射的人头，上面可以看到耳塞直接通到大脑。我们还有一款称为'刺青'的耳塞，外面印有倒钩铁丝网的图案。我们希望借此吸引所有不同时代的人。"

由此看来，耳塞似乎可以视为地球愈来愈吵的指标之一。每年在世界各地，有六家左右的公司生产数以十亿计的耳塞，其中又以印第安纳波利斯这里生产的量最多，轮两班都无法因应需求。迈尔斯说："我们的生产线一周七天，全天二十四小时运作，这世界变得愈来愈吵，我们一周需要八天才够因应。"

当然，人类至少还可以用耳塞，但动物不行。

噪音性听力损失不是只有在工作时间才会发生，使用马达的休闲运动也有可能造成危害，例如水上摩托车、摩托雪车、越野摩托车、越野车等等，不胜枚举。听大声的音乐也一样。我们在走道上讨论可以制造高音量的 MP3 播放器时，我提到女儿艾比听 iPod 时总是调得很大声，令我很沮丧。伯格听了说："我是全国听力保健学会音乐性听力损失委员会的委员。我们正在开发的一种产品不仅能隔绝周遭的噪音，还能限制进入耳朵的音量。现在市面上可能也有类似的产品，但我心想，谁会买它们呢？戈登，你十六岁的女儿会买吗？"

"光是'限制'这个词就足以吓退他们。"我同意他的看法。

迈尔斯提出建议："如果你能说服他们相信，只要能阻绝周遭的声音，就算音量较低，音质却会较好。这对我们来说是很明显的事，但要说服别人却很难。"

的确如此，后来我用电话跟听力专家布莱恩·傅里格医生联络时，就证明了这一点。傅里格是波士顿儿童医院诊断听力部的主任，研究音乐播放器的潜在伤害已经多年。他曾为《美国医学学会期刊》撰写相关文章，发表过名为"听力损失与iPods：把音量转到十一？"的文章。文章标题的问句，显然是取自电影《摇滚万万岁》的著名场景，剧中人令人发噱地想把声量调到比最大的十还要大。然而，尽管这是个有趣的典故，傅里格医生却是相当认真地想要保护数百万人的听力，特别是年轻人。

他说："我们应该关心这个议题。直截了当地说，滥用一般耳机和耳塞式耳机会造成听力损失。我可以提供你最乐观的估计，在定期使用耳机的人当中，大约只有百分之零点五左右的人会有听力损失的情形，这比例不大，却相当重要。"

这个比例虽小，但换算成人口数后却相当显著。傅里格估计，苹果的iPod和iPhone的全球销售量大约是一亿四千万台，百分之零点五就相当于七十万台。他补充说："这还只是苹果公司而已，若把所有能播放音乐的手机，像是索尼、爱立信、诺基亚等国际大厂都计算在内，总数大约有数十亿。每个人都因此戴上耳机，他们也都有能力这么做。"

傅里格指出，其实许多人戴耳机是为了在日益嘈杂的世界中，"取回自己对声境的控制权"。他又说："民众不是设法使一切安静下来，而是用自己能控制的噪音来取代无法控制的噪音。除非是为了享受音乐，否则音量势必得比背景噪音大许多才行。不幸的是，耳朵无法分辨悦耳的乐音和工厂的噪音。尽管大脑对这两种声音的感觉差异极大，但是对人耳来说，这两种声音是相同的，都会对耳朵造成伤害。"

法国已经通过立法，将个人音乐播放器的声量上限定在一百加权分贝。傅里格说iPod可以高达一百零二加权分贝，并强调两个加权分贝的差异绝非微不足道：因为这相当于音量增加超过百分之六十。噪音污染信息中心的创建人暨领导人列斯·布洛伯格表示："我不喜欢法国的方法，原因就在于它们设定了上限，暗示只要在上限内就是安全的，但这是完全错误的。"倾听时间的长短也会造成很大的差异，布洛伯格指出，就算是听音乐也一样。

"如果你听的古典音乐有宽广的动态范围[2]，大小声的差距达到一百分贝的情形并不是很稀奇。如果聆听瓦格纳的歌剧或是威尔第《安魂曲》，你应该会在那里看到地狱，你可能会想待在那里——至少一两秒。但问题是，摇滚乐的动态范围可能只有五分贝，这时麻烦就大了。我其实同意自由论者的观点：每个人都必须对自己的耳朵负责，如果你想毁了它们，尽管做。但问题是有许多使用者是小孩，他们还没有能力在这方面做出选择。"

此外，只有少数的成年人（遑论儿童）了解政府和卫生组织建议的音量暴露值，但这些指导方针有助于指出MP3播放器的音量问题。以NIOSH对工作场所的建议为例，在八十五加权分贝的噪音环境中仅能工作八小时,它在配套建议里提出所谓的三分贝交换率,目的在于对更高的噪音暴露示警,所谓的交换率是指音量每增加三分贝,噪音暴露时期就必须减半:亦即在八十八加权分贝的噪音环境中,暴露时间不得超过四小时,九十一加权分贝是两小时,九十四加权分贝是一小时,九十七加权分贝则是半小时。因此,工作人员最多只能在一百加权分贝的环境里暴露十五分钟——一百加权分贝刚好是法国对 iPod 等个人音乐播放器规定的上限。布洛伯格担心的正是这一点,因为以 iPod shuffle 数字音乐播放器来说,十五分钟根本相当于才刚开始听而已。

对于这个问题,布洛伯格提出从教育着手的新方法:他发明了一种能附加在 MP3 上的软件,并已提出专利申请,这种软件让用户能测量暂时性的听阈转变。"我的发明可以指出你听的 iPod 是否太大声。"布洛伯格解释说,他的听力测验会发出一系列单一频率,也就是四千赫兹的单音,四千赫兹是发生听力损失时最常受到影响的频率之一。受试者在听 iPod 前先计算可听见的音,过一会儿后再计数一次。若第二次听到的单音较少,代表有噪音性暂时听力损失发生,从而引起疑虑,这样就能以量化回馈的方式,指出音量需要降低。布洛伯格说:"这程序会在你打开播放器时启动,并在你关掉时再度启动,测验大约只需要五秒。"他宣称苹果公司不愿响应他的呼吁。

苹果公司自称是思维不同的公司,它会在乎自家产品用户的听力可能受损吗?一般自然希望它会在乎,但实情很难得知。二〇〇五年十二月七日,有一件美国专利申请案的内容是:"为提供自动化音量控制参数以保护听力的可携式音响装置",专利权人列的是苹果公司。由于我想询问其他的 iPod 细节以及至今为止的总销售量,就在苹果公司的企业

公关室留言,因而有了下面一段对话:

"我知道您想对 iPod 提出一些问题。"

"是的。"

"您可以浏览我们的网站,所有公开信息都可以在那里找到,网址是 apple.com/pr.。"

"换句话说,我不能问活生生的人?"

"不能。"

"不能?"

"不能,您写书时所需要的一切,应该都可以在我们的网站上找到。"

"那么,如果我想问的问题是跟贵公司的一项专利申请有关,要是我没能在网站上找到信息的话,我该怎么做?"

"您可以试着先寄电子邮件,但通常我们不会回答这类问题。"

"电子邮件是不是寄给你就可以?"

于是克里斯廷·摩纳根把她的电子邮件地址给我。

苹果公司的网站没多少用处,我在搜寻框里输入"iPod and decibels"(iPod 与分贝)和"iPod patent application"(iPod 专利申请)后,得到的响应都是**找不到符合项目**。后来我寄给摩纳根的后续追踪电邮,也没有获得回应。

傅里格医生强调不当使用 MP3 播放器的危险:"我想最好的说法是它使耳朵永久老化。想想看你才二十五岁,耳朵却已经五十岁的情景。三十五岁却有六十岁的耳朵。你耳里还可能听到铃鸣声,这时会有另一个问题,一个生活质量上的大问题:耳鸣。这是很严重的疾病,因为它会使人完全无法享有安静。对于罹患耳鸣的人来说，最痛苦的事莫过于置身安静的场所。"

工厂参观结束后，我们接着要去一个安静的地方。在伯格的带路下，我们抵达音响实验室，里面有一个回响室，这里大概是一家公司不用花上一百万美元就能得到的最佳隔音室，底噪（base noise）量只有十七加权分贝。

地球上最安静的室内地点是欧菲尔实验公司的无响室，位于明尼阿波利斯的边远地带，底噪只有负九加权分贝。半无响室的地板是硬的。欧菲尔公司这间取得吉尼斯世界纪录证明的无响室，所有的墙壁和天花板上都插满吸音楔，就连网状地板下也有吸音楔。这家实验公司的创建人与董事长史帝芬·欧菲尔把它形容为有六面墙的房中房，因为它外面还有一个房间包覆着，使噪音更加无法进入无响室内部——有点像建筑版的俄罗斯娃娃。欧菲尔大约于二十年前，在一场类似火灾受损物品大甩卖的场合，以不到一辆奔驰车的价格买下整个工厂。他从音响界的传言中得知，日光公司将关闭在伊利诺伊州绍姆堡的研究中心，就在芝加哥外围，而且不会再用到它的无响室，于是话传出来：这公司会以便宜的价钱，把它卖给任何能在两周内把它迁走的人。有两家大公司询问，但只有欧菲尔能在期限内把它移走，因为他设法获得芝加哥大学橄榄球队的协助（他的兄弟在那里任教），把无响室拆掉，装到三辆半拖车式的大型货车上，运到明尼阿波利斯，结果这批建材零散地在那里存放了七年。

无响室的测量采取点到点的方式，不是从墙和天花板最深的凹陷处开始，而是从室内上下垂直突出或四面水平突出、排列整齐的吸音楔末端开始量起。欧菲尔的无响室长十二英尺,宽十英尺,高八英尺。曾在这里进行量测的产品有冰箱(以协助证明楷模牌〔Kenmore〕冰箱如该公司在消费者调查中所说,是最安静的冰箱)、睡眠呼吸辅助器、机械心脏瓣膜,以及手机(与铃声无关,而是为了测量发光显示屏幕的声音)。欧菲尔设有一个持续性的赌局,如果有人能在这间无响室里,在不开灯的黑暗情况下待四十五分钟,就能赢得一箱啤酒。他坦承为了防止太容易输,他采取剥夺两种感官的双重打击,熄灯就是重要的第二击。

他说:"我们对空间的方向感需要两项重要提示,分别是听觉和视觉。如果把这两项感官都夺走,人很容易丧失方向感。"他指出美国航天总署会给航天员做类似的训练。"我听说他们不到半小时,就出现幻视和幻听。"即使在开灯的情况下,坐在加权分贝量只有负九的无响室里仍然很具有挑战性。他猜想可能还是有人能坚持半小时,甚至一小时。

同一时间,我前往艾罗的密封室测验听力。这个密封室一般是用来测试艾罗和其他公司的听力保护产品,例如跳伞头盔。艾罗会付钱请人到这间密封室参加测试,大多是他们的员工,也有员工的朋友和一般民众,做一次二十五美元,大约两小时。我跟他们一样要听一系列的测试音,但我的耳朵不会受到任何阻碍,就像在野外时一样。

伯格带我进去后就把门关上,并解释说:"这个房间是用水泥块建成,在结构上是完全孤立的。天花板是厚水泥板,再上面是纤维玻璃。房间内部装有钢墙,地基是建在独立的磁封弹簧系统上。"

太棒了!在探索这空间时,我的耳朵可以享受它的空无,我终于看到一个有空调、但没有机械性副作用的房间。房间里的灯光昏暗,中央有一张简单的金属椅,只有坐垫,没有扶手。这让我突然想到"讯问"

这个词，但在这里面绝对不会有任何疼痛。我戴上罩住整个耳朵的耳机，进一步阻隔任何有可能透墙而来的噪音。这时我完全听不到声音，就像开关突然被关掉了一样，我仔细聆听，搜寻任何微弱的振动，但是毫无所获。艾罗的一位资深音响专家隆纳德·基培递给我一把特制的T形把手（精巧地设计成无声扳手，把手指放到光电开关上就可以控制），把门关上，让我完全与声音隔离，只听得到耳机里传来的声音。

一个低低的耳语传来："哈啰，戈登。"

今天的听力测试会显示出我这趟旅程的代价吗？有没有暂时性听阈转变，或更糟的永久性听力损失？我告诉自己，别想了，专心听。

耳机里传来指示，真的相当简单。基培从这个音响实验室隔着墙的另一边告诉我，在第一次听到脉动声时，就把手指放到T形把手的槽里。其中最重要的词是"**第一次**"。

我们先试了几个中等范围的音，"嗯波——嗯波——嗯波——嗯波"。他说我的动作有一点慢，所以我让自己更加放松，动了动食指，让心里放空。来吧！在我心里，我就像牛仔之都道奇市的警长一样勇气十足，我可是世界一流的聆听专家。但是我的耳朵先前毕竟经历过漫长单车快递岁月的洗礼，再加上我在年少轻狂的时代玩过不少爆竹的愚行，另外就是作为我的听力器官，它们已经运作了五十四年，全年无休。换句话说，我的星形徽章已经因为社会性听力损失（因生活在种种社会噪音里而损失听力）和老年性听力损失（因老化而损失听力）而有点蒙尘。这两种听力损失者经常难以区分。

做完测试后，我去音响实验室找其他人，基培把结果拿给伯格。

伯格说："我真嫉妒。戈登的听力很好。正常是零分贝加减十，在十五分贝范围内都算可以。若在二十五分贝，就算开始有可侦测的（听力损失）。所以戈登的听力很不错，右耳在一千赫兹的听力很棒，六到八千赫兹时似乎开始有一点因老化导致的听力损失，主要是左耳。"伯格指的是我已经怀疑多年的事：左耳对四到六千赫兹高频声音的敏感度降低，许多昆虫的叫声刚好都在这个范围。我最近也注意到，有时我右耳会听到虫唧，但左耳却没听到，即使我转了头也一样。为了避免录音受到我这个听力损失的影响，有时我必须盯着数字录音机的读数表来调整麦克风，直到左右两个声道相当为止。

接下来到了用湿湿的环氧树脂到耳朵里转一转的时间。他们把一种冷凉、浓糖浆般黏稠的物质先后注入我的两耳，这样就能复制我的耳道，制造出跟我的耳道完全贴合的耳塞。这些耳塞里还会加入声音过滤器，让乐音变小。整个制作过程需时数周，来不及用于今晚印第安纳波利斯交响乐团的户外演奏会。但是交响乐又能有多大声呢？

我在谢谢基培时，忍不住注意到设备架上的一张磁贴，看起来刚好适合我用，但是基培说，不行，它已经在那里十五年了。它上面摘录了西雅图酋长的一句话："地球不属于我们，我们属于地球。"

接着伯格带我们去他的办公室，做一些严肃的展示和解说，当然又是以我的耳朵为例子。他要我坐下，把头稍稍偏向一边，然后他拿起一个加装灯光的检耳镜，小心把圆锥形尖端伸入我的左耳。由于它的尖端装了微小的纤维光学摄影机，所以检耳镜伸入我耳道的美妙过程，可以显示在他的计算机屏幕上。

伯格开始解说："我们要进去了。这是耳道前壁，那些是耳毛，这是你的耳道。"

"那些是耳毛？"葛洛斯曼对长在我耳道内壁上的稀疏森林感到好奇。道路尘埃的微粒零乱地四散着，黏在耳垢上。

伯格说："我们现在看到的，是你的耳道前壁。"他细心地把检耳器朝看不见的听觉认知功能区又推进了一点。"这里是你的耳鼓。"他用手指描绘计算机屏幕上的环状轮廓。接着他的手指跳到薄膜上突起的地方。"这里是突出于耳鼓中间的三块中耳骨中的第一块。"

我被迷住了，好奇地想知道耳鼓那块突起后面的构造。在伯格的建议下，我们看了巴尔的摩医学图解专家布兰登·普莱奇（Pletsch）制作的动画，这些影片是用来向医学从业人士解释人体的运作。他的动画《听觉传递》（YouTube 上的网址：http://www.youtube.com/watch?v=PeTriGTENoc）做得栩栩如生，仔细说明了声波如何穿过耳朵，转换成脑可以诠释为声音的电气脉冲。这部影片说明声波在传入狭窄的耳道后，抵达耳鼓或鼓膜，这时声波能会使鼓膜开始振动。低音会使鼓膜缓慢振动，尖锐的声音会刺激耳膜快速振动。如果声音非常大，鼓膜内外振动的幅度会很大；如果声音很微弱，鼓膜几乎不会移动。鼓膜几乎总是以复杂的模式在振动，跟波浪起伏的海洋一样，这是因为大多数的声音事件是由许多声音同时构成。

从耳鼓的侧面图可以看出，它呈圆锥形并且连接到一个很小的骨头，称为槌骨（亦即我在我的耳鼓上看到的突起），槌骨又连接至砧骨，形成由三块骨头构成的微小骨链。鼓膜上的振动沿着这个小机械系统传送，它会使振动放大并传至充满液体的螺旋状系统，称为耳蜗。在耳蜗里，数千个微小的毛细胞会把声波的能量转换成电子信号。哺乳动物的毛细胞分为两种：内毛细胞和外毛细胞。内毛细胞产生的信号会在听觉神经里制造电气脉冲,送往大脑。研究人员已经可以追踪这个过程到达分子层级,此外也测出这个反应的速度,比眼睛对光产生反应时的类似过程快一千倍。如果小心措词的话,你是可以打赢声速比光速快的赌。神奇的是,脑也会把信息送回耳朵,事实上,把信息传给脑的感受体(内毛细胞)数量,是接受大脑信息的感受体(外毛细胞)的三倍。这让人不禁想问一个至今仍未有解答的问题:大脑到底在说什么?

去晚餐的路上,葛洛斯曼问伯格,他耳朵里好像戴了类似听力辅助器的装置。

伯格有些认命地说:"这些是耳鸣掩蔽器。"

美国有一千两百万人饱受耳鸣之苦,也就是耳朵会听到铃声,而伯格正是其中之一。根据美国耳鸣协会的估计,每十二人当中就有两人会因耳鸣太过严重,影响到日常活动。虽然暴露在噪音下是主要原因,但耳鸣也可能是由血管疾病、过敏或耳朵感染而引发,也可能是耳毒性物质造成的副作用,在《医师的案头参考书》中,就列了超过两百种这类物质,其中包括布洛芬和链霉素。

伯格遭受耳鸣之苦已有三个月,他的情况就跟我先前的听力问题一样讽刺,说不定还比我更糟。

他说:"我是教耳鸣的老师。"

我说:"我知道,你所谓的小红点。"伯格经常用视觉盲点来比喻耳鸣,也就是视野中央有一个小红球,无论你朝哪个方向看,那个该死的球永远都在!

"那根本不足以形容。以前我处理过各种疼痛,不管是情感上或身体上的疼痛，我都会用冥想或放松来处理。但是现在这些都没用了，因为耳鸣会使人无法安静地放松。"

他解释说，安静不再是朋友，而是敌人，而且是要避开的敌人，因为如果在我们要去的餐厅没有交谈声可以盖过耳鸣，或是没有用耳鸣掩蔽装置提供乐音，他就会一筹莫展，因为耳鸣的铃声根本逃不掉。

他说："起初我睡不着，不能专心，也不能放松。我的体重开始减轻，有人因耳鸣而自杀。"

我们在音乐会前抵达美味的快餐店，也就是以浓汤著称的得奖餐厅雅兹。我们在柜台前跟着伯格点了红豆、饭和蘑菇炖汤。在我们等待叫号取餐时，伯格继续刚才还没说完的话题。

"掩蔽装置的构想有点像重新连接大脑，因为大脑的可塑性强，可以重新学习事物。我的脑会专注于耳鸣，当然一部分的问题无疑在于我的耳朵，因为它已经受损，尽管我做过听力测验，而且没有额外的听力损失。但有另一部分的问题在于我的听觉皮质，所以就算把耳朵拿掉，我可能还是会有耳鸣。"

他解释说："这就是其中一个问题。听觉皮质跟视觉皮质不同，它需要一直接受刺激。原始人类不会想要耳盖，因为他们的耳朵会警示是否有东西在追他们。听觉皮质不会休息，会一直想要声音输入，特别是如果你因噪音而有听力损失，致使耳朵在某个区块无法产生跟原来一样多的输入时，大脑就会自行代偿修补，就像在说：'我要听到东西，我要听到东西，它在哪里？'这就是耳鸣为什么经常会伴随听力损失而来的看法之一。"

用餐时，我们谈到在战争时会暴露在爆炸声中，导致耳朵受损。武器噪音可以说是最大声的噪音。点二二口径的手枪：一百四十加权分贝；M16步枪：一百五十五加权分贝；点〇五口径M2机关枪：一百五十三加权分贝；猎枪：一百六十加权分贝；一五五厘米一九八型榴弹炮：一百七十八加权分贝，声音大到只要一次就可能造成永久性听力损失。弗吉尼亚州朴茨茅斯的海军医疗中心，在《噪音与兵役：听力损失与耳鸣的影响》的执行总结中指出，从一九七七年到二〇〇五年，所有老兵的听力损失所造成的费用将近七十五亿美元；另外，光是为了耳鸣就耗费了四亿一千八百万美元：

> 弗吉尼亚州的报告指出，在二〇〇三年会计年度底，领取失能补偿金的两百五十万名老兵，大约有六百八十万项与兵役有关之失能。听觉系统失能，包括耳鸣与听力损失在内，是第三常见类型，在这些老兵中占总失能数的将近百分之十。对于在二〇〇三年开始领取补偿、大约十五万八千名的老兵，听觉失能是第二常见的失能类型。以这些老兵而言，在其总数约为四十八万五千项失能中，听觉系统失能约占七万五千三百项。

艾罗为军方制造的特殊耳塞，采取二合一的双端式设计。插入这种军用耳塞的绿端时，士兵会受到噪音减低评估值二十二分贝的噪音防护，最适合用于减少持续性的噪音，一般是交通工具或机械装置的噪音。在战斗状态时，士兵可以改用黄端，噪音减低评估值是零分贝，所以士兵仍能听到长官的命令、同胞的警告或敌军的声音，同时由于基座装有专利非线性过滤器，所以在必要时仍可提供听力保护。这种过滤器会在武器发射或爆炸突然发生时自动启动，将噪音冲击减降至比较安全的程度。

伯格查看手表的时间，我们赶紧把食物吃完，挤出门外，准备前往白河草坪州立公园，那里是市中心一个由向上倾斜的草坪所形成的自然露天剧场。中年群众蜂拥而至，现场一片期待的吵闹声。我们的票上写着："印第安纳波利斯交响乐团，演奏齐柏林飞船乐团的曲目。"我们三个都记得在一九七〇年代念大学时听过"齐柏林飞船"的重摇滚乐，所以预期会听到一些熟悉的重击声——或许它们会经过重新诠释，变得柔和一点。我们会在近距离欣赏音乐，伯格拿到一些精华票：第 H 排，就在正前方，靠近中央舞台的右侧。

"摇滚到另一边……"

预先设定播放的音乐是七十九加权分贝，对我的耳朵来说稍微大声了一点，但是只要靠拢一些，我们仍然可以交谈。伯格带了一个剂量监测器，可以测量我们的噪音暴露量并记录数据，供日后研究之用。它应该可以让我们知道，这种公开演奏会的声音是否在安全范围内。

我们在交响乐团成员走出来时鼓掌欢迎，他们穿着白色马球衫和卡其裤。接着是介绍乐团指挥。我们随即明白这将会是一场混合型音乐会。一名摇滚鼓手坐到指挥正后方的鼓组前，而他的乐团成员、电吉他手和显然要有的长发主唱也挤上舞台。

我们悔不当初，应该做好准备的。事后回想起来，舞台两边的巨大扬声器已经提供了两大条线索。我们先听到"噔嗯嗯嗯嗯嗯"的巨响，就像车祸发生前，经常可听到的尖嘎煞车声，原来是音效师把音量调得老——高的声音。我本能地用手盖住耳朵,就像蒙克名画《呐喊》里的人一样,然后在一道巨大的摇滚音墙像怪物般的巨浪猛然打在我们身上时,用手指塞住耳孔。伯格没这么幸运,他的肩上还夹着剂量监测器的麦克风。他戴的"ER15"提供不了足够的保护("ER15"是"Etymotic Research"制造的音乐家专用耳塞,也是今天稍早为我特别铸型制造的耳塞),所以他被震得七晕八素,直到戴上"E-A-R"泡棉耳塞才好转,葛洛斯曼也是。我趁着比较安静的时刻,拿出自己的耳塞戴上。伯格皱眉摇头,我相当同意。我们在座位上连第一首曲子都听不完,就站了起来,迅速离开那一排,走到离那组扬声器较远的安全距离外。

伯格去找接待员或活动主管,看能不能换到其他座位。后来在耳塞和专业知识的协助下,他成功为我们取得企业贵宾区的座位,那一区是一个阶梯式平台,有供应啤酒、葡萄酒和鸡尾酒,更幸运的是离舞台足足有五十码远。我们仍然戴着耳塞,而且幸好戴了,因为有一段吉他独奏的音量超过一百加权分贝,另外还有好几次,连从我们离舞台有一段距离的座位,都仍听得到超过一百加权分贝的声音。后来,从伯格的剂量监测器印出的读数表显示,我们的耳鼓受到的第一次攻击是一百一十五加权分贝,后来还有好几次超过一百加权分贝的音量读数——这还是在整场音乐会中,我们有百分之九十九的时间是在离舞台很远的情况下测出的。

伯格去跟负责混音的两名音效人员聊了一会儿,他们的位置介于我们的新座位和舞台之间,他回来后告诉我们,那些音效人员也戴着耳塞。在人山人海的观众中,可能只有我们五人戴着耳塞。我们趁着天还没暗到看不见以前,瞧了又瞧,但都没有看到其他戴着听力保护装置的人。世界卫生组织建议参加音乐活动的人,四小时的加权平均音量不要超过一百分贝。根据伯格的剂量器,我们的加权平均音量是九十四分贝,而且几乎全是在离舞台较远的地方测的(参见附录 B)。若是我们仍留在前头,噪音暴露肯定高得多。

如果草坪喷洒了杀虫剂,一定会竖立警告标示。如果洗手间的地板刚抹过,入口处一定会用橘色圆锥物和警示语,提示地板可能湿滑。然而,这里没有任何警语,没有任何标示提到必须戴听力保护装置,入口处也没有提供耳塞,这里看似没有任何需要担心的原因,没有任何理由会让人想到,在公共场所参加户外活动有可能危害健康。但是我几乎毫不怀疑,在二〇〇七年六月十五日印第安纳州印第安纳波利斯市的白河畔,在淡红的夕阳和清爽宜人的夜里,民众的健康在毫无警告的情况下受到伤害。

噪音法令呢?没错,大多数的城镇都有噪音法令,但是谈到在这类户外场地、酒吧和夜总会,或其他大型场地放送的大声音乐时,噪音法令甚至连提都没提到噪音性听力损失。它们只是为了禁止妨碍而设立的法令,只是为了保护附近居民不会受到不受欢迎的噪音干扰。如果相关的城市或俱乐部老板想保护音乐聆听者(或是要保护暴露在噪音中的员工),其实市面上已经有方法可用。只要花七百五十美元,就可以向康涅狄格州西雷丁市的"金线"公司购买一台 SLC1 音量控制器。它跟其他许多公司一样,都有销售能持续记录音量的设备。这种设备能在音量超过默认的分贝值时,使警示灯闪动;若有必要,还能在音量超过限制时,调降音量或关掉音乐。然而,在"金线"公司提供的产品中,音量控制器却是乏人问津的产品。

"金线"的总裁马丁·米勒解释说，他卖掉的少数几台音量控制器，买家并不是什么善心大发的俱乐部老板。它们安装的场所都是曾经遭民众打电话向噪音警察（在英国这类人员称为噪音督察）投诉的地方，遭受投诉后，这些场所的拥有者在法院命令下必须保存音量记录，而且该场地的音量不得对邻居造成干扰。米勒说，另外就是在"跟 DJ 有关的情况。有些孩子在玩设备时经常兴奋过头，有时会过度使用扩音器和系统，结果使（属于俱乐部老板的）设备蒙受大量损坏，因此这些老板会购买音量控制器，但原因是为了保护设备，而不是人耳"。

一名在大城市的环保部门服务许久的噪音控制主管证实说，他的属下会注意大声的音乐，全是因为邻居抱怨。他们发出的传票都是与邻居或对街的音量过大有关，而不是因为离俱乐部的扬声器仅数英尺的顾客听到巨大的声响。"根据我们的不成文法，如果你买票去一个地方……就得承担那里的音量所带来的风险。"

"真的？"

"真的。噪音的定义是不受欢迎的声音，因此当你买票参加自己喜欢的音乐活动时，就意味着那对你不是噪音。"

由于噪音暴露的效果是累积的，今晚这场由交响乐辅助的摇滚音乐会（和其他的音乐会），对听力累积造成的效果可能要到多年后才会显现。印第安纳波利斯市以及其他的活动赞助者或音乐场所，怎么能规避这个责任？听力可以说依然是公众关切议题中的盲点。

对于一些人而言，大声的音乐无疑是悦耳的。我年轻时，也会在宿舍用扬声器播放摇滚乐，还会把音量调高，甚至会打开窗户，让大家跟我同乐（所以，艾比，我很了解你聆听 iPod 的行为，但仍为你担心）。但后来科学家发现，耳朵附近负责觉察人体所在位置的器官"球囊"，会受到大声的音乐刺激。它也会启动人脑内的愉悦中心，对某些人来说，它的影响力显然很大。根据波士顿东北大学听力语言研究所玛丽·佛罗伦汀的说法，习惯大声听音乐的人在突然失去这些分贝毒品后，会出现跟上瘾者类似的脱瘾症状。

一人的愉悦可能是另一人的痛苦，但事实上无论是愉悦还是痛苦，高音量的聆听经验都可能造成听力损失，而这会进一步造成掉毛。国立失聪暨其他沟通障碍研究所所长詹姆士·巴提医学博士曾写道：

> 科学家一度相信噪音性听力损失会因为音量大的振动力量而破坏（耳内的）毛细胞。在此情况下，唯一的预防方法是减少声音暴露和（或）使用耳朵保护装置。然而，最近的研究已经发现，噪音暴露会引发一些分子（自由基）的形成，而且这种分子会引起毛细胞死亡。
> ——二〇〇六年二月十四日致马萨诸塞州议员艾德华·马基函，响应其对 MP3 播放器导致听力损失的忧虑

酗酒已经促成许多宿醉疗法问世，包括用苹果、香蕉、维生素 A 和 C 来提供精力给遭酒精毒害的身体，同样地，现在针对音瘾行为也有疗法开始出现。在圣地亚哥制药公司"美国生物健康"集团的网站上，已经可以预购听力恢复药。九十五颗四十四点九五美元，该公司宣称这些药丸可以减少耳蜗内的有害毒素量，维护毛细胞的健康。美国生物健康集团公开陈述说，虽然该产品的活性成分 N—乙酰半胱胺酸，是美国食品药物管理局（FDA）核准用于其他医疗用途的药物，但 FDA

尚未对该公司产品的听力保护功效表示支持。不过无论如何，这个领域已经引起研究人员的关注。

密歇根大学克莱斯基听力研究所耳蜗信号传递暨组织工程实验室的主任乔瑟夫·米勒博士告诉《美国新闻与世界报道》说："未来我们可以看到恢复听力的营养棒。"该杂志在二〇〇七年七月十六日号中报道："他和其他人已经证明，综合使用抗氧化剂维生素 A、C 和 E 以及镁，不仅可以在噪音暴露前保护内耳，也可以在危害发生后，限制损失达七十二小时。"

第二天早上，伯格带我们到当地的一个机构，对数百万赛车迷来说，那里肯定相当于国家殿堂：印第安纳波利斯赛车场，碰到"印第五百"大赛举行的那个纪念周末，观众会超过三十万人。今天是"一级方程式"的计时赛，群众预计会少很多。葛洛斯曼跟我都没有看过赛车，出于好奇，我们就去了。我们想知道观众席到底有多吵，看看有多少人会戴上听力保护装置。我们拿到耳塞，擦了防晒油，还戴上帽子。今天肯定是一个酷暑日。

我们离赛车场还有一英里远，就已经听得到嗡嗡声，除了我在一九六九年一时兴起，跑去伍德斯克音乐节那次之外，我从没看过这么多观众。休旅车和派对帐篷已经在一些较大的场地，圈出使用范围。驶近赛车场后，我惊讶地发现，这里居然是住宅区。如果住在这里，你最好是赛车迷，不然也要能享受赛车迷的陪伴。每栋房屋前面的草坪（若是刚好位于转角，连侧边的草坪也一样），停满一辆辆头尾相连的车子。二十美元似乎是公定停车费。伯格在离赛车场几条街的地方，找了一栋房子，把车停在路边出口，方便回去时能早点驶离。伸手跟我们要停车费的人，就站在一个耳塞广告的广告牌旁边。伯格主动问起有关耳塞的事。

"很多人没有耳塞，我一副卖两块钱，"他说，"我向纽约一家公司进货，它们是经过美国职业安全与卫生局核准的，可以挡掉多达一百二十五分贝的音量，一级方程式的音量大约是一百七十五分贝，所以你可以受到四分之三的保护。"

伯格要求看包装，认出它是由加州竞争者制造的。

那人补充说："一个周末，我在四十五分钟内就可以卖掉两百副。"

最后这句或许是真的，但其他就离事实很远了。走近赛车场时，伯格把正确信息告诉我们。他说碰到赛车日，四周停满车辆的时候，尖峰音量不是一百七十五分贝，而是大约一百二十五到一百二十八分贝左右。"地球上最吵的工作地点是飞机机舱，大约一百五十分贝。至于耳塞，我们不会说最多可以挡掉多少音量。这些耳塞的等级是三十三，从字面上看，如果你的安全音量是八十五分贝，它们的保护范围就是一百一十八分贝。而且，这是指连续暴露八小时的情况，所以它们足以在赛车期间提供耳朵保护。"重点是：那个人提供的分贝信息是错的。这不足为奇，不过贩卖听力保护设备并没有错。我又看到一些人在通往赛车场的路上卖耳塞。或许这是个好兆头，表示在跑道边耳朵可以受到很好的保护。

我们买了普通入场票，沿着观众席外围走了好几区才进入赛车场。葛洛斯曼跟我坐在 R 排，跟赛车道隔了十八排座位，位于双层座位下的凉爽阴影里。伯格打手机给朋友，到上层看台去找他。现在是中午十二点四十分。音响系统播放着披头士的"狂扭尖叫"(Twist and Shout)。我的音量计现在的读数是八十五加权分贝。耳塞塞上。

附近有观众对空吹号角,还有按喇叭,播报员说了一些话,但是在这些噪音下,我除了知道他有英国口音外,什么都听不到。

我突然听到一声巨响,一辆有四个轮子的火箭车从洞里升起,急转向右边,然后咻地就冲过我们眼前。我从没见到移动这么快或是这么大声的地面物体!瞥了一眼音量计,一百零二加权分贝。过一会儿,又有一辆车冒出来,然后又一辆。这三辆车像愤怒大黄蜂一样绕着赛车场跑,只留下隐约的车影,还有呼啸而过的噪音(一百一十一、一百一十二和一百一十五加权分贝),这些声音显然都直冲着我们周围这些人的耳朵。好吧,应该说这里所有人的耳朵。我看到右边一名妇女用手指塞住耳朵。很快扫视一下,可以算出有十六人戴了耳塞或耳罩(有些可以提供保护,还可以收听特殊的赛车频道);三十一人没戴任何东西,显然愿意冒着在噪音中丧失听力的风险。

在这些观众席的其他地方,也有一些人的耳朵没有受到保护。伯格发现在上层看台靠近弯道的地方,大约每十名观众就有四名没戴耳塞或耳罩,而那里的汽车声音甚至更大,因为是在屋顶下。伯格发现音量计的读数高达一百二十六加权分贝,几乎达到令人耳痛的界限。后来,我们再度会合时,伯格以盖过噪音的声音喊着说,他真希望他有带相机来,好把听力缺乏保护的情形拍下来。我把我的相机借给他。在他拍的一张照片中,有十五只耳朵是看得到的,意味着它们都没有受到任何保护。在其他一些照片上,有些人的耳朵里有泡棉的耳塞突出来,就像科学怪人脖子上突出的把手一样,换句话说,这些人塞耳塞时并没把它们转紧，所以这些耳塞无法妥善地封住耳道，能降低的分贝量也就极为有限。但是他也有拍到好的一面，这得要感谢一对父母（或祖父母）：一名小宝宝躺在婴儿车里，在令人汗毛直竖的环境里睡得香甜，而且戴着某种类似靶场上那种双耳式耳机的保护装置。

下午两点时，我们从跑道下方的隧道抵达内野，这里也是很受欢迎的观赏地点，可以看到这个大奖赛车道的 U 形急转弯道。这时一架直升机飞过头顶，让周遭变得更吵，我决定我已经看够了，也听够了。等直升机飞到不会干扰我讲话的距离时，我对招待的主人说："要不要去找缪尔？"

伯格知道我对缪尔的"感觉"，所以他很乐意在开车回他家时绕点路，让我能去寻找我在书上读到的一座历史纪念物，它竖立在印第安纳波利斯市区，就在山脉俱乐部胡希尔分会旁边。没错，是山脉俱乐部。我们在南伊利诺伊街和西麦里尔街交会处的罗素大道上发现它。它立在一块三角形的小草地上，附近有一座停车场和一个大邮局的分支中心，正好落在施工中的 RCA 圆顶橄榄球露天体育场的阴影里，离自然环境相当遥远。

这里在将近一百五十年前，也不是原始或安静的地点，当时缪尔在奥斯古德史密斯公司的马车工厂工作，这里就是那家工厂的所在地。缪尔在威斯康星大学攻读植物学后，一八六六年来到印第安纳波利斯，后来又到加拿大漫游并收集植物，有些人说他是为了逃避美国南北战争。当时那家马车工厂是用回转带提供动力，而那些回转带则是靠细带绑在一起，缪尔在用锉刀拉紧这些细带时，一时手滑，锉刀划过他的右眼，他甚至看到眼睛里的一些玻璃状液体滴到他手上。那是他在很长一段时间里最后看到的影像，他的左眼因交感反应也跟着失明。在其后的黑暗岁月里，缪尔的生活因为离办厂噪音而变得比较安静，这时他向神祈祷并发誓说，如果他能恢复视力，就会把一生奉献给神的创造物，而非人类的发明。

后来缪尔的确恢复了两眼视力，如同这块历史纪念碑上所说的，他"于一八六七年九月一日离开印第安纳波利斯，开始四处旅行，这些旅程最后于一八六八年三月于加州结束"。在这些旅行期间，他的确沉浸在自然环境当中，实现自己对神的承诺。他先是搭火车旅行到杰佛逊维尔，然后搭渡船到肯塔基州的路易斯维尔。之后他就徒步旅行，他写道："我打算穿越最荒凉、最茂密、最杳无人迹的路径往南方走，尽量接近原始森林。"他的目的地是一千英里外的墨西哥湾。我怀疑那时他的视力仍有受损，眼睛还在疗愈当中，所以他才会对声响特别敏感，也很仰赖双耳——这不仅是为了学习荒野知识，也是为了求生。这位在后来成立山脉俱乐部，并且成为美国国家公园之父的人，在他的《墨西哥湾千里行》中，详细叙述了这趟旅行的开始：

九月十二日。在浸濡全身的山雾中醒来，在烈阳驱走山雾之前，雾景壮丽非凡。我在昆布兰山脉的东坡头，经过简陋的蒙哥马利村。在一栋干净的屋子里取得早餐后，开始下山。眼前是辽阔的乡间美景，山脊和分水岭横列在远方两侧。经过克林奇河的支流，一条宽而凉的溪流。在大自然中，以山溪的言语最为丰富，这是我生平第一次见到的山溪。它的两岸长满许多罕见而美丽的花朵，枝叶蔽天的大树，形成大自然里最凉爽舒适的地方之一。这条美丽溪流的每一棵树，每一朵花，每一道涟漪和漩涡,似乎都显得神圣非凡,让人深深体会到伟大造物者的存在。我在这块庇护地里留连好长一段时间,全心感谢上帝的仁慈,让我能进入这里,享有一切。

"在大自然中,以山溪的言语最为丰富,这是我生平第一次见到的山溪。"十五年前,我第一次读到这个句子后,它就在我心头萦回不去。就像罗斯福迷急着想去这位美国第三十二任总统位于哈德逊河的故居参观,以便对他的生平与性格能有更深刻的了解一样,我长久以来也一直渴望能找到缪尔的"第一条"山溪,想坐在清凉的水边,跟缪尔一样聆听。现在,以华府为目的地的我,终于有时间暂时绕点路去做这件事。

后来伯格问我一个这两天显然一直在他心头萦绕的问题:"这个,戈登,你老实告诉我。在知道这一切后,你真的认为你可以在华府促成一些改变吗?你真的认为可以找到对的人谈这件事,并造成影响吗?"我跟伯格是多年好友,他对我的这项使命怀抱相同热情。但我察觉到他话里的停顿语气有点不同。

伯格和我初次见面,是因为他无法去上我在奥林匹克国家公园学院开的"聆听之乐"课程,于是聘我当私人老师,到瑞亚托海滩为他上课,我俩从此结为好友。我们曾经一起沿着华盛顿州的海岸线,健行五英里。他跟我去过"一平方英寸的寂静"。我们对许多课题的看法相同。刚刚,我在他的声音里听到怀疑,至少是朋友的关切。其实我自己也有点怀疑,而且这种感觉在整趟旅程中一直在我脑海里徘徊不去,就像福斯小巴里一直都存在"当啷"声。

"我不知道能不能改变现状,"我回答说:"但我知道我一定会尝试。"

或许我早已经知道,特别是在霍河河谷的时候,这件事不是能做或不能做的问题,而是在对与错之间做选择。当你置身在大自然里时,对与错的分别就会变得清晰起来,而且经常是极为明显。寂静赋予我成为地球好公民的力量,我知道拯救寂静是正确的事。我不知道是否真能拯救寂静,因为拯救寂静要许多人的声音。

---

1 —— 艾克森瓦尔迪兹号漏油事件:一九八九年,一艘名为艾克森瓦尔迪兹号的油轮,在阿拉斯加威廉王子湾触礁,造成三万吨原油流入海中,是美国历史上最严重的漏油事故之一。

2 —— 动态范围指的是一首乐曲中最响的音乐片段与最弱的音乐片段之间的差距。例如最响的片段为一百一十五分贝,最弱的片段为二十五分贝,动态范围就是九十分贝。

10

追寻缪尔的音乐

在大自然中,以山溪的言语最为丰富,
这是我生平第一次见到的山溪。

——约翰·缪尔《墨西哥湾千里行》

我再度回到路上,孤单但快乐:我很高兴来到田纳西州,享受自科罗拉多以来第一次遇见的山脉,也很高兴展开拖延许久的追寻。我的旧福斯小巴就像我的田纳西猎犬一样,嗅闻出些许的和平与宁静。我真的等不及要下车!等不及让双脚亲吻大地,跟随约翰·缪尔的脚步穿越美国,或许能踏上他先前走过的地面,聆听他笔下清凉山溪所发出的"大自然的最丰富言语",这是缪尔在一八六七年写的话。

自从我小心慎重地开始阅读缪尔十九世纪后半叶的著作之后,他就一直是我迫切渴求的精神导师。我原本担心这位被喻为"国家公园之父"的传奇人物,可能只是历史上的名人,怕他之于美国国家公园管理局,就像人行道上的装饰之于麦迪逊大道一样。但我很快就迷上缪尔的文字:

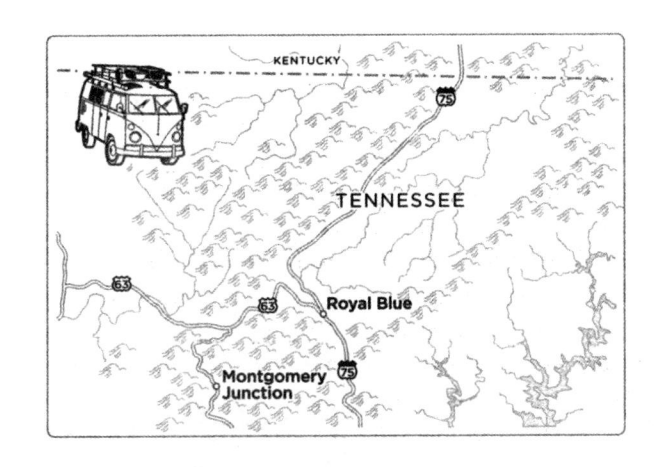

我自热情洋溢的音乐与运行中漂流而过，穿越许多峡谷，从山脊到山脊；我经常在岩块的阴影下寻求庇护，或伫足观察倾听。即使在这首宏伟颂歌飙到最高音的时候，我仍能清楚听到个别树木变化多端的音色，像是云杉、枞树、松树和无叶的橡树等等……每一棵都以各自的方式表现自我：它们唱自己的歌，创造自己的独特纹理……光裸的枝丫与树干发出深沉的低音，轰隆隆地像瀑布；松叶迅速而抽紧的振动化为尖锐的声响，啸啸嘶嘶，接着又降低为丝般柔滑的低语；月桂树丛的沙沙声在小山谷里回响，叶片互相敲击，发出类似金属的清脆声音——只要专注倾听，就可以轻易分析出所有的声响。

我着迷了。缪尔显然是利用当时现有的技术记录自然声音的专家。他的聆听功力以及捕捉大自然里多种交响乐曲的本事，令我震惊。我贪婪地阅读他的《发现荒野八书》，同时有系统地把每个有关自然声音的描述输入可搜寻的数据库，然后分析他的观点，希望找出他最喜爱的主题及经常聆听的地点。我决心弥补他的文字及我的了解之间的差距，于是开始实际追随他的步履。我"在四月一日左右"到约塞米蒂，留着胡须，甚至尝试他在荒野里吃的素食，尽我最大的努力体会他的精神，跟他学习如何成为更好的自然聆听者。他把山谷与河流描述成乐器，把自然之声形容为音乐，有时还会搭配地震重新排列由大花岗圆石所构成的音符。缪尔打开了我的耳朵，让我能把自然当成音乐聆听。

空气是翅膀留下的音乐。万物都在音乐中舞动，谱曲。老鼠、蜥蜴和蚱蜢一起在土洛克的沙蒂上欢唱，与晨星共鸣。

缪尔最常描述的声音是水。他是这样描述海拔两千四百二十五英尺高的约塞米蒂瀑布：

这高贵的瀑布拥有山谷里最丰富和强大的声音，它的音调变化万千，有时像风自活橡树光滑叶片间吹过时带起的尖嘶声和沙沙声，有时像松林里温柔细致、令人安宁的声音，有时又像是在山巅危崖间冲撞怒吼的狂风与猛雷。有时硕大的水块会在危崖表面与两块突岩上的空气相遇，在冲撞与爆裂下发出不断回响的轰隆低音，如果情况理想，五六英里外就听得到，一块突岩在我们脚下，另一块在它上方大约两百英尺处。这些如彗星般巨大的水流在高水位时会持续不断出现，而爆破般的低沉音调则是狂悍地时断时续，这是因为除非受到风的影响，否则大多数沉重的水流会从悬崖表面激射而出，所以会飞越过突岩，直冲而下，但在其他时候则会撞击突岩，轰然爆发。偶尔整个瀑布都会摆离危崖表面，然后突然间又整个冲上去，有时则会如钟摆般左右摇晃，造成变化万千的形式与声响。

缪尔首次聆听水声，是在田纳西州蒙哥马利市外的清凉山溪畔。据我所知，自一八六七年起，就没人曾刻意到那里像缪尔一样专心聆听，或同时在内心回荡着缪尔的话语。于是我决心找到那条溪，追踪它的声音。

隔天早上，在美丽日出的橘色光芒下，我察觉到空气中有一股熟悉、辛辣的草香，就像……就像我小时候在荒僻林地漫游时闻到的落叶味。那时我总爱从位于马里兰州波多马克的家跑出去玩，愈跑愈远。

大约在诺克斯维尔市外三十八英里处，我从六十三号州道出口离开，却发现自己来到一块商业区：有康佛特旅馆、史塔基连锁商店、一家电视购物商店，和一个称为泰坦的大型烟火贩卖店。六十三号州道西侧是小丘连绵的地形，然而宛如画作的山谷风景却令人感到沮丧：几乎每个主要山谷都有一条道路通过，交通声会在丘陵间回响。我知道我在横渡水牛河时错过了原本应该转弯的岔路，于是我打了 U 形回转，这次是转到诺玛路上。我的心跳得很快，远远的下方有一条河，铁道沿河铺设。那些铁轨看起来亮闪闪的，可能仍在使用。我回头望向坑坑洼洼的狭窄柏油路。现在我得冷静下来，仔细观察和聆听我的位置。我驶上路肩，把车停在一棵橡树凉爽的树荫下，旁边是一辆已经生锈且没人看顾的运木拖车。

在我这辆福斯小巴乘客座那边，是一片树木茂密的陡坡，直接连到下方的河流。我走向陡坡边缘，看到各种显然是从我的站立地点丢出去的垃圾：塑料瓶、油漆桶、泡沫杯、轮胎、圣诞节用的人造花圈装饰。然后我注意到一些书，它们有着褐色封面，书背上印着暗绿和金色条纹：《世界百科全书》，就跟我小时候拥有的那套一样！我在华盛顿州贝佛市湖丘小学念五年级和六年级时，很爱窝在家里一页页阅读这些百科全书，直到看腻。

我小心地走下陡峭的河岸，谨慎避开到处都有的毒藤，打开我拾起的第一本百科全书，第十六册，厚厚一本全是以 S 开头的词。我注意到它的版权年份是一九六一年，并且开始翻找：Saliva（口水）、salmon（鲑鱼）、Siberian husky（西伯利亚哈士奇犬）……silence（寂静）、Tower of Silence（天葬塔，参见 Tower of Silence）。该死！我找不到 T 开头的，我不停翻，直到找到 Sound（声音）为止。

声音的种类。噪音。噪音以两种方式使人受伤。强烈的噪音有可能造成失聪。锅炉工人、钢铁工人和其他长期暴露在强烈噪音下的人有时会失聪。喷射客机经常制造干扰人的巨大噪音，因此在某些机场禁飞。持续或周期性的噪音可能导致疲倦或暴躁，即使不是特别大声。持续往复的锯子声或间歇规律的电话声，可能使工人的产量减半。建造商经常在办公室和工厂的内墙上装设毛毡、软木制品或其他吸音材料，以减少噪音，改善工人的工作效率。乐音。乐音是由三种类型的乐器发出，分别是弦乐器、管乐器和打击乐器。

我想起缪尔在十九世纪晚期的音乐,回想起他所说的话:

> 只要活着,我就可以聆听瀑布、鸟与风的歌声。我会诠释岩石,学习洪水、暴风雨和雪崩的语言。我会熟悉冰川与野生花园,尽可能接近这世界的心。

我上方的马路传来一阵隆隆声,把我惊醒,回到当下,那比我听过的任何声音都来得大。我看到以英文字 E 开始的那一册,让我们来看看一九六〇年代的人对于生态有何看法。

> 生态学是生物学的分支,探讨生物彼此之间以及与环境(周遭)之间的关系。专门研究这些关系的科学家称为生态学家。无论植物或动物,任何生物都无法单独生存。每一种生物都以一定的方式依赖其他生物或无生物,才能生存。生活在相同地区或群落的动植物,都以一定的方式互相依赖。……生态学的研究增加人类对这个世界及其生物的了解。这一点很重要,因为人类的生存与福祉取决于世界上现存的所有关系。

爬回我的福斯小巴后,我仍可以听到刚才那声巨响自远方传来的回音。但在它消散以前,另有一声巨响开始传来,这次我看到声音的来源:一辆运煤车。等我找到缪尔笔下清凉的山溪时,势必得等到夜幕低垂,过了运煤卡车司机的下班时间后,才有希望聆听静谧。

回到车上后,"注意:道路中断"这类路标多少带给我一些鼓舞,提醒我正深入偏远地区。我开到一条通往摇摆桥路的分岔点，缪尔肯定会在这里右转，下去清凉一下。现在已经没有摇摆桥，但我很高兴能看到类似诺曼·洛克威尔[1]插画的景象：两个小孩轮流用绳子荡到河岸边可供游泳的地方。他们一看到我用远距相机对准他们的方向，就在荡出去前做出让我的照片更加值得的事：偌大的天真笑容，然后"喀——噗通"一声跳下水！

诺玛路逐渐变成石子路，比较危险的路面已铺上柏油，现在它的总宽度单是运煤大卡车走起来都很勉强，更别说多了在反向"车道"上行驶的我的这辆老福斯。每次有卡车朝我迎面驶来，总是只差几英寸就会擦撞我的车门，还会扬起漫天尘土，黏在我汗湿的身上，车上每样东西都无法幸免。一辆水车开过来，洒水减少路上的尘土，但水分迅速蒸发，没几分钟，尘土再度飞扬。那辆水车就像现代煤乡版的西西弗斯，只不过西西弗斯是把滚落的石头反复推回山上，这辆水车则是反复运水。若从名称和地点来看，这条路可能是一条乡下小路，但它所承载的却是工业交通。

我看到一个写着"昆布兰步道"的路牌时，就知道自己开过头了。我肯定没有注意，直接开过蒙哥马利。好吧，现在换我到河里冷静一下，冲掉身上的尘土。新河的河道宽大，流速缓慢，高大雄伟的树墙围着池底的岩石，形成美妙的自然露天剧场。我潜入较深的水池，观察昆虫把这条河流当高速公路般使用的情形，偶尔会有觅食鲈鱼飞溅的水花形成的涟漪，同时也听得到卡车声在枝叶茂盛的峡谷间回响。我在河岸的小圆石之间看到闪着虹光的小石油坑。

把身上的水滴干后,我仔细研究地形图,看接下来该往哪里走:沿着朝东方的侧谷往上开到蒙哥马利分岔口,往栖息耳泉的方向走。沿路一个写着"野生动物管理区"的路标,让我多了点信心。

这个受到保护的侧谷延伸出数个小凹谷,形成天然的露天小剧场,四周环绕着橡木、山胡桃和枫树。山谷中央有一条小山溪,一定是它!就算它不是缪尔笔下清凉的田纳西山溪,肯定也跟它同出一源。

我把车停在高地,以免引擎冷却时"噼啪、咔嗒"的声音妨碍我聆听。我扛着录音设备,徒步走下布满尘土的路面,朝山溪的呼唤声走去。我从突出的树叶间瞥到水池和各种各样的石头反射着最后的阳光。走了几分钟,一条美丽的小溪出现在眼前,我刚要到水里架设设备,一只画眉鸟就发出竖琴般的歌声,仿佛在给予这一刻最后的祝福。我立即停步不动,深怕惊走这只跟知更鸟差不多大小、天性害羞的小鸟,然后悄悄把三脚架架在浅浅的溪水里,按下录音钮。

然而,我的计划还是未能实现。一辆美国国家煤矿公司的卡车开进来,停在离我大约一百码的上游处,像口渴的大象般开始吸水。原来这里是道路洒水车取水的地方。这个口渴的怪兽让小山谷充满刺耳的机械声。我的音量计读数猛升到七十一加权分贝——这种事竟然发生在野生动物管理区,简直不可思议!

我放弃任何录音的想法,走过去跟卡车驾驶员说话,他衬衫上的名牌写着"蓝帝"。他告诉我,他一次取四千加仑的水,一直工作到凌晨三点,然后别人会接手继续做十二小时,以便减少路上的灰尘,这些水也用来补充煤矿场的水池。

"没有水,就没有煤。"他边说边打量我的衣服:汗湿的褐色T恤、晒白的卡其猎人背心、帆布短裤和 Teva 牌户外运动鞋。"你在这里做什么？UPS？"蓝帝肯定以为我是 UPS 快递员，身上穿的是适合高地的制服。

我告诉他，我想录制鸟的声音。

他告诉我，每次补充水大约要十五分钟，他一个晚上要跑七到十二趟。这次的水是要送去补充煤矿场里快干掉的水池。"他们没有水，就不能处理煤。小竖坑，一周一两次没什么用。这条溪的水位通常在八九月以前不会这么低。"我把这视为意外的录音消息，因为这应该比较符合缪尔在九月十二日造访时的情况。

噪音加上他的口音，让我无法立即了解他的意思，经常会落后一句。现在我才听懂他刚才讲的是"冲澡"，原来他在问我是不是要拍摄飞来这条溪的鸟。

"不是，我来听约翰·缪尔一八六〇年代在他日志里写到的声音，有点像是在做历史旅行。"

"这样啊。"

"那么，"我问，"国家煤矿场离这里有多远？"

"大概三点五英里，顶多四英里。"

这就像压垮骆驼的最后一根稻草，完全行不通，因为就算我能趁蓝帝换班的短暂空当录音，在那段空当里也会有另一种噪音：人类为取得能源而钻入地底深层的嗡嗡声。这跟蒙大拿州老沃夫自耕农场的问题一样。

"你知道蒙哥马利怎么走吗？"

"就在这里，就是这里。这条溪就叫蒙哥马利溪。这个桥架下的小溪,叫作罗奇溪,很漂亮的溪。到这里为止都很漂亮。"

我们看到水溢出卡车顶。"我加满了,"蓝帝说,跑过去关掉帮浦。

"哔——哔——哔——哔",他按喇叭警告我,他要倒车,接着就掉头开回矿场。

我按照蓝帝的建议,沿罗奇溪往山谷上方走,假想自己正在追随缪尔的脚步。走在溪水里,我可以听到它的声音不断变化。没有两颗岩石是一样的。任何一道水流都不同。每走一步都是一个新的组合,新的音符。在不同的时代,例如缪尔的时代,我有可能沉迷在这些细微的变化里,但是在国家煤矿公司第十一号矿场自远方传来的噪音下,我几乎无法心平静气地聆听。缪尔在离我此刻位置很近的地方,于日志里写道:"在大自然中,以山溪的言语最为丰富。"如果他得负责写维基百科里有关生态学的条目内容,以今天的情况,他会怎么写呢?

我倒是知道缪尔写了下面这一段话:"心灵的感官肯定比身体的感官优越得多!"我希望他是对的,因为我们未来得靠来自心灵感官输入的野生情报,度过下一个千禧年。

我得在星光出现前走出这里,因为单靠星光,无法安全走过这些滑溜的岩石。在回到我的老福斯旁,等待茶水煮开时,我从缪尔一八八八年七月写给他太太露依的信里汲取勇气:"晨星仍一齐歌唱,而这个尚未成形一半的世界,每天都愈见美丽。"

没错,这也是我心里的想法。我现在比以前更确定,我要继续前往华盛顿。这世界正处于生成之中,它"尚未成形一半"。在噪音污染愈演愈烈的情况下,现在正是我们应该采取行动的时候。

11

走向华府的一百英里

唯有在静水中,万物的倒影才不会扭曲。
唯有平静的心,才能充分感知世界。

——哲学家汉斯·马哥里奥斯

在马里兰州的威廉斯波特镇外,一条八英尺宽的石子路旁,竖立着切萨皮克-俄亥俄运河(切俄运河)第一百英里的里程标。威廉斯波特是一个古色古香的宁静小镇(建于一七八七年,人口一千八百六十八人),镇上的房屋是用殖民时代风格的砖石盖成,屋外围着白色栅栏,波托马克河岸有一大片橡树林。一八五〇年时,这个镇因为位于新商业路线上而繁荣起来,这里指的是连接华盛顿特区与马里兰州昆布兰郡的切俄运河。烟草、谷物、威士忌、毛皮和木材等货物,由马匹或骡子沿着运河旁维修完善的道路送抵码头后,就改用细长平底的载货船顺着运河送到别处。切俄运河于一九二四年关闭后,威廉斯波特镇也跟着沉寂。

三十七年后,一九六一年,在最高法院法官威廉·道格拉斯的带头努力下,彻俄运河从昆布兰到华盛顿特区全长一百八十四英里的范围,

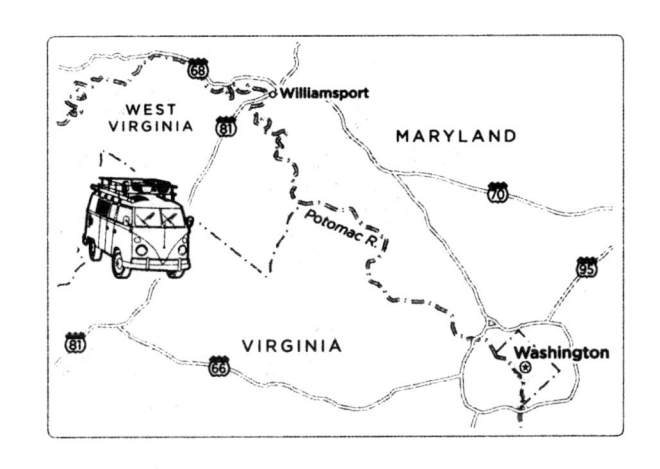

经由立法程序正式划为国家保护区，并在一九七一年更名为切俄运河国家历史古迹公园，由国家公园管理局负责管理。

现在我离华府已经不远，希望很快能见到联邦官员，包括公园管理局局长。至于最后这一百英里，我希望能徒步行走。我打算采取缪尔的做法，汇集思绪，然后"在走路中——厘清"，皮科克可能会这么说。我先前驾着福斯小巴迂回横越美国，沿着道路走了一万英里，现在将换成林荫步道，道格拉斯法官先前曾赞扬这里是"一块庇护地，一处桃花源，是首都后门的一长条宁静平和之地"。

华府附近也是我熟悉的地区，我的高中岁月是在马里兰州的波托马克度过，我在那里念温斯顿丘吉尔高中，经常跟好友约翰·雅各布森和史库特·詹姆士在路上和河里嬉闹。我们也会露营，有时一连数天，在营火上烤猪肉、豆子和煮咖啡，喝掉半打啤酒。有时早晨醒来时，我们的法兰绒睡袋上会结上一层霜。我们知道那里有最高大的悬铃木，会爬到它们高耸的枝干上，有时还会看到一堆堆万寿果，如果我们够安静的话，还可以看到收集这些果子的松鼠。当时我们还幻想，可以在这样无忧无虑的最后一段宝贵年轻岁月中，做出一番大事。后来史库特抽征兵签时，抽到一号，号码小的要从军，所以他马上就进了军队。约翰跟我抽到的号码较大，高中毕业后，我去上大学而钱宁到营建业工作。

现在我再度回到年轻时留连的河畔，抵达威廉斯波特东波托马克街上红屋顶旅馆的停车场，现在这里是供运河旅客搭乘火车的小站。很多人忙着处理户外使用的装备，由于天气湿热，有些人拿着水往头上淋，消些暑气。每一个人都背着背包或戴着单车头盔，有十几辆登山自行车，上面载满东西，靠着汽车旅馆的墙放着。

接待柜台后的女士递给我一串房间钥匙，表示我可以在健行到华府期间，把福斯小巴停在这里。晚餐时，我开始为稍后的数英里之行储备能量，吃了一堆食物——比萨和啤酒。

第二天早上，我在河岸的曳船路上为健行做准备，把专业录音设备散放在福斯小巴旁的草坪上，一旁还有伪装色的背包、水壶、食物和雨伞，这些东西引起另一名早起者的好奇，过来介绍自己是鲍伯。我稍微解释了一下我的职业，鲍伯说了一点关于自己的事，他现年六十八岁，住在印第安纳州的艾凡士维尔，自称是猎人和渔夫。我猜他应该花很多时间待在户外和宁静的地方，就问他是否注意到环境的任何变化，他提到美国最近转向乙醇生产的情形："我们中西部现在遇到最大的改变是乙醇生产计划。农夫开始买回保育合约，在休耕了十年的土地上栽种。

他们可以在任何地点种植，这等于摧毁了大量鸣禽，山齿鹑算是已经消失。在我狩猎的西部地区，在怀俄明和蒙大拿境内，全球暖化已在过去五年让可以狩猎的鸟种消失无踪。我想今年的干旱已经是第十二年，牧场无法种植新鲜牧草，环境改变的速度快得吓人。"

"你去打猎的时候，有没有发觉野外的声音有任何不同？"

"那一带原本有七种猎鸟，现在都消失了。"

"声音改变了？"

"对，完全改变了，很可怕。我家乡也一样，"鲍伯说，"听到的声音跟多年前常听到的不同。我们的湖里没有任何青蛙，夜晚也听不到蛙鸣，以前它们多到数以千计。"

我说声音是一种警讯。鲍伯提到事情开始改变"大约是在他们发明那（除草）机器的时候"。他开始侃侃而谈。

"这个截然不同的世界来得很快，让人害怕，真的。因为一旦看到这些事情发生，最终必定会影响到人类，而且我觉得可能早就影响到了，那些癌症就是。我们必须做些改变，只可惜金钱和工业的声音比较大。"他继续又说了一会儿，然后绝望担忧地大力摇头，就像狗把身上的水甩掉时一样。"这是可以改变的，没有理由不能改变。就在前天，泰森公司才宣布不会再在鸡饲料里添加抗生素。"

大口喝完咖啡后，最后又检查了一次福斯小巴的车门是否已经锁好，接着我把背包甩上肩头，朝通往运河的小丘走去。我穿着质地轻便的长袖衬衫、游泳衣和Teva凉鞋。由于今天的气象预报说气温将达到华氏八十度，加上我对这数英里的路况并不熟悉，预期脚会肿大，Teva凉鞋因为比较宽松，就算脚肿也没关系。这是我在十五年前汲取到的教训，那次我从旧金山走到约塞米蒂，全程二百五十五英里。

切俄运河国家历史古迹公园的说明广告牌上写着下列欢迎词：

看看四周。您所处的这座公园是在关心民众的努力下，才得以存在。一九五四年一月，美国最高法院的威廉·道格拉斯法官响应《华盛顿邮报》社论，把切俄运河转变为公园大道的建议。他写下支持将这条运河以国家公园的方式进行保护的话："这是每一位热爱森林的民众都能享有的圣所——只要一条窄窄的双线公路就能把它彻底摧毁的圣所。"

广告牌接下来说明道格拉斯在一九五四年三月二十二日发起的健行，同行的还有一些自然主义学者，为一块健行的编辑与记者说明切俄运河的自然史。他们那趟路程备受赞扬，因为它让民众愿意支持兴建国家公园而非兴建公路。

这不就是最好的证明？！一个地方，加上诞生自地方的构想，就会构成强大的力量——但我们得愿意花时间倾听才行。我想道格拉斯运用了无上智慧，因为他倾听了当时的实情，再加上这地方在当时是"首都后门的一长条宁静平和之地"，所以能提供信息，协助政府做出重要的土地利用决定。

踏上曳船路才短短几分钟，路上就只剩下我一人。我可以听到皇苇鹪鹩"起司伯格、起司伯格"的叫声，还有主红雀"丢——丢——丢"的鸣叫，在运河两边的拱圆形阔叶树林间回响。黑桑树结满累累的甜桑椹，它们只有外观跟我在西北部看到的黑莓类似，因为这些果子甜而不酸。我很高兴这棵树没有刺，果子很容易摘，适合当成新鲜点心。

"勒勒勒勒勒勒勒勒。"一艘船尾附有马达的船在波托马克河上激起浪花（运河本身禁止行船）。我听到"哼——砰——哼——砰"的声音，很像附近一座高架路桥的交通声。我希望在我深入数英里，把这个镇远远抛到身后之后，这个五十四加权分贝的船声以及其他入侵的噪音都会消失。但是我从树木之间的大空隙看到一座电力塔，原来是煤炭火力发电厂：那里有数栋建筑和一堆堆的煤与输送带。先前我以为的陆桥噪音其实是那里传来的。现在可以听到倒车警铃的"哔、哔、哔"，然后是用扩音器呼叫某人的名字。这些声响的回音在四百英尺之外就高达六十五加权分贝。

在运河第四十四号水门处，曳船路上有一个标志，上面用方体字写着提醒单车骑士的内容：

在车速接近一百英尺时，
必须按铃警示（车铃/喇叭）。

这又是一个可能发生的噪音，我希望单车骑士能运用常识，在经过我旁边时放慢减速。我原本也可以骑单车，我以前在送快递时骑的登山自行车所用的铁丝网篮还在，我的弹力绳也够多，几乎什么都可以载。但是对于这趟旅程，用健行的方式来完成似乎比单车来得恰当。这趟旅程在霍河河谷时是以健行开始，最后也应该以健行方式结束。我父母替我取了一个好名字：我的中间名是 Walker，走路者的意思。

在曳船路上走了一小时后，我进入由茂密森林创造而成的林荫隧道。这里安静到能听见我的足音，也能享受鸟儿的啼鸣。我在标示着"九十八

走向华府的一百英里

英里"、三英尺高的红棕色水泥柱旁,测到四十三加权分贝的音量。

有两名健行的人一边交谈一边走近,另有四名单车骑士经过,没有人遵照警示标志的规定做,感谢老天!在接下来的两英里,除了我脚下的曳船路外,没有任何人类活动的证据,至少眼睛看不到。马达噪音不时出现在远方,但这里仍然相当安静,我叽叽嘎嘎的足音甚至让一只乌龟产生警觉,在我接近时溜进运河里。早上九点零五分,一架定翼飞机经过,造成轻微的嗡嗡声,它是我今早看到的第三架飞机。

奔放华丽的鸟鸣在这条林中长廊里回荡,我不禁停下脚步。这是我进入田纳西州以来,第一次聆听到以自然声响为主的声境,音量计的读数是三十九加权分贝。一只大雕鸮飞离栖木,默默地拍动翅膀,显然对我的出现感到焦虑。"堆噗",一根小树枝掉落森林地面。

"早。"我在红屋顶旅馆遇到的一对夫妇一起跟我打招呼。他们骑协力车从我身旁经过:凹凹凸凸的轮胎一路把小石子弹开,七十一加权分贝。在噪音消失后,防蚊液(Cutter 牌)的味道仍滞留不去。这是好迹象:空气稳定得足以把气味留在原处。空气稳定的时候,是绝佳的聆听环境。

这片林荫阔叶林具有大教堂般的声响效果,跟国家大教堂类似,我希望等我到华府后能去那里参观。我相信这些原始自然的大教堂(向更高的力量表示崇拜、敬畏、尊敬与顺从的地点),仍然具有重要的意义。

我在里程标九十六英里处停下,听到微弱的"啐咿咿咿咿咿咿"声,然后是一次暂停,接着又一声"啐咿咿咿咿咿咿":有一只昆虫隐身在连指手套状的檫树叶片下。"唧——唧——唧",一只主红雀发出声波雷射般的叫声,嘹亮的声响沿着林荫地道传送,产生《星际大战》般的效果：四十六加权分贝。

"咮咿——唷——咮咿。呼——噢——呼。"森鸫！但是在我有机会量测它的歌曲前，一架螺旋桨飞机以四十四加权分贝的声音破坏了这个音响交流的机会。我从林间空隙看到一艘渔人的平底方头小划艇停在波托马克河上，显然对于能静止不动、望着河水流过感到满意。

我八岁的时候第一次握钓竿，学会钓鱼的技术，这对靠玉米片长大的小孩来说，是不小的挑战，我父母对此感到很惊讶。我可以长时间专注地看着钓鱼竿的尖端，我的钓竿是用坚固的玻璃纤维制成，金属蓝色，长六英尺，加上镀铬的导杆和套圈。当时我在里程标二十二英里附近，坐在紫罗兰水门旁的石雕工艺品上。纯粹想捕捉到某个还看不到的东西的期待，会有一种类似圣歌的效果。世上极少有能让人觉得再怎么多也不够的经验，而钓鱼正是其中之一。

我停下来读"瀑布"的历史说明牌："南部邦联军队在盖茨堡战役后撤退时，因波托马克河的河水高涨而受困七天。"

我知道波托马克河高涨的速度可以多快，又可以涨到多高。我父亲以前是联邦通讯委员会的航空海事通讯长，有一次他为了搜救我而请假两天。我念高中时，有一次在降下豪雨的暴风雨后，划船到波托马克河上的一个小岛。当时我误以为最坏的时期已经过去，不知道许多雨是降在上游，而河水即将暴涨。我划船出去，搭起帐篷，还好玩地把锚扔进一棵树里。事实证明，最后这个突发奇想还真是意外好运，因为隔天早上，我的小划艇漂浮在水面上，而原本面积有一百英亩的小岛，竟然缩小到只剩几英亩。我当时认为这真是伟大的冒险！从没想到我父亲正沿着曳船路，疯狂地寻找受困河上的儿子。

第一位骑着登山自行车的人接近我，年纪不到三十岁，耳里塞着iPod耳机。他显然专注在运动或自己的小世界里，骑在路中间，迫使我得走向路旁。他驶过后，我开始记录美国鹅掌楸、白杨、菩提树、山胡桃、黑檀木、漆树、黑樱桃树和黑胡桃等等种类不同、声音也不同的树。

尤艾尔·吉本斯以著作《追踪蓝眼扇贝》成为我的英雄，后来我读了他的所有著作，包括《追踪野生芦笋》。当时我的目标是完全自给自足，我周末的时间几乎都花在这里，在波托马克河岸露营，尽量搜寻最好的野生食物，建造冒烟的火堆来驱赶蚊子。我通常独自探险，但有时也会邀朋友一起去。我们会把分叉的大木块推入河里，因为有分叉，不会旋转，我们坐在上面时才不会被拖进河里。我们快乐地往下游漂浮，抵达大瀑布前划开，通常是在史旺斯水门附近。然后我们一路唱着歌，慢慢走回紫罗兰水门，边让风把衣服吹干。那时的生活很有趣，没有社会的规范与压力，自行创造快乐。

我们夜里最大的娱乐就是打节奏，我们会找特别容易产生共鸣的木块，开心地试敲每一块找得到的横木，接着把（可以移动的）好木块搬到营地，围着营火放好，开始敲打狂野的节奏——史库特、约翰、韦恩、马克、戴维和我一起。那时有许多疯狂的夜晚，我们从来没想过自己有可能惊扰到这里的宁静。嘿，我们那时只是青少年。

我尽可能找时间在野外觅食，以灌木旁的野生芦笋为食物，很快就学会挖多汁的马齿苋具有坚果风味的球茎来吃。它们和榛果的大小相当，藏在美丽白花下方大约两英寸处的柔软泥土里。我还收集芥菜叶当色拉，甚至在冬天挖萱草的块茎。最后这个举动让我深深体会到植物学学位的价值。我在树林里痛苦地躺了一整晚，直到天亮都无法动弹。显然我在急着找晚餐时，误挖了一两个有毒的块茎。

后来我的植物学学位显然不仅让我的野外饮食更加丰富，在我成为自然聆听者后，也证明它极有价值。植物不仅是森林音乐厅的主结构体，也跟野生动物息息相关，不仅提供它们庇护，也供应食物，而我更是把植物当成某种乐谱。只要仔细研究森林的照片，就可以正确辨识出拍摄的季节和时间，以及当时正在发生的生物声响事件。具备这些知识之后，我就可以为正在设计博物馆展场或想要增加在线百科全书内容的客户，提供声音内容。

回想起来，我年轻时在切俄运河旁漫游时，就已经出于本能地倾听自然。从紫罗兰水门往下游走一小段路，有一条小溪汇入运河。这是我自己设的记号，大约再往前走五十步后，我会把装备放到忍冬纠结成团的藤蔓下，然后去冒险——游泳、觅食、探险。在这些夜里，当我于黑暗中回到这里时，会靠这条小溪独特的潺潺声来寻找装备的位置，它的声音充满生气，甚至显得快乐，仿佛是由泉水注入，相较之下，其他同样汇入运河的小溪则会大幅涨退，记录着最近降雨的历史。

鸟的鸣叫现在已经安静下来，正午的音量读数是三十二加权分贝。一只孤独的主红雀开始唱歌。"波——咧噗，波——咧噗，嘟——嘟——嘟——嘟——嘟"：在它飞到一棵裸树顶端时达到最巅峰的五十八加权分贝。然后一股温和的微风吹来：三十八加权分贝。一百码外，行经运河的汽艇是五十八加权分贝，跟主红雀的声音一样大，但听起来一点也不悦耳。我独自走在曳船路上，双腿感觉舒适，就像终于能摆脱福斯小巴的狗狗一样快乐。

一只母浣熊跑过曳船路,但它的三只小浣熊决定迅速爬上树,而不是冒险跟在它身后。"咔嚓。"我拍了一张它们好奇地朝下望着我的照片,同时从另一棵树里传来母浣熊不赞同的咕哝声。

我刚好碰上摘野草莓的时节,并在森林的阴影里看到一些,于是就从曳船路走过去,摘了好一些扔进口里。"嗯——嗯——"这种欧洲草莓虽然不像玉米谷类或油酥糕饼里使用的草莓那么甜,却很松脆,就像飞鱼卵一样能让人口颊一醒。可惜我来的时节还太早,万寿果还不能吃,不过我已经看到一些尚未成熟的果实。我摇了一株个子小但已完全成熟的树,可惜没摇下半颗。但这动作却使一只鹿吓了一跳,它从藏身地点跳出来,冲进森林深处的阴影里。又走了几步后,我找到更多食材:野生的甜辣椒,从螺旋状的卷须辨识出来的猫藤,还有早已成熟的黑莓,就在曳船路旁,而且已经从直径两英尺的树上掉落地面。单车骑士可能会在不知不觉间咻地骑过,错过这场盛宴,但慢吞吞的我反倒得以享用。

一架直升机从附近飞过:四十五加权分贝、五十三加权分贝、六十三加权分贝。曳船路有一段被冲毁,所以我得绕路,在热得令人发昏、毫无遮荫又没有路肩的地方道路上,走了六英里。我一看到房屋,就前去敲门。来应门的女士在看到背着背包、站在太阳底下的我时,似乎很困惑。但她对我简单的请求感到惊讶,而这也是当个好邻居的机会。她很快把我的水罐装满清凉干净的水,拿回来给我。

回到曳船路上后,我把热乎乎的脚浸到第四号水坝排水口旁的河水里:在距离水坝四百码处测到的音量是五十六加权分贝。噢,天哪,感觉真——棒！从灰暗的地平线可以看到雷雨正逐渐接近，我希望它能使气温凉爽下来。强风突然刮起，天空开始飘下细雨：五十八加权分贝。（来自远方）温和的雷声：六十八加权分贝。暴风雨过去时，远方传来尖锐的雷声：七十七加权分贝，加上轰的一声鸣响。

我继续朝蹄铁湾营地前进，那里距离威廉斯波特大约二十英里，不包括绕行的五英里。在逐渐黯淡的光线下，宁静的森林最适合聆听，能跟贝纳罗亚音乐厅提供同样美好的余响时间（大约两秒）。但远方传来交通的嗡嗡声，就像声音系统里出现了一条火线。

我已经筋疲力尽，再加上沿路吃得很饱，感觉没必要吃晚餐。我搭好帐篷，滑进里面。这里即使只穿一件T恤，还是很热，所以我只穿了短内裤躺在帐篷里，一合眼就沉入寂静当中。

醒来已过了半小时，正听着雨滴轻轻打在帐篷顶上的声音，我第一次看表是清晨三点半，三十加权分贝。周遭静得惊人，却又能让人放松，虽然把耳朵贴近地面，仍可听到某人的音乐从远方传来，可能是来自切俄运河河畔的住家，也可能是在河上某个地方下锚的船。一只鸮"呼呼"地叫了起来，然后又是一声。

我仍躺着没动，全心感受着一个地方苏醒时的细微变化：四点零七分，河对岸传来远方火车的鸣笛声；四点五十五分，远方交通的节奏；五点整，河对岸传来第一声鸟啭，但是相隔实在太远，分不出是哪一种鸟，只是听起来像鸟鸣：二十九加权分贝，只比安静时的贝纳罗亚音乐厅高两分贝。这肯定是附近最安静的时刻。

我在享用了两杯茶，加上一根活力棒后，就拔营，重新背上背包。

我再次穿着Teva凉鞋踏上曳船路,但是因为脚上起了许多水泡,我头半小时的走姿很笨拙,直到疼痛变轻;我不可能继续维持跟昨天一样坚定的速度。到华府的路程开始下坡,里标数也开始下降:七十九、七十八、七十七。我经过今天第二组徒步旅行背包客——一名男士和一名女士,年龄都在五十多岁。我们互相道了声"早安"。稍后,两名渔夫在河中央交谈,他们的身影映在晨光中,虽然看不清长相,但声音清晰可闻。

头顶一架喷射机飞过,噪音量四十五加权分贝,接着又一架,五十六加权分贝。我肯定已经接近杜勒斯国际机场,那是美国首都的三座机场之一。

一名年轻女子骑着登山单车自我身边呼啸而过,戴着耳机听iPod。在里程标七十五的地方,一道凉爽的微风吹过悬铃木,引起一阵嘎嘎声(五十八加权分贝),听起来比机械还大声,比较像动物,而不是植物。一条鲈鱼跃出运河水面,发出啪啦声响:在四十五英尺外测是五十四加权分贝。又一名慢跑者经过,同样戴着耳机听iPod。

在经过里标数七十的地方后,我抵达安提坦溪,根据公园管理局的地图,这里是随到随用的营地。我已经非常疲倦,很快搭起帐篷后就钻了进去,想在到河上欣赏落日前小盹一会儿。

大约一小时后,我在吼叫声中醒来。我钻出帐篷,发现有超过十二名男童军和一些队长在扎营。这个营地允许单车进来,这正是这些男童军的旅行方式。但是就在运河的对面有一个很大的停车场,他们的支持车接着一辆大拖车后面,上面标有这些童军的编号及赞助他们的义消队。拖车的后方已经打开,男童军和他们的父亲正把装备拿下来,包括草坪椅、炉子、全开大小的垫子,还有保冷箱。

"喂,我们有没有碗装食物?"一名男童军以五十五加权分贝的声量朝七十五码外的队长大喊。

整个晚餐过程中,不断有这种大喊声。

"他的嘴唇差点烧到。"

"拿一个来给我!"

两名男童军像小熊一样,打闹着互相推挤。一对母女的交谈声在三四十码外测量,就高达七十加权分贝。没有人是不动的,没有人是安静的,仿佛有个标志要求大家:"请大声讲话。"跟我四周宁静的自然声音(苍鹭嘎嘎的叫声,蟋蟀的唧唧声,还有鱼的溅水声)相比,这些来露营的人似乎太吵了。

附近的田野在萤火虫的闪舞下,变得相当活泼。蟋蟀温柔地大合唱,为这场冷光芭蕾提供甜美的配乐,这情景我已经有许多年不曾见过。但是似乎没有人在欣赏或聆听,大家似乎都罹患了慢性声音城市炎症,应该可以这么说吧。他们已经习惯为了盖过城市里普遍可闻的人为噪音而大声说话,所以在比较安静的地方时,无法立即调整交谈的音量,而会继续像在城市里一样说话。罹患CSU症的人静不下来,所以他们错过了原本想来追寻的静谧,以及沉静下来的体验。

"男童军之夜!"一名男童军大吼,他从草坪椅上站起来,伸高双手。

公园的地图显示,要到下一个营地,至少要走五英里。我钻进帐篷。男童军没有干扰这里的平静时(我提议给安静的人颁发徽章),有可能听到鱼跃出水面,或在夜晚抓鱼的鹭鸶啼叫声。晚上十一点四十五分，周遭的噪音量是二十七加权分贝。我可以分辨远方的喷射机，远方的汽车经过，露营者的打鼾声，狗的吠叫，还有从安提坦溪较远那一端传来、故意调低的交通声。寂静不是因为缺乏事物的存在，而是一切都存在。

一大早我就回到曳船路上，由于脚起了水泡，所以我决定慢慢走。一名渔夫独自在早上七点十分驾汽艇往上游航去，他站在十五英尺长的船中央，在宁静的波托马克河上留下一道航迹。五分钟前，我就听到他驶过来的声音，现在他大约在一百英尺外，跟我齐头前进，他也留下了声音的痕迹：七十八加权分贝，要五分钟，这声音才能消失。

清凉的早晨到了中午就已热到华氏九十度，闷热难受，直到午后的微风吹拂过一片巨大的美国悬铃木，听起来就像高山瀑布细微的飞溅声。"布拉克——布拉克——布拉克——布拉克——布拉克"，青蛙从附近的干涸运河里一个隐蔽的地方发出抗议声。"康克、康克、康克——康克、康克"，啄木鸟在一棵枯木深处搜寻昆虫。"推伊——戴尔——伊"，一只鸫开始它的交响诗。即使蚊子的"嗡嗡嗡嗡"声也听得很清楚，这跟远方飞机传来的嗡嗡声同时发生。被艳阳晒干的阔叶掉落森林地面，连这也听得到。这些声音相加，总计四十三加权分贝。

到波托马克河游泳，听起来就很棒。我把衣服披在一丛光秃的树枝上，让它们风干，然后涉到浅水处，潜入，起来，再潜入，再起来。微风在我的皮肤上吹起一阵鸡皮疙瘩，于是我回到岸上，在橡树茂密的枝叶遮掩下着衣。我很晚才在河边用"Sterno"罐头煮面汤当午餐，然后又走了几英里，才在里程标六十二英里附近的哈克贝利丘营地扎营。

晚上八点二十五分，营火的火焰向上蹿起，我听到歌鸫的叫声，以及远方喷射机传来的嗡嗡声：三十三加权分贝，接着随着歌鸫逐渐高亢的叫声上升至五十加权分贝。昨晚，在溜进帐篷前，我就着最后的天光看到两架喷射水上摩托车（Jet Skis），自清澄如镜的波托马克河上呼啸而过，在宁静的河岸引起一阵夹杂着波浪拍打声的嘈杂。

清晨弥漫着雾气，几近完全无声，只有火车的汽笛声自远方传来（三十七加权分贝），在森林遍布的波托马克河上来回回荡。接着是一连串鸦的叫声（三十三到四十五加权分贝）、鱼儿的溅水声，还有多种鸟类的大合唱（包括鹩鹩、主红雀、森鸫、林莺和绿鹃等等），还有晨空的交通尖峰时间：五十三加权分贝。

这时候的波托马克河非常宽广，看起来像弥漫着薄雾的田野，而不是一条河，许多小岛像房屋似地穿雾而出。还没成熟的万寿果，到处都是。阳光刚刚开始穿透迷雾，在曳船路上留下点点叶影。河里一道道浅急流开始发出声响（五十四加权分贝），盖过几乎所有其他声音，只有喷射机隆隆的声音不受影响。今天的早餐是几把桑椹和野草莓。

我走近西弗吉尼亚州哈柏斯渡口，里程标六十一英里处的时候，发现国家公园管理局的水泵已经不能使用，水泵臂被移走，我假设是因为这里的水不适合饮用，于是我沿着铁路桥梁穿过波托马克河，到约翰·布朗咖啡与茶店补充水分，然后走回曳船路上，先前我把设备藏在桥基底下。

里程标五十九英里处，河流在运河与曳船路下方二十英尺的地方流动，活泼的鸟鸣大约在五十加权分贝左右，然后是震耳欲聋的火车声，八十二加权分贝。现在曳船路上唯一的交通，是一名男子坐在装了橡胶轮胎的电动轮椅上，透过从脖子延伸出来的管子呼吸，还带着iPod，以大约五英里的巡航时速颠簸前进。

经过里程标五十五英里处后，我开始寻找能游泳的水池，想在水里甩掉中午的炙热。在路上我偶然碰到布朗什维克营养物质去除计划，这计划的废水处理设备正在兴建当中：七十三加权分贝。再往下游走了一会儿，在清凉的树荫下有一些迷人的营地，那里的河岸边坡比较和缓，可以轻易走到河边。河水看起来很干净，我没有看到污水的明显证据，所以我假设入水很安全。我在水上漂浮，感觉到有东西轻咬着我的皮肤，原来是无数两到三英寸长的鱼群聚在我四周，有些只是观看，有些轻咬我的皮肤，吃上面的盐。以前在亚洲热带瀑布下方的水池里，我就有过被鱼打理的经验，但是我不知道这里也有同样会替人服务的鱼。我享受着成为注意焦点的乐趣，但一只温和的轻咬者突然重重地咬了我一口，惊得我以比入水时还快的速度跳出水面。

里程标五十三英里处，"砰——砰——卡砰"，我听出是货运火车的声音，一个柴油火车头吞吐着煤渣，拉着货物轰隆隆地跑着。我倒是感到非常意外，甚至没测量它的分贝读数，但先前我曾在不同的场合到美国的火车调车场录制这种声音，所以知道即使在五十英尺外，它的噪音就算没有一百加权分贝，轻易也能超过九十加权分贝。相较之下，欧洲的调车场完全不同，几近无声。欧洲的货运火车不是用巨大的关节相连，会发出巨响，而是用巨大的弹簧相连，而放置弹簧的两个活塞状巨室就像缓震器。从火车头到铁路工程，从铁路碎石的设计到缓冲器，欧洲火车几乎在各个方面都比美国火车安静得多。

里程标五十一英里，靠近曳船路附近，火车的鸣笛响起，音量超过九十加权分贝。沿曳船路往下走一点，一块块被弃置的铁路枕木四散在运河里：一些有人捡拾、浸过木材防腐剂杂酚油的木块无人清理，污染着国家公园。

在里程标四十八英里处，我抵达卡利科岩营地，发现我已经走了十四英里，从大自然走到铁轨旁的营地！但因为别无选择，我只好在那里扎营，测到火车以超过九十加权分贝的音量铿铿锵锵地驶过，在周遭美好的环境里，这突兀的噪音显得很不协调，就跟今天令人难以忍受的温度一样。

沐浴时，昆虫和鱼在河面上、眼睛高度的地方，点出一圈圈慢慢向外扩散的涟漪，形成美丽的图案。月亮已经有三分之二圆满，锄足蟾从两旁的河岸发出类似羊咩叫的长鸣声。然后巨大的隆隆声呼啸而过，显然一架波音七三七刚刚抵达，正往杜勒斯国际机场飞去。为了避开这些噪音，我把头完全沉入水里，让波托马克河清凉的河水流过全身，直到必须浮出水面换气为止。

今天早上的闹钟不是鸟儿愉快的歌声或鸦的呼咕声，而是在清晨五点五十五分驶过的货运火车，金属相互摩擦的尖嘎声非常刺耳。在一列列吵闹的火车行经下，尽管我极度缺乏睡眠，却还是一夜无眠。这些吵得睡不着的噪音平均七十五加权分贝，最高的时候远远超过九十加权分贝。我在拔营时，又有另一列火车把音量计的读数推得更高，到达九十六加权分贝，连要对录音机清楚说话都不可能，一直到火车沿着铁轨远去之后才能录音。

走向华府的一百英里

里程标四十七英里。波托马克河如镜面般光滑，映照着青葱的两岸。曳船路的两旁，巨树林立。那些树干直径粗达七英尺的大树，在十九到二十世纪时为骡车夫和运河上的船夫提供了庇荫，就像我现在享受到的一样。尽管如此，此刻的天气已经相当闷热，跟我昨晚看到橘色月亮后预测的结果相同。

啄木鸟已经加入晨间的鸣禽大合唱，嘹亮的歌声在阔叶林间回响。有些树发出不同的音调，每只啄木鸟的节奏也有所不同。有些喜欢观察鸟类的人光靠聆听它们咚咚的啄木声，就可以正确辨别它们的种类。有些人只要仔细聆听鸟叫声，就可以推论出更多的事。我在亚马孙录制日常的声音循环时遇到过一些当地人，他们只靠聆听我每天的"收获"，就可以正确说出我录音的时间，误差在五分钟以内。我之所以会知道，是因为我的数字录音机可以显示录音的时间日期，但那些当地人靠的却是认真聆听大地的声音。当然，那也是我身在这里的使命：倾听大地，同时理清思绪。健行也可以使心思变得通透。

里程标四十四英里处，远方传来螺旋桨飞机的声音和小溪的低语。这里的运河里再度有水。现在是早上十点，很快我就会开始找可以游泳的水池。我以每二十分钟一英里的速度前进，我的脚步声（四十三加权分贝）在这趟旅程中愈走愈轻，我的心呢？

到了里程标四十三英里处时，铁轨已经跟运河分道扬镳。我听到鸸的"宁——宁——宁——宁——宁——宁"声，还有昆虫的"哼嗯——"声（三十一加权分贝）。一只狐狸嘴里叼着一只松鼠，跑过曳船路，可能是想带回巢穴喂小狐狸。我走在阳光下，完全暴露在热气里，现在我真的很渴望找到能游泳的水池。

在里程标四十一英里的地方,我听到工业的声音,还有一种臭氧的怪味道。那声音愈来愈大,终于我看到声音的来源:波托马克电力公司的工厂。快到正午的时候,我在往下游再过去一点的地方滑进河水里,渴望清凉一下。

河水是温的,到离岸五十英尺、更深的河水里时,尽管水在流动,却令人感到更温暖。原来我是在工厂排放的废水里游泳。沿着曳船路又往前走一段后,我遇到一条比较清凉、不断流动的小溪,就把肿胀又长了水泡的脚泡在溪水里,着迷地看着一只闪着虹彩的蓝色蜻蜓在水边飞舞着,飞向涡漩处。要是曳船路的上空只有大自然里的生物飞舞就好了。

只可惜事与愿违,波托马克河和切俄运河可说是接近里根机场的视觉指针,我离华盛顿愈近,在道格拉斯法官所说的"首都后门的一长条宁静平和之地",听到的喷射机声愈多。黄昏时,在周遭开始沉静下来后,仍然每隔几分钟就可以听到它们的声音:六十二加权分贝,七十一加权分贝。

大约在晚餐时间,又热又累的我终于抵达龟跑营地,背几乎弯不下来,附近一名露营者从一大群单车骑士那边走过来说:"我们买了太多食物,如果你需要的话,我们有汉堡和各种佐料。"他一说完,我就答应了。

睡觉前,我又到河里洗了一次澡。今晚没有火车声,但我却因飞机声而失眠,并且开始计数:五十五加权分贝,六十四加权分贝。一直到深夜十一点十五分时,都还有飞机经过。根据我原本的计划,沿曳船路健行时,我会仔细思考这趟横越美国的旅行,为即将与联邦官员进行的会面整理思绪，但是这里却吵得让我的注意力无法集中够长的时间：又一架飞机飞过头顶，八十二加权分贝。昨晚我走了十四英里到铁轨旁的营地露营，今天我健行了十八英里，在飞往里根机场的飞机下设法入眠。道格拉斯法官若地下有知，肯定也会捂住耳朵。

第二天早上，我一睁开眼睛就听到一架喷射机的声音：六十五加权分贝，所含的能量大约是人类正常讲话声音的两倍。我拿起相机，从枝叶间拍了几张飞机飞过的照片，倒不是怕自己忘了它们飞得有多低，而是担心若没有照片，没有人会相信它们飞得离地面有多近。

我迅速把装备收好，回到路上。我脚上的水泡已经破裂，走路时还是一碰就痛，我的心情也有一点敏感。由于有智能手机 Treo，我一直能跟葛洛斯曼以电子邮件联络，他把安排好的会议最新信息告诉我，在华府已经有一连串会议等着我们，我们将坐下来跟前国家公园管理局副局长丹尼斯·盖文详谈；另外还有国家公园管理局局长玛丽·波马，内政部部长德克·坎培松，以及美国环保局噪音规定室一名已经有三十年经验的人员。然后我会去见我的参议员之一，玛丽亚·坎特威尔，利用她定期在周四早上为选民提供的咖啡时间跟她会面，最后我会跟联邦航空总署的官员见面，谈谈我希望飞机能绕过"一平方英寸"飞行的构想。但若没有一个安静的环境让我好好整理思绪，我要怎么为这些会议做准备？若是如此，我只能依赖直觉和聆听，讲出心声，这是我在霍河河谷培养出来的能力。

里程标三十英里。我的额头全是汗水，这还是一天里最凉快的时候。随着气温上升，湿气跟着增加，这时声音（或噪音）传播得更快，被大气吸收得更少，这意味着能听到声音的时间更长，若是在空气稀薄、气温低且湿度低的山顶，听得到的时间就会比较短。在运河边的空气中，声音传播的速度大约每小时七百六十英里，或每秒一千一百二十五英尺。在类似波托马克河这类的淡水中，声音传播的速度是每秒四千八百九十八英尺，是空气中的四倍以上。

我以前跟许多人一样，以为介质的密度愈大，声音传播的效率会愈高，但我最近得知，其实不然。音速取决于声波能量转移的效率，这跟坚硬度比较有关，而非密度。用手腕快速击打紧绷的绳子，比用松垮的绳子来传输要好得多。在物理世界，水比空气硬得多，而金属甚至更硬。在金属线中，声音传播的速度大约是每秒一万六千英尺左右。

在里程标二十六英里处，又有一个水泵坏掉，而我已经没有水了，但或许我还没完全绝望：一辆白色雪佛兰厢型车朝我驶来。这辆雪佛兰在路旁停下，我看到国家公园巡守员的识别证：美国内政部国家公园管理局。我告诉这两位国家公园的代表，有关水泵坏掉的事，而他们是出来查看的。他们认为这水泵是因为把手失踪而故障，稍后会回来修理它。他们不仅向我道歉，其中较年长那位还伸手从驾驶座后面拉出一只大保温瓶，说他太太每天早上都会在里面替他装冰井水。他几乎把我的空水壶都加满了，后来我也发现那是我喝过最冰、最干净的水之一。

离华府愈近，里程标的里数愈少，而噪音则是愈来愈大。一架直升机飞过，七十二加权分贝。我发觉我的感官平衡开始转移，听觉注意力减弱而视觉注意力增强。在有美景可欣赏的时候，何必要听不悦耳的声音？我可以了解为什么我们视自己为以视觉为主的物种，或许这是真的，但并不代表一直都是如此。我们的自然存在方式是透过感官平衡来达成，每一种感觉都能提供不可取代的必要知识，协助我们求生，其他的高等脊椎动物也是一样。若是失去了感官平衡，人类身为地球的实际管理者，又怎么可能使地球保持平衡？

到了里程标二十二英里附近，我已经靠近国家公园管理局地图上的怀奥蕾特水门（Violettes Lock），也就是我所知的紫罗兰水门，我记得那里是我小时候爱去的地方，我也曾在这里把父亲于一九六二年我九岁生日时送我的鱼竿，掷过运河。我记得四月下雨时，河水会变得泥泞，还有为了寻找水门红色的砂岩墙，踩在掉落的橡树叶上发出的沙沙声。以前我会坐在水门旁，用虫子钓鱼。我曾惊叹地看着垒球大小的桑橙从低垂的枝条上落下，发出"卡——噗通"一声巨响，吓走鱼群。当一条大翻车鱼偷走我最后一条虫后，我曾在岩下翻找更多的饵。紫罗兰水门是我的第一个自然庇护地。

我父亲在替联邦通讯委员会工作以前，曾经担任过海岸巡逻队员，他以前希望我能跟随他的步履，靠海维生。虽然他从没这么说过，但我向来知道。我小时候的确热爱水域，许多年少岁月都是在水的节奏中度过，先是在五大湖区的商船上担任携带商船文件的船员，然后又到阿拉斯加湾和白令海，在美国海洋暨大气总署的"发现者号"当船员。但是海上生活并不适合我，因为我总是渴望闻到夏雨过后土地散发的味道，也喜欢踩在土地上的坚实感觉。

数年过去，在我获得启发，成为自然声音录制家后（当时这职业甚至不存在），我父亲曾经到西雅图来看我。我向巴克单车快递请假一天，好跟他一起搭渡船到奥林匹克半岛，开车前往我最喜欢的瑞亚托海滩。那是一个美丽的黄昏，太阳逐渐滑落到地平线下，太平洋的海浪激出白色的浪花后才撞击海岸。空气里散发着混合咸鱼和海带的味道，我希望父亲看到我工作的情形，于是把录音系统在水边架好，仔细倾听后开始录制海浪冲过海滩卵石的声音：先是如歌剧风格般的低沉呼吸，在短暂停顿后爆发出哄然的喝彩。那是一场美妙的音乐会，全都用当时最尖端的"Nagra"牌卷盘录音机录了下来，那款录音设备的价格相当于送七千五百次快递所赚的钱。

我转向父亲，希望看到他认可的表情，但却看到了困惑和痛苦。他问我："戈登，既然可以来这里，为什么还要买录音机来录呢？"他无法想象会有人买我录的声音，担心他儿子注定要失败。我在难堪的沉默中收拾装备，在开四小时车回西雅图的路上很少交谈。我知道他爱我，替我担心，但我也感到受伤和困扰。当时他为什么不听呢？不是听我说，而是听大自然的海边音乐会。一直到十年后，我因工作赢得一座艾美奖，他才肯定了录制自然声音的价值。

里程标十七英里处。我的右踝肿起，吞了两颗止痛药。一架直升机飞过头顶：七十二加权分贝。西方地平线应该还是亮的，现在却已几近黑色：雷雨接近了。我在史旺斯水门营地支起帐篷，一阵阵风暴开始侵袭森林的枝叶。我累得无法煮汤，就拿什锦果麦片当晚餐，等待暴风雨过去，至少在这里，暴风雨是寻常可见的。天空打了几次响雷，每次都像大木桶滚下阶梯一样，雨并不下得特别厉害，后来我就沉入梦乡了。

天刚破晓，我的帐篷仍在滴着昨夜的雨。我泡了茶，吃了一根活力棒，现在没必要拔营。我会把大多数装备留在帐篷里，让它们干燥，以减轻我的负担。我只会背水壶和装了午餐、音量计、录音机和照相机的肩袋。等我父亲在华盛顿特区接我后再回来拿装备，现在该冲刺最后一段了。

曳船路已经变成一条宽大的石子路，将近十英尺宽。这里的运河也变成三倍宽，宁静祥和，在森林高大树木的庇荫下显得隐秘、和平。但我的耳朵却传来不同的信息。我听到远方交通的怒吼声，陆地和天空都有。现在的声境明显有城市的感觉，曳船路上的车辆也开始增多。我看到更多慢跑和散步的人，而且今早前两个小时遇到的单车手，比我先前走的五十英里都要来得多。今天跟我一起在这条路上行走的人，行为举止也不同。他们的脸上少有微笑，也很少打招呼或挥手，这些在乡下地区很常见的行为，在这里却付之阙如，就跟许多城市街道一样。民众变得内向，心思像在别处，或许在思考或体会公事或私事，或许在寻求内心的平静。

里程标十五英里意味着大瀑布已经不远，那里也是高中时代我在森林、河流里像顽童流浪记里的主人翁一样游荡时，会到的最南端。天空下起微微细雨，感觉很舒服，可见今天一天都会保持凉爽。路旁又见到一个提醒单车骑士要按铃或喇叭警告行人的标志，远方瀑布的吼声和一般的城市声音大约是四十四加权分贝。一架波音七三七在接近里根机场时的音量是六十五加权分贝，而且每隔几分钟就有一架喷射机经过。

在里程标十英里处，切俄运河自四九五号州际公路下经过，这条环状公路绕着华盛顿特区而行。在从陆桥下经过时，我听到交通的轰隆声：七十加权分贝。然后，另一边有一架军事直升机飞过：七十八加权分贝。我感到曳船路仿佛正带我进入混音器。我的足音早已淹没在这些声音里。

下一个里程标非常旧，就像公墓里的墓头石："离华盛顿□区九英里"，代表特区的"D"字已经被磨掉了。

在一栋需要维护的历史建筑物墙面上，挂着一幅标语，上面写着："拯救美国的珍宝。"

里程标三英里处，这里的声境以麦克阿瑟大道的交通声为主，我的音量计测到的尖峰音量高达七十五加权分贝，然后跳升到八十六，并在喷射机经过时跳至更高的九十八。

里程标二英里。运河对岸现在已经是水泥墙，上面有一个个排水管口，使得这里充斥着未经处理的污水臭味。

里程标一英里。这里的声音？路面交通、咆哮的除草机、飞过的喷射机。更远处，有两头骡子拉着载满观光客的运河船。这些船和骡子都很安静，但我的音量计仍冲到七十五加权分贝。

里程标零英里的标志失踪了。曳船路变成乔治市波托马克街一〇〇〇号。在离家六十天后，我终于抵达华盛顿特区。我的健行之旅已经完成，但我横越美国的旅程还没结束。我还有更多路要走，但接下来大多是在联邦办公大楼里。最后我得拍一张重要照片：在华盛顿纪念碑前替"寂静之石"拍照。

"咔嚓。"

在这道高耸入云的白色石灰岩方尖碑前，表面因经常执握已经磨平的多角形红石，看起来显得微不足道。我有可能把它变成不朽的纪念物，象征国家的觉醒与聆听，愿意把霍河河谷与飞机隔开，协助保存美国仅余的伟大静谧之地吗？或许在接下来的几天就可以知道结果。

"拓荒者的血统，"我父亲总是这么告诉我，"儿子，你什么都不必担心，因为等事情开始棘手时，记得你有拓荒者的血统。"我母亲的家族出了詹姆士·马里恩·威尔逊，美国宪法与独立宣言的签署人之一。我父亲那一边的家族，则可以追溯到一位驾着蓬马车抵达内华达的移民。我曾在父母身上，见识过这种坚忍刚毅的精神。那一天我坐在母亲床边，父亲站在对面。母亲病得很重，无法言语，她把结婚戒指褪下来，交给丈夫，无声地表达她希望他能在此生再度找到真爱，不到两天，她就过世了。

父亲和他的第二任妻子玛丽把车停在华盛顿纪念碑附近，可供残障人士进入的停车场，两人一起热烈欢迎我。我留在史旺斯水门的装备可以明天再去拿，能坐车、让脚休息一会的感觉很棒；回到家的感觉更棒。

我们走二七〇号州际公路到马里兰州的蒙哥马利郡，也是我度过童年的地方。在马里兰州波托马克邮递区域二〇八五四、人口四万八千八百二十二人的这个区域内，便利带来的负担不容小觑。在蒙哥马利郡，拥有一栋价值将近一百万美元的中型房屋、一家三口的家庭，减掉一般扣除额后的年收入高达惊人的二十三万美元。我会住在三千英里外，并不是偶然。乔伊斯镇才是适合我的地方。

到了，我讨厌刈的草坪（幸好它看起来才刚除过草）。还有在前门飘扬的美国国旗。我把背包和空水壶丢到我以前的房间里，然后回到楼下，经过在厨房料理美食的玛丽，到起居室找我父亲，那里有一套过分松软的沙发，一些邮件四散着，还有显眼的两支遥控器。

"我们能把电视关掉吗?"

"当然,这台大电视是我买过最划算的。它是 Radio Shack 用来展示的电视,在十五年前大约一千两百块。它的体积太大,不方便送修。它的保修期大约七年,所以他们会来这里维修。我们的电视太多,所以得用信号增幅器。"

"有多少台?"

"五台。"

好吧,这里是蒙哥马利郡。我父亲在开始收集电视以前,爱收集钟,他带队到瑞士参加电讯会议时,从那里带回来好几座钟。这些年来,房子里充满钟声。地下室里还有一座船钟,会发出桥钟的声音。他把其他钟放在楼上展示,它们都很华丽,跟他同样爱收集的上等家具很搭配。我从这些钟响的时间准不准,就可以知道我父亲的生活过得好不好。但我发现这些钟几乎都不见了。

"奥吉怎么样?"他开玩笑地问,"我没听到他的什么坏消息。"

我也没有,于是我提供这个关于我儿子的消息:"嗯,我常听到他骂人。"

"很好,我们不应该常骂人,但是我在当船长的时候,如果有紧急状况,我就会骂人。这样大家就会注意你,因为我平常不骂人。一骂起人来,他们的动作就会快一点。"

"他偶尔也会骂脏话。"

"嗯,这就不好了,"我父亲补充说,"喝点马丁尼好了。"

"现在几点了?"

"三点十五分,大约迟了十五分钟。一大堆时区,我们就不能假装在法国或别的地方吗？"

"谢谢。"接过我父亲递过来的马丁尼。晚餐棒极了。

那天稍晚，我躺在以前的床上，让窗户敞开着。我面对着衣橱的门，以前我画上去的大和平象征和美国国旗已经不再醒目。我的思绪从过去飘回来，明天我要去内政部鲜为人知的博物馆里，看看华府最著名的一些纪念物，它们全都是由国家公园管理局负责管理的。

凌晨一点半我还是睡不着。现在周遭非常安静，只有远方二七〇号州际公路传来的交通声，音量是二十四加权分贝，几不可闻，但因为四下太过安静，所以我还是分辨得出轿车和十八轮大卡车的声音。

12

华盛顿特区

对人性改变最大的，莫过于失去寂静。印刷术、工艺学、义务教育的问世等等，没有任何事物对人类的改变，比失去与寂静的关联来得大，原本应该跟我们头顶的天空或呼吸的空气一样自然的寂静，已经不再存在。失去寂静不仅意味着丧失人的一项特质，而是连人的整个构造也跟着改变。

——麦克斯·皮卡德，一九四八，

引自《寂静的世界》

星期天早上，晴朗明亮，我待在父母家中，躺在床上，聆听窗外传来鸟儿的合唱。在外面七十五英尺高的橡树上，这些鸣禽的声音已经响亮到四十加权分贝，甚至一度盖过远方二七〇号州际公路传来的嘈杂声。

我还需要为接下来与联邦官员的会议做准备，我原本是打算利用沿切俄运河健行的时候，好好思索一下策略，可惜这计划未能实现。谁知道在国家公园里竟然看得到往返里根机场的飞机？于是我问父亲和继母，能否去国家大教堂整理思绪。我也想研究那里的建筑结构，聆听和回想在切俄运河沿岸的天然大教堂里听到的黎明大合唱。那些一度非常安静的自然拱形结构，曾经是人类首度膜拜天地的自然地点。或

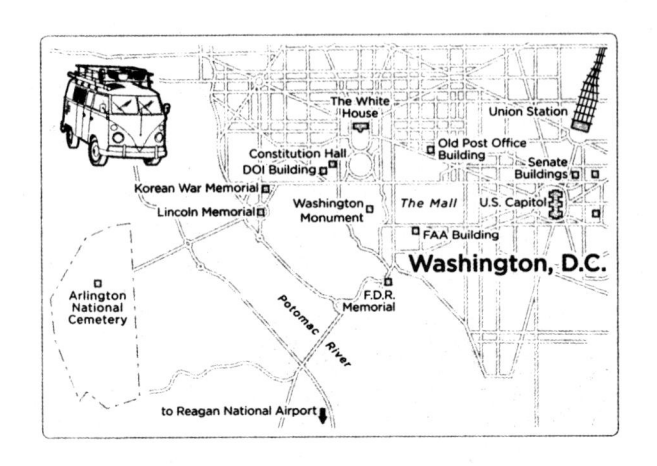

许我在国家大教堂可以集中思考，想好该问的问题。

父亲在过去数十年的通勤岁月中发现许多避开交通堵塞的快捷方式，所以我们没多久就把车停在威斯康星街三一〇一号，特别选在礼拜仪式结束后抵达，方便自由行动。

国家大教堂的兴建工程始于一九〇七年，可以说从没完工过。这座大教堂至今仍不断创造出许多辉煌的建筑成就，它的中央塔高超过三百英尺，占地超过八万三千平方英尺。进入主建筑物后，我立即听到与阔叶树林类似的声响：一种混合的回响声。

现场有观光客四处乱逛，这对我倒是有用，因为我正想听听这里的声响，了解声音的**行为**。我抬头望向直径九英尺、刻有凹槽的宏伟梁柱，它们形成拱状的天花板，间隔大约二十英尺，令人联想到远古的森林。一组较小的拱形就像森林的下层一样，至少在我眼中看来是如此。我跟一名经过的导游说，这座宏伟的礼拜堂让人有森林般的感觉，她说早期建造教堂的人原本是造船员。后方有架管风琴开始弹奏（六十四加权分贝），然后又停止（五十五加权分贝）。

我觉得置身这里，就像在茂密的树林里一样，跟在曳船路里程标九十五英里处的感觉很像。无论是教堂管风琴的演奏，还是鸟儿的歌唱，都令我感到振奋，能够让本能和极度理性的思绪互相平衡。由于理性思考比较容易沟通，所以经常受到高估。对照之下，内心的智慧就像细语一样。真正的聆听是一种崇敬的心。我们全都能在寂静中体会神圣。现在我就要默默地祈祷，体会神圣。

隔天，葛洛斯曼跟我在杜邦圆环附近碰面，穿过十条街前往位于C街的内政部大楼。抵达那里之前，天空突然阴暗起来。我们加快脚步，想在下雨前赶到，可惜失败了。天空落下倾盆大雨，强到足以把迅速漫过路边石的洪流冲下道路，我们不得不冲进一栋建筑的梁柱之间避雨。我知道这栋建筑！它是"美国革命妇女会"的宪法厅。我念高中时，会跟我母亲在周五夜晚来这里，她以前会为我们买国家地理杂志系列讲座的季票。现在，雨被风斜吹进来，雷声撼动着华府以石灰岩建成的市区峡谷，先是九十五加权分贝，然后升至九十七加权分贝，最后达到令人战栗的一百一十二加权分贝。这么大的声量若在印第安纳波利斯高速公路上，不会引人注意，但是除了冰河崩裂、地震和雪崩以外，这可说是大自然中最大的声响之一。

内政部大楼的安全戒备相当森严，金属探测器、X光、手提箱搜查等等一应俱全；他们不仅要求我把手提电脑拿出来，还在安全日志上记下它的形式、型号和制造序号。然后是红色的名牌。此外我也不得拍照。我猜这是声音的好处之一，没有人会想到要说："别录音。"内政部长坎培松的照片挂在布什总统的一张照片下面。我们跟坎培松的会面是在两天后，明天我们会先去见国家公园管理局局长玛丽·波马。

"这里是不是有'美国国家公园之美展'？"我问驻守在内政部博物馆入口的骑警。几年前，这座博物馆的馆长戴维·麦肯尼曾请我提供二○○五年的展出音乐，我花了数星期准备，这也是我现在急着来参观的原因。

"大约一年半以前，"他公事公办说，"有些展品在二楼，有些放在其他办公室，但你们不能进去。"

"我们能到二楼吗？"

"我可以带你们上去。"

在遵照他的提议以前，我决定先去看看目前的展览，"以当代服饰重现传统暨美国印第安设计"。展场里有各式各样由艾德华·寇蒂斯[1]所拍的照片，还有用印第安珠饰制作、令人惊叹的美国国旗，还有一区展示土地管理局。整座博物馆里只有我们两个人，也只有通风设备的噪音（四十二加权分贝），然后我们走到另一个展示区，属于内政部的另一个部门：鱼类暨野生动物局。平板屏幕上播放着"自然地"，搭配有语音介绍，但完全没有自然的声音。墙上有一个广告牌上问道：

我们为什么要保护濒临绝种的物种？

国会在"濒危物种法"中提醒我们：

> 美国的鱼类、野生动物与植物
> 对美国及其人民均具有美学、
> 生态、教育、历史、休闲与科学价值。
> 一名小孩又加上一个原因："因为我们做得到。"

自然静谧也已濒临消失。那名小孩所说的"因为我们做得到",具有很重的分量,因为未来保存宁静地点的努力能否成功,完全取决于人类的选择。

该去二楼看照片了。骑警柯克·戴兹带我们上去,在电梯里告诉我们,"美国国家公园之美展"有六幅照片现在挂在部长办公室,而那里是不得参观的禁区。其他的则挂在二楼走廊墙上。

"这些是冰河国家公园的四种不同景观。"戴兹说。

我们欣赏了一番,然后继续往前走。

我们走过巨幅照片前,戴兹不必读它们的名称,就指着说:"沼地国家公园,阿卡迪亚国家公园。"他来这里许多次,早已熟记在心。"我的头十年是在西部各地度过,"他静静地说,"这些大国家公园我全去过。"

我们对戴兹的兴趣跟对这个展览一样浓厚。他下个月打算背着背包,深入英属哥伦比亚的熊乡,因为他喜欢"摆脱一切"。戴兹来这里以前住过的最后一个镇,大约只有一百二十人,位于与纳瓦荷国度相邻的四州交界区,就在圣胡安河畔。他当时住的公寓以前是一家名叫"银元沙龙"酒吧的厨房。约翰·韦恩在纪念碑谷拍电影时,常在那里喝浓度百分之三点二的啤酒。

"红杉，冰河，大提顿……"我们的导游继续说。

我对这些名字全都很熟悉。在为这些照片准备配乐时，我仔细在我巨大的音乐库里搜寻过。当时没有声音预算，只有一长串的公园名单，其中大多数我在早十年前就已经录过音。我把所有其他的工作推到一边，认为这个博物馆的正式场合，可以让参观者仔细聆听，那么等他们造访真正的景观时，就可以更仔细聆听。

"锡安，落基山，大盆地……"

盖林·罗威尔、马克和戴维·穆耶屈、帕特·欧哈拉，以及劳伦斯·帕伦特总共贡献了三十八大幅照片。在艾米·兰姆的策展下，这些照片在全美各地巡回展出。但是为它们制作的声音却没有一起展出。在最后一刻，这项展览的音乐部分被除去，目的是为了充分展现这些照片的丰富性。这又是视觉击败听觉的例子，同时也丧失了一个大好机会：让民众了解以声响形式存在的自然宝藏。这项展览的最后改动，令人感到苦乐参半。这些照片的确令人赞叹，但它们的展示原本可以丰富许多。相较于自然风景，自然的声响与静谧就像是二等公民，我希望"一平方英寸的寂静"能协助遏阻这种趋势。

我们交回红色名牌后签名离开，打算前往林肯纪念堂。

在林肯纪念堂的阶梯上，可以听到四周传来软底鞋缓慢的脚步声，以及模糊不清的话语，主要是外国语言（五十八加权分贝）。纪念堂里有将近五十人，林肯巨大的坐姿雕像矗立在堂内，基座上有数个醒目的标语写着："肃静，尊重。"没有人大声说话，连儿童也知道不能喧哗，这座纪念堂似乎自然会令人想保持肃静。静默会令人感到安慰、冷静和发自内心的敬意，这也是我们要以默哀向国家英雄和过世亲人致敬的原因。

我们到附近由国家公园管理局负责经营的信息站索取地图，找路去罗斯福纪念公园。这座纪念公园在一九九七年完工时，我早已离开华府地区。一架喷射机自头顶呼啸而过，然后又一架，而我们才刚拿到地图，正在听信息站的公园巡守员指引方向；里根机场就在波托马克河对岸。这时已近黄昏，空中交通开始陷入夜间尖峰时段，我们问巡守员，飞机噪音对游客在纪念公园内的参观体验有什么影响。

她回答说："罗斯福纪念公园的情况比这里还糟。我在讲话时经常得中断三次左右，因为实在听不到。"她带着些微的南方口音，我心想可能是来自阿肯色州或密苏里州，但这时第三架飞机以八十加权分贝的音量轰轰地飞过，我已经听不清楚她讲话。罗斯福纪念公园比这还糟？

我们在前往罗斯福纪念公园的路上，先到朝鲜战争纪念公园转了一会儿。在一片树林和矮灌木中，立着一个个醒目的美国大兵青铜雕像，他们像在巡逻似的，每个士兵都显得因战斗而疲惫，昭示着战争对个人造成的创伤。这时，头顶传来军用直升机的声音：七十八加权分贝。想想看，这对立在这里的老兵们有何影响，这里是国家为了纪念他们的贡献举行仪式的地方，但是头顶却有攻击用的直升机不停发出"威克——威克——威克——威克——威克"的声音，足以唤起过去对战争的可怕记忆。

我们跟着地图走到罗斯福纪念公园，它位于潮汐湖和波托马克河之间，一块植树众多且地点偏僻的绿地上，占地七英亩半。这座纪念公园有一连四个水平分布的户外"展室"，是由地景建筑大师劳伦斯·哈普林所设计，他也是西雅图高速公路公园的设计人。我猜想哈普林在这里是不是也想用流水声来盖过都市的喧嚣声，就像用水声盖过穿越西雅图市区那条州际公路的吵闹声一样。我们在游客中心得知可以由导游陪同参观半小时左右，户外开始下起稀疏的小雨，我们的导游回里面拿出一只透明塑料套，盖在他的公园服务帽上，然后我们就出发了。

那名担任导游的巡守员说："这里的设计是为了让你感觉你并非置身在大城市里。"

哈普林曾在有许多图解与照片的《罗斯福纪念公园》一书中，描述他的建筑目的。在这本书中，**安静**（quiet）一词出现过两次，一次是指他在这座纪念公园里大量使用的巨大红玉髓大理石块〔"由于同时拥有暗色的斑点和闪亮的云母薄片，（这些石块）既醒目又柔和，塑造出的整体印象是安静的力量与尊严"〕，另一次是在说明他希望如何将代表罗斯福一九三三到一九四五年不同任期的展区串联起来："当游客准备离开第二任期的展区时，会进入引导他们通往第三展区的通道。这条信道跟第一条信道一样，都是安静、沉思的空间。"

一架喷射机飞过，音量计读数是七十八加权分贝，跟高架铁路旁的学校教室差不多吵。

"飞机这么近的时候，我通常会停止说话。"巡守员还告诉我们说，里根国家机场就在河下游大约一英里处。我还是能了解他说的话，但很吃力。他解说了罗斯福总统的生平与任期，也介绍了这座纪念公园。"它是克林顿总统致力完成的，但有点争议，因为这座纪念公园里几乎没有罗斯福总统坐在轮椅上的图像。在十二万五千张他的照片当中，只有两张是坐在轮椅上。"他指着罗斯福坐在轮椅上的雕像说，那是后来加的。

这座纪念公园揭幕那天，显然有另一件未曾公开的争议。为了避免飞过的喷射机破坏揭幕典礼的肃穆，克林顿政府请求联邦航空总署协助，但他们的请求未受到理会。联邦航空总署不愿让飞机改道，所以飞机像平常一样飞行，盖过了演讲人的话语，包括不太高兴的克林顿在内，他被迫停止演说，等到飞机的轰隆声过了才继续。

哈普林的设计有多成功？我的评价是他成功做到了视觉遮蔽，每个户外展室依序呈现，仿佛不是走在同一个地方，而是穿过由现代景观建筑构成的景色。事实上，他在许多地点运用水的效果。在第二展区，有一个田纳西河谷管理局涌泉，看起来像泄洪道或水坝。在三十五英尺外测到的水声是七十五加权分贝，几分钟后，一架喷射机飞过，音量计读数立即跳升到八十一加权分贝，巡守员的声音已经被瀑布和喷射机盖过。如此看来，流水声的确多少能遮蔽城市的声音，但这种听觉效果无法让人放松。当你必须大声说话别人才能了解，而且还要附耳过去才听得到对方说话时，这种被迫形成的亲近并不自然，而且会令人不知不觉地产生疑虑。

我们得知在葬仪区的水景要素是"平坦、沉静、平稳"，用意在于唤起死亡的肃静感。巡守员的说明又因另一架喷射机而中断，这次的噪音高达九十一加权分贝。在纪念公园的底端有一面花岗岩墙，上面写着罗斯福总统著名的四大自由：言论自由、宗教自由、免于匮乏的自由、免于恐惧的自由。在这趟旅程被喷射机的噪音打断无数次后，葛洛斯曼忍不住问："你有凿刀吗？我们要在这里加上'免于噪音的自由'。"

第二天早上醒来时，脑海里想着高中时代的岁月，慢步走到楼下。

今天的早餐有咖啡、柳橙汁、半熟蛋,还有立在烤面包机上的英国马芬松糕,这个可以烤两片吐司的烤面包机以铬合金制成的外观依然闪亮,跟我的儿时记忆一模一样,一条宽宽的辫带还在。我不知道父亲是怎么把它保存得这么好,我看到桌上一边堆的都是他的处方药,药水瓶多得我一眼数不完。

"你今天有什么特别的节目吗?"他开玩笑地问。他不常看到我穿西装,打领带,而我知道他看得很乐。这跟我绑着马尾的打扮,相差甚远。

"今天早上约翰和我会去找国家公园管理局前副局长,他知道该找哪些人。午餐后,我们跟管理局局长玛丽·波马有约。然后我们会去环保局,看它为什么裁掉噪音减量防治室。"

"祝你好运了,儿子。"

父亲提醒我搭地铁回家的路上,给他打个电话,他好去接我。"记得在怀特夫林站下车。"

地铁红线快捷又方便,在一九六〇和一九七〇年代,这里的交通总是非常壅塞,停滞不前,地铁完工后改变很大。我在车上查看电子邮件和 Treo 上的电话留言。我们原本希望明天能跟内政部长会面,但现有可能落空,因为我们被告知他生病了,有可能不进办公室。

我在杜邦圆环跟葛洛斯曼碰头,一起走到西北向十九街一三〇〇号,然后搭电梯到三楼。门后面是国家公园保育协会,墙上浮雕着一句标语:"为后世子孙保护国家公园"。这不是国家公园管理局的工作吗?当然应该是,但国家公园保育协会深知政府政治的现实,所以努力扮演好幕后监督者及保育主义者的角色。这协会的成立要归功于许多先前在国家公园管理局担任高阶主管的人士,他们奉献了经验、人脉与视野,他们跟长期担任副局长的丹尼斯·盖文一出现在接待区,就受到热烈欢迎。即使离开职位已经数十年,这些全心奉献的人士仍然热爱美国未受破坏的珍贵野生地,持续关怀会对国家公园造成影响的议题,并在必要时发声。盖文曾在一九八五至一九八九年以及一九九八到二〇〇二年间,担任国家公园管理局副局长,他和另外十名内政部前高阶官员在二〇〇七年三月二十六日共同签署一封信,递交给内政部长坎培松,信中提及:

> 我们必须表达我们对黄石国家公园提案的忧虑,因为它彻底违反二〇〇六年管理政策的精神与内容。该提议将使摩托雪车的使用增加至目前平均使用数的三倍,但科学研究已经确切证明,过去四个冬季,摩托雪车的平均使用量降低三分之二,是国家公园游客、雇员与野生生物的健康得以显著改善的主要原因。
>
> 最近国家公园管理局的研究详细指出,允许黄石公园摩托雪车日平均使用量从二百五十辆增加至高达七百二十辆,将使该公园逐渐复苏的自然境况再度受创。特别是该研究指出,摩托雪车的噪音将对游客目前能享受到的自然声响与静谧地点再度造成干扰。

信中继续指出,国家公园管理局的宗旨是"尽可能保存国家公园的自然声境",而增加摩托雪车的提案与此宗旨不符。

多年前,我在读完理察·塞勒斯一九九七年由耶鲁大学出版的著作《保存国家公园的自然》后,原本以为国家公园管理局可以有效保护美国荒野的想法开始破灭。塞勒斯撰写这本书时，是受雇于国家公园管理局的历史学家，因此有机会获得先前难以取得的信息。他谈到管理局允许猎杀美洲狮，以便让麋鹿和鹿等草食性动物能够更加安全地在具有观光价值的景色中漫游。他也写到引入非本土种，例如一些鳟鱼种类，以改善渔业的做法。塞勒斯指出一个关键问题，这问题至今依然存在："长久以来，国家公园服务管理的主要困境在于：究竟该保存什么……景色是最初成立国家公园的原因，而且透过观光之助，也是它们存在的主要理由。因此，管理'外观门面'便成为国家公园最通行的做法……长期以来，外观管理对民众、国会和国家公园管理局都比严苛的科学管理来得有吸引力。"

盖文走出电梯，只比我们晚几分钟。他的身材高高瘦瘦，体能看起来很好，能背背包做徒步旅行，不过他现在穿着运动夹克，里面一件白色马球衫，一支笔斜夹在扣上的纽扣下方。他的右肩上背着一个 Lands' End 牌帆布制公文包。国家公园保育协会的法律代表布莱恩·法纳把我们介绍给盖文，并带我们大家到会议室有阳光的一角。布莱恩先前曾在北瀑布国家公园管理处担任解说员。

我解释我的横跨美国之旅、"一平方英寸的寂静"，以及那里不容许丝毫噪音入侵的构想。我把一页说明递给他们，一人一张，并说我们今天下午会跟国家公园管理局局长波马会面。"我并不期待玛丽·波马说：'这想法很棒，让我们来推动'，但是我希望能尝试所有可能的做法，而这些单位的反应，无论是联邦航空总署还是环保局，都会被写进这本书里。我们希望这些对话有助于形成一股力量，引导舆论。"

盖文先前曾在国家公园管理局任职长达三十八年，现在则是国家公园保育协会的理事，他针对国家公园管理局有关自然静谧的管理政策，提供了一些信息。他说："一九七〇年时，没有任何与自然静谧有关的政策，一九八八年时，出现了两项。"他曾参与一九八八年管理政策及二〇〇一年更新内容的撰写。他提醒我们，在小布什的第一任期内，国家公园管理局的政策曾引发极大争论。"那次争议始于一项行政草案，它会破坏二〇〇一年政策的实质效力。最后在多方抗争下（包括由国家公园保育协会、荒野协会及大黄石联盟），政府终于退让，二〇〇六年的政策大体上跟二〇〇一年相同。对自然静谧的保护承诺至少是跟二〇〇一年一样。"

至少在纸面上是如此。

盖文继续解释说："一九八八年和二〇〇六年政策的差异主要在于，自然静谧不仅和人类有关，如果想保护自然环境的所有生物，自然静谧是我们必须追求的目标，因为静谧对生物很重要。失去静谧的环境对它们有害，亦即大量噪音会造成危害，如同今日的夜空已不再宁静。现在我们知道这对生物具有深远影响。在圣塔莫尼卡这类地方，由于缺乏夜空，蝾螈的繁殖习惯已告中断，海龟的迁移模式也是。它们孵化后会朝水的方向走。在暗黑的夜晚，水会显得比陆地明亮。然而，自从海湾群岛后面有了塔拉哈西城以后，孵化后的海归都会爬错方向。这个领域的相关文献仍然很少，研究也不多，但数量已经开始累积。"

盖文对于国家公园内的噪音有第一手经验，那是在一九六〇年代晚期的大峡谷国家公园，当时他在那里训练新森林警备员。他会健行到魅影牧场，在那里过夜，第二天再健行出去。他记得曾写过一份备忘录给区域主任,内容大致是:"在大峡谷内健行就像在忍受第二次世界大战时的英德不列颠之战,随时都听得到飞机的声音。"那是在直升机观光开始之前,也是在国会试图遏阻噪音以前的事。

我提到"一平方英寸的寂静"这个简单的方法,还有我放在圆木上的"寂静之石",我对静谧的呼吁,以及若这呼吁能实现的话,将能改变奥林匹克国家公园广达一千平方英里的声境管理。那里将会成为全世界第一个静谧庇护地。

盖文觉得这个构想很有意思,也很合理。于是我询问他的意见:"这跟努力保存一项资源有关,而且这项资源原本就在现今管理政策的保护范围内。我要怎么让这一点获得认可?"

他说:"不论任何管理模式都牵涉到三位重要官员。一是公园管理处处长。漠不关心的处长会让局长的政策失去实质效力。目前总共有三百九十个单位,总会有人'就是搞不懂',就如同约翰·肯尼迪在古巴飞弹危机时所说的。我代理过多次局长,再加上担任过副局长的职位,我能看到局长签署的所有信件。我不知道一个月有多少次,我会在看到某份档案还有某个处长写的内容时,心里想着,这实在太荒谬,根本不符合国家公园体系的政策。另外两个重要的人物是国家公园管理局局长,也就是政策制定者,此外区域主任也同样重要。"

我跟他提到我在二〇〇六年时跟奥林匹克国家公园管理处处长比尔·莱特纳,一起健行到"一平方英寸的寂静"。"我认为他对自然静谧深有同感,但并不真的想向联邦航空总署挑战。"(莱特纳处长在二〇〇八年初退休。)

盖文说:"联邦航空总署在这当中也很重要。从我跟它们打交道的经验来看，它们对于为了自然资源的价值或人类的舒适而规范飞机，一点兴趣也没有，这么说一点也不夸张，除非是白宫下令。"

葛洛斯曼指出："但依法，它们应该要有兴趣的。"

盖文同意但也承认："那是我二十年前的经验，但听起来它们的态度没多少改变。它们总是谈噪音，但是从不谈自然静谧。"

盖文同样以他在公园管理局服务多年的经验继续说道："这跟空气质量的问题很像。'空气清净法'（Clean Air Act）让国家公园管理局有机会参与清净空气的相关讨论，因为该法指出，超过一定大小的国家公园都必须列为一级区，也就是空气质量不得降低的地方。因此在一九七〇年代，国家公园管理局开始设置空气质量室，监测国家公园的空气质量。这三十多年来，国家公园管理局在乡野空气质量上有许多发现，例如区域运输等议题，大峡谷的一些空气污染其实是来自洛杉矶。很难想象我们竟然不知道，但我们的确不知道。污染物扩散的程度，真的令我们大吃一惊。在区域运输与烟雾对乡野空气质量这个议题上，国家公园管理局的确是很重要的发声机构。在我看来，现在的自然静谧问题跟二十五年前的空气质量问题很像。"

盖文指出一个关键点：国家公园管理局与其把保护国家公园内的自然静谧视为责任与负担，不如把它视为打击噪音污染的机会，而方法就是支持世上第一个静谧庇护地的构想，禁止摩托雪车（除了当地利益团体的政治力量外，还有什么人会想让这些摩托雪车在公园里横行？），减少空中观光，利用驮兽和健行等方式取代直升机来进行研究活动。

盖文还建议说，国会是美国土地利用的最高政策制定机构。

我问他:"所以如果国会可以通过法案……"

盖文和法纳都认为这会是最好的方法。

"你的策略也不错,"盖文说,"集中在一个国家公园的一平方英寸,要比挑战整个系统简单得多,因为整个系统的变化和变量太多,再加上各种不同的政治观点。"

葛洛斯曼跟我感谢盖文花时间跟我们会谈,接着搭电梯到楼下大厅,心情因盖文的见解和乐观感到振奋,我们开始找地方吃午餐。我们找到一个食物不错,但地板很硬、天花板很低的地方,在人声嘈杂又忙碌的中午,音量达到七十五加权分贝,很难交谈。由于时间不多,我们叫了出租车到内政部大楼,这次我们对安检搜查已经有心理准备。

"叮。"今天电梯在三楼打开,我们走出去时,我忍不住在走廊上测起音量:五十八加权分贝。头顶上,风扇的叶片转个不停,走廊里传来声响,周遭只有一棵植物带来一点绿意,我觉得自己离霍河河谷好远。我们向接待员说明来意之后,玛丽·波马局长很快就出来,亲切欢迎我们,并亲自带我们去她广敞的办公室,示意我们到擦得光亮的会议桌旁,分别坐在她的两边。国家公园管理局自然资源计划的沙伦·克里温斯基也加入我们,内政部公众事务室基于礼节也派了一名代表过来。波马局长各递给我们一张名片和一枚国家公园管理局的别针,它跟公园巡守员别的一样,是给我们的纪念品。

波马说:"我看过你在做的事,先前读过。"

我说:"谢谢您挪出时间见我们。"

"真的不客气,因为这对我们非常重要。"她说着,边在面前放几张笔记,然后两手交叠放在膝上。她穿着时髦的灰褐毛呢套装,戴着金耳环，昂贵的发型衬托着温暖的微笑。附近一片墙上满是照片，包括在二〇〇六年任命她担任局长的布什总统，还有她跟第一夫人劳拉·布什的合照。

波马问我是否带着"寂静之石"，可见她或她的部属曾经浏览过我的"一平方英寸的寂静"网站，知道我带着它一起旅行。她在手中把玩它的时候，我说明它来自哪里，以及它象征的单点声境管理策略。

她很快看了一下笔记后，开始说话。

"我从小在英格兰的乡村长大，那时我们家在英格兰第八大城市莱斯特有一家工厂，生产袜子。我很习惯城市的声音，但也经常旅行。"

早先她替国家公园管理局工作时曾在费城住过，但现在住在华府，而在她搬到美国并成为美国公民以前，则是住在伦敦。

"昨晚我在七点半到家后，睡觉前很快看了一下电子邮件，整理了一些笔记，这些就是我想到的一些事。有一本很棒的书叫《失去山林的孩子：拯救"大自然缺失症"儿童》。为了我们的百年目标之一，我们已经办了四十场集会聆听民意，那真的是民众可以站出来告诉我们，该怎么让我们的国家公园在未来的百年间充满活力，还有他们希望国家公园能为下一代和子孙做哪些改变。声境，夜空，我们还听到'损害'这个词，其实我很惊讶听到美国民众提到这个词，街上的人谈到损害和让公园保持自然……

"但我真的有想到过山林里最后的孩子，我们担心孩子会失去与大自然的连接，我们已经计划在接下来的七到十年间，在七座公园试办把孩子带回国家公园，编造包括动植物在内的物种清单，清查国家公园的自然资源。"

她滔滔不绝地说着，就像迷你高尔夫球场上的风车障碍一样一直不停，我好不容易逮着一个空当说："这几个地方，有在美国西半部的吗？"

"它们散布在美国各地，从罗克溪开始。"

克里温斯基说："雷斯岬是其中之一。"

我说："我几乎造访过美国所有拥有荒野的国家公园。过了密西西比河以东，白天根本找不到真正的静谧，即使在西半部也非常稀少。我还发现不仅是儿童需要教育，在奥林匹克国家公园，就连巡守员也需要教育。他们对于公园里的声响特征，连十二种都说不出来，而且我希望'一平方英寸的寂静'能明确传达一个信息，那就是奥林匹克国家公园是聆听者的约塞米蒂，这也是我搬到奥林匹克的原因。"

波马局长问："所以你住在那一带？"

"对，我住在安吉利斯港附近。"我回答并告诉她，我曾经跟国家公园管理处的处长比尔·莱特纳一起健行到"一平方英寸的寂静"。

"我多年前就认识莱特纳了。担任国家公园管理局局长有很多好处，我的好处就在于我是一路升上来的专业雇员，所以多年来认识了许多国家公园处长。我担任国家独立历史公园的处长时，彼得·詹宁斯有一次对我说，'老天，玛丽，国家公园处长真的是很特别的一群人'，他们真的很特别。"

我瞥了桌子对面一眼，葛洛斯曼的眼睛慢慢地转了半圈，我知道他在想什么。我们拿到的会面时间是四十五分钟，而现在已经过了一半。

波马局长继续说："国家公园管理局是由七大区域构成，我猜你们已经知道。我们有七个区域主任，总部就在华府。我们局里的国家领导委员会一年召开四次会议，只要办得到，每年我们至少会设法让其中的一两次到野外……"

葛洛斯曼开始破除风车障碍，插嘴说："您最近一次到偏远地区聆听，深刻体会大自然的静谧是什么时候的事？"

波马局长想了一会儿说："两个月前吧，应该是锡安，因为那里有非常完善的国家公园运输系统，民众可以顺畅地上下。锡安没有交通噪音，可以听水声，溪水声，只是单纯地听水的声音。以个人来说，我很喜欢树的声音，听树叶的沙沙声，还有鸟鸣，有一天傍晚我坐在那里一栋小木屋外面时，有一些意外的惊喜。"

我问："您在那个人烟稀少的地方时，有没有听到飞机的声音？"

"没有，相信我，如果有的话，我一定会注意到，特别是我就住在华盛顿特区的史莱特巷，离里根国家机场很近。"

我从来没有嫉妒过别人的经验，特别是宁静的经验，但是这和锡安国家公园平常的真实情况截然不同，山脉俱乐部的噪音暨飞行专家狄克·辛森一直都有告诉我，他在锡安和大峡谷奋战的情况。他已经通知我，锡安偏僻地区受到飞航的影响很大，已经到了一小时有十五次飞行噪音入侵的地步（每四分钟一架），每次持续两到四分钟。

我提到我对国家公园之父约翰·缪尔的情感，还有我详读过他对自然音乐的描述，特别是他在约塞米蒂国家公园的体验。我告诉波马说，我上次试图在那里录音时，有一半以上的时间听得到飞行噪音。

我说："我知道国家公园管理局卷入了一些国家公园的争议，大峡谷、黄石、夏威夷火山等等都包括在内，那些都是经年累月的艰困奋战，不会很快就解决。我想说的是，奥林匹克国家公园的情况完全不同。在那里的偏僻地区，噪音入侵的情况很罕见，无噪音间隔期有时长达数小时，那是我在其他造访过的国家公园里没有见过的。"

波马局长说："这倒是令我感到惊讶，你再多说一些。我经常讲一个故事，有一次我到新月湖泛舟，带了五个区域主任出去，目的就是要传达回到国家公园，回到大自然的信息。我想，那时我才刚获得证实。事实上，我把我们的国家领导委员会延后，因为我要传达给领导委员会的信息，对我来说很重要，我们的领导委员会是由七个区域主任和我们这个办公室的六名主管构成，包括助理局长和一些高阶主管。那时我上了独木舟，一艘很大的独木舟，我们大家一起划，还有两名很棒的年轻实习生当向导，告诉我们新月湖的故事。我划一会儿，就会停下，因为湖中央实在太美。我没有听到任何交通的声音，但有人对我说……"

"那时候是几点？"我只是想问这问题，因为我很熟悉那个湖，它离我在乔伊斯的家只有六英里。

"大约下午两点，"波马继续，"所以我们在划船，我注意到如果我停止划，其他人也会停止。我以前就会用这个故事来表达：我是这里的领袖。我会坐上这个位置是因为我有卓越的领导技能，不怕承担风险，我一生都不怕失去，但一定要做对的事情。不过我已经注意到，每次我停止划，其他人也会停下。大家都在湖上时，我对他们说：'只要停下来聆听就好，因为我们平常不会有这个机会，我们都忙于计算机，坐在办公室里。'"

她的小故事令我大吃一惊，而且我也尝试告诉她这一点。"我得说很多美国人觉得我们的国家公园仍然很安静，对于这样的看法，我会直接假设，他们不是鲜少有机会去，就是没诊断出听力已经受损。现在一〇一号公路绕着新月湖的边缘走,以下午两点来说,无噪音间隔期就算存在,也绝对不超过一分钟。这说法一点也不夸张,我家离那里只有六英里远,所以我担心您有听力损伤,也担心您可能感受不到静谧的变化特质和它能带来的好处。所以我想借这个机会邀您造访'一平方英寸的寂静',因为即使您认为已经在锡安或新月湖体验到静谧,您仍然应该去霍河看看。"

我们继续谈,我说到"一平方英寸的寂静",波马局长则谈到她小时候在英格兰体验到的静谧,在谈话中她突然插了一句:"对了,我的听力很好,风吹过草地和树叶,大自然的声音,还有鸟叫声,没错,这些我都可以形容。我心里有个非常明确的愿景。"

葛洛斯曼问:"您会想念那些吗?"

"噢,当然,那时完全没有压力,也能体会到它带来的安静。我相信这是民众去国家公园的原因之一,它们令人愉快,也是很适合停留的美丽环境。声音对我来说很重要,这是因为我先生从小在密苏里州最南方长大,现年六十七岁,但现在我已经发觉自己经常必须重复说过的话,我先生的听力已经不如从前。随着年纪增长,每一个人的听力也会跟以前不同,以这情景来看,再加上我对感觉所写的一些看法,享有好听力、好视力是非常重要的事;我很幸运,每天早上起来仍看得到,也听得到,为此我感谢上帝。"

尽管已经超过我们预定的四十五分钟,但波马局长很亲切地继续跟我们谈下去。几分钟后,葛洛斯曼从他的手提箱里拿出一些纸,把一张海报摊开后举起来,上面有一条荒废的沙土路蜿蜒地穿过一片染上秋色的阔叶林。海报底下有一行字:"静谧:一种国家资源"。

"我很喜欢。"克里温斯基轻声说。

接着葛洛斯曼又拿起一九七九年十月号的《环保局期刊》,那一期的内容都跟噪音和环境有关。它的封底内页就是刚才他拿给大家看的那张海报,只不过比较小帧。"但我真正想跟大家分享的,"他用拇指往前翻了几页,指着一段用立可贴标示的话,"是'静谧是一种国家资源'这篇文章里的一段话,作者是戴维·赫尔斯,他是当时内政部主管鱼类、野生动物暨公园事务的副助卿。"赫尔斯在一九七九年写道:

> 未来国家公园管理局的适当角色,事实上也是必要角色,将是保存一些没有噪音污染的特别地方,就像我们不会让它们遭受肮脏的空气或水污染一样。在这些地方,以人为方式引入不必要的声音,不仅会使人因为听到这些声音而引起急躁。在本质上,这是一种抢劫行为,偷走自然属于这些环境的声音,以及美国重要的自然与文化遗产。

波马局长说:"我非常同意。我小时候就住在树林边,当我看到那张图的时候,我心里立刻想到自然资源里的真正静谧。我昨晚写下的事情之一是:我们要禁止噪音,就必须禁止人类。我们先前谈到损害,有些冲击势必会发生,所以能减少交通量的新运输系统非常重要。昨天我们谈到可以用雪地公交车来取代摩托雪车,我们肯定得这么做,我真的很赞佩你的作为。我们是不是找到了所有的答案?当然没有。我看到放在你后面的录像带,BBC拍摄的《行星地球》(*Planet Earth*),它才刚送来,而我已经急着想看……尝试在游客服务和保护自然资源之间达成平衡,向来是一大挑战,未来也一样。我绝不会避而不谈,而会像现在坐在这里跟你谈一样,因为这件事对我非常重要。"

葛洛斯曼又拿出一份文件,那是二〇〇七年五月内政部长坎培松写给布什总统的一封政策令函,函中提出国家公园管理局在其即将来临的一百周年纪念日前,必须做到的优先工作和目标:"在这封名为'美国国家公园之未来'的政策令函中,坎培松说:'国家公园管理局需要大胆的目的,明确的目标,以及为未来制定的具体策略。''一平方英寸的寂静'刚好符合,它的构想大胆,目标明确,又有非常具体的策略。我们真的希望它能在经过慎重考虑后,成为达成管理目标、为美国未来世代保护现有资产的方法之一。如果我们再不注意,就会失去它。"

波马局长说:"这真的很重要,你说的很对。"

我们又谈了一会儿,接着她示意会议已经结束:"最后我要跟你们分享一个特殊的想法。我总是说我是自行选择成为美国人的,但我真的觉得有一些特别的地方,可以让我们美国人真正团结起来,国家公园正是这样的地方之一。我在跟新朋友开会结束时,总是会说一件事,那就是美国的声音是我跟许多美国人的灵魂之歌。在谈声境的时候,我经常会想,原始人类听到的是什么?探险家第一次来到这个伟大的国家时听到的又是什么?最近我到詹姆斯镇参加四百周年纪念,很荣幸获得跟女王见面的机会;短短几天后,在她造访这里期间,她问我是什么时候到美国的。我们有这么好的机会,所以我希望能透过百年纪念,大胆达成许多目标,以便使我们的国家公园保持活力。所以套句一般常说的话,请继续关注后续发展。"

我们要离开时,她补充说:"我真的认为我们是站在同一边的。"然后她问我是否有网站。

在走道上走向电梯时，克里温斯基莫名地笑出声，但却不是真心的微笑。我问她为什么笑。

她说："这些都是相对的。你们谈到偏僻地点，但我就住在里根国家机场旁边，在'九一一'事件发生后，我听到什么？我第一次听到脚步声，邻居在家里的声音，还有小区的声音，这情形持续了三星期。当航班恢复飞行后，静谧旋即消失，而我也哭了。"

我们的下一站可以追溯到十五年前，一名现在已经退休的声响顾问递给我的纸条，这位顾问名叫巴兹·汤恩，替联邦政府做过许多工作。他说："如果你到华府的话，就找找这个人。"那张纸条上写着肯·费斯和美国环保局的简称 EPA。费斯以前曾替环保局噪音减量室工作，我打电话向他自我介绍后，发现他现在仍替环保局工作。我希望他能告诉我，先前有一个解决美国静谧需求的计划原本很活跃，后来为什么莫名停止。我在电话里介绍完后，费斯说："当然好，过来吧，我在旧邮政部长大楼。"

这栋建筑是由公共事业振兴署[2]建造的，看起来仿佛来自印第安纳·琼斯的电影。空旷的长廊上，打蜡打到晶亮的大理石地面，反射着天花板上灯泡闪耀的光线，每隔几个门就有一盏灯，一路照亮长廊。我们找到环保局空气暨辐射室，通报来访后，旋即被带到一个小会议室，里面只有够放一张桌子和几张椅子的空间。

几分钟后，一名高大男子大步走来，头发跟衬衫一样白，打着一条可能来自纽约现代美术馆礼品店的领带，带着长者的欢迎态度。费斯亲切地欢迎我们，看起来比较像会打扮成圣诞老人待在家里，而不是深谙华府生存之道的人。先前联邦有一个以防治噪音污染为主的计划，但早已遭到删除，费斯可说是该计划硕果仅存的人。他显然有很长的故事可说，而且并不急着说完。

"话说在开始的时候，摩西创造了……"费斯开玩笑地拿名人的传说开头。他解释说，他在一九五〇年代末，申请伊利诺伊科技学院一个研究助理的工作后，就进入了声响学的领域。冷战期间，他替海军的反潜舰战计划和"多个不同的秘密机构"进行声响监测计划。他问我们："你们是橄榄球迷吗？有没有看过在电视屏幕上标示战术的动画装置？我是发明电视解说系统（Telestrator）那家公司的共同创立人。"

费斯在一九六九年以企业家的身份来到华府，三年后，也就是一九七二年，国会通过了"噪音防治法"。费斯自一九七五年起担任环保局的顾问，在空气、噪音暨辐射室替噪音减量防治室的计划工作。

费斯说："当时做了许多卓越的工作。我们在大学设置十个为噪音而建立的区域卓越中心，提供小区互助计划仪器和多种材料，因为知道他们会朝外扩展，这样就能获得树状效应。"噪音减量防治室出版了多种简册，像是《噪音：一种健康问题》、《住家四周的噪音》、《静静思考噪音》，更不用说还有厚厚的《噪音效应手册：噪音对健康福祉之影响案头参考书》。今天稍早我们给波马局长看的"静谧：一种国家资源"海报，也是在同一时期制作的。

费斯解释说，里根总统就任后不久，就任命一位大量削减机构的行政官，那位女士四处寻找可关闭的机构。费斯说："管理水的机构不会关闭，当时我们又有大量放射性废弃物，因为有人因呼吸道疾病濒临死亡，空气相关计划也不能关闭，所以最后她就看到噪音部门。"

费斯中断这个故事,先说起另一个故事:"环保局的噪音计划起初形成的原因并不是为了环保,而是为了促进各州之间的通商,当时第一个领域是铁路修筑与经营业。在二十世纪五〇、六〇和七〇年代,不同的团体各自建立标准,使交通减少。"他解释说,后来铁路协会前往国会,要求建立适用于全国的单一商业法。货运业听到风声后也要求加入,航空业也跟进。"所以,当有吵闹的产品跨越州界时,是由联邦政府负责管理重大的商业噪音来源。"费斯继续解释在一九七〇年代,联邦政府强力介入范围较广的社会噪音议题,但后来草草收场,原因就在于有人促使那位新环保局主管注意到,"在噪音防治法里,州政府和地方政府才是保护人民不受噪音相关损害的主要负责机构"。

于是在她的大刀阔斧下,只留下一家区域噪音中心,其余的全数关闭,设于华府的噪音减量防治室也未能幸免,当时费斯就是噪音标准与法规科的主任。原本每年有一千万美元的经费,雇有六十名员工的机构至此几乎完全消失。费斯说:"最后只有我留下,我就像影子噪音计划,保存着那个机构的记忆。他们把名牌上的'噪音'一词拿掉,成为现在的空气暨辐射室。"

葛洛斯曼问:"后来各州有接手吗?"

"没有,州与地方政府说:'既然联邦政府不再认为这很重要,我们的经费可以有更好的用途。'大多数的噪音减量计划都消失了。我们有写任何新法规吗?没有。自一九八二年以后,我们就没有制定过相关法规。我们有预算吗?没有,我们没有获得任何编列预算。"

"那你的工作是什么?"

他笑着说:"很少,我在环保局的主要角色是贸易协商员。两个礼拜前我才刚从欧洲回来,根据世界贸易组织的协议,任何国家对进口产品的要求都不得比本国产品来得严格。但是各国都有保护本国产业的倾向,我负责处理对美国运输领域造成影响的环境规则,汽车、卡车、公交车和摩托车都包括在内。噪音是我负责的项目之一,基本上我扮演两个角色,一个是代表美国环保局的外交官,参与联合国里为有轮交通工具的环境绩效发展'全球一致'规定的组织,另外由于我有噪音方面的背景,所以另一个角色是运用工程与物理学的专业知识,加入为汽车、卡车和摩托车发展噪音规定的专家小组。我在那里的功能,是要确保无论联合国发展出什么规则,都不会对美国不利。

"噪音防治法并没有赋予环保局解决小区噪音的权力,所以依法我们无法采取任何行动,我们唯一获得法律授权的是规范产品的噪音,像是割草机和吹叶机。那么,我们有在做吗?没有。因为没有经费。"

我告诉费斯,我们去震耳欲聋的"印第五百"赛车场参观,结果大家就开始讨论起摩托车的噪音,费斯坦承这也是环保局在规范噪音上力有未逮的领域。他说:"我们对新生产的摩托车设有噪音限制,但是赛车例外,它们要多吵都行。"他补充说,这也使得更多噪音有涌入城市街道的机会。"看一个例子就好,哈雷公司出产的(职业级)'吼鹰'排气系统是专为比赛制造的产品,不得用于街道,但是到了(独立)商人手上后,这一点却可能遭到忽视。如果他手上有价值三百四十美元的排气系统要卖,刚好遇到年轻买家,当然一拍即合。"

根据环保局的规定,排气系统的辨识印记必须与摩托车上的对应号码相符,并禁止擅自改造排气系统(一个常见的方法是把硬金属杆塞入排气管,切断可以降低噪音的内调节装置)。安装违法排气系统的商人会遭到高达一万美元的罚款，而声音过大的摩托车骑士也可能被罚款。但费斯坦承环保局无法执行这些法规，必须由州和地方进行管辖，但其中只有少数真正承担起这个责任。

他告诉我们，在一九七〇年代，噪音减量防治室有一个"购买安静"（buy quiet）的活动。"我们做了很多研究，发表文献，指出可以寻找的各式产品。"他称赞说他家的洗碗机非常安静，"几乎不知道它是启动的"。他还提到他在选择冷暖气装置时，会优先考虑市场上最安静的机型。事实上，在产品上标示噪音等级的做法，已经有长足进步。

费斯继续说："我们跟草坪维护业者签订谅解备忘录。当时我们正要制定割草机的规范，但草坪与庭园维护业者来找我们，'拜托，不要用规定打击我们，我们会发起标示产品噪音等级的活动，也会采取减少噪音的措施'，于是我们签订了谅解备忘录。在短时间内，西尔斯（Sears）的产品就加了悬挂式标签。我去本地商店问销售员，这些卷标上的数字代表什么意义。他说：'那是额定功率，数字愈大，代表力量愈强。'"

费斯不停摇头，并从长期以来的经验说："真正能够决定我们该重视还是忽视噪音的，是民众的看法。噪音一般为时短暂，如果你的邻居在周日早上七点起床刈草，你会生气。八点半，他刈完草后，你就会冷静下来，喝续杯咖啡。还记得吹叶机的遭遇吗？小区被吹叶机惹火，禁止使用，但它们依然存在，而且还不断使扛着吹叶机走动的人逐渐丧失听力，因为它的音量大约一百一十分贝。特别是在美国，我们很善变，只处理眼前的问题，没有做长远的思考。噪音问题之所以棘手，原因就在于：街上看不到尸体。我们无法把它跟癌症之类的事情相连，民众不了解噪音对健康的重大危害，他们就是不明白。"

他继续说道:"这也要看是谁坐在有权力的职位上,你们知道,我们设置环境副主席已经八年,但什么都无法做。他在就职典礼后的那一天,到环保局召开全体大会,他走上讲台大谈环境,后来我们就再也没有见过他。"

费斯本质上是一名教育家,这解释为什么他一直期望发展两项都市试行计划,教导年轻学童有关噪音危害的知识。他提到俄勒冈州波特兰有一个称为"危险分贝"的模范计划,可以发展为教学单元,在全美例如十个训练中心教授,然后全面推广至学校。"我们(噪音减量防治室)以前最成功的计划是在小学,小学童会把这些带回家,而且会是很棒的沟通者。"

我问费斯"一平方英寸的寂静"是否有可能获得动力,将寂静是一种自然资源的观念重新介绍给民众,同时指出这个资源已濒临危机。

他建议说:"你知道你需要什么吗?应该是类似多年前一个印第安人泪流满面的广告,或许现在他已经因摩托车而头痛欲裂。我不知道你要怎么做,我早过了大多数人退休的年纪。我从事这一行已经太多年,就像我在最近一场会议里说的,我最不满的就是专家总是跟专家对话,我们已经重新定义噪音问题太多次,但问题并没改变。关于噪音,我们该了解的都了解了,我们知道怎么量测,知道如何量化,但却不知道该如何阻止。

"如果民众想要静谧,就会得到静谧。但想要静谧的民众必须够多才行,我想这是可能的。虽然我们在环保局只有小小的推广计划和极少的经费,但我们仍会尝试,这样或许就能茁壮。"

我们谢谢费斯,在跟他道别后就前往地铁,那时我心想或许真的会茁壮。许多人都关心噪音问题，渴望静谧，只是每个人寻求静谧的方式不同。巴塞尔·乔帝和马克·雷汀顿的方式是设计比较安静的室内空间，比尔·沃夫和提娜玛丽·艾克的方法是提醒民众甚至环保人士，光重视景观价值是不够的。杰·梭特的方式是写能启发静谧的诗。凯伦·崔维诺则是领导美国国家公园管理局的自然声响计划，即便某些官员有脱离现实的情形。伊里亚特·伯格协助设计产品，教育民众保护听力。今天，在因特网的盛行下，美国和其他国家的许多基层组织已经开始注重噪音污染和保护静谧的重要，包括噪音污染信息中心、无噪音美国协会、噪音减量协会、温哥华的静谧权利协会、英格兰噪音地图，在肯塔基州路易斯维尔市，有要求执行当地噪音法令的零汽车噪音协会，另外还有反对汽车噪音的降低汽车噪音基金会，反对在国家森林里使用汽油引擎的安静使用联盟，以及证明在辽阔偏远、人口稀少的州，同样有噪音问题的阿拉斯加安静权利联盟等等，不胜枚举。

今天的第一件事是去拜访我那个选区的参议员之一，参加她每周为选民举行的咖啡时间。我们在数周前就先打电话预订，但不是私下跟她会面，而是和一群人一起。我们不知道这咖啡时间会怎么进行，但它的确让人能接近在国会山庄制定政策的人。

我在国会大厦广场搭乘挤满通勤者的扶手梯离开地下铁。今天万里无云，在美国国会大厦附近，参议院办公大楼的邻近地区（基于安全原因）没有车辆通行，令人感到特别振奋。葛洛斯曼和我轻松通过德克森参议院办公大楼的安全检查，找到属于华盛顿州资浅参议员玛丽亚·坎特威尔的办公室，坎特威尔是第二任期的民主党员，先前有许多环保事迹,刚好同时是监督联邦航空总署的运输委员会以及必须保护国家公园管理局利益的能源暨自然资源委员会的成员。

洁白的接待区庄严堂皇:灰棕色的墙壁边边漆着蛋壳白,角落立着美国国旗和华盛顿州独特的绿色州旗。我看到熟悉的西北部印第安艺术版画,一系列内嵌的脸庞显然是同一个人,还有一排前华盛顿州参议员的加框相片,包括绰号"史库普"的杰克逊,他领导树立了环境立法上的重要里程碑,例如一九六四年的"荒野法",以及要求提出环境影响说明书的"一九六九年环境政策法"。

我们签到后,我也报名跟参议员合照。在接待区,快到八点半的开始时间时,他们提供我们和其他几个人咖啡(当然是星巴克的),带我们进入有一张大桌子的会议室。我坐在离门和桌头最近的位置,葛洛斯曼坐到我旁边,另外还有两对夫妻和一位男士,大家的年龄都不到五十。

因立法事务延误短短几分钟后,坎特威尔步伐稳健地走进来,为迟到道歉,站在我的左手边。她穿着白色套装,黑色短衫上挂着玛瑙项链。她亲切地微笑,转身直接看着我说:"现在说说看,你们来这里的原因是什么?"

我显然是最先站起来的,然后大家轮流说出姓名,以及想跟美国参议员面对面谈一些话的原因。这我倒是做得到。

"我关心奥林匹克国家公园和保护静谧的事。"

"是什么问题呢?"她开玩笑地说,"动物不乖吗?"

大家都笑了起来,包括我在内。然后我尽量快速简洁地解释,我在过去这几天重复过许多次的话:我到世界各地收集自然声响,年复一年寻找静谧的地点,却日愈困难,即使国家公园的深处也充斥着人为噪音。我说:"奥林匹克是聆听者的约塞米蒂,长期以来一直保有自然的静谧。直到空中交通破坏了自然声境。我曾在清晨四点,在霍河河谷的深处被飞往西雅图 — 塔科马国际机场的喷射机吵醒。"

"这样不对。"坎特威尔参议员这么说。

我又多说了一点,然后她看向我的右边,其余的继续介绍。葛洛斯曼为自己是新泽西选民而道歉,引起一阵笑声,然后解释他跟"一平方英寸的寂静"之间的关系。默瑟岛的一名犹太拉比,对美国外交政策与人权侵害问题表示关切。一名叫罗德的州议员表达他对小型企业的关切,他太太则是谈到学生贷款的偿还问题。会议桌旁的另一位女士担心不断增加的交通成本。

坎特威尔参议员说:"你们提出一些很重要的问题。"她接着提到她对环保的支持,针对每个议题都说了一点,然后把主题转向她心中的首要议题:伊拉克和美国的外交政策。她连续说了将近二十分钟,提出坦率的见解与忧虑,一过早上九点就结束会面。说完时,她谢谢大家的参与,然后我们都走到外面的接待室,我很快走过她身边,准备跟旗子拍照,我拿出"寂静之石"。

她问:"这是什么?"

"这是标示'一平方英寸的寂静'的石头,"我边说边递给她,"我相信只要能使一平方英寸的土地完全不受人类噪音的干扰,就可以使国家公园获得一千平方英里的静谧。"

"咔嚓",照片拍好了。

然后我给她一张"一平方英寸的寂静"的单页传单,她立刻开始读。

静谧之地

"国家公园管理局将致力于使该局体制下各单位的自然资源、过程、系统与价值保持在未受损害的情况，永久保存其完整状态，以供现今与未来的世代有机会享有它们。"—— 二〇〇一年国家公园管理局管理政策四·〇节

"国家公园管理局将尽最大努力保存公园的自然声境"，而所谓的自然声境指的是"不存在人为声响的状态"。—— 二〇〇一年国家公园管理局管理政策四·九节

奥林匹克国家公园拥有最多样性的自然声境，无噪音间隔期（的自然静谧）是所有国家公园中最长的。

基于上述理由，希望奥林匹克国家公园的霍河河谷能按国家公园管理局局长令，指定为**静谧之地**——一个现今与未来世代都能享有静谧、不受噪音污染损害的圣所。

希望新指定的静谧之地能以"一平方英寸的寂静"这项简单但有效的声境管理工具，作为保护与管理的方法，原因如下：

· 只需要保护一平方英寸的偏远荒野地区，就可以管理一大片面积（有可能超过一千平方英里）。

· 唯有制造噪音冲击的个人或企业会被要求改变噪音制造行为。不会制造实际噪音冲击的个人和企业不会受到影响。

· 这问题可以用简单友善的方法解决。在"一平方英寸的寂静"，

噪音入侵不是听得到就是听不到。入侵者必须移除听得到的噪音，不能重复。这是自发的行动。

矫正行动的费用不高：利用"一平方英寸的寂静"作为声境管理只需要兼职、非技术性的人员。目前奥林匹克国家公园的独立研究计划，一年的开支大约是两千美元，完全靠捐款来进行。

这项新方法能提供立即的结果，不需要长期的基准研究，也不会妨碍有可能具体处理生物声响学的长期自然声境管理计划。

详情请浏览 www.onesquareinch.org。

坎特威尔参议员一边看传单，一边轻轻弹着掌中的"寂静之石"。

她轻声对自己说："我想写这个。"

然后她看着我说："我想写一个法案。"她搜寻着接待室里的一名助理说："约耳，我想写一个法案。你带戈登和约翰去另一个房间开始进行？"

我跟坎特威尔参议员握手，谢谢她，我的心跳开始加速，心情飞扬。我高兴地想着，内兹佩尔塞印第安部落乔瑟夫酋长所说的话是对的："事实不需要太多言语。"

我们回到会议室后，跟参议员的助理约尔·莫凯尔和顾问阿密特·罗南谈了超过一个小时，罗南是能源与自然资源方面的专家。他们针对"一平方英寸的寂静"问了许多坦率的问题，其中之一是禁飞区需要多大。我告诉他们，我想应该是山谷每边大约各二十英里。他们解释说，任何法案都会送到能源暨自然资源委员会，因为国家公园管理局的事务是由它处理。他们问我是否已经跟我的众议员谈过，也就是任职许久的诺姆·狄克斯议员,他有奥林匹克国家公园的教父之称,刚好也是国会拨款委员会的主席。他们说会跟他的办公室联系,并建议强调生态观光可能为华盛顿州的贫穷地区带来利益。他们建议任何法案都需要广泛支持。我从他们的话中得到一个清楚的讯息:这会议只是另一趟漫长旅程的第二步。

回到外面,呼吸了清新的空气后,我们同意:至少喝了一些咖啡。"咔嚓",我以国会大厦为背景,拍了"寂静之石"的照片。如果提出的法案真的进展到可以在"美国联邦公报"公布的程度,我就必须前往作证。或许有一天我会在国会听证会上举起"寂静之石"。老天,在听到意料之外的好消息时,心跳真的会加速。但是回到现实,我检查信息,坎培松部长打电话表示身体不适,我们或许可以重新安排在华府的会面。所以现在只剩下跟联邦航空总署的会议,先前一位国家公园管理局的官员曾形容他们为"八百磅重的大猩猩"。

葛洛斯曼跟我前往西南区独立街的路上,经过人行道上的国家广场,但已经设了栅栏。我们看到数十名骑着重型哈雷机车的警察,在用橘色锥形交通路标所排成的迷宫般的障碍道之间穿梭。原来今天是摩托车警察国家竞赛的前夕,这里提供赛前练习之用。他们的技巧令人印象深刻,赛道里的急转弯使许多脚踏板微微刮过柏油,但那些警察顺畅地一一绕过,没有撞倒任何一个锥形筒。然而,尽管他们骑的看似是相同的机型,但声音并不完全一样。在一组组障碍之间的短距冲刺,有些摩托车使音量计冲到一百加权分贝以上,几乎跟三天前令人战栗的霹雳雷声一样大,我怀疑这里的一些哈雷可能已经非法改装过。对于警察想骑声音大的摩托车,我只想得到一个理由:增加力量感。而且这是真的:每增加三加权分贝,声音的能量就会倍增。无论合不合法,声量大的摩托车对我都有威吓作用。但是以维护宁静的警察而言,安静的摩托车不是比较适当?它们不是更能促进小区宁静,也更容易察觉罪犯?比较安静的摩托车不就可以不必问一个问题:如果警察本身都忽略噪音法令,我们怎么还能期待它具有意义呢?

联邦航空总署的办公大楼很好认,因为它占据了从赫希洪博物馆开始的整个街区。周遭的声音:五十七加权分贝。我们通过跟机场类似的安全检查后,看到一架真正的飞机,尽管是一架小飞机,悬吊在天花板上,而且可能具有历史价值。等待接待人员期间,我想询问有关那架飞机的事,但一项能提供更多信息的展览引起我的注意:政府与产业的民航合作。这让我想起联邦航空总署的署长原先就是航空产业的游说人士。展览里展出的九幅照片和七段文字中,包括西南航空波音七三七于一九六七年四月九日的首航。我先前就是在这一型飞机的客舱里,测到八十一加权分贝的噪音量。"咔嚓",我拍了一张照片。相机发出的闪光立即引来警卫,告诉我这些**公开**展示不得拍照,于是我把相机收进袋子里。

替我们安排今天这次会议的人,是联邦航空总署的公众事务官塔米·琼斯,她到大厅跟我们碰面,带我们上楼,准备在下午一点展开圆桌会议。我们跟系统营运领空暨航空信息管理主任南希·卡里诺威斯基、环境能源副主任琳恩·皮卡德,以及空中交通管制与环境专家提娜·盖兹伍德互相寒暄,交换名片。联邦航空总署还多来了一名公关人员亨利·普莱斯。我在取得同意与准许后，开始替这次会议录音。

他们问到我名片上印的头衔："声音追踪者"，我刚好借由回答的机会，说明我的职业需要自然静谧、没有人为噪音的地点，我也热爱这些地方，同时也相信霍河河谷是美国极少数仅余的这类地点。我递给他们一张录有奥林匹克国家公园自然声境的唱片，还有我用来解释"一平方英寸的寂静"这个活动的传单。

我解释说："我的目标是想让霍河河谷成为世界上第一个明文制定的静谧地点。要达到这项目标，必须使它成为禁飞区。我希望在座各位能提供如何达成这目标的信息。"我提到我们昨天从环保局那里得知，联邦航空总署有自己的噪音标准，想请问总署曾颁布哪些公告提醒飞航驾驶注意噪音敏感区。

琼斯突然插话，谈到程序上的基本原则："如果你想在书中引用我们所说的话，请您务必先拿给我们过目。我们所说的话应该都是公开信息，正因如此，我们希望能检阅所有的引句。"

我们若是不同意，恐怕就无法继续，因此我们同意把任何引用自今天这场会议的话，提交联邦航空总署过目。

葛洛斯曼问："国家公园适用的噪音标准是什么？"

皮卡德回答："我们正在发展一套标准。我是不是先跟你们介绍一下我们在航空噪音方面所做的工作？你们刚才也提到，联邦航空总署负责处理航空噪音，我们有一个相当成功的案例，可以让你们很快明白我们做了哪些事。"

她递给我们一人一张纸，上面有一个彩色图表，标题是"六十五航空噪音日夜音量下的美国航空成长与噪音暴露量：实际／预测的噪音暴露量与美国搭机趋势，一九七五－二〇〇五"。

"如果你看蓝色区域，它显示在一九七五年大约有七百万名美国人住在机场附近，显著暴露在噪音下，而且噪音量很高。二〇〇五年是这张图表上的最后一年，可以看到这数字已经下降到大约五十万人。"皮卡德说，并证实所谓的显著噪音是以日夜接触的平均噪音量六十五加权分贝为准。她强调尽管飞行旅客，亦即班机数目有增加，但噪音暴露量已经下降。有些家庭迁走，有些家庭用三层玻璃窗之类的方式来阻挡噪音。但她说最大的原因是由于联邦法规的规范与比较新型的飞机，有助于降低民众接触的噪音量。

她边说边递给我们第二张表格："这是我们为未来二十年规划的愿景。从现在到二〇二五年间，我们预期美国的航空需求将会增为两到三倍。这是庞大的成长量。"她补充说："但是我们对噪音的愿景是尽管航空量成长，我们也要使显著的噪音降低。"

皮卡德谈到另一个环境议题，也就是高空飞行喷射机所排放的物质对全球暖化的冲击，但我把主题拉回联邦航空总署对显著噪音冲击的定义，提出："除了航空日夜噪音量六十五加权分贝外，对于我们所说的噪音敏感区，你们有没有其他的显著定义？"

皮卡德回答："如果你指的是国家公园，我们并没有已经进行多年的工作成果。我们是以数十年的工作成果为基础，才找出测量与定义显著航空噪音以及机场周边其他显著交通噪音的最佳方式。我们现在正努力针对特殊地方，例如国家公园系统，发展工作内容。现在跟国家公园管理局合作的，是我的办公室，我们也投入大量经费在研究上。

"讲到较低的噪音量时，那跟较高噪音量完全是两回事。对国家公园来说，要厘清噪音什么时候会成为问题，是比较困难。"

这时她又拿出一份文件，上面有联邦航空总署和国家公园管理局的徽章，包括一个"时间点"的图，上面显示出在大峡谷听得到的数种声音的分贝数与次数。

"这张表上除了其他信息外，也可看到航空噪音，"皮卡德说，"这是低航空噪音量，介于十到二十分贝之间，比鸟鸣还低。如果你现在站在那里的话，两种声音都听得到，你听得到鸟叫，也听得到昆虫的声音。以这个案例来说，你还听得到麋鹿的声音，那可比飞机的声音大得多，你是会听到飞机的声音，但不会很大声，如果你在走路、没有注意或在跟别人说话，你可能完全听不到飞机声，因为它的噪音量相当低。

"在机场附近有非常高的噪音量时，你很容易就知道这是问题。但是要厘清飞机所制造的低噪音量会造成什么问题，就比较困难，就像这个问题到底有多严重，严重到联邦政府必须做出不能飞越特定地区的决定，或是必须严格限制飞行，这对美国将会是一项重大决定。南希可以告诉你们，为什么那会是一项重大决定和重大问题。"

我插话打断："我很快谈一下，这是大峡谷的情况，但若这是霍河河谷呢？因为我一个月去那里好几次，也会用音量计做测量，就像我今天在这里一样。飞机的噪音量通常不是只有二十分贝而已，而是介于四十五到五十五加权分贝之间。确实比这张图表上的任一点都吵得多……"

"当然，当然，你有可能测到不同的噪音量，"她回答，一边开始读这张表上的不同部分，"这些是国家公园噪音量的实例：树叶摩擦的沙沙声（大峡谷国家公园），二十加权分贝；蟋蟀相当大声（锡安国家公园），大约四十加权分贝。这是军用喷射机的声音（育空——查理河），看起来像训练飞行，很接近地面，大约一百公尺高，音量是一百二十加权分贝。大家都会同意，这的确很大声。但是来到这些噪音量比较低的地方，问题就会变成这样的音量是不是大到我们必须采取行动，要求飞机绕行？特别是这种要求并不容易做到。这会造成一些问题。"

我问："所以联邦航空总署在做这类决定时，会考虑哪些类型的数值？"

"我们现在尝试针对人们在国家公园里对噪音的反应，找到比较好的解决方法。光是要了解民众是否有听到飞机的声音，就不是一件容易的事。我们直到前不久才弄清楚，一个听力正常的人是否听得到飞机的声音，事实上现在我们已经有一个不错的模型，不过是这两年才建立的。我们现在可以用测量值和计算机模型，计算能听度（audibility）。军方在潜舰方面做了许多有关噪音可侦察度的研究，以便侦察敌军的声音，我们的计划就是以这些为基础。"

她伸手拿另一份文件，这次是厚厚的一本出版品：《飞机飞越国家公园体系上空之效应：送交国会之执行总报告》。她说里面是针对国家公园访客的调查结果，它"确认我在讲的现象，也就是较低的噪音所造成的冲击很难了解，因为他们已经获得一些统计，看访客对他们本身没听到、但我们测得到的噪音所产生的反应。在尝试厘清这类噪音对访客的影响时，情况很复杂。我们也很想知道它们对野生动物的影响，并参考其他野生动物的研究，想厘清什么时候噪音对国家公园来说太吵，但对其他环境却不算太吵"。

于是我问："如果霍河河谷或奥林匹克国家公园的访客觉得，这些地点应该保持安静或比现在还要安静，或是他们认为耳中传来的飞机声不应存在，而联邦航空总署同意这些，你们也觉得它们足以代表访客经验的话，联邦航空总署是不是会因而要求飞机避开奥林匹克国家公园？"

"不一定。再次拿我们从机场周遭得到的大多数经验为例。我们已经知道现在有五十万人仍住在机场附近有显著噪音干扰的地方，而我们已经有一些附加计划，希望能使飞机声变得比现在安静，我们的目标是把机场的日夜噪音量维持在六十五分贝以内。我们已经有改善噪音减量飞行程序的计划，也有改善机场附近土地利用规划的计划，以便降低日夜噪音量，而我们也已经派了人去现场，但这并不意味着我们会限制机场的营运。我们仍必须在国内航空运输系统与环境冲击之间取得平衡，所以这并不一定意味着要关闭机场跑道，或以你的情况来说，这并不代表要关闭一条航线。我会请我们的航空交通专家谈一下，这么做会遇到的一些困难。"

卡里诺威斯基说："由于国家公园管理局要求我们考虑，我们就做了一个研究，看如果把大峡谷列为禁飞区的话会是什么情况。他们对高空噪音以及我们过去十五年跟他们在空中观光营运方面的合作很关心。一般想到西部时，经常会把那里视为开阔的空域，其实不然。那里有大量的空域是供军事活动使用，还有一些显著的地质界限，使得一些地区的飞行困难重重，而我们在那里又有许多空中交通。因此变更航线首先就会造成明显的安全问题，这是我们的一大考虑，此外也会造成效率不彰以及更多延误，造成排放到大气里的废气增加。所以基本上我们无法变更大峡谷的航线。"

我提到最近在飞往芝加哥时,我的班机曾因为雷雨而绕过跟奥林匹克国家公园大小相当的地区。

卡里诺威斯基回答说:"我并不是说不可能绕道,因为我们每天都绕道,原因有可能是重大的军事演习或暴风雨,但这总是会对系统造成很大的负担,民众得承受严重的误点。我们得让地面的飞机停飞,空中的飞机不能降落。我们的主要目的和需求向来是安全,然后才是最大的效率和减少空中交通系统的延误,而我们设计路线时是想尽可能达到最大的效率。自从航空时代开始,飞行路线的设计一直是以地面导航系统为准,而我们现在正朝卫星导航系统的方向前进。许多航空公司都有这样的能力,而我们也在努力提供能让他们尽量使用卫星导航的空域和基础建设。当然,在密西西比河以西的地区这么做,要比在以东的地区来得容易。

"这意味着会有更多点对点的直接飞行,而不必遵循从 VOR(特高频多向导航台)到 VOR 或从导航塔到导航塔的地面航线,这种航线目前多少会呈现锯齿状。他们希望能把燃料使用减到最少,同时使飞行时间降到最短。"

葛洛斯曼问:"这样的新系统不是也会使飞机绕行变得比较容易,就像绕过奥林匹克国家公园?"他注意到西雅图—塔科马国际机场的空域,一点也不像大峡谷附近的马卡伦国际机场那么拥挤。

卡里诺威斯基说,最近空域重新设计的焦点大多放在人口密集的地区,例如纽约到新泽西、费城、芝加哥和亚特兰大。"西雅图也做了一些空域重新设计的工作。在这方面,我们的目的和需求向来以安全为重,然后才是效率和减少延误,但是国内任一机场或航线有任何变动,我们一定会做环境研究。如果高度在一万（英尺）以上，会有不同的环境标准。当然，如果高度超过一万八千以上，就不必做环境评估，但我们会把想避开的噪音敏感区纳入考虑。在费城，我们向来会严格评估飞航对约翰·海恩兹动物保护区的鸟类所造成的影响。在大峡谷则向来非常注重环境层面。"

皮卡德口径一致地说："而且我们正在为下一代的系统做准备，逐渐摆脱以地面为主的导航系统时，总是会注意是否能找到更多的机会，避开一些对噪音特别敏感的地区，例如国家公园。我们的未来计划也包括这部分：看看它能带给我们哪些目前所没有的先进能力。"

葛洛斯曼问："像戈登的'一平方英寸的寂静'这类计划，有在你们的注意范围内吗？"

"有，但我无法许下任何承诺，因为首先我必须研究新系统的新能力，其次我必须考虑许多层面，因为世上没有免费的午餐。就算不考虑安全和容量问题，光是从环境观点来看，也必须计算得失，像是会减少多少噪音量，而相较之下，又会增加多少废气排放量。如果在安排航线时，飞行路线能更直接，也就是能让飞机更直接抵达某个地点，因为它们不需要依靠以地面为主的导航系统辅助，而又能避开国家公园这类特定地区，那么就会是双赢。如果做不到，就必须考虑得失，怎么做能达到最大的利益。这就是我们目前在研究的。"

葛洛斯曼说："我们要传达的重要信息是霍河河谷有多特别，还有为什么戈登会选择它，由于戈登是聆听专家，所以这会由他来说。实情是美国现在不再有安静的地点。"

"你为什么这么说呢？以我自己在国内各地的经验来看，美国还有许多安静的地点。"皮卡德这么说。

我说:"大多数人都这么认为,这是因为他们生活在都市环境,当他们到比平常安静的地点时,就会觉得那里很安静。如果他们待在比较安静的地点一阵子,只要接纳周遭的一切,就会开始觉得有一点吵。这就像进入一个比较暗的房间时,视力会逐渐变好,开始看得到轮廓,甚至可能突然可以阅读,即使你认为那是一个黑暗的房间。听力的情况是一样的。

"我曾经到美国各州去找寻静谧,当然这一次横越美国的旅行也是为了寻找静谧。我可以相当有把握地说,在密西西比河以东的地区已经找不到自然静谧,而在密西西比河以西的地区,无噪音间隔期,也就是两次噪音事件之间的间隔时间,通常不到一分钟。有时无噪音间隔期会长达几分钟,但是在白天超过十五分钟的情形就真的很罕见了。霍河河谷是我目前找到唯一一个无噪音间隔期能以小时来计算的地方,所以它真的很值得保护。"

我明白现在轮到我们来进行展示和说明,葛洛斯曼把环保局在一九七〇年代制作的海报摊开,边说:"'静谧:一种国家资源',以前我们的政府一度非常重视静谧,但现在却非如此。"

皮卡德说:"我不同意这种说法。我们投入大量的努力以及金钱企图减少飞机造成的噪音,而且我们持续……"

我打断她的话:"我想说这当中有一个很细微但很重要的差异。减少噪音很重要,我们双方也都同意,但减少噪音和保护静谧是不同的。光是减少噪音,并不能保护静谧,也没有办法创造静谧的体验。"

皮卡德说:"我们一直努力发展愈来愈安静的飞行技术,我不知道你们是否跟美国航天总署的人谈过。他们做了更长期的基础研究，也在发展无声飞机。这也是我们未来希望达成的目标。"

我说我完全支持。"在'一平方英寸的寂静'，一个声音要听得到，才会是明显的。所以我同意你说的话，如果一架飞机在一万八千英尺高空飞过，而我们完全不会察觉的话，那就随便它怎么飞。但是今天的情况并非如此。"

我说现在我们需要的是转移重点，特别是在荒野地区。我们的重点必须从减少噪音转移到保护静谧，前者牵涉到各种技术问题和公式，而后者只要有"一平方英寸的寂静"就能轻易做到。

"我们要不要把地图给他们看？"皮卡德这么问。"你们现在说的是限制飞行，因为我们没有你们想见到的声源噪音减少做法。"他们把一张海报大小的地图在桌上摊开（见附录 D），上面标示着"美国公园暨保育特殊用途空域与航线"。太好了！才看一眼，我就在他们最后的王牌里发现显著的缺点。

我承认美国大多数的领土上空都有着问题多多、像意大利面条般交错的航线，包括大峡谷国家公园，也承认飞机可能无法绕过大多数的国家公园。然后我指向地图的西北角，奥林匹克国家公园上空几乎没有航线。我指出那里没有交错的航线，在这盘意大利面里，只有边边的三条必须移走而已。我的要求只有这么多，只为了使这个世上第一个静谧庇护地能真正获得静谧。

"就像我刚才说的，我们必须做出权衡，"皮卡德回答说，"我们负责美国的航空系统，有非常健全的环境计划，也投入许多资源在国家公园上，想知道需要什么样的静谧才能保护国家公园的环境，我刚用的是静谧,而不是噪音。虽然我们还没有答案,但是只要找到答案,就会看到解决这问题的希望。"

我明白我们分到的时间即将结束,我问他们,航空公司的飞机驾驶员依照飞行计划飞航时,能不能要求绕道,例如绕过奥林匹克国家公园。

卡里诺威斯基解释说:"基本上,驾驶员的职责是根据派遣室分派的飞行计划来飞,而派遣室是根据他们偏好的飞行计划做决定,换句话说,航空公司是根据天气、风向和当天能用的最少燃料,来规划前往目的地的正确路线。"

葛洛斯曼问:"所以那是航空公司的决定?"

"是航空公司和联邦航空总署共同的决定。这个过程称为协力决定。一般来说,他们会倾向于对于例行航线每天提出同样的飞行计划。他们知道路线,可以加载机上计算机的飞行管理系统,也就是 FMS。一般来说,除非有天候上的问题,否则他们会飞相同的路线。"

葛洛斯曼问:"如果飞机乘客要求呢?"

提娜·盖兹伍德开口说:"如果个别乘客要求驾驶员偏离航线,我想应该会由负责那一区的空中交通管理员,根据他所控制的交通量来决定是否仍有余裕,能够同意或不同意这样的请求。"

"所以这类决定是有可能的。"我说。

"视交通而定。"盖兹伍德说。*

* 联邦航空总署在审查它对我们所提这些问题的答案时表示:"关于上述盖兹伍德的评论:个别乘客不能向航空公司驾驶员提出要求。"然而,飞机驾驶员却告诉我们这是可以的。

"你们关心的是那个区域,"普莱斯不再维持联邦航空总署公众事务室的观察员身份,"你们有没有跟飞机上的人谈过,说:'这是让飞机绕过国家公园时,必须为每张机票多付的钱。你愿意付这笔钱吗?'"

普莱斯继续说:"去年有七亿飞行人次。我不知道每年有几百万人去国家公园。现在我们必须对全国的每一个人说:'你愿意为每张机票多付这么多钱,好让飞机绕过国家公园吗?'这也是你们必须面对的。"

我说:"就本利分析来说,每年有三百万人前往奥林匹克国家公园。那里已经有两家锯木厂关闭,我也亲眼看过安吉利斯港镇的贫穷,而且我就住在公园那边。那里应该被指定为世上第一个静谧之地,而且可以发展静谧观光——我可以告诉你,我做过许多旅行,世界真的很吵,所以这个静谧地点确实有其观光市场。以后,这可以带来可观的利益。"

葛洛斯曼提到,先前一名商业飞机驾驶员和一名前联邦航空总署航管员都跟我们说过,飞机只要稍微转向,就可以绕过霍河河谷飞行。

普莱斯说:"稍微转向?你不会相信这样的话,燃料成本会增加多少。"

皮卡德说:"绝对比你们想象的多得多。"

葛洛斯曼问:"你们知道飞商用喷射机每分钟的成本吗?"

"南希?"普莱斯说,把问题丢给南希。

葛洛斯曼说:"航空运输协会告诉我,每分钟六十六美元,而且稍微转向的调整只会多花几分钟的时间而已。"

普莱斯说:"所以那些必须飞去拜访祖母的穷人,得为机票付更多钱。"

"我们做过一个研究,"皮卡德说,"以为这只需要短短的几分钟,有时是一种误解,特别是在使用地面导航辅助系统的时候。在大峡谷,想飞到峡谷东端的人肯定会有这种感觉,然后你会开始看到,这会在国家空域系统造成骨牌效应。所以我不会把事情看得这么简单,成本这么少。我不知道,我还没研究过这一点。但是谈到空域系统的互动时,一般会比你们的想象来得复杂。"

普莱斯重述一次他的质疑:"你认为一般老百姓会愿意为了这个付更多钱吗?"

皮卡德说:"我想很多人可能愿意。"

我也这么认为。随着"一平方英寸的寂静"的知名度增加后,航空公司说不定会为了公开表示爱护地球,要采取绿色姿态,而不再飞越静谧的庇护地,把这视为提升公共关系,甚至愿意在艰困时期吸收一些增加的成本,这并非完全不可能。但是我们已经没有讨论和争论的时间,所以我最后下了结论并且重申,如果我想保存国家公园内的静谧这个构想能够实现的话,地点很可能就是在霍河。

"我了解,那是你的信念,"皮卡德说,"祝你们的书成功。"

我们带着联邦航空总署的传单离开,包括那张海报。

傍晚回到父母家后,我的心情既欢欣又疲惫。我告诉父亲坎特威尔参议员说了什么,他静静露出微笑,看起来好像既骄傲又觉得有趣。我知道他在想什么:到目前为止一切都很好,就等着看律师扯进来之后会变成怎样。

这些年来,父亲跟我在许多议题上都有不同的看法,但是有一件事是不变的:他一直是我所认识最仁慈慷慨、心胸宽大的人,而且不仅是对他的家人而已。他希望这个世界能变成更适合所有人的地方。我把能叫他一声父亲，视为一种恩典。我知道有一天他会埋在波托马克河对岸的阿灵顿国家墓园，但是我们从没一起去过那里，既然这是我在华府的最后一站，我建议去那里走走。他说好，但语带保留。

这座美国最荣耀的墓园占地广大，受到细心照料，葬在这里的是成千上万有资格埋骨于此的士兵与政府重要人士。我们抵达大门，我把驾驶侧的窗户摇下，询问残障人士的入口。那位女士打断我的话说："对不起，我现在听不清你说话，有飞机经过。"一架喷射机以陡坡度飞出里根机场，飞越切俄运河上空，我的音量计一路攀升到七十五、八十一、八十五加权分贝。我按指示前往附近的一栋办公室，父亲则坐在讴歌车上等，吹着冷气，窗户打开，停在挤满观光客、休旅车和游览车的停车场上。他对这里的兴趣好像不大，跟我原本的假设不同。或许太拥挤反而令人不适。

"左转。"父亲指示方向。

我读着刻在一座巨大石拱门上的字："在荣誉的不朽营地，四散着他们沉默的帐篷，荣耀的护卫肃穆地围绕着死者营地。在三十一万五千五百五十五名不幸身亡的市民中，有一万五千五百八十五名在此安息。"

"就在那一区。"我父亲补充说。

我们开过一片片墓石，经过一群前往肯尼迪墓地致敬的人。这时大约早上十一点半，天气晴朗。

"我三场战争都参加了。"父亲喃喃地说，他指的是第二次世界大战、朝鲜战争和越战。

我们往右转，在"无名战士墓"附近停车。我将独自前往。父亲已经八十五岁，装了人工关节和后臀骨，无法长途步行。

每隔一分钟左右，就有一架喷射机使足音和吹过森林的风声黯然失音。在"无名战士墓"旁，麻雀啾啾叫着，轻快的音调在周围建有白色巨柱的大理石建筑上回响。这里加上我，大约有一百名访客，几乎没人说话。这里最大的声音六十一加权分贝，是三十英尺外的卫兵以鞋后跟为支点迅速旋转时传来的。墓石上刻着："唯有上帝知道的美国荣誉战士在此安息。"

因为接近正午，群众开始涌去欣赏著名的卫兵换班仪式。钟塔的钟声响起，然后是一连串比较深沉的锣音：六十六加权分贝。但是十二响的钟声敲完第四响后，钟声就不再是最大的声音，因为又有一架喷射机（七十五加权分贝）飞越这座神圣墓地。

"各位先生女士，请注意，"一名士兵以沉稳但尊敬的语气说，"我是美国陆军第三步兵团的参谋军士狄克米尔，现在要进行'无名战士墓'的卫兵交接。您即将目睹的仪式是换班仪式。为了对本墓地表达敬意，请大家务必保持沉默与肃立。"

那些原本没有站着的人立刻起身，一阵服装摩擦的声响让我察觉到这里的群众非常多。

"谢谢大家。"参谋军士狄克米尔说。

群众在整个仪式期间一直保持敬意与安静，但是头顶的天空却不是。大约每一分钟就有一架喷射机飞过，打破了肃敬的静默。就在这个"无名战士墓"，就在肯尼迪总统安息之所。不久的将来，同样的情形也会发生在父亲未来将安息的阿灵顿墓园。

这究竟有没有停止的一天？原谅我想要朝天空咆哮的心情。经常不断的噪音实在令人沮丧。如果阿灵顿上空突然出现一场雷雨，联邦航空总署会立即要求飞机绕行，毫无疑问。现在我们需要建立的是一场不同的雷雨，也就是舆论与义愤的雷雨。我们必须以寂静之名发出声音，不仅要恢复国家公园内濒临绝迹的自然声境，也要恢复我们生活中的某种平衡感——遗憾的是，许多人甚至没注意到，这个我们赖以维生的平衡已经消失。

我展开这趟旅程，是想为奥林匹克国家公园争取一平方英寸的寂静。我想说明一点：就算奥林匹克国家公园成为禁航区，美国联邦航空总署管理的领空也只会减少百分之零点零四。现在，在这旅程结束之刻，我希冀能获得更多：我希望能恢复在家中，在工作场所，在学校与小区享有安静的权利。当然，还有其他地方。"无名战士墓"的附近，有一个环状的铸铁标志，上面写着："静默和尊敬。"要说出事实，并不需要太多言语。联邦航空总署至少应该在下面这两个特定日子，禁止飞机于中午卫兵换班时进出里根机场：阵亡将士纪念日与退伍军人节。这样就够了。

我们必须以静默来向为国家捐躯的将士表达敬意与怀念，借此帮助我们找到自己是谁，以及我们想要成为怎样的人。俄勒冈州立大学哲学教授凯思琳·迪恩·摩尔在从"一平方英寸的寂静"回去后写下这一段话：

当风吹动枫叶时，深受感动的是我们。没有人知道为什么音乐能直接触动人类的心灵，但是我们可以想象它想诉说的话语：我们与世界不可分割，人类不是世界的主宰，也与世界无所差别。如同石与水，我们的声响也塑造着世界。我们就是音乐，而且全都在运行当中，我们所有人，一起把和谐送入暗黑颤动的天空。

拯救寂静不是麻烦的工作，而是一种觉醒的喜悦。当我们聆听寂静时，听到的不是万物不存在，而是万物俱存。

我无法想象失去静谧的未来，也不愿有这样的未来。

1 ——寇蒂斯（一八六八 — 一九五二）：美国摄影师，一八九〇年开始与美国原住民研究权威一起展开美国西部大平原之旅，足迹遍及密西西比河以西的八十几个印第安部落，以三十年的时间，完成记录印第安图像的伟大民族志工程。

2 ——公共事业振兴署：美国经济大萧条时期罗斯福总统"新政"（New Deal）计划的一大主要机构，负责兴办公共工程以解决大规模的失业问题。一九三五至一九四八年间，总计为八百万失业人口提供了工作机会，美国几乎每个小区都有公共事业振兴署兴建的桥梁、公园或学校等机构。

跋

回响

本书的撰写过程至今已过了一年半，还没出版，对我个人是一大挑战。在内心深处，我是个害羞的人，喜欢独处。我追踪声音，四处健行，收录自然声响，拜访朋友，玩人体冲浪运动，实现我的梦想。偶尔我会接到电话，前往其他令人赞叹的地方旅行，但是"一平方英寸的寂静"改变了这一切。当我听到奥林匹克国家公园的幽静遭到破坏时，就决定要建立美国第一个静谧庇护地，保护它不受噪音侵害，于是我开始采取一连串行动，这过程最终把我带到华盛顿特区，还有一些坦白说我宁可不要前往的地方，例如踏上吵闹的道路，一次又一次地搭电梯到会议室。但是其中一个电梯让我得以抵达玛丽亚·坎特威尔参议员的办公室，上次询问时，我得知坎特威尔参议员对我的提案仍有兴趣，正在评估采取行动的最佳方式。

先来谈谈后续的一些发展。

二〇〇八年的地球日即将结束，而在这一天，国家公园管理局和联邦航空总署再度未能就大幅恢复大峡谷的自然静谧达成协议。那期限是八年前就定下的。

　　自从一九八七年国会第一次通过立法，要管制大峡谷国家公园的空中交通，至今已经二十一年。这两个机构显然一直在沟通，因为地球日前两周，国家公园管理局在二〇〇八年四月九日于美国联邦公报上发表"澄清"公告，把超过平均海平面一万七千九百九十九英尺以上的所有飞行，从该局为了恢复大峡谷国家公园的自然静谧而设定、但长期以来未曾实施的近期规定中移除。尽管二〇〇二年公布的一项联邦上诉法院裁决已部分裁定，"大峡谷飞越上空法"的确适用于高空飞行的喷射机，但国家公园管理局似乎在与联邦航空总署的拔河中，放开了手中可以管制高空商业与私人喷射机的那条绳索，至少在这个国家公园的战场上是如此。即使未来空中观光减少，这仍等于对自然静谧判了死刑。万一这情况适用于全美国，那么未来除非真的有无声喷射机出现，否则峡谷地再无法获得静谧，而奥林匹克国家公园的"一平方英寸的寂静"也永远无法名副其实。

　　我造访国家公园管理局自然声响计划办公室时，凯伦·崔维诺曾经告诉我说："听其言，观其行。"没错，现在我正在反思。

　　我刚收到史吉普·安布洛斯的一封电子邮件，先前我在峡谷地外围区时曾经访问过他。他附了一封联邦航空总署航空政策、规划暨环境处助理处长丹·艾维尔，写给内政部鱼类、野生动物暨公园事务助理部长戴维·威荷的信，日期是二〇〇七年三月六日。安布洛斯特别要我注意联邦航空总署给内政部那封信中的一段话："根据美国联邦上诉法院二〇〇二年的一项裁决，将所有飞行器包含在本法（一九八七年国家公园飞越上空法）范围内，使我们的立场薄弱。"安布洛斯强调，这是他第一次看到联邦航空总署承认，高海拔喷射机在飞行途中制造噪音。但真正引起我注意的是下一句话："内政部长若要遵照该法的命令，大幅恢复国家公园管理局所定义的自然静谧，势必得移动飞行路线，而这会严重影响到空域的安全与效率管理。"

这些都是白纸黑字的记录。联邦航空总署承认，若我们想在大峡谷拥有自然静谧，喷射机必须绕路飞行，至少根据现行国家公园管理局对自然静谧的定义，必须这么做。但是降低标准，或降低高度标准，如国家公园管理局在联邦公报中的提议，将一万八千英尺以上的飞行器排除在外，这样就对了，"问题"就解决了。

美国有三百九十座国家公园，万一空中交通在未来的数十年中增为两倍或三倍，那么联邦航空总署的论理，至少对其中大多数的国家公园是有道理的，因为有许多是集中在都市地区或附近。但我不认为必须把所有国家公园都纳入飞行路径管辖范围，才能保持航空交通的安全，特别是航空交通即将改采卫星定位系统导航。至少奥林匹克国家公园就不必，那里只需要移除或放弃三条航线：J54、J523和J589。

在我的居处附近，期待已久的奥林匹克国家公园最终总管理计划终于公布，这计划可能在未来超过十年期间成为指导原则。我手中的这份计划对于自然声境与静谧的价值大加赞扬，但是对于这座国家公园独特的声响特质却甚少着墨，鲜少提及实例，也没指出奥林匹克国家公园的无噪音间隔期，是美国所有国家公园中最长的。更明显的是，这份新管理计划用"不受欢迎的冲击"，取代"因为人为噪音而恶化"。国家公园管理局也在这里降低了标准。

一周前，我寄电子邮件给奥林匹克国家公园自然资源处的处长凯特·霍金斯·霍夫曼，要求"您可以拨出任何时间，甚至只有十五分钟也好"，以讨论这份管理计划。她回信说：

> 我跟其他同事讨论过您关心的议题，也就是国家公园自然静谧／声境计划的未来等等。我知道我目前所能做的，就是代表我们部门及目前的职责指出，我们手中已经有几乎处理不完的无数优先议题，所以现在无法做出令人满意的响应。我们的近期需求（在规划范围内），是要展开一项浩大的荒野管理计划。此外，尽管除坝工程（艾尔华、葛莱恩斯峡谷）还要三四年才会开始，但我的部门已展开许多准备工作，例如数个渔业计划、植物繁殖、外来植物的清除、基本条件的记录等等。我们长期以来都相当忙碌。

奥林匹克国家公园就像是聆听者的约塞米蒂，但是在时间或资源稀少（甚至连一个音量计都没有）或意愿不足的情况下，它的自然声境管理最后浓缩成一颗石头和一只罐子。这两样东西共同合作，石头代表呼吁保护自然静谧的中心点，罐子则负责收集民众对静谧的重要意义有何看法或意见，它不仅是一种自然资源，也是濒临消失的国家珍宝。

读者已经知道，当我在"一平方英寸的寂静"放下"静谧思绪之罐"时，曾经发过誓，不会把这些向静谧朝圣之人所写下的信息公诸大众，因为它们只能在那个非常特殊的地点供人读取。但是我想稍微掀开罐盖，跟大家分享一些字词：**温柔、平静、孤独、和平、爱、永**

恒、希望、奇景、宝贵、崇高、神、存在、恩赐、荣耀、空间、成长、祈祷、真实、深度、沉静、耐心、感激、共鸣、安详、纯洁、梦想、音乐、舞蹈、勇敢**。以城市为家的涂鸦艺术家在吵闹的市街上行走，在墙壁、标志和地下铁火车上写字，跟这些都会字词相较，在静谧中写下的字词是多么不同？留在罐中的思绪再度让我相信，并不是只有我一人热爱与欣赏静谧。但现在连这罐子本身也面临危机。

上周我得知奥林匹克国家公园打算移除它。它的公关主管芭儿·梅奈斯打电话告诉我，那个罐子必须拿走，因为我没有在那里放置罐子的许可证。而且她猜想，如果我申请许可证，可能会被拒绝。她透露国家公园的忧虑在于，这个地点受到欢迎后，已经有一条小径形成，也引发了一些危害。我向她保证，麋鹿比静谧朝圣者更常走那条小径，而且没有造成任何破坏。事实上，我昨天才刚去"一平方英寸的寂静"，检查罐子并复制留在罐内的内容。我看到烂泥里有大量麋鹿的足印，但是包括步道以及长满青苔、上面放了一块石头的圆木，都没有丝毫人类破坏的迹象。

我以电子邮件向奥林匹克的研究协调人杰利·佛瑞利屈申请许可证，回去时收到他的回复，虽然充满同情，却一点也无法让我感到鼓舞。以下是部分内容：

> 我已经听说"一平方英寸"的事，在最近这几封电子邮件之前就已经看过您的网站，所以我大致知道您想完成的事。我相信我们所有在公园管理局服务的人员，都会支持国家公园的自然声境必须受到保护的想法。但我不明白您的计划如何能符合科学许可证的申请标准。科学许

可证的核发有两个主要原因：保护公园资源，以及确保我们能收集研究信息并进行分析。虽然并不是每项计划都涉及收集信息之类，但一般而言，科学许可证必须在要收集特定数据、测试假设，或是有正式研究设计时才会核发。我们的每一张科学许可证都得经过同侪审查，每一位调查人员都必须缴交一份年终报告。

虽然有一些灰色领域，我们会根据个案进行审查，但一般而言，我们不核发一般收集的计划。我们不核发许可证给仅为观察鸟类或花草的个人，我们也不核发许可证给在野外进行设备"装置"（此为"荒野法"的用词）的人，除非在非荒野地区找不到其他装置地点。

我认为您的计划不符合我们一般对科学许可证的核发标准，也不在我平常处理的活动范围内。国家公园核发的"特殊用途许可证"可能符合您的情况，但是我不清楚相关要求。

佛瑞利屈提供了申请特殊用途许可证的联络电话与电邮地址，于是电子邮件继续一来一往。在我看来，新代理处长苏·麦吉尔似乎不像前奥林匹克国家公园管理处处长比尔·莱特纳一样，会默默支持"一平方英寸的寂静"。

更令我惊讶的是：我并没有因此而失去勇气。事实上，我仍然很乐观，好事多磨，凡是值得达成的目标都得经过奋斗才行。幸好这过程提醒了我这一点，而且这或许还是最好的提醒方式。

本书最后一次提到我女儿艾比，是在第四章，那时她基本上是把"一平方英寸的寂静"视为愚蠢的想法，于是跟我道别，没有实现陪我走完第一段旅程的承诺。我希望后来她的态度有所改变，所以从华府返家后,邀她跟我一起把"寂静之石"放回原处。我也邀了她哥哥奥吉,然后我们都坐上福斯小巴(顺便一提,最后我是把它运回西岸)。没有理由期望我这次的运气会比较好。我们三人一起沿霍河河谷往上走,但天气非常恶劣,所以我们基本上是一路踩着泥水前进,边走边开玩笑,大家的心情似乎都很饱满。但是在健行了三点二英里,要从步道朝"一平方英寸的寂静"前进时,艾比再度倔强起来,拒绝走完最后的一百码。在回程途中,我因沮丧而大发雷霆,要她解释她对"一平方英寸的寂静"到底有什么感觉,如果她不是真诚想探讨它,又何必选它作为高年级的计划题目,那是她的毕业条件之一。她开始挖苦,而我开始发怒。沿着步道又走了一段路后,我向艾比道歉,她也接受了,我们互相拥抱,但我仍然感到心痛。

两周后,艾比把她的计划拿给我看,题目是"保存自然静谧",文中问道:"在奥林匹克国家公园内保存一平方英寸的自然静谧,如何能改变世界的噪音污染?"我打起精神读下去,然后在读到下列这段话时感到心里的负担轻松了许多:

> 我知道过去无法重来,但是如果我做得到,绝对会这么做……我已经成长了许多……这计划启发了我,让我相信一个人可以促成改变,而我也能促成改变。谁会想到仅仅保存一平方英寸的土地不受噪音污染,实际的影响范围是周遭一千平方英里的土地?想想看,如果三百九十座国家公园都能执行相同的计划,协助保存静谧,将会创造出多少机会……我想民众听到太多"不,那是不可能的",或"嗯,那听起来不错,但要求很多"。但是我学到的是,若要真正获得成功,民众必须更

乐观，必须自问："我要怎么做才能使这变得可能？"以我而言，这才是赢家看待事情的方式……从这次经验中，我学会不要让任何人告诉你事情是做不到的。而是要放手去做你认为获取成功必须要做的事，并尽量保持乐观。

"一平方英寸的寂静"已经从"我"的组织发展成"我们"的组织。我的理事会现在包含了萨玛拉·凯斯特和伊里亚特·伯格。我们的第一次年度会议在二月举行，包括健行到"一平方英寸的寂静"。我们希望能在今年年底以前，成为符合501c3免税资格的组织。民众可以透过 www.onesquareinch.org 进行捐献。

我在横越美国的旅途中测量的大量音量数据，有两项具有启发性的目的。第一，透过测量我们熟悉的活动所产生的加权分贝值，可以获得声学流畅度的基本信息，而在科学家、政治家或政府官员等任何人谈到噪音量时，能有更清楚的理解。第二，这些声音在转换为本书"附录E"所呈现的美国声音心电图后，不仅具有教育意义，也有助于我们认识这些声音。这张图看起来怪异，但也因为充满噪音尖峰而显得可怕。安静时刻很罕见，噪音事实上已经成为一种现代化疫病，几乎到处都有，而且经常超过安全量。噪音太过普遍，甚至已经到被视为理所当然的程度。噪音经常遭到忽视，缺乏系统化的论述，甚至没有列入每年耶鲁大学环境法律暨政策中心所公布的二十五项环境绩效指标之列，后者包括饮用水、室内空气污染、拖网强度、焚烧土地面积、工业二氧化碳排放，以及农药规定等。该中心主任戴维·艾斯提解释说："没有数据，我们需要的数据必须是超过一百五十个国家按照一致的方法收集而成。

但在噪音类别没有这类做法。"(这个已长达十年的全球环境绩效指标也未能计入其他环境议题,例如化学暴露、湿地保护与回收工作,原因也在于缺乏一致的数据。)同时,随着我们的城市遭受噪音危害的情况日益严重,我们的国民愈来愈常大喊,我们的足音几乎完全消失。这难道还不足以说明我们已经迷失了?

要找响应走的路,我们只需要回归到原先创建国家公园的法律——一九一六年的"组织法",并且留意值得重复甚至一千遍的一句话:"不得对其造成破坏,以为未来世代所享有。"当时的国会不可能想象得到,今日的哈莱亚卡拉上空会有直升机盘绕,大峡谷会有观光飞机飞越,峡谷地会有喷射机飞过,还会有摩托雪车自黄石公园呼啸而过,但它们必定会正视霍河河谷至今仍撼动人心的静谧。

"不得对其造成破坏,以为未来世代所享有。"

现在已经到了我们该准备庆祝国家公园诞生一百周年的时刻,不是为了庆祝我们的国家公园目前的情况,而是为了庆祝国家公园把**我们**变成荒野的捍卫者。如同艾德华·艾贝所说:"荒野的概念不证自明,但它需要捍卫者。"

一切都只需要"一平方英寸的寂静"。只要能捍卫这一平方英寸的寂静,我们就可以拥有世界上第一个静谧的所在。

——戈登·汉普顿,志于华盛顿州乔伊斯镇
迎春之际,二〇〇八年五月一日

附录 A

与詹姆士·法罗斯的往返书信

我跟史吉普·安布洛斯碰面后（参见第六章），过了一段时间，我找到激怒他的那篇文章。它刊登在二〇〇一—二〇〇二年的《荒野杂志》上，出版人是荒野协会，文章标题是"俯瞰挚爱的大地"，作者是《大西洋月刊》备受尊敬的记者詹姆士·法罗斯，他有六本著作，最近的一本是《自由飞行：从航空地狱到新旅行时代》。我在读过那篇文章后，寄了一封电子邮件给法罗斯，以下是我们通过电子邮件的交流。

俯瞰挚爱的大地
詹姆士·法罗斯

荒野和机械通常互相抵触。机器吵闹，辗轧作响，甚至到了我们会把荒野的森林、平原与峡谷视为工业时代以前的生活标本，机器的存在本身就足以摧毁宁静，以及原始景色所带来的那种时光旅行的感觉。

因此在先前数十年的生活中，我理所当然地认为，我最值得记忆、最丰富的野外经验，同时也是我机械化程度最低的时候。我到圣卡塔里纳岛进行为期一周的男童军健行之旅，每天晚上都在野外露营；到华盛顿州卡斯卡德市东方的梅索山谷越野滑雪；到科罗拉多、犹他和得州泛舟，还有到珊瑚礁潜水。

但是在过去几年，我开始以不同的方式欣赏荒野，从而发现一个特例：一种特别吵闹的机器居然成了荒野的朋友。如今我已借由搭乘小飞机，从空中欣赏过美国的许多荒野地区，而我坚信，若是更多人这么做，他们也会对保存荒野的重要性有更深的认识。

我先谈一些明显需要注意的地方。正是因为飞机很吵，它们虽然能为乘客和驾驶员提供好处，但地面上的人经常得付出代价。幸好这种效应为时短暂，不像在沙漠中铺路或吉普车留下的辙痕，飞机经过所留下的痕迹很快就会消散。更重要的是，它是可以控制的。飞机的高度愈高，所造成的噪音冲击愈小，这也是飞行图上有许多标示的原因，要求驾驶员在鸟类筑巢的敏感地区必须保持二千英尺以上的飞行高度，在荒野健行或泛舟地区必须在四千英尺以上，在大峡谷风景最美的地区，更必须保持在一万四千五百英尺以上——高到驾驶员必须使用氧气罩。（既然如此，大峡谷为什么仍然很吵闹？因为商业观光的飞行员获准能飞低一点。）至于污染呢？小飞机一加仑能飞二十五英里，比许多车辆好得多。

从空中观看有一个比较不明显的缺点，会对飞机内的人造成影响。从数千英尺高的地方俯望世界时，所有尺度或比例都会改变。大自然的细微之处变得模糊或不可见——看不到个别的树或峡谷，也看不到溪流的弯道。垂直眼界变小，所以尼加拉瓜大瀑布的自然奇景，以及大库里水坝的雄伟，都不像在地面上观看时那么令人赞叹。

此外，空中观看一开始会带有些许反荒野的味道，因为它使北美大陆看起来只不过是一片空旷地带。从拥挤的旧金山湾区往东飞，三十分钟内就可抵达内华达山脉的山麓地带，然后在看似无穷无尽的漫长时间里，你眼中全是内华达州北部类似月球的多山沙漠，几乎看不到道路或建筑。从纽约或华盛顿往西飞，半小时内，你就很难辨认出隐藏在森林中的小村庄。如果你只搭过一次小飞机，你可能会想：什么"荒野问题"？望向四面八方，到处都是空旷的土地。

但是近年来，我搭过数百次小飞机往返于东西两岸，飞越落基山脉和大草原，以及美国大多数地区，只差最南部地区还没去过，我得到相反的结论。从空中俯瞰大地，是欣赏美国荒野地区最有效的方式之一。

从空中俯瞰时，印象最深刻的是地景连成一片，密不可分，万物彼此接连。城市与郊区相接，郊区逐渐消失在树林里。从子午线一百度的地方往东朝大西洋岸飞时，愈往东，可以看到土地愈来愈潮湿，树林愈来愈密，道路与地产分线愈来愈规律，大草原逐渐成为农地，然后又变成工业城镇，还可以清楚看到荒野与屯垦区之间的界线。有一次在中西部上方，我看到远远前方有工厂的高耸烟筒，而从左边窗户望出去，却看到水禽繁殖的小池塘，点缀着数千只禽鸟。在跟城镇直接相连的地方，荒野地区看起来显得更重要，也更脆弱，而且你也可以更敏锐地判断出湿地所承受的压力。让公路旅行者看不到砍伐地区的"美丽植树带"，欺骗不了飞机上的人。

我想我开始了解为什么林白在最后数十年的生命中，一直是热忱的环保人士；为什么英国女作家白芮儿·玛克罕年轻时在肯尼亚学开飞机，到了老年时便成为肯尼亚的自然学家；当然，还有为什么早期的航天员知道，他们借由第一张地球闪着微光的照片，改变了民众对自然环境的意识。他们靠的都是机器，以航天员的例子而言，他们靠的是人类发明史上最吵和最复杂的机器。但是在使用这些机器时，他们让我们看到安东尼·圣修柏里所谓的"地球真实表面"，包括那些荒野地区。

致：詹姆士·法罗斯
主旨：〈俯瞰挚爱的大地〉；"一平方英寸的寂静"邀请函

法罗斯先生：

我最近在荒野协会二〇〇一—二〇〇二年的杂志上，读了您的文章"俯瞰挚爱的大地"，对于您笔下所描述的飞机窗外的景象感到欣喜，但同时却也对您这篇文章的前提感到困扰。

我是专业的自然录音家，靠着到美国最原始的荒野录制自然声音维生，但这份工作却因为人为噪音的入侵逐渐增多而日愈困难。有一名商业飞机的驾驶员曾经对我说，他的飞机在约塞米蒂上空三万六千英尺处飞行时，地面上听不到它的声音。我知道这不是真的，同样，我也知道在峡谷地和奥林匹克等等国家公园上空飞越的飞机，会破坏地面上自然静谧带来的抚慰效果。奥林匹克国家公园是我建立"一平方英寸的寂静"的地方。

您似乎不知道您的飞行旅程会使在荒野地区健行的人，无法再享有自然的静谧，因为您把噪音视为"短暂的"。没错，您飞行的高度比空中观光直升机和飞机还高，因此对地面的干扰不像它们那么严重，而您的飞机所造成的噪音入侵（大约三十到三十五加权分贝），比许多观光飞行的六十加权分贝低得多。然而，在自然声响只有二十加权分贝出头的情况下，您的飞机所产生的噪音会对现有的宁静时刻造成伤害，因为它的噪音量是鸟的鸣啭、风吹过树林的声音，以及潺潺溪水声等自然声音的十倍大。我跟其他追寻自然静谧的人一样，有可能会健行数天，到宁静的地点去，希望逃离所有人类制造的噪音——这也是我们的国家公园负责提供的自然静谧所具有的定义。但是您的飞行却破坏了我的宁静。您以小飞机每加仑可飞二十五英里为傲，但若步行，您甚至可以做得更好。而且在地面还可以做在高空中无法办到的事——聆听大地的声音。

我最喜爱的自然"声音录制者"之一是缪尔，他曾描述他在一八七四年冬季的暴风雪中听到的声响：

> 我自热情洋溢的音乐与运行中漂流而过，穿越许多峡谷，从山脊到山脊；我经常在岩块的阴影下寻求庇护，或伫足观察倾听。即使在这首宏伟颂歌飙到最高音的时候，我仍能清楚听到个别树木变化多端的音色，像是云杉、枞树、松树和无叶的橡树等等……每一棵都以各自的方式表现自我：它们唱自己的歌，创造自己的独特纹理……光裸的枝丫与树干发出深沉的低音，轰隆隆的像瀑布；松叶迅速而抽紧的振动化为尖锐的声响，啸啸嘶嘶，接着又降低为丝般柔滑的低语；月桂树丛的沙沙声在小山谷里回响，叶片互相敲击，发出类似金属的清脆声音——只要专注倾听，就可以轻易分析出所有的声响。

您可以到 www.onesquareinch.org 网站浏览我在保护自然声境上所做的努力。您想不想来"一平方英寸的寂静"健行呢？我认为我们可以谈一些有趣的话题，同时享受聆听大地的乐趣。

自：詹姆士・法罗斯

致：戈登・汉普顿

主旨：回复〈俯瞰挚爱的大地〉；"一平方英寸的寂静"邀请函

亲爱的汉普顿先生：

对于我六年前所写的文章，我了解您的意思。这两年我一直住在中国，事实上没做过任何飞行，希望您看到这里会感到满意。若您想见识真正的噪音污染（还有各种其他污染），我可以带您去看会让您难以想象的地方。

自：戈登・汉普顿

致：詹姆士・法罗斯

主旨：回复〈俯瞰挚爱的大地〉；"一平方英寸的寂静"邀请函

法罗斯先生：

我猜当您说"我了解您的意思"时，表示我并不是第一个为空中观光写信给您的人。

对于您在中国的印象，我希望能有更多了解。薛菲在他的著作《世界的调音》中，创造了"声境"这个新词。他在书中建议，城市的噪音标准应该像能听到足音那么简单，但这在美国大多数城市都做不到。

我曾经在威尼斯听到一条街外皮鞋底踩在石头人行道上的声音，非常清晰；但那是在我停留的旧街区，没有交通工具的情况下。您可以提供中国噪音污染的实例吗？如果能提供安静的地点，就更好了。

我对于您的快速回复很感兴趣，我曾经环球旅行三次，但从来没到过中国。

自：詹姆士·法罗斯
致：戈登·汉普顿
主旨：回复〈俯瞰挚爱的大地〉；"一平方英寸的寂静"邀请函

亲爱的汉普顿先生：

事实上，您是唯一就这件事写信给我的人。在中国我唯一看到安静的地方是极贫穷的地区，他们负担不起任何机械化的设备——他们用牛犁田或自己拉犁，用大镰刀收割，他们除去小麦谷皮的方法是把它们丢向空中，让风吹走谷实。这真的很安静，但也有一些缺点。另外，青海和新疆有真正的荒野／沙漠。

其实，我对噪音是很敏感的，特别是呼呼作响的"白噪音"。我憎恶吹叶机，若我有能力的话，我会让美国禁止使用吹叶机。我不喜欢纽约的原因之一在于它很吵，特别是夜晚。我很高兴这是您的主张。说来奇怪，这种规模的忧虑却是美国运气好的迹象。（相较于其他形式的污染，噪音污染的特点之一在于它的半衰期极短。只要噪音停止，污染就停止了。）

在我写这封信的时候，对街一个打桩机敲了一整晚。

附录 B

印第安纳波利斯的噪音资料

这是艾罗科技的伊里亚特·伯格所提供的音乐会以及高速公路噪音数据。这两张图各有两条线,较高的线是最大声压级(maximum-sound-pressure level, Lmax),测量事件期间每分钟的分贝值;较低的线是等量平均声压级(equivalent average-sound-pressure level, Leq),单位同样是分贝。

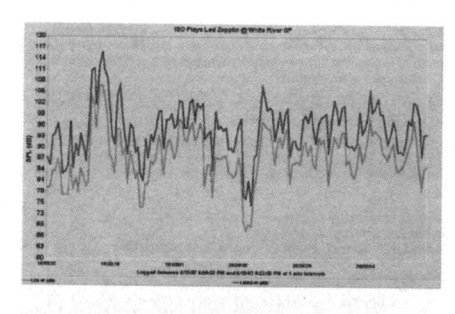

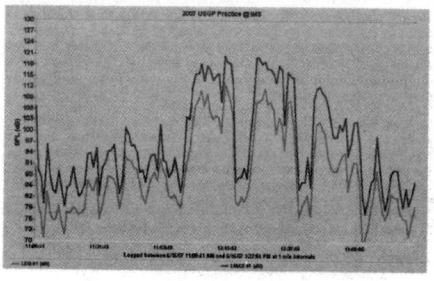

附录 C

致坎培松函

二〇〇七年三月二十六日

德克·坎培松阁下
美国内政部　1849 C Street, N. W. Washington DC 20240

亲爱的坎培松部长：

　　我们谨以此函感谢您为国家公园体系所做之努力，您要求普遍增加国家公园的经费，令人印象深刻，也是目前迫切需要的。我们希望国会能核准您的请求，从而大幅增加国家公园管理局的能力，为美国人民的福祉与喜悦，更加适切地保存与诠释我们共享的遗产。我们知道联邦预算的负担沉重，您大力支持增加国家公园历史性营运工作的经费，值得我们全力支持。您强调大幅提高公园营运经费有其迫切性，这完全是正确的。珍贵的自然、历史与文化瑰宝的健全情况日益恶化，目睹这情形，再加上资源保护与游客教育计划逐日减少，都令人感到痛苦。您致力于改变这些恶化情况的决心，令我们感到敬佩。

　　我们很荣幸能为国家公园体系服务。我们在高阶管理方面的经验已经超过半个世纪。当您重申此管理工作的要旨，以及国家公园管理局的基本使命是保护公园的资源时，我们同感振奋。事实上，长期以来的管理政策向来左右着国家公园的生命，而您的强力支持可以向美国民众与国会确保，您将坚持对公园资源与价值提供最大的保护，并且不会允许与国家公园之成立原则相抵触的用途与活动。

有鉴于此，我们必须表达我们对黄石国家公园提案的忧虑，因为它彻底违反二〇〇六年管理政策的精神与内容。该提议将使摩托雪车的使用量增加至目前平均数的三倍，但科学研究已确切证明，过去四个冬季，摩托雪车的平均使用量降低三分之二，是国家公园游客、雇员与野生生物的健康得以显著改善的主要原因。

最近国家公园管理局的研究详细指出，允许黄石公园摩托雪车日平均使用量从二百五十辆增加至高达七百二十辆，将使该公园逐渐复苏的自然境况再度受创。特别是该研究指出，摩托雪车的噪音将对游客目前能享受到的自然声响与静谧地点再度造成干扰。这项提案将使黄石公园空气里的废气因此增加。它规避了最近由国家公园管理局科学家所提出的建议：为了使国家公园的野生生物受到的干扰降到最低，交通应维持或降至目前的水平以下，而不是增加。这份研究也提供了明确的证据，证明进一步减少摩托雪车的数量（从每天二百五十辆降到零辆），同时增加民众搭乘现代雪地公交车的机会，可以使国家公园变得更健康。

新发展的四行程摩托雪车所排放的废气与噪音，都比传统的二行程摩托雪车少，但是较新型的摩托雪车所造成的排放仍然比现代车辆多得多。此外，在黄石公园的冬季，四行程摩托雪车所造成的冲击往往会更加明显，因为大气逆转、缺乏微风、公园原本就很安静，加上虚弱的野生生物一般会集中在能提供较多食物的温暖河流或积雪较薄的地方。但这些地区正是黄石公园的道路所在位置。一百名游客要经过这些敏感地区只需十辆现代雪地公交车，若是要靠摩托雪车，则需要八十、九十，甚至一百辆。

自一九九八年起，总计耗费一千万美元的四个独立研究中，国家公园管理局已经确切证实，使用摩托雪车会使园内交通量增加，大幅提高空气与噪音污染，以及对黄石公园里野生生物的干扰。环保局至少已经独立证实三次，使用现代雪地公交车，并逐步去除摩托雪车的使用，能为黄石公园的访客、员工和野生生物提供更健康的环境。在这些研究中，美国民众以四比一的差距，表示他们希望黄石公园获得最好的保护。

您对二〇〇六年国家公园管理局管理政策的支持，以及直言这些政策是美国致力保护国家公园的基本工作，我们感到敬佩。我们衷心希望在美国最古老的国家公园里，您会坚守您的承诺——让国家公园能秉持传统，继续重视保育工作。增加黄石公园内摩托雪车使用数量的提案，违反了以下政策：

·"……管理局将致力于永久使国家公园的空气质量尽量保持在最佳状态……"

·"国家公园管理局将尽最大力量保存公园的自然声境。"

·"在必要且适当的情况下，必须选择使用冲击最小的设备、交通工具与运输系统。"

·"国家公园管理局必须随时设法避免公园的资源与价值受到实际的负面冲击，并使冲击降至最低。"

我们注意到在有关黄石公园冬季使用方式的漫长讨论中，有愈来愈多前往老忠实喷泉（Old Faithful）和公园内其他目的地的游客，选择以现代雪地公交车作为前往方式。这些"造成冲击最少"的交通工具，对游客来说也比摩托雪车便宜。雪地公交车比摩托雪车适合年长的游客和儿童。而且，由于它们方便导览人员与游客和家庭游客之间进行对话，因此在游客教育方面日渐受到欢迎。在这些方面，雪地公交车的欢迎度渐增，对黄石公园及游客益处极大。

部长先生，我们这些国家公园的前任服务人员，希望您能在本国成立最久的国家公园，力倡二〇〇六年国家公园管理局管理政策的智能与价值。您称它们为美国致力于维护国家公园的"原动力"，此话一点不错。确保这些政策能在黄石公园继续推行下去，是您可以为我们国家公园的未来所做的最大贡献之一。

附注：本信寄出时，国家公园管理局前局长法兰·曼纳拉（任期2001–2006）并不是签署人之一。当时她离开职位不到一年，根据联邦政府对于前任政务官与其先前任职机构之间的互动规范，她无法将名字列入支持者名单。2007年11月，曼纳拉加入此名单，并强调："当保育与使用发生冲突时，应以保育为重。"

Nathaniel P. Reed
Assistant Secretary of the Interior
1971-1976

George B. Hartzog, Jr.
National Park Service Director
1964-1972

Ronald H. Walker
National Park Service Director
1973-1975

Gary Everhardt
National Park Service Director
1975-1977

Russell E. Dickenson
National Park Service Director
1980-1985

James M. Ridenour
National Park Service Director
1989-1993

Roger G. Kennedy
National Park Service Director
1993-1997

Robert Stanton
National Park Service Director
1997-2001

William J. Briggle
National Park Service Deputy Director
1975-1977

Denis P. Galvin
National Park Service Deputy Director
1985-1989 and 1998-2002

Michael V. Finley
Yellowstone National Park Superintendent
1994-2001

附录 D

联邦航空总署美国大陆地图

美国公园暨保育特殊用途空域与航线

（2003 年 5 月 19 日，空中交通空域实验室，奥林匹克国家公园插图）

Olympic NP, Washington

附录 D 联邦航空总署美国大陆地图

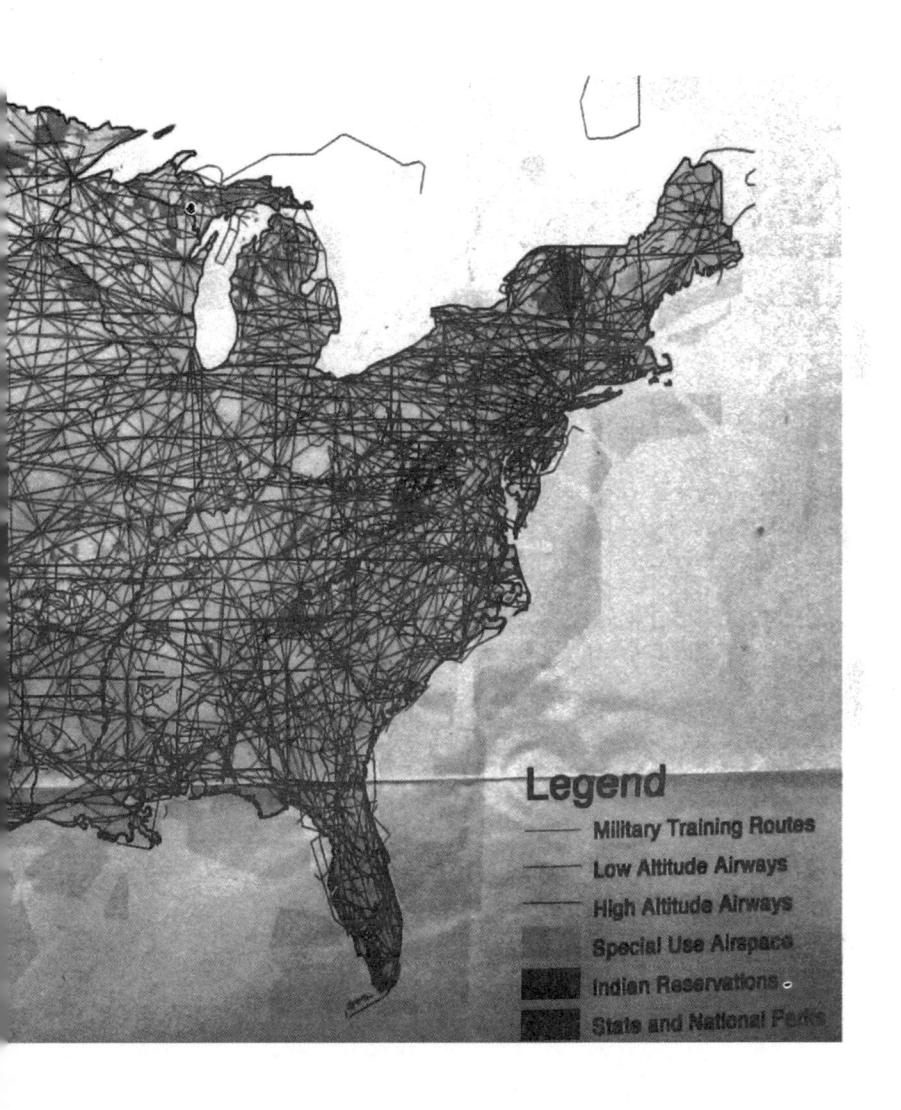

附录 E

美国的声音心电图

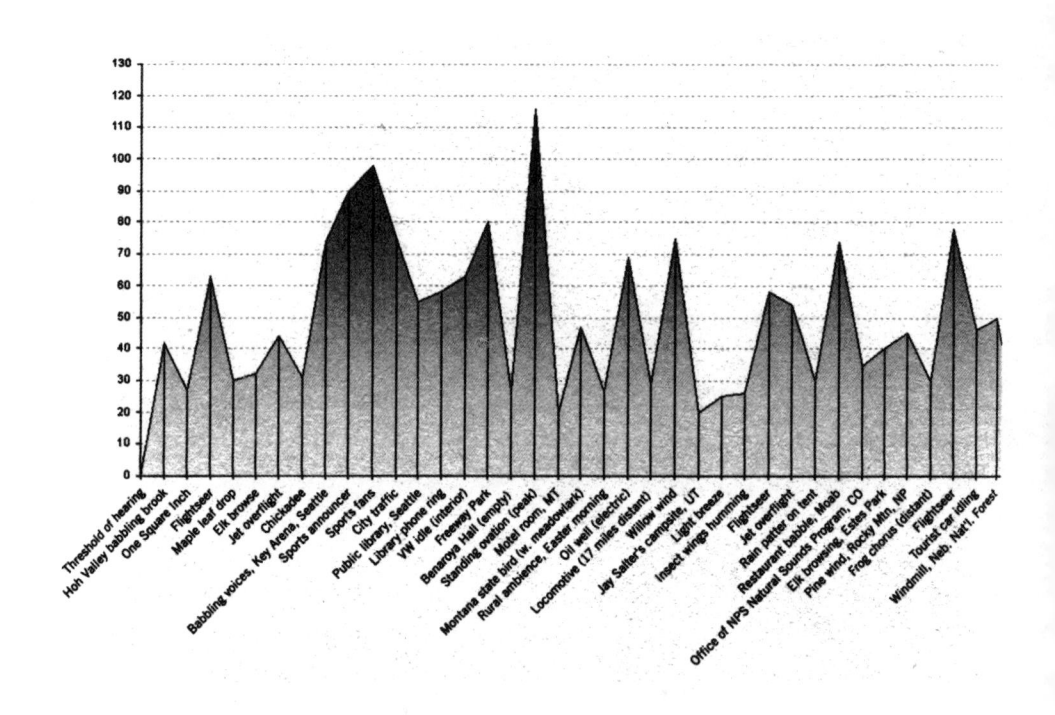

418

一平方英寸的寂静

附录 E　美国的声音心电图

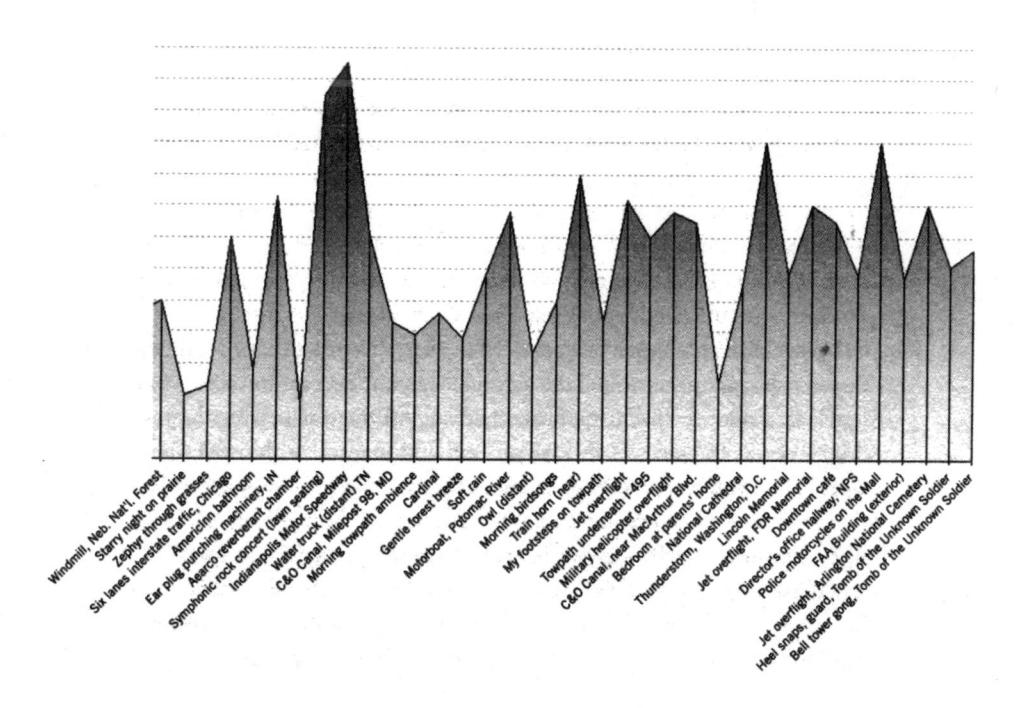

附录 F

追寻静谧：迷你版使用手册

在荒野保持静谧的五种最佳方法
作家与北美灰熊追踪专家道格·皮卡克的建议，蒙大拿州利文斯顿市

我深入荒野旅行，体验野生生物，特别是北美灰熊这类动物。我想看这些动物，而不是避开它们。只要可能，我总是逆风而行，而且经常离开步道，在丛林中开路。我悄悄前进，尽量不发出任何声音。你得依靠自己的耳朵和鼻子，这些感官在城市的过度喧嚣下经常变得迟钝，但它们总是比你想象的要有用。以下是在荒野里保持安静的方法：

1 独自旅行。孤独是我所知最深的井，而我们对孤独的需求，有时就像溺水的人需要空气那样急迫，或是莫名其妙就会突然出现。要尽可能利用随时出现的孤独时光。独自旅行可以减少讲话的需求，是一个不错的起点。

2 像动物一样旅行。每五分钟左右就停下来聆听一下，在灌木多的地区要更加频繁。闻闻空气的味道，用听力较好的那只耳朵迎风聆听至少一分钟。如果你是在崎岖不平的地域劈开草丛前进，而不是行走步道，务必要先看一下接下来十五英尺的地面，记住树枝和石头的位置。这样才能一边扫视附近的树木界线，一边静静走过这段距离。看

着自己的脚走路，步伐会不平衡还会产生噪音，而且无法提高警觉，有可能大型食肉动物都到了眼前你才发现。

3 若跟其他人一起旅行，特别是在北美灰熊地盘的小径上，必须事先研究出一些可用手和手臂比出的简单手势，这样才能警告身后的伙伴（我通常走在最危险的前线），示意他们停步，寻找掩护，离开山脊等等。

4 进入树林后，请低声说话，这是值得培养的好习惯——安静。

5 若要在山谷与盆地里寻找动物，而风并不是很强劲，这时最好静静坐在山脊下倾听。我在刚入夜和黄昏时会这么做，有时会一连好几个小时，因为这是动物出来觅食的时候。在我见过的北美灰熊里，大约有半数是在它们穿过树林，出来寻觅晚餐时，被我第一次瞧见。

安德烈亚·皮卡克补充说：

旅行时必须尊重别人想要的孤独感：请穿戴可以融入环境的衣着——寂静是一种听觉，但也与视觉有关。把科技留在家里：不要带手机、卫星定位系统装置，另外拜托别带 iPod。

使邻里保持静谧的五种最佳方法

噪音污染信息中心创建人与会长列斯·布洛伯格的建议，佛蒙特州蒙佩列市

以下是五种减少声响足迹的方法，但前提是你没有骑拿掉消音器的哈雷机车（若你骑的正是哈雷机车，第一步就是把消音器装回去），或开隆隆作响的汽车（若你开的车很吵，第一步就是把贝斯声关掉）。

1　购买、使用及共享电动除草设备。这是使市郊声境在未来十年内变安静的最佳方法。电动除草设备的分贝量一般比油动设备低十到二十分贝。但若你想体验安静的邻里，该使用电动设备的是你的邻居，所以请跟他们分享你的设备。使用电动除草机时，要让刀片保持锐利——你不会有额外的马力可以把草坪整平；你得实际把草割掉。

2　购买安静的空调，小心选择安装位置。在夏天傍晚倾听都市的声境时，会听到空调的嗡嗡声（这是说，你如果没在听交通声的话）。购买窗型空调机时，先查阅消费者报告，然后检查制造商的中央空调机组规格——有些在三英尺外就高达六十三加权分贝。此外，不要把中央空调机组安装在自家或邻居的卧房窗户下。

3　让自家变得比邻居安静。一个邻里想要日渐安静，就必须每个人都开始变安静。如果你的噪音跟邻居一样大，整个邻里的噪音量不会一样，而是会提高三分贝。所以，今年秋天来临时，若你的邻居使用吹叶机整理草坪，请提醒他有比较安静的方法。拿起你的耙子。

4　开派对。当然，不是吵闹的。确定所有邻居都受到邀请。若你想要安静的邻里，就必须有健康的小区。民众一般会匿名制造噪音污染，所以你不要匿名，也不要让邻居匿名。去认识他们，分享工具，一起搭车，邀他们到家里。如果他们晚上六点要到你家，就不太可能会在凌晨两点吵醒你。

5　不要订早上七点以前或晚上十点以后的飞机，只有在真正紧急的情况，才寄最速件的隔日快捷。每年都有数百万人被夜间飞行吵醒——在夜晚起降飞机相当于在夜晚按着喇叭开车经过邻里，这是我们匿名制造噪音的方式之一。如果真的赶时间，美国邮政服务优先空运是最安静的选择，因为它通常会在白天以商用飞机寄送。

使住家或办公室保持静谧的五种最佳方法

欧菲尔实验室总裁史帝芬·欧菲尔的建议，明尼苏达州明尼亚波利斯。根据吉尼斯世界纪录，该公司是"地球上最安静的地方"

大多数人一生中的大多数时间，都是在家里和工作中度过，使这两个地方变安静，可以大幅改善生活质量。以下是五种减少住家和办公室受到噪音冲击的方法。

1　窗户是大多数建筑物最常出现的声音漏洞。双层玻璃或所谓密封式玻璃可以使进入建筑物的噪音量减少十加权分贝以上。安装窗边框筒子板可以进一步减少从窗缘接缝处传入的噪音。

2　许多阁楼非常"活跃"，意指它们可以放大进入屋内的声音。由于阁楼里能吸音的材料极少，所以也有许多噪音漏洞，特别是在平房或靠近卧房的地方。在阁楼安装厚绝缘材料，在屋顶和侧面山墙的通风孔下方建造简单的噪音抑制器。这些东西可以用坚硬的纤维玻璃制作，折叠并粘贴成 L 型箱，尾端打开，装在屋顶通风孔内侧。

3　许多房间也非常"活跃"。可以用整片地毯、小片地毯、壁纸和天花板瓷砖（地下室与办公室），控制传入室内的声量。走道一般会放大声音，在走道铺地毯和壁纸会有所帮助。此外，若你想控制电视、收音机和立体音响的放大声量，首先必须了解，低音比高频和中频的声音更容易穿透墙壁。降低电视或收音机的低频音量（调整音调控制或平衡器）会比只是调低音量的效果更好。

4　旧家电制品也可能很吵，特别是跟较新家电相比。现在有许多新家电非常安静，甚至只有在制造商的声响实验室里才测得到噪音。许多新型洗碗机、洗衣机、烘衣机和空调机，所发出的噪音都比旧型减少一半。所以，如果你的家电会导致交谈中断，或许就是该汰旧换新的时候了。消费者报告是查询家电用品噪音量的好资源。

5　打击噪音时，不要期望屋外能有重大改善。增加狭道、障碍，以及在院子种植大型植物来减少公路或道路的噪音，成效非常有限。即使专业安装的公路障碍物也不会很有效，除非你离它们很近（在相当于其高度的距离内）。安装这些设备主要是为了减少民众对噪音的抱怨，只是一种政治解决方案。所以，还是根据上述原则，把重心摆在住家和办公室内部。

保护听力的五种最佳方法
艾罗科技公司资深科学家、音响学与听力专家伊里亚特·伯格的建议，印第安纳州印第安纳波利斯

听力会随老化过程自然衰退，主要的影响是听不清楚高频声音，

例如鸟鸣、树叶的沙沙声、动物穿过灌木的声音，还有儿童的声音。我们无法阻止这种衰退过程，但可以限制职业与休闲活动所造成的额外听力损失。生活里也可能充满喧嚣，要做好准备：

1　避免或减少暴露在危险的声音下。噪音危险取决于音量（有时称为强度）、持续时间，以及暴露频率。有一个适用的经验法则是：如果你觉得必须大喊，三英尺外的人才听得到，意味着噪音量可能是八十五加权分贝以上，这时就建议采取保护听力措施。

2　倾听自己的耳朵。如果在外界的噪音停止后，你耳里仍听得到外界不存在的铃声、嗡嗡声或哨鸣声，这可能是一项警讯。这种恼人的内在噪音称为耳鸣，就像内耳的神经细胞遭到"晒伤"一样，这意味着它们已经发炎和工作过度。耳鸣在安静的地方特别明显，例如当你在夜晚尝试睡觉或聆听自然声音的时候。如果不设法减少噪音，耳鸣可能会变成持续一辈子的问题。此外，也要注意第二项警讯。当你暴露在噪音中过后，若有声音明显听不到或变小的情形，这可能意味着暂时丧失听力，称为听力损失，若连续暴露在噪音内，听力损失有可能恶化并永久丧失听力。

3　为噪音做准备。随时准备一副耳塞，就像我们会在艳阳天时戴太阳眼镜保护眼睛一样。（泡沫乳胶耳塞通常是最佳选择，因为它们兼具舒适与减音的效果。）如果忘了带，又突然遇到音量大的事件，就用手指。手指在紧紧压住耳道时，就像一副刚好适合的耳塞，只是无法一直压着。

4　学习如何正确塞入耳塞。应该尝试不同的品牌与类型，找出最适合的一种。务必仔细阅读指示和练习适当的塞入方法。对于泡沫乳胶耳塞，我最常收到的两个消费者抱怨是："它们阻挡的声量不够大"和"它们很容易掉"。这种情况会发生，十次有九次是因为安装不当。正确的做法是要把耳塞搓成非常紧而且没有皱褶的细条（比铅笔还细），然后把耳朵往上方和外侧拉，以便让耳道打开，方便耳塞完全插入。这需要练习，如果没塞好，耳朵虽然还是可以受到保护，但戴起来会不舒适或容易掉，减少的噪音量也不够多，此外，因为闭塞效应的关系，自己的声音还会响亮到令人不适。可以到下列网站学习如何佩戴和使用泡沫乳胶耳塞：www.e-a-r.com/pdf/hearingcons/tipstools.pdf。

5　在爆炸性声音附近要提高警觉，例如击发的枪声或烟火声。这些都是重大危险。只要一次爆炸，就足以引起耳鸣和听力损失，不幸的话，甚至可能造成永久性损失。若你的耳朵先前复愈过，并不保证下次爆炸不会造成永久性的听觉噩梦。因此，射击时一定要戴听力保护装置。如果打算放烟火，也要有这样的准备。

拯救寂静最重要的事
戈登·汉普顿

若要真正了解为什么必须拯救自然寂静，就必须先体验它。尽管现在自然寂静已经很难找到，但它在今日的力量并不逊于约翰·缪尔的年代。我邀请各位安静地到"一平方英寸的寂静"朝圣,若你无法造访奥林匹克国家公园,那么我建议您开始在自家附近寻找寂静。

先到 http://apod.nasa.gov/apod/ap001127.html 网站,研究"夜晚的地球"照片。光害跟噪音污染就像狼狈为奸一样。与其研究地图想找出自然静谧的所在,不如直接寻找没有光的地方,找到寂静的可能性还比较大。若你们选择美国,先把你所找到没有光的黑点,跟联邦航空总署的"美国公园暨保育特殊用途空域与航线"比对(附录 D)。找到一个很有希望的地点后,再拿它跟本地的地形图做比对。寻找道路、电力线、瓦斯管,以及其他侵入噪音来源的指标。你花在计划旅程上的时间可能会比实际旅行来得多,因为地球上几乎没有地点是人类没有触碰过的。出发前夕,不妨探问看看曾经去过之人的意见。

可以透过因特网与世界各地的聆听团体联系。naturerecordists@yahoo.com 是目前我所知道最大且最活跃的在线团体,它们的成员会煞费苦心寻找静谧地点,以免噪音入侵破坏他们宝贵的录音效果。其他资源包括自然声响协会、野生生物声音录制协会,以及康奈尔大学鸟类实验室。但要先说:就像有些钓客会捍卫自己偏爱的钓鱼地点,也有许多录音师不想跟别人分享他们最原始的聆听地点。

有些显而易见的事还是值得一说。请以保持安静的方式,来表达对静谧地点的尊重。我邀请人们去"一平方英寸的寂静",并把它的地点张贴在网站上,作为拯救静谧的方法,但遭到许多人批评。然而,我已别无选择。若不是让寂静改变我们,就是让寂静灭绝。若有一千人在一个月内静静地走入"一平方英寸的寂静",还有比这更伟大的成就吗?当然,霍河河谷的寂静也会跟着我们走出去。我们无法预测这趟旅程可能会引发哪些想法,做出哪些决定,以及产生哪些行动,足以改变这个世界。

致谢

本书的封面上只有两个名字,但其实它是在无数人的协助下才得以完成。先前任职于 Artists Literary Group 的黛安·巴托里在读了本书合著者约翰·葛洛斯曼那篇关于"一平方英寸的寂静"的文章后,就决定让本书诞生。在黛安的远见下,我追寻自然寂静的使命才得以找到更大的舞台,我们对此表示万分感谢。

在 Free Press/Simon & Schuster 出版社,我们同样很幸运获得编辑莱丝里·麦勒迪丝热忱的支持以及在编辑上的指导,助理编辑多娜·洛佛雷多也费心管理电子邮件和附件的寄收,特别是在紧要关头的时候。我们也很感谢原稿整理编辑茱蒂丝·胡佛锐利的眼力。

我们希望感谢伊里亚特·伯格、列斯·布洛伯格、道格·皮卡克和史帝芬·欧菲尔在"附录 F"中提供了他们个人的静谧手册,也要感谢伊里亚特和列斯帮忙核查事实。同样也要谢谢山脉俱乐部国家公园暨纪念建筑委员会的狄克·辛森,他专心致志地奉献于保存自然静谧,并经常提供我们最新立法文件与会议的数据。我们也要感谢国家公园保育协会的丹尼斯·盖文和布莱恩·法纳,他们提供了对于华府做事方式的指导与见解。

我也要感谢我的前妻茱丽,她在我担任声音追踪员的年轻岁月里所做的贡献与牺牲。在经济与情感的双重煎熬下,她允许我一连消失数天,只为倾听世界的声音和发展自己的想法与技巧。若非如此,今日就不会有"一平方英寸的寂静"。

我也要感谢我的两个孩子,艾比和奥吉,感谢他们做自己并提醒我:"在忙着做计划时,生活仍在发生。"愿你俩都能找到你们生命中的静谧。

我也要特别感谢我的朋友尼克·派利、马修·李·强斯顿、彼得·卡姆利、凯利·吉尼和杰·梭特,在我这趟漫长的离家旅程,以及在我返家后因写作而无法与他们相聚的漫长期间里,不断激励我。你们的鼓励真的很重要!约翰也特别要感谢他的兄弟鲍伯·葛洛斯曼和朋友艾德·艾德勒的关注、鼓励与建议。

最后,我要感谢在这趟华府之旅中所遇到的每一个人。从你们面带微笑请我喝一杯简单咖啡及提供指引,到跟我分享何谓更安静的地方,还有在我需要的时候以友情支持我的福斯车主们,这些温暖都发挥了作用,帮助我抵达目的地。这趟旅程让我更加了解身为美国人的意义。

图书在版编目(CIP)数据

一平方英寸的寂静/(美)汉普顿(Hempton,G.),(美)葛洛斯曼(Grossmann,J.)著;陈雅云译.—北京:商务印书馆,2014(2017.7 重印)
(自然文库)
ISBN 978-7-100-09822-9

I.①一… II.①汉…②葛…③陈… III.①报告文学—美国—现代 IV.①I712.55

中国版本图书馆 CIP 数据核字(2013)第 035050 号

权利保留,侵权必究。

自然文库
一平方英寸的寂静
〔美〕戈登·汉普顿 约翰·葛洛斯曼 著
陈雅云 译

商 务 印 书 馆 出 版
(北京王府井大街36号 邮政编码 100710)
商 务 印 书 馆 发 行
北 京 冠 中 印 刷 厂 印 刷
ISBN 978-7-100-09822-9

| 2014年4月第1版 | 开本 787×960 1/16 |
| 2017年7月北京第6次印刷 | 印张 27¼ |

定价:63.00元